Das Buch

Ein Jahr liegt der letzte Urlaub Kapitänleutnant Arne Thomsens zurück, als er mit seinem schwer angeschlagenen U-Boot von seiner sechsten Feindfahrt in den Hafen von Brest zurückkehrt, wo er zu seiner Überraschung umgehend zum neuen Kommandanten von U 112 ernannt wird. Das bedeutet nichts Gutes, denn ein Geheimauftrag schickt ihn und seine Männer sofort zurück auf See. Das Boot ist dazu ausersehen, im Rahmen einer seltsamen Operation vier Agenten in US-Gewässern an Land zu setzen. Doch von Anfang an begleitet der Tod U 112 vor die amerikanische Küste, in die Karibik und wieder zurück. Hinter den undurchsichtigen Befehlen läuft ein abgekartetes Spiel ...

Der Autor

Erik Maasch, gebürtiger Berliner, absolvierte die Marineschule Flensburg-Mürwik, nahm als Seeoffizier und U-Boot-Fahrer am Zweiten Weltkrieg teil und war als *Kapitän auf großer Fahrt* auf deutschen Kauffahrteischiffen zugelassen. Es folgten 30 Jahre als Lehrer und Schulleiter, bevor er sich ganz der Schriftstellerei widmete und zu einem der erfolgreichsten Autoren maritimer Spannungsliteratur wurde.

Von Erik Maasch sind in unserem Hause ferner bereits erschienen:

Auf Sehrohrtiefe vor Rockall Island · Duell mit dem nassen Tod · Im Fadenkreuz von U 112: English Harbour · Letzte Chance: U 112 · Tauchklar im Atlantik · U-Boote vor Tobruk · Die U-Boot-Falle · U 115: Jagd unter der Polarsonne · U 115: Die Nacht der Entscheidung · U 115: Operation Eisbär.

Erik Maasch

U 112 auf Feindfahrt mit geheimer Order

Roman

Ullstein

Besuchen Sie uns im Internet:
www.ullstein-taschenbuch.de

Umwelthinweis:
Dieses Buch wurde auf chlor- und säurefreiem Papier gedruckt.

Originalausgabe im Ullstein Taschenbuch
4. Auflage 2006

Umschlaggestaltung: Buch und Werbung, Berlin
Titelabbildung: Viktor Gernhard
Satz: Pinkuin Satz- und Datentechnik, Berlin
Gesetzt aus der Times
Satz: Pinkuin Satz- und Datentechnik, Berlin
Druck und Bindearbeiten: Ebner & Spiegel, Ulm
Printed in Germany
ISBN-13: 978-3-548-25087-8
ISBN-10: 3-548-25087-4

Die pompöse Villa, in der unser Flottillenchef in Brest residierte – anders konnte man es angesichts der phantastischen Lage auf dem Berghang oberhalb des Hafens und der kostbaren und geschmackvollen Ausstattung nicht nennen –, verfehlte ihre Wirkung auf meinen I WO und mich nicht.

»Menschenskind, das haut ja glatt den stärksten Eskimo vom Schlitten!« entschlüpfte es Oberleutnant zur See Bernau bewundernd. »Die leben ja hier wie der liebe Gott in Frankreich, während wir …«

Den Rest verschluckte er, weil uns eine Ordonnanz im weißen Affenjäckchen im Foyer in Empfang nahm und zur Garderobe geleitete. Hinter deren Tresen wartete ein bildhübsches Mädchen, angetan mit einem engen schwarzen Kleid, das ihre atemberaubende Figur besonders betonte, einem weißen Schürzchen und einem weißen Spitzenhäubchen.

»Wenn der Herr Kaleu und der Herr Oberleutnant bitte hier ablegen wollen.«

Ihr Deutsch hatte den leichten Akzent, wie man ihn im Elsaß sprach. Bewundernd streiften ihre dunklen Augen unsere Orden, als sie uns die Mäntel und Mützen abnahm und uns dabei Gelegenheit bot, einen tiefen Blick in ihren Ausschnitt zu tun.

Wir waren überwältigt, aber nicht nur von dieser prachtvollen Auslage. Nach den sechs Wochen in See, zusammengepfercht wie die Ölsardinen in einem engen, abstoßend häßlichen Eisensarg und den Tod ständig vor Augen, umgeben von Kombüsenmief, unangenehmen menschlichen Ausdünstungen und dem alles überlagernden penetranten Dieselgestank, kamen wir uns hier wie in einer anderen Welt vor. Wenn das mit der Einladung beabsichtigt worden war, dann war das unserem Flottillenchef voll und ganz gelungen.

Einen größeren Unterschied konnte man sich wohl kaum vorstellen. Dem ganzen Ambiente nach zu urteilen, hatte die beeindruckende Villa vermutlich einem schwerreichen Adligen oder einem nicht minder betuchten Bankier und Liebhaber antiker Kunstschätze gehört, ehe sie von der deutschen Kriegsmarine für ihre Zwecke requiriert worden war.

Imponierend allein schon das Foyer mit den unzähligen Ölgemälden an den Wänden und den Skulpturen auf dem gewachsten Intarsienparkett, über das uns die Ordonnanz mit der unnachahmlichen Eleganz eines perfekten Butlers zu den inneren Räumlichkeiten führte. Leise Musik, Stimmengemurmel und Gelächter klangen uns aus dem großen Raum entgegen, als er die Flügeltür öffnete.

»Mozart, Sinfonie Nr. 4«, stellte Bernau fachmännisch fest. »Ein großer Bahnhof – für uns?«

»Wohl kaum. Aber ich frage mich auch, was hinter dieser Einladung steckt, Herr Bernau. Hoffentlich kein Kuckucksei.«

Ich musterte die Offiziere, die sich um den Flottillenchef und einen fremden Korvettenkapitän scharten. Seltsam, nicht ein Kommandant war unter ihnen. Nur das Gesicht des fremden Kapitäns kam mir irgendwie bekannt vor.

Mit einem unguten Gefühl, dessen Ursprung ich mir nicht erklären konnte, sah ich den Adjutanten des Flottillenchefs beflissen auf uns zueilen, ein Mann, den ich wegen seines servilen Gehabes nicht sonderlich mochte.

Kapitänleutnant Kreklow, der Adjutant, schüttelte mir erleichtert die Hand. Für Bernau hatte er nur ein Kopfnicken übrig. »Na, Gott sei Dank! Ich fürchtete schon, die Einladung habe Sie nicht mehr rechtzeitig erreicht.«

»Sie hat, Herr Kreklow. Es ist nur etwas später geworden, weil es mit der Werft noch einiges zu klären gab, bevor auch wir beide morgen früh endlich in den Urlaub abrauschen können. Aber warum die Aufregung?«

Sein komischer Blick hätte mich eigentlich warnen sollen, aber ich war in Gedanken schon daheim bei Anke, meiner Frau, und unseren beiden Kindern.

»Nun ja, Sie kennen doch den Chef, wenn der sich einmal was in den Kopf gesetzt hat«, wich er aus. »Er will Sie und Herrn Bernau heute abend unbedingt dabeihaben. Kommen Sie.«

Der Kreis um den Flottillenchef, Korvettenkapitän Bernhardi, öffnete sich. Mit einem warmen Lächeln schüttelte Bernhardi uns die Hände und dröhnte: »Spät kömmt Ihr, aber Ihr kömmt! Herr Roloff, darf ich Ihnen Kapitänleutnant Thomsen vor …«

»Nicht nötig, Herr Bernhardi«, unterbrach ihn der fremde Korvettenkapitän lächelnd. »Kapitänleutnant Thomsen und ich, wir kennen uns schon. Sie erinnern sich, Herr Thomsen?«

In meinem Kopf ratterte die Sortiermaschine, durchforschte meine Erinnerungen. Gesehen hatte ich ihn schon, aber wo?

»*Monte Cristallo*, Herr Thomsen, vor Norwegen«, half er meinem Gedächtnis auf die Sprünge.

Da fiel bei mir der Groschen. *Monte Cristallo*, das KdF-Schiff, das ich auf seiner Heimreise vor Norwegen gestoppt hatte, um ihm die Besatzung der von uns gekaperten britischen U-Boot-Falle zur Ablieferung als Kriegsgefangene nach Deutschland mitzugeben.

»Kapitän Roloff, was für eine Überraschung!« Ich nahm mir ebenfalls ein Glas Champagner von dem Tablett, das die Ordonnanz herumreichte. »Ich freue mich, Sie nach so langer Zeit wiederzusehen.«

»Und ich mich erst!« Er hob sein Glas. »Auf Ihre glückliche Heimkehr!« Wir tranken. »Diese britische U-Boot-Falle, ein prächtiger Segler! Wie hieß sie doch? Was ist aus ihr geworden?«

Die Gespräche verstummten. Die Offiziere ringsum spitzten die Ohren und ließen sich kein Wort entgehen. Ich war sicher, daß die wenigsten von ihnen je etwas von unserem Coup gehört hatten.

»*Flying Lady*, Herr Kapitän. Die Tommies haben uns zuletzt doch noch vor Amrum erwischt. Fliegerbomben. Wir mußten sie blutenden Herzens aufgeben. Jetzt werden vermutlich bloß noch Teile der Masten aus dem Schwemmsand vor der Insel herausgucken, wenn überhaupt.«

Die Erinnerungen quollen bei meinen Worten in mir empor. Ich sah plötzlich alles wieder vor mir, als sei es erst gestern und nicht vor zwei Jahren geschehen.

»Schade! War schon ein toller Handstreich von Ihnen, mein lieber Thomsen, wie Sie den Briten, die Sie und Ihre überlebenden Männer als Gefangene genommen hatten, das Schiff abgenommen haben, das vorher Ihr Boot versenkt hatte. Und jetzt Ihre Erfolge als U-Boot-Kommandant! Ihre wievielte Feindfahrt war das eigentlich, von der Sie gerade heil zurückgekommen sind?«

»Die sechste, Herr Kapitän.«

Ich stellte das leere Glas auf das Tablett zurück und nahm mir ein volles. »Jetzt freue ich mich auf den wohlverdienten Urlaub.«

Er nickte verständnisvoll. Dennoch hatte ich plötzlich das Gefühl, daß es mit seinem Verständnis dafür nicht weit her war.

»Darf ich fragen, was Sie jetzt machen, Herr Kapitän?«

»Sie dürfen.« Er verzog das Gesicht zu einem rätselhaften Lächeln. »Ich gehöre zum Stab des Führers der U-Boote und bin eigentlich nur hier, um ... Aber davon reden wir später. Auf das Wohl aller U-Boot-Fahrer, meine Herren!«

Ich trank und zerbrach mir dabei den Kopf, warum er mich nach der Zahl meiner Feindfahrten gefragt hatte, obwohl er das doch eigentlich wissen mußte, wenn er zum Stab des FdU gehörte. Ich hatte auf einmal ein ganz flaues Gefühl im Magen.

Als das kalte Büfett eröffnet wurde, war es an Bernau und mir, die Ohren aufzusperren. Es war der übliche Klatsch, der die Runde machte, während sich die Offiziere die Teller füllten. Bernau und ich langten ebenfalls kräftig zu, denn wir hatten von dem ungewohnten Alkohol schon gewaltig einen in der Krone.

Doch nach den ersten Bissen sahen wir uns enttäuscht an. Die erlesenen Köstlichkeiten schmeckten seltsamerweise irgendwie fade. Es fehlte etwas, und wir rätselten eine ganze Weile herum, was es sein könnte.

Bernau schlug sich plötzlich gegen die Stirn. »Ich hab's! Der Dieselgeschmack fehlt!«

Auch mir ging ein Licht auf. Natürlich, der alles überlagernde Dieselmief fehlte, der sich in den vielen Wochen auf See pelzig auf die Zunge gelegt und so jeder Speise eine ganz besondere Geschmacksnote gegeben hatte.

Ich lachte. »Teufel, meine Frau wird nicht schlecht fluchen, wenn ich an ihren Kochkünsten herummäkle! Das ist mir bei meinem letzten Urlaub vor einem Jahr gar nicht so bewußt geworden.«

»Und ich, ich muß der entzückenden Huppdohle, die ich mir da angelacht hatte, noch nachträglich Abbitte leisten.« Bernau kicherte zwischen zwei Happen. »Ich habe im stillen gedacht, sie sieht ja phantastisch aus und ist im Bett ganz große Klasse, aber kochen kann sie leider überhaupt nicht.«

Wir lachten beide so laut, daß sich ein Leutnant davon angezogen fühlte. »Darf man mitlachen? Ein neuer Witz?«

»Aber ja, man darf!« Bernau gickerte. »Mikusch kommt aus dem Puff und hat …«

»Pst!« Der Leutnant hob abwehrend die Hand. »Nehmen Sie hier das Wort Puff bloß nicht in den Mund, das ist tabu!«

»Tabu?« fragten wir beide wie aus einem Munde. »Warum das denn?«

»Ja, wissen Sie denn nicht, daß der Kommandant von *U 112* noch kurz vor dem Auslaufen zur Feindfahrt in den Puff gehuscht ist, um den Nutten dort mit 'ner schnellen Nummer die Falten aus dem Bauch zu bügeln?«

Ich schüttelte den Kopf, mußte aber zugleich über diese flapsige Umschreibung lächeln, ob ich wollte oder nicht.

»Nein? Ist ihm verdammt schlecht bekommen. Auf dem Rückweg zum Hafen hat ihn die französische Widerstandsbewegung abgefangen und ...« Er machte eine Bewegung mit der Handkante rund um seinen Hals. »War kein schöner Anblick. Deshalb ist doch der Roloff hier.«

Wir starrten ihn offenen Mundes an. Die ganze Fröhlichkeit war mit einem Schlag futsch. In meinem Kopf begann sich ein Gedanke zu formen, der mich plötzlich stocknüchtern machte. Die suchten einen neuen Kommandanten für das Boot, und hier gab es nur eine Person, die dafür in Frage kam. Das war mein I WO, und der wollte auf Urlaub fahren! Wir mußten hier raus, sonst verwandelte sich sein längst fälliger Urlaub in einen fernen Traum.

Schnell stellte ich meinen halbvollen Teller ab und nahm ihn beim Arm. »Kommen Sie, Herr Bernau, wir müssen rasch noch mal in die Werft! Wie haben wir das nur vergessen können!«

»In die Werft?« fragte er begriffsstutzig und ließ sich nur widerstrebend von mir mitziehen. »Was haben wir denn vergessen?«

»Das sage ich Ihnen, wenn wir draußen sind. Jetzt nischt wie raus hier, sonst ist im Nu Ihr ganzer Urlaub flöten!«

Wir kamen nur bis in das Foyer. Dort liefen wir dem dämlichen Kreklow genau in die Arme. Aus war der Traum.

»Das trifft sich ja gut. Sie beide wollte ich gerade zu einer Besprechung bitten.« Er drehte sich zur Ordonnanz mit den hochherrschaftlichen Butlermanieren herum. »Und Sie, Moser, bringen uns 'ne Flasche Calvados und fünf Gläser ins Arbeitszimmer, aber dalli! Wir werden ihn brauchen.«

»Wir werden ihn brauchen.« Dieser Satz geisterte in meinem Kopf herum, während wir Kreklow folgten. Wer würde den Calvados brauchen? Bernau oder ich?

Keine zwanzig Minuten später wußte ich es. Er galt mir. Bernhardi und Roloff hatten es ganz geschickt angefangen.

Bernhardi machte den Anfang. »Haben Sie mit der Werft alles geregelt, Herr Thomsen? Gut! Wie lange wird der Aufenthalt dauern?«

»Fünf bis sechs Wochen, Herr Kapitän. Jedenfalls sagte mir das der verantwortliche Ingenieur. Es sind ja nicht nur die Reparaturen, wir bekommen auch das neue S-Gerät und noch einige andere Dinge eingebaut, und das frißt Zeit.«

»Und Sie sind voll über diese Arbeiten informiert, Herr Bernau?« hakte Roloff nach. »Wissen genau, was gemacht werden muß? Gut! Wie ist denn der Urlaubsplan geregelt, Herr Thomsen?«

»Wie üblich, jede Wache hat sechzehn Tage, dazu zwei Reisetage. Die Steuerbordwache ist schon weg, morgen früh folgen ihr der I WO und ich. Stallwache macht jetzt der II WO mit der Backbordwache, Herr Kapitän«, antwortete ich und rätselte herum, was diese alberne Fragerei bezweckte. »Auch der weiß genau Bescheid und wird den Daumen drauf haben, damit nicht getrödelt oder geschludert wird.«

»Das hören wir gern, Herr Thomsen! Dann ist ja alles bestens geregelt. Was meinen Sie, Herr Bernhardi, brauchen wir dann Herrn Bernau hier überhaupt noch?« Bernhardi erhob keine Einwände, der verhielt sich überhaupt merkwürdig passiv. »Gut, Herr Bernau, das war's für Sie auch schon. Genießen Sie den Abend hier im Kameradenkreis noch ein bißchen. Und dann – schönen Urlaub! Erholen Sie sich gut, Sie werden's noch brauchen.«

Bernau schaute Roloff so verblüfft an, daß ich über sein verdonnertes Gesicht am liebsten laut gelacht hätte, wäre mir nicht plötzlich die logische Konsequenz dieses eleganten Rausschmisses aufgegangen. Die wollten gar nichts von ihm. Das ganze Versteckspiel galt einzig und allein mir, und das wurmte mich.

Kaum hatte Bernau reichlich verdattert den Raum verlassen, mischte Roloff die Karten neu. »Ich glaube, jetzt könnten wir wohl alle einen Calvados vertragen, was? Bitte, Herr Kreklow, sind Sie mal so freundlich?«

»Wenn ich die Situation richtig deute, Herr Kapitän, brauche ich wohl eher einen doppelten Calvados, sobald Sie die Katze endlich aus dem Sack gelassen haben, nicht wahr?«

Das klang nicht einmal in meinen Ohren respektvoll, und das sollte es letztendlich auch gar nicht. Der Ton machte nun einmal die Musik, und an dieser Stelle schien mir ein Paukenschlag durchaus angebracht.

Bernhardi zuckte regelrecht zusammen und öffnete empört den Mund zu einer Zurechtweisung. Selbst Kreklows Hand mit der Calvados-Flasche stockte beim Eingießen mitten in der Bewegung. Nur Roloff lachte und hob beschwichtigend die Hand.

»Ganz der alte Thomsen, gerade heraus und direkt, wie ich ihn seinerzeit bei seinem Besuch auf der *Monte Cristallo* kennengelernt habe.« Der joviale Ausdruck in seinem Gesicht wich militärischer Härte. »Sie wissen, was passiert ist? Und warum ich hier bin?«

»*U 112* hat seinen Kommandanten verloren, und Sie suchen jetzt einen neuen. Mir ist allerdings ein völliges Rätsel, warum Sie meinen I WO zwar eingeladen, ihm aber dieses Kommando dann doch nicht übertragen haben. Ein anderer Kandidat ist ja wohl kaum unter Ihren Gästen.«

»Letzteres stimmt nicht, mein lieber Thomsen!« Seine energischen Augen funkelten mich an. »Sie wissen, welcher Wertschätzung Sie sich auf Grund Ihrer dienstlichen Leistungen bis in die oberste Führung erfreuen. Das Ihnen dafür verliehene Ritterkreuz ist letztlich der deutlichste Ausdruck dafür. Deshalb sind wir nur an Ihnen interessiert, und allein darum bin ich hier, Herr Thomsen!«

»Ich hab's doch geahnt!« Ich schlug mir mit der flachen Hand gegen die Stirn. »Warum habe ich nicht den Nachmittagszug nach Paris genommen, ich Idiot!«

Ich griff nach dem Calvados und kippte ihn auf einen Zug hinter. Auf Roloffs Wink goß der Adjutant das Glas sofort wieder bis an den oberen Rand voll.

Roloff lächelte überlegen. »Es hätte Ihnen nichts genutzt, Herr Thomsen. Wir waren darauf vorbereitet. Sie wären gar nicht über Brest hinausgekommen, und falls doch, dann hätte man Sie in Paris aus dem Fronturlauberzug herausgeholt.«

»Und warum dieses ganze Theater? Kein Ersatz mehr aus den Kommandantenlehrgängen, Herr Kapitän?«

»Das schon. Aber Sie wissen doch auch, wie langsam die Militärbürokratie arbeitet«, meldete sich nun endlich Bernhardi zu Wort. »Ein Ersatz wäre nicht rechtzeitig hier gewesen, wir stehen nämlich unter Zeitdruck.«

»Das heißt, ich habe bisher nur den Schwanz der Katze gesehen. Wie wär's denn, wenn Sie mir nun freundlicherweise auch noch den Rest dieses Mistviehs zeigten?«

Ich wunderte mich über mich selber, so hatte ich noch niemals mit Vorgesetzten gesprochen. Doch sie nahmen es hin, und das wunderte mich noch mehr. Die mußten ganz schön in Schwierigkeiten stecken, sonst hätte wenigstens Bernhardi gemotzt. Der verzog jedoch nur mißbilligend das Gesicht.

Roloff lachte laut auf und griff nun ebenfalls nach seinem Glas. »Gut, Herr Thomsen, Sie sollen alles sehen. Aber erst einmal Prost, sonst verduftet der alte Calvados, und darum wäre es doch jammerschade, nicht wahr?«

Roloff, Bernhardi und Kreklow kippten den kostbaren Schnaps mit der militärisch abgehackten Bewegung hinter, wie es für eine solche Auflassung typisch war. Ich jedoch ließ mein Glas stehen. Wollte ich mich nicht über den Koffer ziehen lassen, denn so etwas bahnte sich offensichtlich an, brauchte ich einen halbwegs klaren Kopf.

Während sich Roloff nachschenkte, übernahm diesmal Bernhardi seinen Part. »Wir sitzen in der Klemme, weil Ihr Crewkamerad Wedemeyer seinen Hormonspiegel offenbar nicht mehr unter Kontrolle hatte. Der Kommandant des seeklaren U-Bootes *U 112* rennt pflichtvergessen buchstäblich auf den letzten Drücker noch mal in den Puff, weil's ihn überkommt!«

»Das hörte ich schon, Herr Kapitän. Wo liegt denn nun das eigentliche Problem? Sie sprachen von Zeitdruck und Klemme.«

Roloff stellte sein Glas zurück. »Wedemeyer war mit seinem Boot dazu ausersehen, vier deutsche Agenten in den USA an Land zu setzen. Daß so etwas nicht ohne Hilfe von Land laufen kann, liegt doch wohl auf der Hand, nicht wahr? Jetzt hinken wir dem Zeitplan schon um zwei Tage hinterher. Kommen noch weitere Verzögerungen hinzu, können wir die ganze Aktion abblasen. Darum sitzen wir jetzt in der Klemme, aus der nur Sie uns heraushelfen können und sollen, mein lieber Thomsen.«

Ich setzte zu einer scharfen Erwiderung an, doch Bernhardi hob abwehrend die Hand. »Ich weiß, was Sie sagen wollen, Herr Thomsen. Sie haben Ihren letzten Urlaub vor knapp einem Jahr gehabt, und ich habe Ihnen versprochen, daß für Sie diesmal vier Wochen herausspringen werden. Die Umstände zwingen uns jedoch …«

»Umstände, Herr Kapitän? Als Sie mir das versprachen, da war meine Frau in anderen Umständen, wie man so schön sagt. Wie ich aus dem Brief meiner Frau erfahre, ist mein Sohn inzwischen schon sechs Wochen alt, und Sie wollen mich wieder rausschicken? Diesmal nicht ins nördliche Eismeer, um einen Geleitzug nach Murmansk abzufangen, sondern gleich bis vor die USA! Wissen Sie eigentlich, wie es mit dem Nervenkostüm Ihrer Kommandanten und Besatzungen nach solchen sechswöchigen Feindfahrten bestellt ist? Und wie unser Familienleben aussieht, falls man es überhaupt noch so nennen kann?«

»Nur zu gut, Herr Thomson. Wir haben ja selbst einige dieser Feindfahrten auf dem Buckel«, mischte sich Roloff wieder ein. »Und trotzdem bitten wir Sie, für Wedemeyer einzuspringen. Ich bitte Sie, obwohl ich es Ihnen befehlen könnte – damit das klar ist.«

Sie hatten mich in der Falle. Ich war Berufsoffizier und hatte in einem solchen Fall alles Private hintan zu stellen und zu parieren. Trotzdem gab ich nicht auf.

»Bis vor die USA? Das geht doch gar nicht mit einem VIIC-Boot! Für die Rückreise fehlt dann glatt der Sprit und …«

»Das ist kein VIIC-Boot, obwohl es auch für dieses Boot kein Problem wäre. *U 112* ist ein IXC 41-Boot mit einer viel größeren Reichweite, außerdem werden Sie aufgetankt. Sie sollen auch keine sechs Wochen draußen bleiben, sondern die Agenten absetzen und dann den Rückmarsch antreten. Wenn Sie dabei noch ein paar Schiffe zu den Fischen schicken, wäre das sehr schön, aber niemand verübelt es Ihnen, wenn dem nicht so ist. Also, was ist nun? Bitte oder Befehl?«

»Keine Chance wenigstens für einen Kurzurlaub? So fünf, sechs Tage, damit ich mir wenigstens ein Bild von meinem Sohn machen kann und meine Frau mich wiedererkennt?«

Roloff schüttelte wortlos den Kopf.

»Sie können selbstverständlich mein Diensttelefon für ein Eilgespräch mit Ihrer Frau Gemahlin benutzen«, bot mir Bernhardi geradezu selbstlos an. »Das ist doch in Ihrem Fall Ehrensache!«

Ich hätte ihm in diesem Augenblick am liebsten lauthals ins Gesicht gelacht. Doch was hätte das genutzt? Sie saßen am längeren Hebel, und sie wußten das.

Am nächsten Morgen übernahm ich das Kommando über *U 112*. An sich war so eine Kommandoübernahme immer eine höchst feierliche Angelegenheit, die viele interessierte Zuschauer anzog. Diese hier war es jedoch nicht. Ich hatte mir das verbeten, denn ich wollte so wenig Aufsehen wie möglich erregen.

In unserem Stützpunkt gab es nämlich garantiert französische Hilfskräfte, die zwar mit uns kollaborierten, zugleich aber alle ihnen wichtig erscheinenden Vorgänge aufmerksam registrierten und über Funk sofort den Briten meldeten. Auf diese Weise hatten die Briten vermutlich längst vom Tod des Kommandanten des seeklaren *U 112* Kenntnis erhalten.

Die Tommies waren nicht dumm. Wenn jetzt mir, einem gerade von Feindfahrt zurückgekehrten Kommandanten, mit dem üblichen militärischen Brimborium das Kommando über dieses auslaufbereite Boot übertragen wurde, stolperten sie mit Sicherheit darüber; denn das war völlig unüblich. Lief *U 112* dann auch noch sofort aus, zogen sie daraus den richtigen Schluß, daß das Boot mit einer besonders wichtigen Mission betraut worden war, die keinen Aufschub duldete.

Daran konnte jedoch keiner von uns interessiert sein. Deshalb blieben Roloff und Bernhardi dieser Zeremonie auch fern, denn sonst hatten wir die Tommies postwendend auf dem Hals.

Alles lief daher wie eine ganz normale Kommandantenmusterung ab. Die Besatzung trat an Deck an, und der I WO meldete mir, wie es ihm Bernhardi aufgetragen hatte, daß *U 112* zur Musterung angetreten sei. Dabei grinste er aber absolut unvorschriftsmäßig. Kein Wunder, er amüsierte sich köstlich über meine überraschte Miene; denn die Erinnerung an meine erste Feindfahrt holte mich zum zweiten Mal ein.

Vor mir stand Oberleutnant Kruse, einer der Männer, mit denen ich damals nach der Versenkung unseres U-Bootes die britische U-Boot-Falle *Flying Lady* gekapert hatte.

»Ich werd' verrückt! Sie sind mein I WO, Herr Kruse?«

Für einen Augenblick vergaßen wir beide alles um uns herum, standen an Deck der *Flying Lady*, schüttelten uns die Hände und schlugen uns triumphierend auf die Schultern. Doch dann holte uns die Gegenwart wieder ein.

Ich ergriff Kruses Hand. »Mann, bin ich froh, Sie auf dieser Feindfahrt an meiner Seite zu wissen!«

Er riß mir beinahe den Arm aus dem Gelenk, so heftig schüttelte er mir die Hand. »Und wir erst, Herr Kaleu! Der II WO, der Smadding und ich!«

Erst jetzt wurde ich gewahr, daß hinter ihm noch zwei weitere Männer in der Formation standen, die mich erfreut anlächelten, der ehemalige Obersteuermann Werda und der Obermaat Wörle. Wie Kruse waren die beiden inzwischen ebenfalls aufgestiegen, Werda zum Leutnant zur See und Wörle zum Oberbootsmann. Zwei zuverlässige Männer, mit denen mich die gleiche Erinnerung verband.

»Na, dann kann ja eigentlich nichts mehr schiefgehen, was? Wir werden das Kind schon schaukeln!«

Anke, meine Frau, reagierte auf meinen Anruf verständlicherweise genau so, wie ich es befürchtet hatte. Sie verfluchte den Krieg und wünschte allen meinen Vorgesetzten die Pest an den Hals, die mich zwangen, auf den mir zustehenden Urlaub zu verzichten. Zum Schluß bekam aber auch ich noch mein Fett ab.

»Seit einem Jahr immer nur Stippvisiten bei Dienstreisen zwischen den Feindfahrten! Unsere Freunde lästern schon: Aha, kommt er wieder liefern? Lach nicht, du Scheusal! Dir hängen sie das Ritterkreuz um, damit du ihnen nicht die Zähne zeigst, und was bleibt mir und den Kindern? Ich bin todtraurig, damit du es weißt! Ich sitze zu Hause und heule mir die Augen aus dem Kopf! Aus Angst, es könnte auch dich wie Ole erwischen! Den ...«

»Moment mal, Liebling – was ist mit Ole?« unterbrach ich ihren Redefluß. Ole Peters und ich waren Crewkameraden, außerdem verband uns nicht nur eine jahrelange Freundschaft. Als LI hatte auch er zu den Männern auf der gekaperten *Flying Lady* gehört.

»Das weißt du nicht? Vor zwei Tagen hat Fritzi die Nachricht bekommen, daß er auf See vermißt wird.«

Auf See vermißt. Es war, als würde plötzlich eine eiskalte Hand nach mir greifen, denn ich wußte, was das bedeutete. Obwohl man draußen auf See dem Tod täglich in die Augen sehen mußte, verdrängte doch jeder den Gedanken, daß es ihn erwischen könnte. Anders hätte man die dauernde nervliche Belastung auf Feindfahrt gar nicht verkraften können.

»Warum sagst du nichts, Arne? Weißt du jetzt, warum ich um dich zittere? Zweimal hat dich die See wieder ausgespuckt. Hat dir das noch nicht genügt?«

»Natürlich weiß ich das! Und ob mir das gelangt hat, Anke! Aber was nutzt es, wenn wir uns streiten? Soll ich mich wegen Befehlsverweigerung an die Wand stellen lassen? Die Chance, eine Erschießung zu überleben, ist weitaus geringer als die, von einer Feindfahrt heil zurückzukommen.«

»Ach, Arne, warum läßt man uns nicht ein ganz normales Leben leben? Zwei Jahre Angst um dich sind zwei Jahre zuviel! Komm ...«

Eine fremde, unpersönliche Stimme schaltete sich in unsere Verbindung. »Bitte beenden Sie das Gespräch! Die Leitung wird dringend benötigt!«

Der Sprecher ließ uns gerade noch so viel Zeit, ein paar Abschiedsworte zu stammeln, dann brach die Verbindung ab. Ich hätte ihr gern noch ein paar liebe Worte mehr gesagt, darum behielt ich den Hörer noch einen Augenblick in der Hand, ehe ich ihn auf die Gabel legte. Zutiefst deprimiert verließ ich das Stabsgebäude und verfluchte die ganze unmenschliche Militärmaschinerie, die einem nicht einmal eine Nische persönlichen Glücks ließ.

Ich brauchte den ganzen Tag, um mein neues Kommando in den Griff zu bekommen. Es war nicht nur die mir fremde Besatzung, deren Namen und Gesichter ich mir schleunigst einprägen mußte. Es waren alles erfahrene U-Boot-Männer, wie mir Kruse sagte, und das beruhigte mich ungemein.

»Da wird es keine Schwierigkeiten geben, Herr Kaleu«, meinte der II WO bei der Besprechung mit den Offizieren, Deckoffizieren und Maaten so ganz nebenbei. »Jeder kennt seine Aufgabe und weiß, was von ihm abhängt. Im übrigen kennen die alle den Ruf, der Ihnen vorauseilt. Für den Rest werden wir sorgen.«

»Moment mal, soll das heißen, daß Sie früher als ich gewußt haben, was man mit mir vorhatte?«

»Aber ja, Herr Kaleu!« klärte mich der LI auf. »Für den Flottillenchef war das schon 'ne beschlossene Sache, als Sie gerade einliefen, habe ich vom Stab gehört.«

Oberleutnant Ing. Lietz, der LI, war offenbar ein Mann, der über die besten Informationsquellen verfügte. Hoffentlich hatte er auch seine Stoker fest an der Kandare.

»So ein scheinheiliger Hund«, sagte ich zu Kruse leise, aber doch nicht leise genug. »Mir gegenüber hat Bernhardi so getan, als habe es der FdU verfügt.«

Der I WO grinste. »Umgekehrt wird 'n Schuh draus. Er hat es dem FdU vorgeschlagen und um Rückendekkung durch Kapitän Roloff gebeten, weil der Sie doch von früher her kannte.«

Die beiden hatten mir also perfektes Theater vorgespielt und mich naßkalt aufs Kreuz gelegt.

»Und woher wissen Sie das, Herr Kruse? Auch vom Stab?«

Kruse deutete auf den LI. »Von diesem Casanova da, Herr Kaleu, und der hat's wiederum von seinen Miezen beim Stab, die ihm in Scharen nachlaufen. Weiß der Teufel, wie der das macht. Sieht aus wie 'n schlecht durchgebackenes Brötchen und hat trotzdem bei den Marinehelferinnen einen Mordsschlag.«

Das schlecht durchgebackene Brötchen zuckte feixend mit den Schultern. »Man tut eben, was man kann, Herr Kruse, und das richtig. Das kommt bei den Damen an.«

»Na, wie's aussieht, werden die ja wohl jetzt 'ne Weile ohne Ihre Liebeskünste auskommen müssen«, gab ich trocken zurück. »Obersteuermann, wie sieht's heute abend mit der Tide aus?«

Eine Fangfrage, um Obersteuermann Schneider auf die Probe zu stellen, wie weit er bei einer 3-Stunden-Bereitschaft schon vorausgedacht hatte.

»Hochflut um dreiundzwanzig Uhr fünfzig, Herr Kaleu«, kam es wie aus der Pistole geschossen. »Mondaufgang gegen einundzwanzig Uhr dreißig.«

Das war ein Mann nach meinem Herzen. Ich nickte anerkennend. »Danke! Seeklar um neunzehn Uhr dreißig, meine Herren. Sorgen Sie dafür, daß das mit absoluter Ruhe geschieht. Ich will kein Aufsehen erregen. Wir gehen deshalb auch mit den E-Maschinen in See, LI. Alles klar? Dann danke ich, meine Herren!«

Als um 18 Uhr unsere Badegäste an Bord kamen, kannte ich mein neues Boot in- und auswendig. Sah man einmal von der Größe, der höheren Über- und Unterwassergeschwindigkeit und dem größeren Aktionsradius ab, dann war es für mich gar keine so große Umstellung, denn was sich bei den mir vertrauten VIIC-Booten bewährt hatte, war bei dieser größeren Version beibehalten worden.

Imponierend war die Bewaffnung. Mit sechs Torpedorohren, einer 10,5-cm-Kanone vor dem Turm, einer 2-cm-Flak auf dem Wintergarten und einer 3,7-cm-Flak auf dem Achterdeck konnte man schon einiges ausrichten. Noch beeindruckender war das neue S-Gerät, das ich noch nicht kannte. Eine Neuerung, die wie das britische ASDIC arbeitete. Enorm verbessert hatte man auch das Horchgerät (GHG). Es arbeitete jetzt präziser und reichte weiter.

Als ich mich für das S-Gerät begeisterte, winkte Kruse ab. »Halten wir überhaupt nichts von, Herr Kaleu. Damit verraten wir uns nur selbst, weil die Tommies durch unsere Impulse gewarnt werden. Wir kriegen ja ihr ASDIC auch mit.«

Funkobermaat Huber, ein Bayer, wie er im Buche steht, nickte bestätigend. »Dös is a Schmarrn, Herr Kaleu, dös nutzt uns nie nix. Dös neue GHG, dös is da scho besser.«

»Wie Sie meinen, Huber. Sie sind ja der Fachmann hier.« Was hätte ich auch sonst sagen sollen?

Über mir quäkte die Stimme des II WO aus dem Bordlautsprecher: »Der Kommandant bitte in die Zentrale. Unsere ... äh ... Badegäste sind eingetroffen.«

Kruse lachte. »Badegäste ist gut! Klingt direkt vornehm. Der Smadding ist da weitaus weniger wählerisch. Der sprach vorhin noch von den Kielschweinen.«

»Ob Kielschwein oder Badegast – seh'n wir uns die Vögel mal an, Herr Kruse.«

Geruch nach kaltem Tabakrauch stieg mir trotz des penetranten Dieselmiefs in der Zentrale in die Nase. Er ging von den fünf Zivilisten aus, die wie Seeleute gekleidet waren, sich neugierig in der Zentrale umsahen und mich einzuschätzen versuchten.

Der II WO reichte mir einen verschlossenen Umschlag. »Die Befehle wegen der vier … äh … Herren, Herr Kaleu. Ein Läufer der Flottille hat sie eben gebracht. Ich habe quittiert.«

»Danke, Herr Werda. Sagten Sie vier? Ich zähle fünf.«

Ein kleiner, drahtiger Mann trat vor, dessen verkniffenes Gesicht mit dem borstigen Oberlippenbart mich irgendwie an eine schnüffelnde Ratte erinnerte. Ein unangenehmer Typ. Er musterte mich respektlos von oben bis unten wie ein Händler auf dem Husumer Viehmarkt. Das machte ihn mir noch unsympathischer.

»Ich hab' die Männer hergebracht, damit Sie auch ja auf dem richtigen Boot einsteigen«, näselte er blasiert und grinste. »Außerdem wollte ich gern mal 'n frontklares U-Boot von innen sehen.«

Ich verzog angewidert das Gesicht; denn während er sprach, wehte mir aus seinem Mund ein übles Geruchsgemisch entgegen. Ein Kettenraucher, wie seine nikotingelben Fingerkuppen und die verfärbten Zähne erkennen ließen, der tüchtig Rotwein gekübelt hatte. Er holte aus seiner Hosentasche eine Zigarettenpackung heraus und steckte sich eine Zigarette in den Mund.

Wollte dieser Kerl etwa rauchen? Als sein Feuerzeug aufflammte, ging es mit mir durch. Ich schlug es ihm aus der Hand, daß es laut klappernd über die Flurplatten sprang. »Sind Sie von allen guten Geistern verlassen, Mann? Hier unter Deck wird nicht geraucht, verstanden?«

Er starrte mich einen Augenblick verblüfft an, dann verzog sich sein Rattengesicht zu einer wütenden Grimasse. Seine stechenden Augen funkelten mich giftig an. »Was fällt Ihnen ein? Sind Sie verrückt geworden, nach mir zu schlagen? Wie reden Sie überhaupt mit mir? Ich bin Ober…«

Weiter kam er nicht. Der hinter ihm stehende Smadding verpaßte ihm einen so schmerzhaften Stoß in die Nieren, daß er sich aufstöhnend zusammenkrümmte.

»Paß auf, du Landratte, du stehst vor unserem Kommandanten, der hier allein das Sagen hat. Selbst wenn du der Kaiser von China bist, hast du dich entsprechend zu verhalten, klar?« Er hielt ihm die geballte Faust unter die Nase. »Noch so eine respektlose Rede, mein Freund, und wir ersäufen dich!«

Normalerweise hätte das Verhalten des Smaddings bei mir auf der Stelle ein gewaltiges Donnerwetter ausgelöst. Bei diesem unsympathischen Kerl tangierte es mich jedoch seltsamerweise überhaupt nicht.

»Genug, Nummer Eins!« griff ich ein und wandte mich an diesen Mann. »Es ist mir völlig Wurscht, wer Sie sind! Wenn Sie nicht zu diesen vier Männern gehören, dann machen Sie, daß Sie von Bord kommen. Das hier ist kein Museum!«

Ein drohendes Gemurmel unterstrich meine Worte. Mit wutverzerrter Miene richtete er sich auf und musterte die grimmigen Gesichter der Männer in der Zentrale. Die machten ihm Beine. Er griff nach den Holmen der Turmleiter.

»Ich dachte, ich sei an Bord eines deutschen Kriegsschiffes vor solchen Piratenmanieren sicher«, konnte er sich dennoch nicht verkneifen. »Wir sprechen uns noch, Kapitänleutnant, wenn Sie von Ihrem Einsatz zurück sind. Dann geht es andersherum!«

»Das soll mir ein Vergnügen sein. Und nun rauf mit Ihnen!«

Nachdenklich sah ich ihm hinterher, wie er eilig hinter dem Smadding zum Turmluk aufenterte. Offenbar bekleidete er bei der militärischen Gegenspionage einen höheren Rang, sonst hätte er das »Herr« vor meinem Dienstrang nicht wegzulassen gewagt. Das war kein guter Abgang. Seine Drohung ließ mich jedoch kalt. Ich hatte jetzt andere Sorgen.

Während ich die vier Agenten begrüßte und ihnen die Offiziere und Deckoffiziere vorstellte, klang ein lautes Aufklatschen von oben zu uns herunter, gefolgt von dem Schrei: »Mann über Bord!«

»Die werden ihn doch nicht etwa über Bord geschmissen haben?« meinte der I WO spöttisch.

An dem schadenfrohen Grienen der vier Badegäste konnte ich ablesen, daß sie ihm das glatt gönnten. Vermutlich hatte er sich ihnen gegenüber ähnlich großkotzig aufgeführt.

»Keine Sorge, Herr Kruse, der Smadding ist ja dabei. Der wird ihn schon nicht ersaufen lassen.«

Der kam wenig später die Turmleiter zu uns heruntergesaust.

»Was war oben los, Nummer Eins?«

Der zuckte gleichgültig mit den Schultern. »Nichts Weltbewegendes. Unser ungebetener Gast hatte es zu eilig, Herr Kaleu. Ein falscher Schritt auf der schmalen Planke, schon lag er im Bach. Wir haben ihn selbstverständlich sofort aus der stinkenden Brühe gefischt. Gedankt hat er es uns allerdings nicht.«

Warum sollte er sich auch bedanken? Wenn mich nicht alles täuschte, hatte an Deck jemand dem falschen Schritt tatkräftig nachgeholfen.

Ich überflog die Anweisungen der Flottille hinsichtlich der vier Badegäste. Sie waren mehr als dürftig, denn sie regelten lediglich ihre Anbordnahme. Alle anderen Einzelheiten enthielt der Einsatzbefehl, der jedoch – warum auch immer – erst auf 45 Grad Nord und 15 Grad West geöffnet werden sollte. Ich war neugierig, deshalb bat ich die Männer in mein Kabuff, während das Boot seeklar gemacht wurde.

»Ich muß mich für das unerfreuliche Intermezzo bei Ihnen entschuldigen. So rauh geht es bei uns selbstverständlich nicht immer zu; aber es gibt Verhaltensweisen, die wir hier an Bord nicht hinnehmen können und wollen.« Ich war sicher, sie hörten die deutliche Warnung heraus, sich auch ja an die Regeln zu halten, die ihnen der Smadding inzwischen »beigepult« hatte. »Wir leben hier nun einmal auf engstem Raum zusammen. Aber das wissen Sie ja inzwischen längst.«

Ich sah dabei die beiden Deutschkanadier John und Richard Kirkner an, die sich darüber beklagt hatten, daß sie in Hängematten schlafen sollten, obwohl es doch Kojen gab. Die beiden fünfunddreißigjährigen strohblonden, schlanken Männer hatten den Smadding ungläubig angestarrt, als der ihnen erläuterte, warum sich die meisten der 48 Besatzungsmitglieder einen Schlafplatz teilen mußten. Für Gäste blieben da eben nur Hängematten.

Sie waren Zwillinge und ähnelten sich wie ein Ei dem anderen, so daß ich auch jetzt wieder rätselte, wer von den beiden Männern aus dem kanadischen Osten nun eigentlich John und wer Richard war.

»Ich habe bisher nur erfahren, daß ich Sie an drei verschiedenen Orten der amerikanischen Küste absetzen soll. Ich wüßte gern mehr darüber, meine Herren.«

»Wir beide sollen bei Halifax oder Saint John an Land gehen, Herr Kaleu«, antwortete der, den ich für Richard hielt. »Uns wäre Saint John lieber, weil das Gebiet von Halifax wegen der Geleitzüge stärker überwacht wird.«

»Und wie soll das laufen? Ich kenne mich sowenig vor Halifax wie vor Saint John aus.«

Richard griff in die Tasche und fischte einen Zettel heraus. »Hier, die Funkfrequenz, über die wir alles rechtzeitig erfahren werden, wenn wir vor der kanadischen Küste stehen. Aber das hat ja wohl noch Zeit, denke ich.«

»Klingt so, als wäre das eine sichere Sache. Hoffentlich ist es das dann auch.« Ich wandte mich an den dritten Mann, einen Nordschleswiger aus dem dänischen Tønder, der sich Broder Brodersen nannte. »Und wo sollen Sie an Land gehen?«

»Bei Boston. Jedenfalls erwartet mich dort mein Verbindungsmann.« Sein Deutsch hatte das leichte Lispeln, wie es für Menschen aus dem dänischen Sprachraum typisch ist. »Der meldet sich, sobald wir auf dieser Frequenz diese Buchstabengruppe abgesetzt haben.«

Auch er reichte mir einen Zettel. Dabei bemerkte ich, daß ihm zwei Finger an seiner rechten Hand fehlten.

»Ein Unfall?«

Meine Frage kam dem dunkelhaarigen dreißigjährigen Mann ungelegen, das sah ich seinem schmalen, sympathischen Gesicht an. Ablehnend schürzte er die schmalen Lippen und zuckte die Schultern.

»Man kann es so nennen. Ich habe im falschen Augenblick bei einer politischen Auseinandersetzung zugegriffen, um ein Messer abzuwehren. Genügt Ihnen das?«

Ich nickte wortlos. Es sagte mir als Hamburger, der mit den Verhältnissen in diesem ehemals deutschen Gebiet vertraut war, tatsächlich alles. Es gab in der deutsch-dänischen Mischbevölkerung eine NS-Bewegung, die sich lautstark prodeutsch aufführte und wie Österreich 1938 »heim ins Reich« strebte. Das schmeckte den selbstbewußten Dänen aber verständlicherweise gar nicht. Da wurde man mitunter schnell handgreiflich, und dieser durchtrainierte Mann sah nicht so aus, als ginge er solchen Meinungsverschiedenheiten aus dem Wege.

Der vierte Mann im Bunde machte dagegen einen ausgesprochen friedlichen Eindruck. Dunkelhaarig, kleiner und feingliedriger als die anderen, wirkte er mit seiner glatten, fast mädchenhaft zarten Haut eher wie ein Italiener auf mich. Er kam aus dem Elsaß und trug den französischen Namen Robert Franchon.

»Charleston, Herr Kaleu«, kam er meiner Frage mit

einer überraschend hohen Stimme zuvor. »In den Südstaaten fällt mein Typ weniger auf. Es läuft ähnlich wie bei den anderen Herren ab. Auf mein Funksignal wartet allerdings eine Verbindungs*frau*.«

Er lächelte über mein verblüfftes Gesicht.

Am Schott erschien der Smadding. »Boot ist seeklar, Herr Kaleu.«

»Danke, Oberbootsmann!« Ich stand auf. »Dann wünschen wir uns man alle einen ruhigen Törn, meine Herren.«

Lautlos löste sich *U 112* von der Pier und glitt aus dem abgedunkelten Kriegshafen hinaus in die weite Bucht von Brest. Jedes verräterische Geräusch vermeidend, klarte das Leinenkommando Back und Achterdeck auf und verschwand wie auf Samtpfötchen unter Deck. Alle notwendigen Befehle erfolgten im Flüsterton, und auch die E-Maschinen liefen so leise, daß ihr Schnurren selbst vom stärksten im Wasser ausgebrachten Mikrophon wohl kaum wahrgenommen werden konnte.

Wer auch immer jetzt den Hafen und die Bucht beobachten mochte – und ich war sicher, daß die französische Widerstandsbewegung nicht schlief –, hören konnte der uns ganz sicher nicht. Mit der Sicht sah das allerdings ganz anders aus.

Bisher hatte hier an der bretonischen Küste das für November typische naßkalte Schmuddelwetter mit schlechter Sicht und tiefhängenden Wolken geherrscht, aus denen beständig widerlicher Nieselregen triefte. Genau das richtige Wetter, um unentdeckt aus dem Hafen zu schleichen. Seit dem Spätnachmittag dehnte sich jedoch ein Ausläufer des Azorenhochs immer weiter nach Frankreich aus und trieb mit dem aufkommenden Wind die triefenden Wolken auseinander.

Schnell klarte es auf. Bald wölbte sich über Brest ein makelloser Himmel, von dem die Sterne wie dicke Diamanten auf uns herabfunkelten. Damit hatte niemand von uns gerechnet, sonst hätten wir schon früher losgeworfen.

»Verdammt, ausgerechnet jetzt!« fluchte Kruse leise. »Wenn der Mond aufgeht, braucht man nur ein gutes Fernglas, um uns auszumachen.«

»Abwarten, Herr Kruse.« Ich blickte voraus auf die dunkle Landmasse, die langsam näher rückte, bis sie sich nach beiden Seiten zu der schmalen Ausfahrt aus der Bucht in die offene See öffnete. »Ich hoffe, dann sind wir draußen und haben schon genügend Wasser unter dem Kiel. Außerdem schützt uns jetzt noch unser dunkler Anstrich.«

Das klang optimistisch, aber so ganz vertraute ich darauf keineswegs. Zwar war das Land auf beiden Seiten der Ausfahrt militärisches Sperrgebiet und wurde streng bewacht, aber jede Nacht flogen britische Flugzeuge nach Frankreich ein und warfen Material für die Résistance ab. Keiner von uns konnte daher wissen, über welche Sichtgeräte die Franzosen inzwischen verfügten.

»Vielleicht sollten wir lieber noch ein paar Kohlen mehr auflegen, Herr Kaleu?« schlug der LI vor, den offensichtlich die gleiche Sorge quälte. »Die Batterien sind voll aufgeladen, da könnten wir.«

»Dann tun Sie's doch, Herr Lietz. Gehen Sie auf Umdrehungen für sieben Knoten. Sind wir erst einmal aus dem Schlauch heraus, steigen wir auf die Diesel um und gehen voll voraus.«

Als der Mond aufging und die See in ein silbernes Licht tauchte, liefen wir zwischen Camaret-sur-Mer und Pte. de Saint Mathieu mit allem, was die Diesel hergaben, hinaus in die offene See. Was machte es da schon, daß wir ein silberhelles Kielwasser nachschleppten, jetzt zählte jede Minute.

Das Seegebiet vor der bretonischen Küste zwischen der Ile d' Ouessant im Norden und der Ile de Sein im Süden, das wir passieren mußten, um in den freien Atlantik zu gelangen, war ein gefährliches Pflaster. Hier schlichen sich im Schutz der Dunkelheit immer wieder schnelle britische Seestreitkräfte an die Küste heran, um ein- oder auslaufende U-Boote abzufangen. Deshalb brauchten wir so schnell wie möglich tiefes Wasser unter dem Kiel, um zu tauchen und das Boot zu trimmen.

Die schwachen deutschen Einheiten brauchten die Briten nicht zu fürchten. Die Vorpostenboote operierten zwar vor der Einfahrt nach Brest, aber sie wichen meist einem Gefecht mit den schlagkräftigen Engländern aus und überließen das lieber den weitreichenden schweren Geschützen auf der steilen, zerklüfteten Küste. Das war auch in dieser Nacht nicht anders. Wir waren auf uns allein angewiesen.

Wenn in der Dunkelheit die Aufmerksamkeit auf dem Turm erfahrungsgemäß nachließ, weil sich jeder auf den anderen verließ, kam die Zeit der Tommies. Der I WO und ich verfolgten darum mit zunehmender Nervosität die aus der Zentrale gemeldeten Tiefen. Die reichten zwar längst zum Trimmen des Bootes aus, aber nicht, um dem britischen ASDIC zu entgehen, falls uns plötzlich Tommies in die Quere kommen sollten.

»Haltet ja die Augen auf, ihr müden Tränen!« ermahnte darum der I WO die Männer auf der Brücke immer wieder. »Ich mach' aus euch Hackfleisch, wenn's jetzt 'ne Panne gibt!«

Endlich kam die erlösende Meldung: »Zentrale an Brücke: Wassertiefe zwo-null-null!«

»Beide Maschinen stop! Auf E-Maschinen umkuppeln! Auf Tauchstation!« Ausguck und Flak-Bedienung verschwanden blitzschnell unter Deck. »Obermaat Huber, wo bleibt die Meldung vom Horchgerät? Beeilung!«

Huber war ein gewissenhafter Mann, der ließ sich auch vom I WO nicht hetzen. Er benötigte nun einmal Zeit für seine Horchrunde, denn bis eben hatte der Lärm der Diesel das GHG lahmgelegt.

»Nur die Ruhe, Herr Kruse. Wenn da was wäre, hätten uns die FuMO-Stationen an Land oder die VP-Boote sicher gewarnt. Da wird vermutlich auch die Horchrunde nichts ergeben.«

»Kann sein, Herr Kaleu, kann aber auch nicht sein. Ich hab' trotzdem ein ganz blödes Gefühl im Urin. Sollte mich wundern, wenn da nicht wieder so ein paar Kumpel von der anderen Feldpostnummer durch die Gegend schleichen, die ihr RADAR gar nicht benutzen, um sich nicht zu verraten.«

»Hmmm!« brummte ich nur, denn so abwegig war das tatsächlich nicht. Und prompt brachte Hubers Meldung im selben Augenblick die Bestätigung.

»Horchraum an Brücke: Schraubengeräusche in null-neun-null, mehrere Einheiten, kämmen in Schleichfahrt die See ab, Entfernung etwa sechs Seemeilen. Da ist in zwo-neun-zwo auch noch ein Einzelfahrer, Entfernung etwa acht Seemeilen, könnte ein aufgetauchtes U-Boot sein.«

»Da haben wir's! Alarmtauchen! Ab in die Tiefe!«

Der Bug schnitt schon unter, als ich das Turmluk zuknallte und hinter dem I WO an den Leiterholmen in die Zentrale hinuntersauste. Schnell gewannen wir Tiefe.

»Fünfzig Meter gehen durch«, sagte der LI. »Dürfen wir trimmen? Je früher, desto besser.«

»Stop Tiefe! Dann man los, Herr Lietz!«

Der LI und der I WO gingen das Trimmprogramm an, wie man es eben nur mit einer eingespielten Mannschaft abspulen konnte. Da saß jeder Handgriff und ging jedes Manöver ruckzuck über die Bühne.

Ich trat indessen an den Kartentisch; kein Wachoffizier schätzte es, wenn man ihm ins Handwerk pfuschte. Mein Blick auf die Seekarte bewies mir, daß auch Obersteuermann Schneider »auf Zack« war. Er hatte die Schiffspeilungen bereits in Kompaßpeilungen umgerechnet und sie an unseren Kurs angetragen.

»Ausspreche Anerkennung, Obersteuermann.« Eine blöde Formulierung, aber so ließ sich nun einmal ein Lob militärisch am besten umschreiben. »Ich möchte den Brüdern im Norden lieber aus dem Weg gehen. Sobald wir mit dem Trimmen fertig sind, gehen wir auf zwo-zwo-fünf.«

Schneider nickte, verzog jedoch skeptisch das Gesicht, als er den neuen Kurs mit dem Kursdreieck prüfte. »Der führt uns aber verdammt nah an den Einzelfahrer heran, Herr Kaleu. Vielleicht ist das gar kein U-Boot.«

»Und wenn es doch eins ist, Schneider? Dann bedeutet das, daß dort der Weg für uns frei ist. Darum.«

»Und wenn nicht, was dann?« streute auch Kruse Pfeffer in meine offene Wunde, denn ich war mir keineswegs sicher, daß meine Entscheidung richtig war.

»Dann spielen wir scheues Kaninchen und kratzen die Kurve.«

Zwanzig Minuten später verfluchte ich meinen leichtfertigen Optimismus. Er bekam den ersten Knacks, als Huber aus den sich nähernden Schraubengeräuschen herauszuhören glaubte, daß es sich auch um eine britische Korvette handeln könne.

»Kann sein, kann auch nicht sein!« murmelte ich Kruses Lieblingsspruch vor mich hin und ließ weiter Kurs und Tiefe halten.

Wenig später versetzte jedoch das entnervende Geräusch auf unserer Außenhaut meiner schon ins Wanken geratenen Zuversicht den Todesstoß. Das war kein U-Boot, das uns mit seinem S-Gerät erfaßte, das klang anders. Dieser Meinung war auch der I WO. Es war ohne jeden Zweifel ein britischer ASDIC-Strahl, der mit seinen Impulsen auf uns eintrommelte und uns nicht mehr aus seinen Fängen ließ. Immer wieder glitt er ab und kam zurück.

Meine Hoffnung zerplatzte wie ein zu prall gefüllter Luftballon und verwandelte sich in Ärger und Enttäuschung über diese Blamage. Jetzt gab es nur eins: Ich mußte mich vergewissern und entsprechend handeln, bevor uns der Tommy auf die Hörner nahm. Was scherte mich da noch der Befehl, jede Feindberührung zu vermeiden. Das ASDIC zwang mir ja das Handeln auf.

»Auf Sehrohrtiefe anblasen! Achtung – Rohr eins bis vier klar zum Unterwasserangriff!«

Das Boot schwebte empor. Indessen liefen die Vorbereitungen für den Torpedoschuß an. Die Rohre wurden bewässert und die Mündungsklappen geöffnet. Der Spargel kam aus seinem Schacht. Ich klemmte mich hinter das Okular und visierte die Geräuschquelle an. Da hatte ich's! Vor dem Mondlicht zeichnete sich klar die Silhouette eines kleinen Kriegsschiffes ab, das uns einladend seine Backbordseite darbot.

»Ja, gibt's denn das wirklich?« entfuhr es mir überrascht. »Eine Korvette, die uns mit ihrem ASDIC aufgestöbert hat und nicht angreift? Ist die am Ende nicht allein und hält deshalb den Kontakt für das Echo der Impulse eines Kumpels?«

Ich schwenkte das Periskop suchend hin und her und entdeckte tatsächlich noch ein zweites Kriegsschiff. »Verdammt, eine Fregatte! Liegt gestoppt.«

»Eine gestoppt liegende Fregatte?« vergewisserte sich der I WO. »Die alte Masche, was? Einer macht den Köder, damit sie dann den Hereingefallenen zu zweit zur Sau machen können?«

»Möglich. Aber wie paßt da die nicht beachtete ASDIC-Ortung hinein? Warum greifen die nicht an?«

Ein ungewöhnliches Verhalten. Doch warum zerbrach ich mir darüber überhaupt den Kopf? Die Korvette tappte mit kleiner Fahrt in einen idealen Schußwinkel für uns hinein. Was wollte ich mehr?

Unter diesen Gegebenheiten war meine Zielansprache ein Kinderspiel, deren Werte der I WO in den Vorhalterechner eingab, der das Zieldreieck berechnete und das Ergebnis auf das Lenksystem der Torpedos übertrug. War erst einmal die Korvette weg, bekam auch die Fregatte ihren Teil. Noch standen ja die anderen Tommies im Norden zu weit von uns ab, um uns gefährlich werden zu können. Es mußte nur schnell gehen.

»Rohr eins bis vier sind klar!« meldete Kruse, die Stoppuhr in der Hand.

»Achtung! Rohr eins … los! … Rohr zwei … los!«

Der Tod für die Korvette flutschte aus den Rohren. Zwei Aale, weil im Mondlicht die Entfernung schlecht zu schätzen war. Einer davon würde bestimmt treffen.

Die Tiefenrudergänger fingen das Boot geschickt ab. »Rohr eins und zwei sind los!«

Ich behielt die Korvette im Visier und zählte die Sekunden. Noch dampfte sie im Mondlicht auf. Jetzt! Die Detonationen der beiden Torpedos klangen wie ein einziger Donnerschlag. Die Backbordseite der Korvette verschwand hinter zwei riesigen Wassersäulen. Als sie zusammenfielen, hatte sie kein Heck mehr, und mitschiffs schlugen Flammen empor.

Jubel machte für einen Augenblick jede Verständigung unmöglich. Unwillig hob ich die Hand und gebot Ruhe. Zugleich drehte ich den Spargel auf die Fregatte ein und traute meinen Augen nicht. Sie lag noch immer an der gleichen Stelle und reagierte nicht! Einfach unglaublich!

»Siehste«, hörte ich einen der Männer in der gespannten Stille der Zentrale sagen. »So ist der Thomsen! Der läßt nischt anbrennen! Angreifen! Ran! Versenken!«

»Quatschkopf! Paß lieber auf, daß uns nischt anbrennt!« antwortete ein anderer.

»Huber, was erzählen die Fische?«

»Brechende Schotten, Herr Kaleu. Sonst nichts.«

»Dann ist die Fregatte jetzt dran!«

Da bedurfte es keiner großartigen Zielansprache. Ein paar Kurskorrekturen, schon lag sie wie auf dem Präsentierteller vor unseren Rohren.

»Achtung – Rohr drei und vier klar zum Unterwasserschuß!«

Blitzschnell übertrug der I WO die Zielwerte auf die Torpedos. Damit hatte man im Bugraum schon gerechnet.

Schnell kam die Klarmeldung. »Rohr drei und vier sind klar!«

Einen Augenblick zögerte ich noch. Schoß ich, waren auch die Männer der Korvette verloren, die sich auf die Fregatte zu retten versuchten. Das war kein Kampf, das war ein brutales Abschlachten eines wehrlosen Gegners. Das widerstrebte mir noch immer, obwohl die Briten selbst keineswegs so zögerlich waren, wenn sie ein angeschlagenes deutsches U-Boot gestellt hatten.

»Verband im Norden nimmt Fahrt auf, Herr Kaleu!« riß mich Huber aus meinen Gedanken. »Nähert sich mit Höchstfahrt! Entfernung etwa zwozehn Seemeilen.«

Die Fregatte hatte also gefunkt. Das war ihr Todesurteil, denn für Zerstörer und Fregatten waren zwölf Seemeilen ein Katzensprung. Keine halbe Stunde, und wir hatten sie auf dem Hals!

»Rohr drei und vier … Achtung! Rohr drei und vier los!«

Ein Ruck ging durch das Boot.

»Rohr drei und vier sind los!«

Ich hörte die Meldung nur noch mit halbem Ohr. Mein Blick galt zwar der Fregatte, aber meine Gedanken waren schon ganz woanders. Nicht nur wegen der heranstürmenden Jagdgruppe – es gab noch einen anderen Grund.

Die sinkende Korvette hatte garantiert scharfe Wasserbomben an Bord, die detonierten, sobald das Wrack die eingestellte Wassertiefe erreichte. Dann würde der ganze Vorrat hochgehen, und wer zu dicht dran war, bekam zumindest die Druckwellen ab, wenn nicht mehr. Das galt auch für die Wasserbomben der Fregatte. Wir mußten abdrehen und schleunigst verschwinden.

»Ruder Steuerbord zehn! Neuer Kurs zwo-siebennull! Beide Maschinen AK voraus!«

Mein Befehl wurde sofort befolgt.

Der Fregatte blieben nur noch wenige Sekunden, dann ereilte sie das Schicksal der Korvette. Die Wirkung der Torpedos war allerdings viel schlimmer. Mit einem gewaltigen Donnergrollen stiegen an ihrem Achterschiff zwei mächtige Geisire empor, zerfaserten und fielen schäumend zusammen. Ein grellroter Blitz zerriß die Dunkelheit. Ein Teil des Achterdecks hob sich und flog mit ohrenbetäubenden Detonationen und funkensprühenden Eruptionen in die Luft. Es klang, als explodiere der torpedierte Brite unmittelbar neben uns.

Der Jubel im Boot verstummte schlagartig. Jeder klammerte sich irgendwo haltsuchend fest, falls eine Kette mächtiger Druckwellen das schwere Boot raumschots packen und in einen irrwitzigen Tanz zwingen sollte. Doch der Rummel blieb aus.

»Wir haben die achtere Munitionslast getroffen! Der ganze Pott fliegt in die Luft!« schrie ich gegen das Getöse an und ließ das Sehrohr in den Schacht gleiten. »Nichts wie weg! Torpedos nachladen! Stationen aufklaren! Alarm beendet!«

»Gratuliere, Herr Kaleu!« Der I WO schlängelte sich zu mir durch und schüttelte mir begeistert die Hand. »Zwei Tommies weniger, die uns gefährlich werden konnten!«

»Schon, aber die anderen werden uns das büßen lassen, wenn wir nicht schnell genug verduften!«

Er lachte. »Ach, auf diesem Kurs werden die uns ganz sicher nicht vermuten. Die nehmen eher an, daß ein heimkehrendes U-Boot seine letzten Torpedos noch an den Mann gebracht hat.«

»Weiß man's?« mischte sich der LI ein und verzog skeptisch das Gesicht. »Die siebeneinhalb Knoten bringen doch gar nichts, Herr Kaleu, die kosten uns nur Batterie. Wir sollten auftauchen und sehen, daß ...«

Er sprach genau das aus, was mir gerade selbst durch den Kopf ging. Deshalb unterbrach ich ihn. »Sie sagen es, Herr Lietz. Achtzehneinhalb Knoten bringen jetzt mehr. Auftauchen und beide Maschinen voll voraus! Brückenwache in den Turm!«

Es war tatsächlich die einzige Möglichkeit, den Tommies zu entkommen. Die mußten sich ja zunächst um ihre im Wasser treibenden Kameraden kümmern. Erst danach konnten sie die Suche nach uns aufnehmen, und die war in der Weite der See schwierig. Außerdem wollte ich weit genug weg sein, wenn die Wasserbomben hochgingen.

Als der Turm aus dem Wasser brach und wir die Brükke besetzten, hatte sich der Mond hinter eine Wolkenbank verkrochen. Uns bot sich ein schauerlicher Anblick. Das Wrack der Fregatte stand in hellen Flammen. Noch schwamm es, obwohl Leuchtspurmunition in seinem Innern explodierte. Wie Sternschnuppen flogen deren Geschosse hoch in die Luft.

Vor dieser feurigen Kulisse tanzten vereinzelt Köpfe mit der Dünung auf dem Wasser und strebten von ihrem dem Untergang geweihten Schiff weg. Keine Boote oder Flöße, nur Schwimmer. Vom Feuerschein geblendet, hielt ich vergeblich nach der Korvette Ausschau. Ich vermochte selbst mit dem scharfen Nachtglas keine Spur von ihr in der Dunkelheit zu entdecken.

»Keine Wasserbombenexplosionen, einfach nur so weg«, meinte der I WO und ließ das Glas sinken. »Nicht einmal Boote oder Flöße, und Schwimmwesten haben die vermutlich auch nicht umgehabt, weil sie damit gar nicht gerechnet haben. Grauenhaft.«

Ich nickte stumm, denn das ging auch mir unter die Haut. Aber fischten wir auch nur ein paar der Schwimmer auf, brachten wir uns damit selbst in die höchste Gefahr. Die anderen Tommies waren schon verdammt dicht aufgekommen, wie Huber gemeldet hatte, bevor wir auf die Diesel umgestiegen waren. Uns blieb jetzt nur die Flucht.

Unter meinen Füßen vibrierte die Gräting im Takt der Diesel, die Entlüfter heulten. Abgase verwehten achteraus im Fahrtwind.

»So, wie die jetzt abfackelt, können die Tommies sie jedenfalls nicht verfehlen, das rettet die paar Schwimmer vielleicht.« Ich deutete auf das brennende Wrack, das schnell hinter uns zurückblieb. »Möchte mal wissen, warum die Fregatte überhaupt keine Anstalten gemacht hat, der Korvette zu Hilfe zu kommen. Völlig unverständlich.«

»Der LI meint, die hätten bestimmt 'nen Maschinenschaden mit Bordmitteln zu beheben versucht, sonst hätte die Korvette sie doch sicher ins Schlepp genommen. Meinen Sie nicht?«

»Klingt einleuchtend.« Ich sah auf die Leuchtziffern meiner Armbanduhr. »Noch rätselhafter ist, warum die Fregatte nicht schon längst weg ist.«

»Dafür gibt's 'ne ganz simple Erklärung, Herr Kaleu. Die Aale in Rohr drei und vier waren mit Aufschlagpistolen bestückt, darum. Die in Rohr eins und zwei hatten Magnetzündung. Das hatte Ihr Vorgänger so gewünscht, als wir die Aale luden, und so ist es geblieben. Ich dachte, Sie wüßten das.«

Ich wußte es natürlich nicht. Wie sollte ich auch? Ich war ja eingestiegen, als *U 112* schon frontklar an der Pier lag. »Dann wird mir ja verschiedenes klar.«

Deshalb war die Korvette so schnell gesunken, die Torpedos hatten ihr den Boden aufgerissen und ihr damit das Rückgrat gebrochen. Der Fregatte dagegen hatten sie zwar Löcher in die Bordwand gestanzt, aber die Schotten hielten seltsamerweise auch jetzt noch dem Wasserdruck stand.

»Hätte ich mir eigentlich denken können, Herr Kruse.« Ich trat an das Turmluk. »Bleiben Sie klar zum Alarmtauchen. In zehn Minuten machen wir 'ne

Horchrunde. Möchte nicht blind durch die Gegend schippern. Wahrschau! Ein Mann von Brücke in die Zentrale!«

Die britische Jagdgruppe, als solche hatten wir sie eingestuft, kam schneller auf, als wir erwartet hatten. Vorsorglich verschwanden wir von der Wasseroberfläche, um nicht von ihren RADAR-Geräten erfaßt zu werden, mit denen inzwischen die meisten Zerstörer und Fregatten der Tommies ausgerüstet waren.

Dieser Ortung waren wir schutzlos ausgeliefert. Wir hatten weder ein Gerät an Bord, das uns warnte, wenn wir in einen RADAR-Strahl gerieten, noch wußten wir, wie weit ihr RADAR überhaupt reichte. Folglich blieb uns nur die Flucht unter Wasser.

Aber auch das war keine Sicherheitsgarantie. Dadurch reduzierte sich nicht nur unsere Höchstgeschwindigkeit von achtzehneinhalb auf siebeneinhalb Knoten, sondern auch unsere Batterienkapazität schmolz zusammen. Dann mußten wir auftauchen, um sie wieder aufzuladen.

Wir waren somit jedem Verfolger haushoch unterlegen, wenn der uns erst einmal mit seinem ASDIC aufgespürt hatte. Kein Wunder, daß sich inzwischen jede Feindfahrt eines U-Bootes zu einem Himmelfahrtskommando entwickelt hatte, dem immer mehr U-Boote zum Opfer fielen.

»Die Fregatte ist weg«, sagte ich nach einem kurzen Rundblick durch das Sehrohr. »Wir wollen nichts riskieren, Herr Kruse. Gehen Sie auf 100 Meter Tiefe, das verkürzt die Reichweite des ASDIC.«

»Wollte ich auch gerade vorschlagen, Herr Kaleu.«

Er gab die entsprechenden Befehle. »Die werden zwar zuerst die Überlebenden auffischen, aber einer von ihnen wird indessen bestimmt weiträumige Suchschleifen steuern, um uns aufzustöbern. Huber, was erzählen die Fische?«

»Jagdgruppe stoppt an der Untergangsstelle. Drei Einheiten, vermutlich Zerstörer.«

»Drei Einheiten? Woher will der denn das so genau wissen, wenn das alles Zerstörer sind?« meinte zweifelnd der LI. »Da klingt doch einer wie der andere.«

»Eben nicht, Herr Lietz«, widersprach der I WO. »Ein erfahrener Horcher hört das heraus, und Huber ist so ein erfahrener Mann. Das können Sie natürlich noch nicht wissen, dafür sind Sie zu kurz an Bord.«

Ich horchte überrascht auf. Es stimmte zwar, Lietz war tatsächlich erst kurz vor mir als Ersatz für den überraschend abgelösten LI an Bord gekommen. Dennoch klang Kruses Bemerkung in meinen Ohren irgendwie abwertend. Das stimmte mich nachdenklich.

Kruses Worte bei meiner Kommandoübernahme fielen mir ein. Einen Casanova hatte er Lietz genannt, ein »schlecht durchgebackenes Brötchen«, das bei den Marinehelferinnen einen gewaltigen Schlag habe. Lietz hatte das feixend hingenommen, deshalb hatte ich es für eine der üblichen Frotzeleien zwischen zwei ranggleichen Offizieren gehalten.

Steckte in Wirklichkeit mehr dahinter? Eifersucht vielleicht, Neid auf Lietzens Erfolge bei Frauen? Oder hatte der am Ende sogar Kruse das Mädchen ausgespannt? Das fehlte mir auf einer Feindfahrt gerade noch. In der Enge des Bootes, wo einer dem anderen wochenlang hautnah auf der Pelle hockte, konnten sich daraus leicht explosive Spannungen entwickeln, die uns alle gefährdeten, weil einer auf den anderen angewiesen war.

Vielleicht irrte ich mich aber auch, und es war gar nicht so gemeint? Trotzdem beschloß ich, auf das Verhältnis der beiden ein wachsames Auge zu haben und solchen Bemerkungen einen Riegel vorzuschieben. »Hoffentlich sagen oder denken Sie das nicht auch von mir; denn wo ist da der Unterschied, Herr Kruse?«

Auch wenn ich dabei lächelte, hörte der I WO den versteckten Vorwurf heraus. Er lief langsam knallrot an und wirkte einen Augenblick völlig verunsichert.

»Das würde ich mir nie erlauben, Herr Kaleu!« fing er sich. »Außerdem kenne ich Sie viel zu lange, um ... solche ...«

Ich konnte mit der Wirkung meiner Worte zufrieden sein, darum half ich ihm aus der Patsche. »Aber das weiß ich doch! War ja auch gar nicht so gemeint.«

Huber war es, der dem Geplänkel mit seiner Meldung ein Ende bereitete. »Die Tommies tuckern an der Untergangsstelle umher, Herr Kaleu. Fischen offenbar die Überlebenden auf. Entfernung zunehmend.«

»Das wird sich schnell ändern, wenn der Commander der Gruppe den Schuldigen an dem Debakel für ein auslaufendes U-Boot hält.«

»Hoffentlich nicht, Herr Werda.« Ich blickte auf die Borduhr. »Was denn, ist doch noch gar nicht Wachwechsel, II WO.«

Der lachte. »Natürlich nicht, Herr Kaleu. Aber versuchen Sie mal zu schlafen, wenn da vier Leute lamentierend umhergeistern, denen mit eins zu fünfhunderttausend die Muffe saust.«

Einen Augenblick begriff ich nicht, was er meinte, dann fiel der Groschen. »Doch nicht etwa unsere Badegäste?«

»Doch! Der Smadding war ein bißchen voreilig, der hatte sie im Bugraum untergebracht. Aus dem hat man sie rausgeschmissen, als der Angriff begann. Wo sollten sie anders hin als in den OF- oder O-Raum, wollten sie nicht im Wege sein? Dort sind sie geblieben, weil im Bugraum nachgeladen wurde.«

»Das war nicht vorschnell, das war typisch Wörle«, meinte der I WO grinsend. »Schlage vor, wir stecken sie zu den Maaten. Da sind sie keinem im Wege, wenn's dicke kommt.«

Wörle war ohne jeden Zweifel ein guter Smadding, aber er liebte, wie ich aus Erfahrung wußte, nun einmal die Haubuff-Methode und machte – egal mit wem – kein langes Federlesens. Nach seiner Meinung war im Mannschaftsraum genügend Platz für Hängematten, also rein mit den Kielschweinen, basta!

»Ein guter Vorschlag, Herr Kruse. Veranlassen Sie das bitte. Und da haben die bei einem Angriff auch zu bleiben, klar? Das fehlte uns gerade noch, daß die dann aus Angst im Boot umhergeistern und uns zwischen die Beine geraten.«

»Im Prinzip waren es eigentlich nur die beiden kanadischen Brüder, die sich beinahe in die Hosen machten, Herr Kaleu«, berichtigte sich der II WO. »Der Brodersen ist ein eiskalter Hund, den nichts so leicht erschüttert, und auch der Franchon blieb absolut gelassen und verspottete die beiden Huskies, wie er die Kirkners nennt.«

»Wie nennt er die – Huskies?« fragte der I WO verblüfft und lachte auf. »Warum das denn?«

»Das müssen Sie ihn schon selbst fragen, Herr Kruse. Ich wollte nicht noch Öl ins Feuer gießen. Den Mienen nach zu urteilen, fanden die Kirkners diese Bezeichnung gar nicht gut. Sie nannten ihn dafür einen hergelaufenen Wackes, und das nahm der ihnen nun wiederum krumm. Die scheinen sich alle untereinander nicht grün zu sein.«

»Kein Wunder, Herr Kaleu«, mischte sich der Tiefenrudergänger Schröder ein. »Wer verliert denn schon gern beim Pokern? Mit den Karten sind die Huskies allen über.«

»Heißt das, die spielen um Geld?«

»Ja, um *greenbacks*, wie sie die amerikanischen Dollars nennen, von denen sie die Taschen voll haben. Da kann von uns keiner mithalten, deutsches Geld ist nicht gefragt.«

»Das ist ja fast wie im Wilden Westen! Fehlt bloß noch, daß die 'nen Colt zücken, wenn die 'nen Betrug vermuten«, brummte der LI. »Das sollten wir doch wohl unterbinden.«

»Ich weiß nicht, ob das Colts sind«, antwortete Schröder. »Aber die Zimmerflak, die sie in ihrem Gepäck haben, sieht jedenfalls verdammt imponierend aus.«

Mir verschlug es einen Augenblick die Sprache, denn damit hatte ich nun gar nicht gerechnet. »Das langt! Denen werde ich den Zahn ziehen. Zentralemaat, holen Sie den Smadding und die vier Vögel in die Zentrale!«

Der jumpte durch das Mannloch. Wenig später standen Wörle und die vier vor mir. Ich hielt mich nicht mit einer langen Vorrede auf.

»Sie haben Waffen in Ihrem Gepäck. Das ist bei uns an Bord nicht üblich. Die werden sie umgehend dem Oberbootsmann übergeben, der sie unter Verschluß nimmt. Sie bekommen sie wieder, wenn Sie von Bord gehen. Und noch etwas: Glücksspiel um Geld ist an Bord grundsätzlich verboten. Das gilt auch für Sie, klar?«

Brodersen musterte mich mit kalten Augen. »Interessant. Darf man erfahren, was Sie zu dieser Maßnahme veranlaßt? Wir sind schließlich nicht Ihre Matrosen, Herr Thomsen.«

»Habe ich mich nicht klar genug ausgedrückt? Solange Sie hier an Bord sind, haben Sie sich nach dem zu richten, was für alle gilt. Paßt Ihnen das nicht, können Sie gern aussteigen. Noch sind wir ja dicht genug unter Land. Wir opfern Ihnen sogar eines unserer Schlauchboote. Im übrigen lautet die korrekte Anrede für mich Kapitänleutnant, Herr Brodersen, auch wenn Sie keiner meiner Matrosen sind, wie Sie betonen. Noch Fragen?«

Die hatten sie sicher, das sah ich ihren Mienen an. Sie spürten jedoch, daß die Strömung gegen sie stand. Das begriff auch Brodersen.

»Ach, damit ich's nicht vergesse: Sie haben gemerkt, daß es im Bugraum bei Alarm noch enger wird. Deshalb ziehen Sie bitte mit Ihrem Gepäck und Ihren Miefrollen in das Unteroffizierslogis um. Der Oberbootsmann wird Ihnen dabei behilflich sein. Dort bleiben Sie auch bei Alarm, klar? Ich danke Ihnen, Sie können jetzt Ihre Sachen holen und Ihr neues Quartier aufsuchen.«

»Zu großzügig«, murmelte Brodersen, verkniff sich jedoch jede weitere Bemerkung.

»Hab' ich's nicht gesagt, Herr Kaleu?« meinte der

II WO, als die vier durch das Mannloch verschwunden waren. »Ein eiskalter Hund, der uns bestimmt noch Ärger macht, wenn wir nicht den Daumen draufhalten.«

»Eben, Herr Werda. Aber jetzt interessieren mich die Tommies viel mehr. Huber, was treiben die Briten?«

»Sie fischen wohl noch immer, Herr Kaleu. Jedenfalls pöttern sie auf der Stelle umher.«

»Vermutlich rätseln sie, wohin wir entwichen sind. Legen Sie noch ein paar Umdrehungen zu, LI. Je weiter wir die hinter uns lassen, desto besser ist es.«

Der I WO hatte die Briten richtig eingeschätzt. Sie schrieben die Versenkung der beiden Schiffe offenbar tatsächlich einem heimkehrenden U-Boot zu, denn sie liefen zur Suchformation auf und kämmten die See mit Kurs auf die Einfahrt nach Brest ab. Schnell wuchs die Entfernung zwischen uns und ihnen, während wir getaucht davonschlichen.

»Soll meiner Mutter Sohn recht sein, Freunde!« kommentierte Kruse am Ende seiner Wache die Meldung der Horcher aufgekratzt. »Der haut sich jetzt nämlich schön brav in die Koje und horcht hingebungsvoll an der Matratze. Hoffentlich ungestört.«

»Wie ich Ihrer Mutter Sohn inzwischen kenne, träumt der vermutlich dann wieder von lauter nackten Weibern und macht uns allen anschließend mit seinen Schilderungen gemeinerweise den Mund wässerig«, frotzelte der LI. »Frau Wirtin hatte einen I WO, der träumte nächtens immer so, doch wollt' er sich 'ne Mieze schnappen, dann wehrte die sich laut und schrie: Doch nicht mit so 'nem schlappen!«

»Na, na, LI, kaum in See und dann schon solche

Frau-Wirtin-Verse?« stichelte ich. »Wohl zuviel Sellerie gegessen, was?«

Das war für Kruse Wasser auf die Mühle. »Und ob! Frau Wirtin hatt' auch 'nen LI, der aß am liebsten Sellerie, doch wenn er dann zur Sache kam und seinen Pimmel reckte, verfluchte er den Jämmerling, der kaum die Miezen schreckte.«

Der Vers ging in dem fröhlichen Gelächter unter. Am lautesten lachte der LI über diese Retourkutsche. Das räumte mit meinen Befürchtungen auf. Gott sei Dank, dachte ich, doch bloß eine harmlose Frotzelei und kein Hickhack wegen irgendwelcher Frauengeschichten. Erleichtert stimmte ich in das Gelächter ein.

In dieser gelösten Stimmung hätte ich den beiden jetzt am liebsten auf die Schultern geklopft, denn das Gelächter schwemmte die aufgestaute Spannung hinweg und toste wie eine Riesenwelle durch das ganze Boot. Frau Wirtin und die seltsamen Gäste in ihrem berühmt-berüchtigten Wirtshaus an der Lahn feierten in Versen vom Bug bis zum Heck fröhliche Urständ.

Vergebliche Liebesmüh', dieses beliebte Marinethema jetzt zu stoppen. Das versiegte erst, wenn niemand mehr mit einem rüden Vers aufwarten konnte oder irgendwer zu dem nicht minder beliebten Bonifazius Kiesewetter überwechselte.

Der I WO konnte mit der Wirkung seines Reims vollauf zufrieden sein. Mit einer theatralischen Verbeugung nach allen Seiten schob er grinsend ab, um sich aufs Ohr zu hauen. Sein Opfer, der LI, wischte sich die Lachtränen aus den Augen.

»Nicht zu fassen, Herr Kaleu, der ist mir doch glatt über, dieser Schlawiner!«

Ich schmunzelte. »Bin selber überrascht. Kruse muß inzwischen ein paar gute Lehrmeister gehabt haben. Als Leutnant war er seinerzeit jedenfalls noch nicht so gut drauf.«

»Ist das ein Wunder? Man sagt, Ihr Vorgänger, Kaleu Wedemeyer, sei ein Phänomen auf diesem Gebiet gewesen. So was färbt mitunter ab.« Er blickte auf seine Uhr. »Ist abzusehen, wie lange wir noch getaucht Fersengeld geben müssen? Ich meine, bevor es hell wird, sollten wir noch mal auftauchen, um die Batterien wieder aufzuladen. Man weiß ja nie, was noch kommt.«

Der Ladezustand der Batterien, das war die Sorge, die jeden LI, aber auch jeden Kommandanten drückte. Ihr Zustand setzte uns enge Grenzen, weil wir gar kein echtes Tauchboot waren, sondern nur für eine sehr begrenzte Zeit tauchen konnten. Der Fahrleistung über Wasser von 8 100 Seemeilen bei 12 Knoten mit den Dieseln standen getaucht die jämmerlichen 65 Seemeilen bei vier Knoten mit den E-Maschinen gegenüber, und die schmolzen wie Butter in der Sonne zusammen, wenn wir zwei oder drei Knoten zulegten. Kein Wunder also, daß wir jeden günstigen Augenblick nutzen mußten, um die Batterien immer wieder aufzuladen.

»Wenn Sie mir sagen können, wie weit das RADAR der Briten reicht, dann sage ich Ihnen, wann wir auftauchen können, LI.« Ich trat an den Kartentisch und kontrollierte die inzwischen zurückgelegte Strecke mit dem Stechzirkel. »Es könnte reichen, wenn wir alle fünfzehn Minuten 'ne Horchrunde einlegen.«

»Und wenn wir unser S-Gerät einsetzen, Herr Kaleu?« schlug der II WO vor. »Das erspart uns die

Horchrunden und damit Zeit und warnt uns rechtzeitig vor einem Überfall.«

»Sagten Sie nicht, das Ding würde mit seinen Impulsen die Tommies erst recht auf uns aufmerksam werden lassen?«

»Schon, aber wenn die uns schon in ihrem RADAR haben, kann das doch auch nichts mehr schaden, sondern nur nutzen.«

»Versuch macht klug. Brückenwache klar zum Auftauchen in den Turm! Anblasen!«

Das Boot schwebte nach oben. »Turm kommt frei! Boot ist aufgetaucht!«

Es war eine wundervoll klare Nacht. Im silbrigen Licht des Mondes wirkte die ruhige See geradezu kitschig, wenn unser Vorschiff im Takt der langen Dünung in sie hineinhieb und jedesmal mit seiner Bugwelle einen funkelnden Silberregen über die Back stäuben ließ.

»Kein Nebel, nicht einmal der für diese Jahreszeit typische Dunst – besser können wir es uns gar nicht wünschen, Herr Kaleu.« Der II WO ließ das Nachtglas sinken. »Die paar Wolken, die an und ab mal über den Mond ziehen, machen doch gar nichts.«

»Nur nicht beschreien, Herr Werda!« warnte ich und klopfte abergläubisch an die Brückenverkleidung. »Hoffen wir, daß es die Nacht über so bleibt.«

Die Nacht? Ich sah auf die Uhr. Viel von der Nacht blieb uns nicht mehr. Ich war todmüde, trotzdem ließ mich das Gefühl einer drohenden Gefahr innerlich nicht zur Ruhe kommen.

Dabei lief alles glatt, seit wir die Tommies zu den Fischen geschickt hatten und die Jagdgruppe auf der

Suche nach uns rachedurstig Kurs auf die Einfahrt nach Brest genommen hatte.

Fast zu glatt, wie es mich die Erfahrung zweier Kriegsjahre gelehrt hatte. Die Briten würden keine Ruhe geben, bis sie uns erwischt hatten. Das friedliche Bild konnte sich also blitzschnell ändern. Spätestens wenn es hell wurde, mußten wir mit Flugzeugen rechnen, die die See nach uns abkämmten. Das schwierigste Stück der Biskaya lag ja noch vor uns.

Ein Gedanke, der mich angesichts dessen sagen ließ: »Ich glaub', ich sollte mich wohl jetzt auch aufs Ohr hauen. Veranlassen Sie, daß man mich kurz vor dem Einsetzen der Dämmerung purrt, II WO.« Und an die Brückenwache gewandt, setzte ich hinzu: »Und ihr haltet ja die Augen auf, klar?«

»Jawohl, Herr Kaleu!« kam es im Chor.

»Morgenalarm wie üblich?« vergewisserte sich der II WO.

»Wie üblich. Wahrschau, ein Mann von Brücke in Zentrale!«

Ich sauste an den Holmen der Turmleiter hinunter. In der Zentrale herrschte das typische Dämmerlicht, aber noch dunkler war es im Horcherschapp. Hier saß der Funkgefreite Krause vor dem S-Gerät und beobachtete die Anzeige.

»Na, Krause, wie schaut's aus?«

»Keine Kontakte, Herr Kaleu, absolut tote Hose. Vorhin hatte ich mal kurz 'n Echo drin, aber das war wohl bloß 'n großer Fisch oder 'n Geisterecho. Jedenfalls verlor sich der Kontakt ganz schnell wieder.«

»Ein U-Boot? Kann's eins von unseren gewesen sein?«

Er schüttelte den Kopf. »Glaube ich nicht. War ja man bloß 'n winziger Punkt, zu klein für 'n U-Boot.«

Das räumte mit meiner inneren Unruhe auf. »Trotzdem wachsam bleiben, Krause!«

Ich holte mir aus der Kombüse noch eine Muck dampfenden Kaffees und nahm sie mit in meine winzige Kammer. Zum Trinken kam ich jedoch nicht mehr. Kaum hatte ich mich in meiner Koje ausgestreckt, um wenigstens ein bißchen zu entspannen, fielen mir auch schon die Augen zu.

Ein widerlich schrilles Geräusch riß mich aus dem Tiefschlaf. Ich schreckte hoch und brauchte einen Augenblick, um mich zurechtzufinden. Es war nicht das Telefon in unserem Haus in Blankenese, das Anke und mich lärmend aus dem Schlaf holte, sondern die Alarmklingel, die alle auf die Tauchstationen jagte.

Mit einem Fluch sprang ich aus der Koje. Unter dem Druck der extrem gelegten Tiefenruder und der auf Höchsttouren laufenden Schrauben neigte sich das vibrierende Deck unter meinen Füßen bereits bugwärts, während zugleich an meiner Kammer vorbei eine wilde Meute voraus zum Bugraum stürmte, um das Alarmtauchen zu beschleunigen.

Ich jumpte in die Zentrale. »Was ist los, II WO?«

»Leuchtgranaten, Herr Kaleu, vier Stück! Dem Mündungsfeuer nach kamen sie aus Osten. Plötzlich war die Nacht taghell. Wir haben vorher nichts ausmachen können, weil der Mond inzwischen hinter Wolken verschwunden ist.«

Vier Leuchtgranaten aus Osten – dann war die britische Jagdgruppe also umgekehrt und suchte jetzt auf

Gegenkurs die See nach uns ab, richtig folgernd, daß wir inzwischen aufgetaucht fuhren. Dabei hatte uns ihr RADAR offensichtlich erfaßt. Aber warum vier Granaten? Hatten unsere Verfolger von uns unbemerkt Verstärkung bekommen?

Unsinn, unbewußt schüttelte ich den Kopf, ebensogut konnte einer von ihnen auch zwei Schüsse abgegeben haben. Was zählte, war nur, daß wir sie nicht rechtzeitig bemerkt hatten.

»Was denn – keine Echos im Suchgerät?«

»Keine! Das Ding taugt nichts oder reicht nicht weit genug.«

Über uns donnerten Detonationen, daß wir unwillkürlich die Köpfe einzogen. Keine Wasserbomben, Granaten, die auf unseren Tauchpunkt niedergingen. Ihre Druckwellen schaukelten das in die Tiefe strebende Boot vergleichsweise harmlos durch.

»Schraubengeräusche aus eins-sieben-null bis einsacht-neun!« meldeten der Horcher. »Kommen schnell näher.«

»Frage Tiefe.«

»Vierzig Meter gehen durch! Boot fällt schnell! Kurs zwo-sieben-acht, Maschinen machen Umdrehungen für sieben Knoten.«

»Recht so! Obersteuermann, Wassertiefe?«

»Zwischen zwo- und viertausend Meter, Herr Kaleu! Die Bourglay-Rinne, in der sie uns kaum aufstöbern werden, wenn wir tief genug sind.«

»Abwarten, Obersteuermann, man soll den Tag nicht …« Ein ASDIC-Strahl traf uns und ließ mich verstummen.

Suchend glitt er weiter. Sekundenbruchteile später

kehrte er zurück und hielt uns fest. Zugleich verstummte das Geschützfeuer, dafür übertrug das Wasser das hochtourige Mahlen von Zerstörer- oder Fregattenschrauben.

»Horchraum, Entfernung?«

»Schwer zu schätzen, Herr Kaleu! Geräusche überlagern sich, Gegner läuft tiefengestaffelt an!«

Also in versetzter Kiellinie, dann hatte uns nur der vordere Tommy in seinem ASDIC-Strahl. Gefährlich wurde es erst, wenn sie zur Suchformation aufliefen und so unseren Standort genau einpeilen konnten.

»Sechzig Meter gehen durch!« sagte der LI. »Boot fällt weiter!«

Sechzig Meter – die reichten, um ihren ersten Wabos zu entgehen, wenn sie flach eingestellt waren, aber nicht für die zweite, dritte Wabo-Serie. Die warfen die Tommies inzwischen tiefenvariiert, sie hatten schließlich auch hinzugelernt.

Drohend schwoll das Geräusch der ASDIC-Impulse und der hochtourigen Schrauben an. Meine Kopfhaut unter der Mütze begann zu kribbeln. Ich sah mich in der Zentrale um. Anspannung las ich von den Gesichtern der Männer ab, aber keine Anzeichen von Furcht. Gott sei Dank, offenbar doch alles alte Hasen, die das schon kannten. Eine beruhigende Erkenntnis für jeden Kommandanten. Doch ob das so blieb, wenn die Briten zur Sache kamen?

Sie kamen schneller zur Sache, als mir lieb war. »Horchraum an Zentrale: Gegner läuft zur Angriffsformation auf!«

Angriffsformation, das hieß Dwarslinie, Abstand von Zerstörer zu Zerstörer mindestens dreihundert Meter. Damit standen uns breit geworfene Wabo-Teppiche bevor, ein Hexenkessel, aus dem es bei mehreren Verfolgern nur schwer ein Entkommen gab.

Mein Blick ging zum Tiefenmesser. Verdammt, erst fünfundsiebzig Meter! Es reichte nicht! Wir mußten tiefer hinunter, wenn wir ihrem Angriff und ihrer Ortung entgehen wollten. Oder?

Ein Gedanke zuckte plötzlich durch mein Gehirn. Ich schlug mir mit der flachen Hand gegen die Stirn. Ich Idiot! Warum erinnerte ich mich erst jetzt daran?

»Stop Tiefe! Alle Mann auf Gefechtsstation! Klar bei Boldgerät!«

Von der Wirkung des Bolds oder Nebelbolds, wie er von den Experten eigentlich genannt wurde, die ihn in der Biskaya gerade erfolgreich erprobt hatten, hatte ich genaugenommen nur recht verschwommene Vorstellungen. Er gehörte zu den Neuerungen auf *U 112*, von denen ich bei der Übernahme des Kommandos erst hier zum ersten Mal gehört hatte.

Angeblich eine simple, aber lebensrettende Sache, wenn man ihn im richtigen Augenblick einsetzte. Wurde nämlich ein Bold ausgestoßen, dann erzeugte sein sich schnell ausbreitendes Kalziumhydrit Gasblasen, die das ASDIC reflektierten und den Verfolgern ein U-Boot vorgaukelten, wo gar keines mehr war.

In seinem Schutz konnten wir uns davonstehlen. Immer vorausgesetzt, die Tommies fielen auf diesen Schwindel herein, und da plagten nicht nur mich leise Zweifel. Wir hatten ja alle damit noch keine Erfahrungen.

»Boldgerät ist klar!« kam die Meldung aus dem achteren Torpedoraum.

»Dann los! Bold raus!«

»Bold ist raus!« meldete der BÜ wenige Sekunden später.

Gespannt lauschten wir nach achtern. Doch von dort kamen noch immer die ASDIC-Impulse und führten die sirrenden Schraubengeräusche näher und näher an uns heran. Unaufhaltsam lief die Jagdmeute auf uns zu. Meine Handflächen wurden feucht. Schweiß trat auf meine Stirn. Hatte man uns zuviel versprochen?

Plötzlich brach die Ortung ab.

»Es funktioniert! Man soll es nicht glauben, es funktioniert tatsächlich!« schrie der I WO.

Alle Rangunterschiede vergessend – wie damals auf der *Flying Lady* –, schlugen wir uns erleichtert auf die Schultern. Lauter Jubel brandete von der Zentrale ausgehend durch das Boot.

»Gott sei Dank!« atmete der LI auf. »Wir sind denen nicht mehr wehrlos ausgeliefert!«

»Hoffentlich riechen die nicht ganz schnell den Braten!« dämpfte der II WO die allgemeine Begeisterung und erntete dafür böse Blicke. »Ich meine ja man bloß, wenn die ...«

»Unfug! Warum sollten sie?« unterbrach ich ihn ungehalten. »Das ist doch für die Tommies ebenfalls neu! Die haben jetzt ein wunderbares Echo, das wird ihnen genügen, und uns genügt es auch, um der Meute zu entkommen, II WO.«

Ich war mir dessen allerdings keineswegs so sicher, wie es aus meinem Munde klang. Aber eine sich ins Nichts auflösende Hoffnung war das Letzte, was wir uns jetzt in unserer Situation leisten konnten.

Ich atmete daher auf, als endlich – wie zur Bestätigung meiner Worte – hinter uns die Hölle tobte. Wasserbomben klatschten in breiter Front in den Bach und detonierten. Noch ehe uns ihre ersten Druckwellen von achtern packten und aus dem Kurs zu drängen versuchten, ging auch schon die nächste hoch. Von nun an ging es Schlag auf Schlag.

Der LI grinste befriedigt und klammerte sich an den Leiterholmen fest. »So eine arme Sau, der Bold! Kriegt den ganzen für uns bestimmten Scheiß ab!«

»Und das deftig! Die legen sich ja ordentlich ins Zeug!« amüsierte sich der I WO und rieb sich die Hände. »Immer feste druff!«

»Trotzdem, nischt wie weg, denn man kann nicht wissen!« warnte ich. »Legen Sie noch 'ne halbe Kohle drauf, Herr Lietz. Bei dem Geballere hören die uns garantiert nicht.«

Triumphierend verfolgten wir, wie die Tommies alles daransetzten, dem vermeintlichen deutschen U-Boot mit unzähligen Wasserbombenserien gründlich den Garaus zu machen. Sie waren viel zu froh darüber, endlich ein ortsfestes Echo in ihren ASDIC-Geräten zu haben, als daß sie überhaupt auf den Gedanken kamen, sie könnten auch auf einen neuen Trick der »Jerries« oder »Krauts«, wie sie uns nannten, hereingefallen sein.

Gedeckt durch die dröhnenden Detonationswellen, mit denen sie ihre Horcher selbst zur Untätigkeit verdammten, liefen wir ihnen mit Höchstfahrt davon. Doch was waren schon siebeneinhalb Knoten gegen mehr als die vierfache Höchstgeschwindigkeit ihrer Zerstörer, wenn ihnen aufging, daß sie einem Phantom aufgesessen waren? Für diesen Fall mußte ich mir etwas einfallen lassen.

Ich trat an den Kartentisch und legte das Kurslineal an unseren letzten Standort an. Neugierig sah mir Kruse über die Schulter.

»Irgendwann wird denen ein Licht aufgehen, was? Keine Öllache, keine Luftblasen und keine Trümmer – nichts.«

»Genau. Das kann jeden Augenblick passieren.« Aber noch immer hielt das Gewummer an. »Wenn Gott will, werden sie uns dann hoffentlich auf dem Marsch zu den Hauptgeleitlinien zwischen Island und den Britischen Inseln vermuten und dort suchen.«

Kruse nickte. »Kann uns doch nur recht sein – oder?«

»Eben! Aber kann man darauf vertrauen? Schlagen wir lieber einen Haken. Rudergänger, Backbord zehn!« Ich verfolgte den Lauf der Kompaßrose, bis sie auf die spanische Küste wies. »Recht so! Neuer Kurs zwo-null-fünf!«

Der Rudergänger fing das Boot ab und bestätigte: »Zwo-null-fünf liegt an!«

Die Tommies hinter uns gaben nicht auf. Verbissen überliefen sie den Bold immer wieder und luden über ihm ihre tödlichen Ladungen ab, während wir ungehindert weiterschlichen.

Als die Detonationen endlich verstummten, reagierte ich sofort. Jetzt kamen ihre Horcher wieder ins Spiel, und das konnte ins Auge gehen.

»Beide Maschinen stop! Auf Schleichfahrt umkuppeln! Schleichfahrt! Absolute Ruhe im Boot!«

Selbst für uns kaum hörbar, schnurrten die E-Maschinen mit uns leise aus dem Gefahrenbereich. Wenn sich die Briten jetzt an das übliche Schema hielten, dann trieben sie über den arg zugerichteten Bold hinweg und suchten das Wasser nach Beweisen für unsere Vernichtung ab.

»Keine Schraubengeräusche! Verfolger haben gestoppt, Herr Kaleu.«

Eine vollkommen überflüssige Meldung, denn das hörten wir ja längst selbst.

»Lange wird sie's dort nicht halten, dann geht die Sucherei erneut los«, sagte ich zum LI. »Weiter runter! Auf hundertzwanzig Meter gehen!«

Das sollte reichen, um ihrem ASDIC zu entgehen, wenn sie auf der gleichen Distanz blieben. Gespannt lauschten wir nach achtern, während das Boot in die Tiefe sackte. Träge drehte der Sekundenzeiger meiner Uhr seine Runden, und das steigerte noch meine Spannung. Jetzt hieß es, die Nerven zu behalten.

»Frage Tiefe!«

»Hundert Meter gehen durch, Herr Kaleu!«

»Verdammt, was planen die?« riß dem I WO die Geduld.

Als hätten sie's gehört, sprangen die Maschinen hinter uns wieder an. Ein neuer Anlauf?

»Verband löst sich auf und steuert Suchkurse!« kam es vom Horchgerät. »Schraubengeräusche wandern nach eins-sieben-fünf aus.«

Blitzschnell rechnete ich die Horchpeilung in eine Kompaßpeilung um. »Sehr gut, wenn sie uns dabei nur weit genug vom Leibe bleiben.«

Hinter uns begann eine wilde Herumkurverei, die sie – den Horchermeldungen nach – immer weiter von uns weg trug. Es war genau das, was wir uns erhofften. Aber noch war es zum Frohlocken zu früh. Ein Kreuzschlag genügte vollauf, um den Feind ganz schnell wieder gefährlich in unsere Nähe zu bringen.

Mit jeder verstreichenden Minute stieg die Spannung im Boot. Es wuchs aber auch zugleich die Hoffnung, ihnen mit gutem Wind entkommen zu können.

»Könnte klappen, Herr Kaleu«, raunte mir der I WO zu, als fürchte er, die Tommies könnten ihn hören. Er warf einen Blick auf die Borduhr. »Es wird oben hell. Wenn wir Glück haben, erfaßt sie einer unserer Aufklärer und holt ein paar unserer Bomber heran. Dann geht's ihnen an den Kragen.«

»Oder umgekehrt, sie bekommen ihrerseits Verstärkung aus der Luft, die uns so lange unter Wasser drückt, bis die Batterien restlos ausgenuckelt sind, Herr Kruse. Frage Tiefe!«

»Boot pendelt auf hundertzwanzig Meter ein, Herr Kaleu.«

Vereinzelte Detonationen zerrissen plötzlich donnernd die Stille. Sie lösten in den angespannten Gesichtern der Männer in der Zentrale jedoch nur ein Grinsen aus, denn das kannten wir alle. Es war die übliche Masche der Briten, bevor sie aufgaben. Weil sie keinen ASDIC-Kontakt mehr hatten, warfen sie Schreckbomben, die das U-Boot aufscheuchen und zu unbedachten Handlungen verleiten sollten.

»Doch nicht mit uns!« brummte der II WO. »Darauf fällt doch keine Sau mehr rein!«

Für uns war es eine ideale Deckung. Aus dem Gemisch von Detonationen und Schraubengeräuschen konnte mit Sicherheit kein Horcher unsere E-Maschinen heraushören.

»Nutzen wir die Gelegenheit, LI! Schleichfahrt aufgehoben! Gehen Sie auf sieben Knoten, bis wir weit genug weg sind!«

Als die Morgenwache wechselte, gaben die Tommies auf. Sie hatten sich ohnehin schon so weit nach Norden entfernt, daß sie uns nicht mehr gefährlich werden konnten, selbst wenn wir auf unseren alten Kurs zurückschwenkten, der auf die kanadische Ostküste zielte.

»Alarm beendet! Freiwache wegtreten!« Ich wandte mich an den I WO. »Es juckt mich zwar, einen Rundblick mit dem Sehrohr zu riskieren, aber die Erfahrung hat mich gelehrt, daß sich jetzt Flugzeuge über der Biskaya herumtreiben. Die warten nur darauf, uns eins auf den Deckel zu geben.«

Oberleutnant Kruse verzog skeptisch das Gesicht. »Ich weiß zwar nicht, wie es jetzt mit unseren Batterien aussieht, aber diese Aussicht wird den LI gar nicht freuen.«

»Das kann ich Ihnen ganz genau sagen«, antwortete der aus dem Hintergrund, »bei maximal vier Knoten kommen wir gerade noch knapp vierzig Seemeilen weit, dann ist zappenduster. Kein schöner Gedanke, was?«

Ich drehte mich zu ihm um und grinste. Solche Klagelieder kannte ich von meinen sämtlichen Feindfahrten her zur Genüge, die sangen alle LIs. »Und da ist nicht doch noch so ein bißchen Luft drin? Zehn Stunden Galgenfrist, mehr nicht?«

Lietz wand sich und verzog das Gesicht wie ein Sünder, dem ich auf die Schliche gekommen war. »Kann sein, kann auch nicht sein. Nichts Genaues weiß man eben nicht. Mitunter ist da doch immer noch so eine klitzekleine Reserve drin, aber auf die würde ich mich lieber nicht verlassen, Herr Kaleu. Möglicherweise fliegen wir auf die Schnauze.«

»Na schön, LI, vielleicht brauchen wir das gar nicht auszuloten. Eine Wache noch, dann tauchen wir auf und versuchen, den Zeitverlust aufzuholen, den wir den Tommies zu verdanken haben. Will uns dann tatsächlich so eine Mistbiene auf die Hörner nehmen, kriegt sie's mit unserer Flak zu tun.«

»Na, hoffentlich geht das gut!« murmelte der Obersteuermann. »Die Luft ist hier verdammt eisenhaltig geworden, und ich hab' hier schon Pferde kotzen gesehen.«

»Ich auch, Obersteuermann, ich auch! Es gab aber auch Gäule, die nicht kotzten.«

Daß wir dafür allerdings auch einiges gerade auf meiner letzten Feindfahrt hatten einstecken müssen, verriet ich ihm lieber nicht. Schließlich waren wir, wenn auch ziemlich ramponiert, trotzdem in unseren Stützpunkt zurückgekehrt.

Die Vormittagswache verstrich, ohne daß wir Schraubengeräusche auffingen. Das war ungemein beruhigend. Was jedoch blieb, war die Bedrohung aus der Luft.

Wenn mein Blick den LI streifte, blätterte er jedesmal mit immer besorgterer Miene seine Meldezettel und Diagramme über den Ladezustand der Batterien durch, die ihm der Chief, der Leitende Maschinist, seit Beginn unserer Tauchfahrt stündlich brachte. Ich konnte es nicht mehr länger aufschieben, wir mußten rauf.

»Brückenwache und Geschützbedienungen in die Zentrale!« befahl ich, um sie vorher noch einmal eindringlich zu vergattern. »Auf dreißig Meter anblasen!«

Das Boot stieg langsam nach oben, während sich die Männer in der Zentrale sammelten. Mit jedem Meter nahmen die Bewegungen des Bootes zu. Die See schien inzwischen rauher geworden zu sein.

»Die Jagdgruppe sind wir zwar los, aus dem Schneider sind wir aber noch lange nicht. Es wimmelt oben vermutlich von britischen Bombern. Ihr wißt alle, das bedeutet, daß wir uns unserer Haut wehren müssen, wenn wir nicht mehr schnell genug wegtauchen können. Darum können wir uns keinen Schlendrian leisten, klar?«

Ich ließ meine Worte wirken. »Lieber 'nen falschen Alarm als gar keinen! Darum haltet mir ja die Augen offen!«

»Boot pendelt auf dreißig Meter ein!« meldete der LI.

»Danke, Herr Lietz! Auf Sehrohrtiefe anblasen! Brückenwache und Geschützbedienungen mit Schwimmweste und Sicherungsgurt in den Turm! Klar zum Auftauchen!«

Diese Vorsicht war besonders für die Leute an der 10,5-cm-Kanone und an der 3,7-cm-Flak auf dem nassen Oberdeck geboten. Ich streifte mir ebenfalls die Weste über, die mir der Zentralemaat reichte, und wollte zum Sehrohr, als mich eine lässig näselnde Stimme aus dem Hintergrund aufhielt.

»Was ist denn mit uns, Herr Kapitänleutnant, bekommen wir dann endlich auch Gelegenheit, uns mal 'ne Zigarette ins Gesicht zu stecken? Mir steht nämlich schon lange der Sinn nach 'ner Lulle und meinem Bruder auch.«

Verblüfft sah ich mich nach dem Sprecher um. Ich blickte in das Gesicht eines der Kirkner-Brüder. Mißbilligendes Gemurmel erhob sich unter meinen Männern.

»Rauchen? Ist das alles, woran Sie in unserer Situation denken? Und was heißt auch? Haben Sie bisher einen von uns rauchen gesehen? Wir haben jetzt ganz andere Sorgen! Auf der Brücke oder an Deck ist jedenfalls für Sie noch kein Platz. Sie werden sich also gedulden müssen, Herr Kirkner! Lutschen Sie indessen meinethalben an Ihrem Daumen oder an dem, was Ihnen sonst Spaß macht oder Lustgefühle verschafft.«

Wieherndes Gelächter schlug über ihm zusammen. Kirkner gefiel das gar nicht, das sah ich seinem Gesicht an, zumal der Franchon grinsend irgendeine hämische Bemerkung machte. Der gönnte ihm offensichtlich diese Abfuhr.

»Boot ist auf Sehrohrtiefe, Herr Kaleu!« meldete der Tiefenrudergänger.

»Dann passen Sie man gut auf, daß es das auch bleibt, Schröder. Ich möchte keine bösen Überraschungen erleben.«

»Aye, aye, Sir!« Wie ein britischer Seemann tippte er sich mit den Knöcheln seiner geballten rechten Faust lächelnd an die Stirn. *»I'll do my best!«*

Eine Geste und Antwort, die mich stutzen ließ und Erinnerungen an die von uns gekaperte *Flying Lady* wachrief, auf der irgendwer diesen Jux aufgebracht hatte. »Was denn, Schröder, waren Sie etwa auch auf der *Flying Lady* dabei?«

»Ich nicht, Herr Kaleu, aber mein Bruder, Obermaat Schröder!« Er strahlte voller Stolz über das ganze Gesicht. »Der brachte das von der Feindfahrt mit. War schon eine tolle Schote, wie Sie die Tommies damals über den Koffer gezogen haben!«

An Obermaat Schröder erinnere ich mich gern. Er war ein unerschrockener, zuverlässiger Mann, dem wir seinerzeit eine ganze Menge zu verdanken hatten. Sein entschlossenes Handeln hatte unseren Handstreich gerettet, als das Glück schon drohend auf der Kippe stand.

»Obermaat Schröder ist Ihr Bruder? Ein guter Mann. Wo steckt er denn jetzt eigentlich?«

»Mit *U 208* auf See als Oberbootsmann, Herr Kaleu!«

»Na, dann eifern Sie ihm man nach.« Ich ließ das Sehrohr aus dem Schacht fahren. »Dann wollen wir mal!«

Es war kein schöner Anblick, der sich der Optik bot. Alles grau in grau. Der Wind hatte zugenommen, und die See war tatsächlich erheblich rauher geworden. Die Wellen auf der langen Dünung trugen Schaumkronen. Die Sichtweite betrug kaum mehr als sechs Seemeilen. Es sah nach Regen aus.

Langsam schwenkte ich den Spargel herum und suchte die tief hängenden Wolken nach Flugzeugen ab. Nichts! Himmel und See leer wie ein blanker Kinderpopo. Ich ließ das Periskop wieder in den Schacht gleiten.

»Auftauchen! Boot bleibt klar zum Alarmtauchen!«

Man konnte schließlich nie wissen.

Die Männer enterten zum Turmluk auf.

»Achtung, Turmluk kommt frei! Boot ist aufgetaucht!«

Das Luk flog auf. Im Nu waren die Ausguckpositionen und die Waffen besetzt. Ich kroch ebenfalls aus dem Turmluk. Donnernd sprangen die Diesel an. Die Entlüfter heulten auf, lüfteten das Boot durch und sogen Frischluft für die Diesel an.

»Maschinen machen Umdrehungen für zwölf Knoten, Kurs zwo-sieben-null liegt an, Boot ist klar zum Alarmtauchen, Herr Kaleu!« meldete der wachhabende II WO, als ich mich aufrichtete.

»Danke, Herr Werda!« Blitzschnell zog ich den Kopf ein, um dem Spritzwasser zu entgehen, das der scharfe, kalte Wind über den Turm fegen ließ, als der Bug tief in die Dünung schnitt.

Nach dem warmen Mief unter Deck war die herrlich frische Seeluft ein wahrer Hochgenuß. Ich warf einen Blick in die Runde. Die Männer an der 10,5-cm-Kanone waren nicht gut dran. Jedesmal, wenn der Bug in die Dünung tauchte, ging ein Schwall Seewasser auf sie nieder, gegen den das Lederpäckchen nur unvollkommen Schutz bot. Sie waren vermutlich schon naß bis auf die Haut.

»Lassen Sie die Zehn-Komma-fünf und die Drei-sieben räumen, II WO! Die Männer können sich auf dem Wintergarten einsatzbereit hal...«

Ein Schrei riß mir die Worte vom Mund. »Flugzeug in eins-null-fünf im Anflug! Typ nicht identifizierbar!«

Ich fuhr in die angegebene Richtung herum. Tatsächlich ein Flugzeug im Sinkflug, und es hielt auf uns zu. Ein Brite ohne jeden Zweifel, denn unsere Piloten hatten Anweisung, jeden direkten Anflug zu vermeiden, bis sie das Schiff oder Boot eindeutig identifiziert hatten.

Mit einem Blick erfaßte ich, daß es zum Tauchen zu spät war. »Feuer frei für alle Waffen! Brückenwache auf Tauchstation!«

Der Augenblick der Überraschung war vorüber. Während sich die Brückenwache in den Turm fallen ließ, eröffnete die 10,5-cm-Kanone auf den rasend schnell näher kommenden Bomber das Feuer. Unter dem Rückstoß bebte das Boot in allen seinen Verbänden. Eine schäumende Wassersäule stieg vor dem in etwa zwanzig bis dreißig Meter Höhe anfliegenden Briten empor.

Ohrenbetäubend fiel das Hämmern der 2-cm- und der 3,7-cm-Flak in das Abwehrfeuer ein. Ein wahrer Geschoßregen schlug der Maschine – es war ein Wellington-Bomber – entgegen und biß sich an der Kanzel und den Motoren fest.

Ein Schock für den Piloten. Prompt verriß er das Steuer und zog die Maschine für Sekunden aus dem idealen Angriffskurs genau in die Flugbahn einer 10,5-cm-Granate hinein. Ein Zufallstreffer durchschlug die Kanzel und detonierte mitten im Rumpf der Maschine. Von der Explosion in Brand gesetzt und auseinandergerissen, glich der Vogel einem zerplatzenden Feuerball. Die brennenden Teile flogen nach allen Seiten durch die Luft.

Unsere Waffen schwiegen. Schnell wich unser Jubelgeschrei lähmendem Entsetzen, denn die Flugzeugtrümmer wirbelten mit furchterregender Zielstrebigkeit auf uns zu.

»Verflucht, die Mistbiene nimmt uns mit in die Tiefe!« schrie ich. »Oberdeck räumen! Volle Deckung! Ruder hart Backbord! Dreimal äußerste Kraft voraus!«

In die Männer an Deck kam Bewegung. Aufgescheucht durch das herantrudelnde Verhängnis, suchten sie hinter dem Turm nach fragwürdiger Sicherheit. Unter dem Druck der auf Höchsttouren laufenden Schrauben und des hart gelegten Ruders holte *U 112* gefährlich über und bot den herabstürzenden Trümmern seine schmalste Silhouette. Die einzige Chance, ihnen wenigstens halbwegs zu entgehen.

Widerlich schrill pfeifend torkelte eine der Tragflächen über uns hinweg und stürzte unweit vor dem Bug in die aufschäumende See, während die anderen Trümmer an Steuerbord mehr oder weniger weit entfernt ins Meer klatschten. Sekunden später wölbte sich dort, wo der zerfetzte Rumpf eingetaucht war, die Wasseroberfläche auf. Wie ein Vulkanausbruch stieg daraus eine gigantische Wassersäule unter ohrenbetäubendem Donnern in den grauen Himmel empor. Zugleich türmte sich eine gewaltige Druckwelle auf und wälzte sich auf uns zu.

»Wahrschau, Männer! Sicherheitsgurte einpicken!«

Bevor ich hinter der Turmbrüstung Deckung suchte, sah ich noch, wie die Männer sich an der Reling sicherten. Dann war die riesige Welle auch schon heran. Ihre Wassermassen packten das Boot wie ein Spielzeug und trugen es gefährlich krängend in die Höhe, ehe sie es abrupt in das Wellental zurückfallen ließen. Durch den schweren Bootskörper lief dabei ein gefährliches Vibrieren. Selbst durch das wilde Rauschen der See glaubte ich die Spanten beängstigend knarren und die Außenhaut laut stöhnen zu hören. Torkelnd richtete sich *U 112* wieder auf und taumelte in den Schwell der nachlaufenden Druckwellen hinein. Brecher wuschen über das Deck, tosten am Turm empor und schwappten gurgelnd durch das offene Luk in die Zentrale hinunter.

Hustend und spuckend tauchten die Männer an Deck aus den schäumenden Fluten auf, bis auf die Knochen durchnäßt. Gott sei Dank, die Sicherung hatte gehalten. Es fehlte keiner.

Der II WO kam fluchend von der Gräting hoch. »Verdammt, was hatte der denn an Bord? Ein ganzes Munitionsdepot?«

»Nee!« Ich lachte. »Scharfe Wasserbomben vom übelsten Kaliber. Kennen Sie diese Scheißdinger noch nicht? – Beide Maschinen stop! Ruder, komm auf! Ausguck auf Station! Übernehmen Sie, Herr Werda! Marschgeschwindigkeit vierzehn Knoten, neuer Kurs zwo-vier-null.«

Noch ehe das Boot auf seinen neuen Kurs eingeschwenkt war, meldeten sich unsere Funker. »An Brükke! Die Maschine hat ihre Koordinaten gefunkt, Herr Kaleu!«

»Dann bekommen wir gleich Besuch, II WO! Ab in den Keller! Alle Mann auf Tauchstation! Alarmtauchen! Auf dreißig Meter einpendeln!«

Blitzschnell leerten sich Deck und Turm. Als ich das Turmluk über mir zuknallte und die Vorreiber vortrieb, schnitt der Bug bereits unter. Ich blickte auf die Uhr.

»Meldungen, was durchgeht!«

»Fünfundzwanzig Meter gehen durch! Boot pendelt auf dreißig Meter ein!«

Ich nickte befriedigt. »Sechsunddreißig Sekunden! Nicht übel! Wenn der Tauchwirbel genauso schnell verschwunden ist, können die lange nach uns suchen.«

»Wenn überhaupt jemand so schnell zur Stelle sein sollte, um nach uns zu suchen«, meinte Kruse. »Meist fliegen die doch weit auseinander gezogen Aufklärung, Herr Kaleu.«

»Möglich. Aber Vorsicht ist die Mutter der Porzellankiste.«

»Komisch, daß der Kerl uns trotz der niedrigen Wolkendecke so zielgenau angeflogen hat. RADAR?« fragte der II WO.

»Vermutlich. Wenn sich unsere Techniker nicht bald etwas dagegen einfallen lassen, wird es für uns immer schwieriger werden«, stellte der LI fest und traf damit den Nagel auf den Kopf. »Was an Land möglich ist, müßte doch auch für uns machbar sein – oder?«

Wir blieben zunächst unter Wasser. Das nagte zwar gewaltig an unseren Batterien, aber nach diesem Überraschungsangriff aus den Wolken wagten wir nicht, noch vor Anbruch der Dunkelheit aufzutauchen.

»Auch wenn es uns jetzt Zeit und Batteriekapazität kostet«, winkte ich ab, noch ehe der LI wieder seine Arie anstimmen konnte. »Aber das holen wir in der Nacht auf. Sobald wir die britischen Bomber nicht mehr fürchten müssen, tauchen wir ohnehin nur noch, wenn es unumgänglich ist.«

»Und was heißt das?« wollte der I WO wissen.

Ich holte die Großkarte heraus und breitete sie vor

den Offizieren auf dem Kartentisch aus. Mit dem Zirkel steckte ich auf 45 Grad Nord unseren Generalkurs nach Westen ab.

»Sobald wir fünfundvierzig Grad Nord erreicht haben, gehen wir für die Atlantiküberquerung wieder auf Kurs zwo-sieben-null. Uns bleiben ab heute noch achtzehn Tage bis zum ersten Treffpunkt. Selbst wenn wir bis dahin auf Jagdgruppen stoßen sollten, was außerhalb der britischen Geleitrouten nach den bisherigen Erfahrungen unwahrscheinlich ist, können wir eventuelle Zeitverluste immer noch durch höhere Überwasserfahrt wettmachen.«

»Ich fürchte, dann wird das Treiböl verdammt knapp«, warnte der LI mit Leichenbittermiene. »Zu knapp, um damit bis Brest zurückzukommen.«

»Irrtum, Herr Lietz. Wir werden für die Rückfahrt aufgetankt, das hat man mir auf der Flottille zugesichert. Entweder durch eine Milchkuh oder einen Tanker. Entsprechende Anweisungen erhalten wir über Funk.«

»Klingt gut«, brummte der II WO. »Hauptsache, dabei spielt auch das Wetter mit. Immerhin haben wir dann Dezember, und der serviert vor der amerikanischen Ostküste gern einen plötzlichen Wintereinbruch oder ein paar Schneestürme, habe ich mir sagen lassen.«

»Das ist natürlich drin. Aber sollen wir uns deshalb schon jetzt den Kopf heiß machen?« Ich blickte auf die Borduhr. »Um neunzehn Uhr tauchen wir auf, meine Herren.«

Kurz vor dem Wachwechsel um Mitternacht warteten die Briten mit einer neuen Überraschung auf. Achteraus zeichnete sich plötzlich am Himmel ein heller Lichtfleck ab, als dringe dort der Vollmond durch die nachtschwarze Wolkendecke.

Vollmond? Doch nicht um diese Zeit, und schon gar nicht in diesem Höhenwinkel! Ich schlug auf den Alarmknopf.

»Alarm! Auf Tauchstation! Alarmtauchen!«

Unter Deck rasselten die Klingeln los. Blitzschnell verschwand die Brückenwache im Turmluk. Ehe ich ihr folgte, warf ich noch schnell einen Blick auf den Lichtfleck. Ich hatte mich nicht getäuscht.

Aus dem einen waren drei geworden, und die zeichneten sich auch nicht mehr in den Wolken ab, sondern pendelten unter der dichten Wolkendecke an Fallschirmen über unserem Kielwasser, mit gleißendem Magnesiumlicht die See in blendende Helligkeit tauchend. Leuchtbomben! Gott sei Dank weit genug achteraus von uns und in weiten Abständen voneinander.

Ich knallte das Turmluk zu. »Turmluk ist dicht! Dreimal äußerste Kraft voraus! Ruder hart Steuerbord! Alle Mann voraus!«

Jetzt bloß schnell weg von unserem Tauchpunkt mit seinem verräterischen Wirbel! Unter mir polterten die Männer nach voraus, um mit ihrem Gewicht das Alarmtauchen zu beschleunigen. Mit voll aufgerissenen Tauchzellen und hart gelegten Tiefenrudern schor das Boot aus unserem ursprünglichen Kurs in die rettende Tiefe.

Fünfzig Meter gingen durch, als die ersten Bomben hinter uns fielen. Vergleichsweise weitab, so daß die Druckwellen uns nur harmlos durchschaukelten. Erleichtert atmete ich auf.

Fragend sah mich der LI an. »Wieder Flugzeuge? Und das mitten in der Nacht?«

Ich nickte. »Aus der einen, mit der sie sich verraten haben, sind drei Leuchtbomben geworden. Wenn wir Glück haben, haben sie sich damit selbst geblendet. Außerdem dürfte die rauhe See inzwischen unser Kielwasser und den Tauchwirbel auseinandergetrieben haben. Aber noch ist die Gefahr nicht vorüber.«

Wie zur Bestätigung ging weitab hinter uns eine neue Bombenreihe nieder.

»Ganz schöne Dinger, was? Und mit unterschiedlicher Tiefe«, kommentierte der I WO die Detonationen. »Sie suchen. Dabei waren sie sich vermutlich sicher, uns aufgetaucht zu erwischen.«

»Scheint also mit ihrem RADAR doch nicht so weit her zu sein«, meinte der II WO.

Der LI verzog skeptisch das Gesicht. »Na, ich weiß nicht, mir reicht's auch so schon.«

»Trotzdem, meine Herren, kein Grund, die Ohren anzulegen. Hören Sie? Sie werfen nur noch vereinzelte Bomben, hoffen auf einen Zufallstreffer.«

»Oder sie wollen uns damit so lange unter Wasser drücken, bis sie Verstärkung bekommen«, unkte der II WO.

»Warten wir's ab«, sagte ich und blickte auf die Borduhr.

»Alle Mann wieder auf Station! Wachwechsel! Freiwache abtreten! Ruder, komm auf! Übernehmen Sie, II WO. Auf hundert Meter einpendeln. Dann können Sie die Fahrt wieder zurücknehmen und auf unseren alten Kurs zwo-vier-null gehen.«

Die Wasserbombendetonationen verstummten. Dennoch war ich sicher, daß die Tommies über uns kreisten. Sie konnten sich unschwer ausrechnen, daß wir irgendwann auftauchen mußten, um die Batterien noch vor Tagesbeginn aufzuladen. Riefen sie Verstärkung oder ihre Ablösung herbei, waren wir geliefert. Uns blieb jetzt tatsächlich nichts weiter übrig, als abzuwarten und mit vier Knoten davonzuschleichen.

Ein Gedanke, der meine innere Unruhe mit der verstreichenden Zeit wachsen ließ. »Horchraum, was erzählen die Fische?«

Ich mußte auf die Antwort eine ganze Weile warten.

»Wir haben ein Problem, Herr Kaleu. Wir suchen schon nach der Ursache ...«

»Was heißt das?« fuhr ich alarmiert dazwischen.

»Das GHG stottert, und wir wissen nicht, warum.«

Es hielt mich nicht mehr in der Zentrale, in der selbst die leisesten Gespräche erschrocken verstummt waren. Ich jumpte durch das Mannloch, konnte jedoch nur den Kopf in das Horcherschapp stecken, weil einer der Horcher auf dem Boden lag und in dem Gerät mit einer Handleuchte nach der Fehlerquelle suchte.

»Was ist los, Huber?« fuhr ich den Funkobermaat an. »Warum höre ich erst jetzt von Ihrem Problem?«

»Wir haben gedacht, es läge an den Dieseln, Herr Kaleu.«

Ich sah seinem betretenen Gesicht an, daß er ratlos war.

»Und seit wann stottert das GHG?«

»Seit der schweren Explosion nach dem Flugzeugabschuß. Es muß irgendwo ein Wackelkontakt sein. Darum prüft der Dietl immer wieder alle Verbindungen durch.«

»Du lieber Himmel! Und warum machen Sie das erst jetzt?«

»Weil uns immer wieder die Diesel dazwischenkamen, Herr Kaleu. Da war keine genaue Kontrolle möglich.«

Das alte Lied. Liefen die Diesel, war das Horchgerät praktisch blockiert. Es hatte keinen Zweck, den Funkmaat anzuschnauzen.

Aus dem Kasten unter Huberts Tisch kam die dumpfe Stimme Dietls: »Ich glaube, ich hab's! Gib mir mal Isolierband runter. Ein Steckkontakt hat sich gelöst und wackelt.«

»Drück ihn zusammen, damit ich das überprüfen kann, Dietl!« Huber stülpte sich die Hörer wieder über beide Ohren. Über sein Gesicht huschte ein erleichtertes Lächeln. »Du hast es! Es funktioniert wieder, Herr Kaleu! Kleistere beides zusammen, Dietl! Austauschen können wir den Kontakt, wenn wir aufgetaucht fahren.«

Mir fiel ein Stein vom Herzen. Ich klopfte Huber aufmunternd auf die Schulter. »Na also! Dann sperren Sie man die Ohren auf, damit uns die Tommies nicht aufs Kreuz legen!«

Je länger wir unter Wasser blieben, desto sicherer wurde ich, daß meine Sorge unbegründet war. Hubers Zauberkasten fing keine Schraubengeräusche auf, also hatten die Flugzeuge keine Jagdgruppe zu ihrer Verstärkung herangerufen.

»Vielleicht sollten wir doch mal festzustellen versuchen, ob sich die Tommies inzwischen verkrümelt haben«, wagte der LI vorsichtig einen Vorstoß und tippte auf seine Uhr. »Is ja schon 'ne ganze Weile her, und wie's aussieht, bleibt uns nicht mehr viel Zeit, um die Batterien aufzuladen, bevor es …«

»Schon gut, LI«, unterbrach ich ihn. »Auf den Gedanken bin ich schon selbst gekommen. Auf Sehrohrtiefe anblasen!«

Das Boot schwebte sanft nach oben und pendelte auf Sehrohrtiefe ein. Ich fuhr das Periskop aus, obwohl ich mir ausrechnen konnte, daß ich bei der noch herrschenden Dunkelheit kaum mehr als nachtschwarze Finsternis sehen würde.

Und so war es auch, ich sah nichts. Das lag nicht allein an der Dunkelheit und an der ab und an über die Optik waschenden ruppigen See. Es war schwierig, das Boot exakt auf Tiefe zu halten. Zusätzlich nahm mir auch noch dichter Regen jegliche Sicht.

»Es gießt in Strömen. Klar zum Auftauchen!« Ich ließ den Spargel in den Schacht gleiten. »Brückenwache in den Turm! Anblasen! Boot bleibt klar zum Alarmtauchen!«

Kaum kam der Turm frei, enterten die Männer auf. Ein Schwall eisigen Wassers schoß durch das offene Luk auf mich herab und in den Kragen meines Ölzeugs hinein. Im Nu war ich bis in die Stiefel naß.

»Sauerei!« schimpfte ich, indem ich mich durch das Luk nach draußen quetschte. Eine Gischtfahne prasselte auf mich nieder. »Duster wie im Sack und dann auch noch so ein Scheißwetter!«

»Finden Sie?« fragte der I WO spöttisch und ging hinter dem Schanzkleid vor der nächsten Gischtfahne in Deckung. »Ich bin eigentlich ganz froh darüber. Da nutzt den Tommies das RADAR gar nichts, habe ich mir sagen lassen. Die haben jetzt garantiert so viele Echos in ihrem Gerät, daß wir uns bei diesem Seegang und dem Regen wohl kaum von der See abheben.«

»Stimmt!« gab ich zu und ging ebenfalls in die Knie. »Trotzdem habe ich das Wasser unter dem Ölzeug und in meinen Stiefeln nicht so gern.«

Kruse lachte. »Künstlerpech, Herr Kaleu! Ich hab' den Funkern übrigens befohlen, sie sollen den spanischen Seewetterbericht zu kriegen versuchen. Ich fürchte, daß wir auf dem besten Weg mitten in einen ausgewachsenen Sturmwirbel sind.«

»Malen Sie bloß den Teufel nicht an die Wand, Herr Kruse. Ich kann mir für die Atlantiküberquerung wahrlich etwas Schöneres wünschen.«

Doch mein Wunsch nutzte gar nichts. Es war das typische Biskayawetter, wie es sich im November in dieser Wetterküche Europas zusammenbraut, wenn Hochs und Tiefs einander schnell ablösen. Die Gischtfahnen, die der Wind über den Turm jagte, wurden immer länger und kräftiger, wenn der Bug tief in die heranrollende See hieb und die Brecher über das Deck tosten. Alles triefte. Längst hatte auf der Brücke trotz des Ölzeugs keiner mehr einen trockenen Faden auf dem Leib. Bei jeder Bewegung des stampfenden Bootes hatte man das Gefühl, in den Stiefeln schwappe das kalte Wasser bis zu den Knien empor.

»Ich schätze, wir haben schon jetzt Windstärke acht bis neun und Seegang sieben bis acht.« Der I WO wischte die Optik seines Fernglases trocken. »Und beides nimmt vermutlich noch zu. Da wird es allerlei Kleinholz unter Deck geben, und unsere Badegäste werden sich die Seele aus dem Leib kotzen.«

»Oder auch nicht, Herr Oberleutnant«, mischte sich Obersteuermann Weiß ein. »Abgesehen von den nikotinsüchtigen Kirkners scheinen sie 'nen ganz stabilen Magen zu haben.«

»Warten wir es ab.« Der I WO kicherte in sich hinein. »Wir können die Kirkners ja mal nach oben holen. Mal sehen, ob denen noch immer der Sinn nach 'ner Zigarette steht, Herr Kaleu.«

»Einverstanden, aber erst wenn es hell geworden ist und wir sicher sein können, daß uns nicht wieder so ein Charly zufällig aufstöbert, I WO. Ich möchte kein Risiko eingehen.«

Für *U 112* brach ein trüber, naßkalter Tag mit einer aufgewühlten See an, deren anrollende Wellenberge sich vor dem vorwärtsdrängenden Bug höher und höher auftürmten, ehe sie mit ihren tonnenschweren Wassermassen auf die Back niederbrachen und den in der tobenden See schwankenden Turm schäumend umtosten. Sie schüttelten das durch die vom Sturm gepeitschten Wellen torkelnde Boot so durch, daß es in seinen Verbänden jedes Mal beängstigend stöhnte und ächzte.

Längst waren es keine Gischtfahnen mehr, die über den Turm fegten, sondern Brecher, die am Turm emporbrandeten und die Brückenwache unter sich begruben. Dazu heulte der an Stärke noch zunehmende Sturm sein schauerliches Lied.

Nur mit Mühe kamen der I WO und ich nach Wachwechsel bei unserem morgendlichen Inspektionsgang unter Deck gegen das unberechenbare Stampfen und Schlingern des Bootes an. Es wunderte uns daher überhaupt nicht, daß die nikotinsüchtigen Kirkners bloß apathisch abwinkten, als der I WO sie »auf eine Zigarettenlänge« auf die Brücke einlud.

Sie lagen ohnehin mehr tot als lebendig in ihren Hängematten und kämpften verzweifelt gegen ihr renitentes Innenleben an, während sich Brodersen, Franchon und die wachfreien Maate mit sichtlichem Appetit schadenfroh feixend an das reichhaltige Frühstück hielten.

Der Anblick der genüßlich futternden Bande trieb die längst leeren Mägen der beiden erst recht mit quälenden Rülpsern immer wieder wellenweise in die Höhe. Für die seefesten Maate ein hochwillkommener Anlaß, sich hämisch über die lästige Seekrankheit auszulassen und über deren Bekämpfung mit allen möglichen »guten« Ratschlägen aufzuwarten.

»Wissen Sie, Sie machen das ganz falsch. Hungern ist Quatsch, da werden Sie den Scheiß nie los. Man muß seinen Magen betrügen, versteh'n Sie?« dozierte Maat Zielke gewichtig und patschte sich eine dicke Scheibe so fetter Mettwurst auf sein Brot, daß es selbst mir fast den Magen umdrehte. »Auf der *GORCH FOCK*, auf der ich damals als Unteroffiziersanwärter im Vormars die Segel setzen mußte, hatten wir ein ganz einfaches, aber sehr probates Mittel, um ihn zur Räson zu bringen.«

»Du lieber Himmel, jetzt kommt garantiert die Speckkur! Wetten?« flüsterte ich dem I WO in Erinnerung an meine Seekadettenzeit zu, der neben mir auf dem Gang stand und den abenteuerlichen Tanz des Decks unter unseren Füßen ebenfalls in den Knien auszugleichen versuchte.

Auch die Maate ahnten schon, was jetzt kam. Deshalb folgte Zielkes Worten eine Weile erwartungsvollen Schweigens, bis Franchon mit seiner auffallend hohen Stimme neugierig fragte: »Und wie geht das?«

»Ganz einfach. Man schneidet sich ein mundgerechtes Stück fetten Specks herunter und bindet es an ein längeres Stück Takelgarn. So etwa.« Mit den Händen demonstrierte er die Größe und Dicke des Brockens und die Garnlänge. »Nun braucht man es nur noch im Ganzen zu schlucken.«

Zielke kaute genußvoll auf dem fetten Mett herum und ließ seine Worte wirken. Fetter Speck an einer Strippe! Bei den Huskies löste allein die Vorstellung dieser unappetitlichen Prozedur erneut ein qualvolles Rülpsen aus. Ihre bleichen Gesichter wurden noch um einen Schein grüner. Die Meute griente.

»Na ja, und wenn es dann unten zu kolkern anfängt, zieht man den Speck einfach schnell wieder hoch.«

»Was denn, das soll helfen?« ging ihm Brodersen zwischen zwei Bissen auf den Leim.

»Natürlich nicht gleich beim ersten Mal. Man muß den Speckbrocken so oft schlucken und immer wieder hochziehen, bis dem Magen das Kolkern vergeht. Er hat ja dann auch gar keinen Grund mehr zu kotzen«, versicherte ihm der Maat augenzwinkernd. »Bei dem einen geht das ganz schnell, bei einem anderen dauert es halt etwas länger; aber es hilft garantiert.«

»Nur aufpassen mußt du, daß du dabei nicht irgendwann mal den kleinen braunen Ring mit hochziehst und ausspuckst«, setzte Torpedoobermaat Fiedler wie erwartet einen drauf. »Das passiert nämlich bei der Seekrankheit schnell.«

»Und was ist das für ein Ring?« Brodersen begriff noch immer nicht, was da lief.

Die kauende Bande verkniff sich das Lachen. Die Landratten fielen doch allesamt auf diese uralte Schote herein.

»Na sein Arschloch, Mensch! Das versucht doch die ganze Zeit schon, auch nach oben zu kommen, Mann!« Belehrend hob Fiedler den Zeigefinger. »Merke, davon haste nur eins, darum mußte das sofort wieder runterschlucken, klar?«

Die schadenfrohe Meute unterdrückte nur mühsam ein wieherndes Gelächter. Das grüngraue Gesicht des einen Kirkner verzog sich dagegen zu einer verärgerten Grimasse. Aufgebracht setzte er zu einer scharfen Bemerkung an und brachte doch nur einen lauten Rülpser zustande, der wie ein Signal wirkte. Die niederträchtige Bande krümmte sich vor Lachen und goß ganze Kübel voller Hohn und Spott über die beiden Huskies aus.

Ich tippte dem I WO auf die Schulter.

»Das mußte ja so kommen. Wer den Schaden hat, braucht für den Spott nicht zu sorgen. Ist wohl besser, wir kratzen jetzt die Kurve, Herr Kruse! Gehen wir in die Zentrale. Sie haben den spanischen Seewetterbericht ausgewertet? Was sagt denn der?«

»Nur das, was wir ohnehin schon gemerkt haben, Herr Kaleu. Ein Tiefdruckgebiet hat den schwachen Hochdruckkeil über der Biskaya verdrängt und sich zu einem Sturmwirbel mit Spitzengeschwindigkeiten bis zu 150 Stundenkilometern gemausert, der sich mit Ostkurs auf den Weg zum Festland macht. Auf seiner Rückseite fließt in einem breiten Schwall Polarluft nach Süden. Seegang neun bis zehn.«

»Wie schön!« sagte ich und klammerte mich am Schott fest. »Seefahrt vom Feinsten!«

»Es trifft die Gerechten wie die Ungerechten gleichermaßen«, spöttelte Kruse. »Glaube nicht, daß die Tommies viel Spaß daran haben werden, bei diesem Wetter die See nach uns abzukämmen.«

»Zumindest nicht mit Flugzeugen.« Wir jumpten durchs Zentraleschott und torkelten zum Kartentisch. Ich tippte auf die Karte. »Hier, da kann's in der kommenden Nacht noch mal gefährlich werden, wenn wir die Geleitroute von England nach Gibraltar kreuzen müssen. Neuerdings haben die Tommies auf dieser Route sogar Flugzeugträger zur Geleitsicherung dabei.«

»Edelwild. Nur schade, daß wir die erst auf die Hörner nehmen dürfen, nachdem wir uns die Badegäste vom Hals geschafft haben. Aber dahin ist es noch ein verflucht langer Weg.«

Wir beugten uns beide über die Karte. Gewissenhaft hatten die Obersteuerleute unsere diversen Kurswechsel mitgekoppelt. Das hatte zwar keinen genauen Standort ergeben, aber es war immerhin ein Anhalt, bis wir ein paar Sterne schießen konnten. Ich nahm die Entfernung nach Brest in den Zirkel und setzte sie auf dem Kartenrand ab.

»Nicht viel, was dabei herausgekommen ist, was? Ob wir wollen oder nicht, wir müssen den Sturm abreiten und so lange Meilen machen, bis die Batterien voll aufgeladen sind.«

Der I WO verzog skeptisch das Gesicht. »Und wie lange stehen wir das bei diesem Seegang durch? Ich meine nicht nur die Brückenwache, sondern auch die Maschinen bei dieser Drehzahl.«

»Das kann ich Ihnen genau sagen, Herr Kruse«, mischte sich der LI in das Gespräch ein. »Hören Sie dieses helle Sirren? Da kommen jedesmal die Schrauben aus dem Wasser frei, wenn wir mit dem Bug ins Wellental abkippen. Irgendwann drehen die Maschinen durch, und die Wellen fliegen aus den Lagern. Das dürfte ...«

»Ich weiß, LI«, unterbrach ich ihn. »Kenne ich von meinen anderen Feindfahrten schon, ohne daß uns da die Wellen weggeflogen sind. Wir müssen aus diesem verdammten Seegebiet raus und das Wetter und die schlechte Sicht nutzen, bevor die Briten ihre Flüge wieder aufnehmen. Sehen Sie doch selbst, Herr Lietz!«

Ich deutete auf die grob dreieckig geformte Biskaya. Das war ein etwa 223 000 Quadratkilometer großes Seegebiet vor den deutschen Stützpunkten an der französischen Küste.

»Wer raus will, muß jeweils durch einen Flaschenhals, der von den Briten überwacht wird. Der hier vor Brest ist in Ost-West-Richtung etwa 200 Seemeilen tief und in Nord-Süd-Richtung etwa 300 breit. In dem stekken wir noch immer drin. Je länger wir aufgetaucht fahren, ohne daß uns die Tommies auf die Pelle rücken, weil das Wetter sie davon abhält, desto besser.«

Ich ließ meine Worte wirken. Niemand sagte ein Wort, denn dagegen gab es keine Argumente.

»Wir können vorgeflutet und mit verminderter Drehzahl fahren, um mehr Ruhe in die Bewegungen des Bootes zu bringen«, schlug ich vor. »Aber wir bleiben oben, klar?«

Meine Rechnung ging auf. Unbehelligt von britischen Flugzeugen und Kriegsschiffen liefen wir den ganzen Tag aufgetaucht gegen den Sturm und die aufgewühlte See an. Für jeden Mann an Bord und ganz besonders für die Brückenwache war das allerdings alles andere als ein Vergnügen. Das wilde Tanzen unseres Eisensargs in der tobenden See schonte keinen. Hinzu kamen der dichte Regen, die eisigen Brecher und der Sturm, die durch die dickste Kleidung drangen und die fluchenden Brückenwächter binnen kurzer Zeit vor Kälte schlottern ließen.

Das zehrte an den Kräften und an den Nerven aller. Die Stimmung an Bord schlug um. Was bisher mit einer derben Frotzelei abgetan worden war, löste jetzt lautes Fluchen, wenn nicht gar streitsüchtige Bemerkungen vornehmlich bei der am stärksten den Unbilden ausgesetzten Brückenwache aus.

Um die Belastungen wenigstens halbwegs gerecht auf möglichst viele zu verteilen, ließ ich die Brückenwache alle Stunde wechseln. Das hob zwar anfangs wieder die Stimmung, erbrachte jedoch nur einen sehr fragwürdigen Erfolg. Als die Dämmerung einsetzte, hatten nämlich alle, abgesehen von den Stokern und einigen Spezialisten, kaum noch einen trockenen Faden auf dem Leibe.

Ich machte darin keine Ausnahme. Obwohl ich mich vor Müdigkeit kaum noch auf den Beinen halten konnte – ich hatte ja seit Brest nie ein Auge richtig zugemacht –, hatte es mich immer wieder auf die Brücke getrieben. Schließlich mußte ich mit gutem Beispiel vorangehen, wollte ich mich nicht dem Vorwurf aussetzen, den Männern Belastungen aufzuerlegen, die ich selbst nicht zu tragen bereit war. So etwas untergrub die gegenseitige Achtung und das Vertauen, auf das wir alle angewiesen waren.

»Endlich ein Grund, zuversichtlich aufzuatmen«, meinte der II WO mit einem leichten Anflug von Kritik in der Stimme, als ich am Abend das Logbuch abzeichnete. »Trotz allem, immerhin sind wir aufgetaucht gute neunzig Meilen in einem Zug vorangekommen, wenn auch mit verminderter Geschwindigkeit.«

Ich nickte. »Leider sind wir damit aber noch nicht aus dem Schneider. Was wir jetzt alle brauchen, ist ein bißchen Ruhe und dann einen belebenden Schluck. Auf Tauchstation! Klar zum Tauchen!«

Die Brückenwache kam die Leiterholme heruntergesaust und brachte einen ordentlichen Schwapp eisigen Wassers mit in die Zentrale. Oben schlug der I WO das Turmluk zu und trieb die Vorreiber vor.

»Turmluk ist dicht!«

»Fluten! Auf vierzig Meter einpendeln! Beide E-Maschinen mit Umdrehungen für vier Knoten voraus! Der Smut' in die Zentrale.«

Den Obergefreiten Ramlow, einen bulligen, allzeit freundlichen Typen, hatte ich bisher nur bei der Kommandoübernahme im Dienstanzug kennengelernt. Ansonsten lief er stets mit einem zur Schürze umfunktionierten Handtuch vor dem Bauch und einem Schweißtuch um die Stirn an Bord herum. Er war Smutje aus Passion und verstand sein Handwerk, denn in Friedenszeiten hatte er mit dem größten Erfolg in dem legendären Lokal *Aschinger* am Berliner Alexanderplatz den Kochlöffel geschwungen.

Nach den Offizieren und den Obersteuerleuten war

er eine der wichtigsten Personen an Bord. Von ihm hing das Wohl und Wehe der gesamten Crew ab. War der Smutje ein Versager, war nämlich selbst der beste Kommandant aufgeschmissen. Das wußte Ramlow und trat darum mit seiner schnodderigen Berliner Schnauze entsprechend selbstbewußt auf, was seiner Beliebtheit allerdings keinen Abbruch tat.

Er kam auch jetzt wieder in seinem unmilitärischen Aufzug in die Zentrale gejumpt, nahm Haltung an und meldete: »Matrosenobergefreiter Ramlow wie befohlen zur Stelle!«

Ich winkte lächelnd ab. »Schon gut, Smut', überanstrengen Sie sich man bloß nicht! Uns allen ist saukalt, und wir haben einen Bärenhunger. Wie wollen Sie dem abhelfen?«

Er stand bequem und griente. »Hab' ich mir schon gedacht, Herr Kaleu. Zum Aufwärmen »Besanschot an«! Schlage einen doppelten Köm vor. Dann eine kräftige Rinderbrühe, gefolgt von Rinderbraten mit Rotkohl und als Nachspeise Grießflammeri mit Büchsenobst. Gut so?«

Ein Vorschlag, der ankam, wie das beifällige Gemurmel aus dem Hintergrund verriet.

»Du lieber Himmel, Smut', wo denken Sie hin?« Ich blickte auf die Uhr. »Besanschot an – das geht ja noch und ist genehmigt. Aber essen wollten wir eigentlich noch vor Weihnachten. Wie wollen Sie das denn hinkriegen?«

Er machte eine wegwerfende Handbewegung. »Kleinigkeit, Herr Kaleu. Wenn der Brümmer mir hilft, geht's in zwanzig Minuten mit der Suppe los. Wenig später steht der Rest auf der Back. Ich habe vorgesorgt.«

Vorgesorgt? Das konnte nur heißen, daß er in weiser Voraussicht in Brest vorgekocht und das Essen in die Kühlung geschoben hatte. Wahrscheinlicher war jedoch, daß er auf unseren Konservenvorrat zurückgriff. Wie auch immer, mir konnte es egal sein. Hauptsache, es hob die Stimmung, und das tat es sichtlich.

»In Ordnung, Ramlow, dann man los! Zuerst Besanschot an für die Freiwächter, für die anderen nach Ablösung! Wachwechsel zum Essen im Zwei-Stunden-Törn, klar?«

Wir blieben mehr als zwölf Stunden unter Wasser, länger, als ich es vorgehabt hatte. Schuld daran waren die Schraubengeräusche, die das Horchgerät bei Beginn der Morgenwache auffing.

»Knappe zwanzig Seemeilen in null-sechs-fünf, langsam aufkommend, Herr Kaleu«, meldete mir der II WO, nachdem mich der Läufer aus der warmen Koje in die Zentrale geholt hatte. »Ein größerer Verband. Dietl meint, es könnten Transporter dabei sein.«

Wir beugten uns über die Karte. »Könnte ein Geleit aus England ins Mittelmeer sein, Herr Werda. Wenn der Gegnerkurs stimmt, haben wir den Verband in Kürze auf dem Hals.«

»Alarm auslösen?«

Ich schüttelte den Kopf. »Schlafen lassen. Runter auf hundertzwanzig Meter und dann scheues Kaninchen, klar?«

Vorher noch einen Blick auf den Verband durch das Sehrohr zu wagen verkniff ich mir. Zu riskant, bei dem Seegang ließ sich das Boot nicht exakt auf Sehrohrtiefe halten, und sehen würde ich vermutlich sowieso nichts, weil mir die tobende See ständig über die Optik wusch. Außerdem war es dazu oben auch noch nicht hell genug.

Wir ließen uns auf hundertzwanzig Meter sacken und gingen auf Schleichfahrt. Gespannt verfolgten wir den Kurs des Verbandes, der tatsächlich aus Kriegsschiffen und Transportern bestand, wie Dietl inzwischen aus den Schraubengeräuschen herauszuhören glaubte. Ein Geleit also, etwa fünfundzwanzig Schiffe.

Langsam kam es näher und näher, viel langsamer, als wir erwartet hatten. Es stand auch schon viel näher dran. Ein Schätzfehler, der selbst dem erfahrensten Horcher unterlaufen konnte. Er fiel jetzt glücklicherweise noch nicht so ins Gewicht.

»Sturm und Seegang machen auch denen zu schaffen«, stellte der Obersteuermann fest, der den Gegnerkurs auf der Karte mitkoppelte. »Wenn die Geschwindigkeit und Kurs beibehalten, kreuzen wir ihren Kurs weit vor ihnen, Herr Kaleu, und lassen sie achteraus. Vorausgesetzt, die Horchpeilungen stimmen.«

Er deutete auf den Punkt in der Karte, an dem sich nach seinen Vorausberechnungen unser Kurs mit dem des Geleits kreuzen mußte. Er hatte unsere Kurslinie über diesen Punkt hinausgezogen und mit den entsprechenden Zeitangaben versehen, so daß wir sehen konnten, wo wir stehen würden, wenn das Geleit unseren Kurs kreuzte.

»Eine gute Arbeit, Obersteuermann.« So ein Lob hörte jeder Navigator gern, obwohl es eine Aufgabe war, die jeder Seekadett beherrschen mußte, sobald er das Segelschulschiff verließ, um auf die Marineschule überzugehen. »Sieht aus, als brauchten wir ihr ASDIC nicht zu fürchten.«

»Wiederum vorausgesetzt, die Außensicherung steht nicht weiter außen und zickt und zackt wie ein Wachhund am Geleit hin und her«, goß der II WO Wasser in unseren Wein. »Hat es ja alles schon gegeben.«

»Stimmt, Herr Werda! Aber bisher haben die weder gezickt noch gezackt. Ein Zeichen dafür, daß sie sich sicher fühlen.« Ich stockte. »Verdammt, warum fühlen die sich so sicher? Unter den fünfundzwanzig Schiffen will Dietl doch nur sieben Kriegsschiffe ausgemacht haben. Ein bißchen dünn, was? Haben die 'ne Flugsicherung dabei?«

»Bei diesem Wetter, Herr Kaleu?« Der II WO schüttelte zweifelnd den Kopf.

»Das heißt ja nicht, daß die jetzt in der Luft ist, Herr Leutnant«, kam mir Obersteuermann Weiß zuvor und erntete dafür vom II WO einen mierigen Blick. »Wenn die damit von England ausgelaufen sind, dann ...«

Ich unterbrach ihn. »... dann ist das ein besonders wertvolles Geleit. Vielleicht Truppentransporter, Verstärkung für die Nordafrikafront, eskortiert durch einen Flugzeugträger.«

Der II WO setzte zu einer Erwiderung an, ich winkte ab. »Es muß ja nicht gleich einer vom Kaliber der *ILLUSTRIOUS* sein. Das heißt, möglich ist natürlich auch das. Es wurde beim Stab allerdings davon gemunkelt, daß die Tommies jetzt ihre amerikanischen Freunde im Rahmen des Pacht- und Leihabkommens um Hilfsflugzeugträger angehen. Einer würde doch auch vollauf genügen – oder?«

»Sollte mich wundern, wenn sie die nicht bekämen.

Im Grunde genommen fehlt doch bloß noch 'ne offizielle Kriegserklärung der USA. Die mischen doch schon lange auf seiten der Briten mit«, meinte der II WO. »Mit der Panamerikanischen Sicherheitszone von 300 Seemeilen um den Kontinent herum fing es an, und jetzt reicht die amerikanische Sicherheitszone bis nach Island, in der sich die britischen Geleitzüge unter dem Schutz der US-Marine ungehindert bewegen können. Das ist doch aktive Teilnahme am Krieg. Oder sehen Sie das anders?«

Ich sah das genauso. Darum bereitete mir ja unser Auftrag auch die größten Kopfschmerzen. Das war ein Himmelfahrtskommando erster Ordnung, das man mir da aufgeholzt hatte. Lief dabei irgend etwas schief, lieferten wir damit den USA einen prächtigen Vorwand für eine Kriegserklärung. Daran änderte auch Roloffs vertrauliche Mitteilung nichts, daß man in Kürze ohnehin mit dem Kriegseintritt der USA an der Seite Englands rechne. Im Gegenteil.

Ich blieb dem II WO die Antwort schuldig. Statt dessen lauschte ich nach oben. Die Schraubengeräusche waren nicht nur irgendwie lauter geworden, sie klangen in meinen Ohren auf einmal auch ganz anders. Das behäbige Brummen der Transporter wurde plötzlich von den helleren Schraubengeräuschen der Sicherung völlig überlagert. Es hörte sich an, als habe die Zahl der Sicherungseinheiten gewaltig zugenommen.

Verdammt, pennte der Dietl am Horchgerät? Der mußte das doch noch viel deutlicher hören! Warum meldete der das nicht sofort?

»Geben Sie stillen Alarm, II WO!« fuhr ich aufgescheucht hoch. »Horchgerät, wo bleiben die ...«

»Verband ändert Kurs! Er dreht nach Steuerbord! Belege meine Meldung über die Stärke der Sicherungseinheiten, Herr Kaleu! Die Zahl der Zerstörer oder Fregatten ist höher als die der Transporter!«

»Ist das alles? Was sind denn das für Scheißmeldungen? Sind die plötzlich vom Himmel gefallen?« schnaubte ich. »Obermaat Huber soll diese unerfahrene Flasche sofort ablösen!«

Die Männer hasteten auf ihre Gefechtsstationen. Kurz darauf liefen ihre Klarmeldungen ein. Endlich kam auch eine brauchbare Meldung vom Horchgerät.

»Verband hat nach Steuerbord gezackt und peilt jetzt eins-fünf-fünf, Herr Kaleu! Geschwindigkeit unverändert.«

Blitzschnell rechnete Obersteuermann Weiß die Horchpeilung um und trug sie in die Karte ein. »Gegnerkurs zwo-zwo-null, wenn die Peilung stimmt, Herr Kaleu. Sieht nicht gut aus. Laufen die so weiter, kreuzen sich unsere Kurse hier an diesem Punkt, und dann haben wir sie auf dem Hals.«

Das war nicht zu übersehen. Der aus Hubers weiteren Peilungen errechnete Gegnerkurs hielt genau auf uns zu. Unser Vorsprung schmolz wie Butter in der Sonne, denn trotz des Seegangs waren sie schneller als wir.

Und noch etwas hörten Hubers erfahrenere Ohren heraus: Das Zahlenverhältnis zwischen den Transportern und den Sicherungseinheiten war genau umgekehrt. Achtzehn Zerstörer, Fregatten und Korvetten bildeten um die Transporter einen undurchdringlichen Schutzschirm.

»Mann, kein Wunder, daß die sich selbst ohne Flugsicherung sicher fühlen können!« Der I WO sprach aus, was alle dachten. »Müssen die ’ne wertvolle Ladung transportieren!«

»Eben! Wie der Kommandant schon gesagt hat, vermutlich Truppen samt ihrer wertvollen Ausrüstung, da will man nichts riskieren«, erinnerte ihn der II WO. »Die werden doch in Nordafrika dringend gebraucht, wo eine erbitterte Schlacht um Tobruk tobt.«

»Aber warum dann dieser Zack noch weiter raus in den Atlantik? Der hält sie doch nur auf«, grübelte der LI und rieb sich die öligen Hände mit einem Twistknäuel sauber.

»Na, warum wohl?« gab sich der I WO überlegen. »’ne U-Boot-Warnung. Oder sie wollen den Spaniern aus dem Weg gehen, weil sie sie für unsere heimlichen Verbündeten halten.«

Ich hörte nur mit halbem Ohr zu, zerbrach mir vielmehr den Kopf, wie wir den herandampfenden Briten entgehen konnten. Nach Backbord abdrehen? Vielleicht war aber gerade das falsch, weil die Tommies erneut drehten? Nach Steuerbord ausweichen?

Hubers Stimme riß mich aus meinen Überlegungen. »Achtung! Vor dem Geleit laufen fünf Feger in breiter Dwarslinie und kämmen die See ab. Abstand etwa vier Seemeilen!«

Fünf Feger in breiter Front, das war ungewöhnlich. Aber da gab es nichts mehr zu überlegen. Waren sie schon so dicht heran, übertönten ihre Schraubengeräusche garantiert unsere E-Maschinen und legten damit auch ihre Horchgeräte lahm.

»Ab in die Tiefe! Beide Maschinen voll voraus! Tiefenruder voll unten! Tauchzellen voll auf! Alle Mann voraus! Auf hundertachtzig Meter gehen!«

Wie ein Stein sank das Boot in die Tiefe. Auf 180 Meter pendelten wir ein und gingen auf Schleichfahrt. Nach meinen bisherigen Erfahrungen waren wir in dieser Tiefe durch den steileren Ortungswinkel vor ihrem ASDIC immer verhältnismäßig sicher gewesen. Was aber, wenn sich meine Erfahrungen jetzt auf einmal als überholt erweisen sollten?

Die britischen Techniker schliefen nicht, sie warteten ständig mit neuen Überraschungen auf. Was also, wenn sie uns doch orteten? Blieb uns dann genügend Zeit, um noch tiefer zu tauchen? Meine Handflächen wurden mit einemmal feucht.

Bedrohlich schwollen die Schraubengeräusche an. In einem weiten Abstand folgte den Fegern das Geleit. Das sprach Bände.

»Mensch, die fühlen sich ja gar nicht so sicher!« machte ich meinem Herzen Luft. »Die halten Abstand, weil sie mit Angriffen rechnen! Die lassen den Fegern deshalb einen größeren Spielraum für die U-Boot-Jagd, damit sie denen nicht in die Quere kommen.«

»Achtung! Überlauf steht unmittelbar bevor!« warnte Huber. »Gegner hält unvermindert Kurs!«

Ein gewaltiger Donnerschlag zerriß plötzlich die Stille und schreckte uns auf. Automatisch suchte ich irgendwo festen Halt, bis ich begriff, daß die Explosion gar nicht uns galt. Sie lag viel zu weit von uns ab, und ihre Druckwellen hoben das Boot nicht einmal an.

Über uns geriet die Fegerkolonne in Aufruhr, löste sich auf und brauste mit aufheulenden Schrauben zum Geleit zurück. Weitere Detonationen röhrten durch die Tiefe.

»Vier Detonationen an Backbord achteraus!« meldete Huber aufgeregt. »Klangen nach Torpedoangriff, Herr Kaleu! Außensicherung schert nach Backbord aus!«

Das war die Gelegenheit für uns.

»Schleichfahrt aufgehoben! Ruder Steuerbord zwanzig! Neuer Kurs zwo-neun-null! Beide E-Maschinen voll voraus!«

Hinter uns gingen die ersten Wasserbomben hoch, in ihrem Schutz liefen wir ungehört vom Geleit ab. Gespannt verfolgten wir, wie achtern eine hektische Kurbelei mit breitflächigen Wasserbombenteppichen einsetzte.

»Mein lieber Mann, die gehen aber ran!« sagte der Obersteuermann. »In der Haut unserer Kameraden möchte ich jetzt nicht ...«

Detonationen von der Steuerbordseite des Geleits übertönten die krepierenden Wasserbomben und ließen ihn stocken. Verflucht, hatten wir nach der falschen Seite gedreht?

»Vier Stück – ein Fächer!« stellte der II WO unbeeindruckt fest. »Da sind also zwei von uns an beiden Seiten am Werk.«

»Die sind doch wahnsinnig, ein so stark gesichertes Geleit anzugreifen!« ereiferte sich der LI. »Das muß doch glatt ins Auge gehen!«

Der I WO schüttelte den Kopf. »Ein Unterwasserangriff bei diesem Seegang? Unwahrscheinlich! Da ist irgendein Ausguck einem Phantom aufgesessen und hat U-Boot-Alarm ausgelöst.«

»Und die erste Detonation? Für was halten Sie die denn?« fragte der LI indigniert.

»Für 'ne überdimensionale Schreckbombe, der man

vier Wabos hat folgen lassen. Und nun spielt der ganze Haufen verrückt.«

»Die an Steuerbord auch? Sehen die auch Gespenster?«

»Das ist mir völlig Wurscht!« fuhr ich dazwischen, denn ich dachte an unseren Auftrag. »Was immer sich dort abspielt, es ist nicht unser Bier! Ruder Backbord zehn! Neuer Kurs zwo-sieben-null!«

An Steuerbord geriet die Sicherung ebenfalls in Aufruhr und drehte auf den vermuteten Abschußpunkt des U-Bootes ein. Für mich gingen alle Schraubengeräusche in den dröhnenden Wabo-Detonationen unter, für das Horchgerät jedoch nicht.

»Geleit passiert in Kürze achteraus, Herr Kaleu!« ließ sich Huber vernehmen. »Abstand schwer zu schätzen.«

Kruse grinste. »Hören können die uns bei diesem Rabatz jedenfalls nicht!«

»Hauptsache, sie verschonen uns auch mit ihrem ASDIC«, brummte ich. »Ich möchte denen jetzt nicht in die Quere kommen, übernervös, wie die sind.«

Während das Bombardement hinter uns unvermindert anhielt, behielt das Geleit unbeirrbar seinen Generalkurs bei. Bei dem höllischen Bombardement war aus den Schraubengeräuschen nicht mehr herauszuhören, wie groß die Sicherung noch war, die am Geleit stand. Alles schien gründlich durcheinandergeraten zu sein, denn wir blieben unbehelligt. Oder waren gar nicht alle Geleitschiffe mit ASDIC ausgerüstet?

»Schade«, bedauerte Kruse, »so ein Geleit kriegen wir so bald nicht wieder vor die Flinte, an dem wir mit anderen zusammen Sechsundsechzig spielen könnten.«

Ein Gedanke, dem auch ich nachhing. Drei U-Boote an diesem offenbar besonders wertvollen Geleit, das hätte die Sicherung vor noch größere Probleme gestellt. Ihr Verhalten widersprach auch so schon meinen gesamten Erfahrungen. Es wirkte anfängerhaft und gab mir Rätsel auf.

Warum hörte man nicht mit dem hektischen Geballer auf und suchte zunächst mal nach den Spuren für den Erfolg der Jagd? Oder hatten die am Ende gar keine U-Boote mit ihrem ASDIC aufgespürt und scheuten sich jetzt, das einzugestehen? Auch das hatte ich schon erlebt.

»Stimmt, I WO«, pflichtete ich ihm bei. »Und Sie könnten auch mit Ihrer Annahme durchaus recht haben, daß die Tommies unter dem Erwartungsdruck geradezu hysterisch U-Booten nachjagen, die es da gar nicht gibt, und so ihre nervösen Spannungen abreagieren.«

»Dann sind das blutige Anfänger, und der Geleitführer ist ein Arsch, sonst hätte er dem sinnlosen Wabo-Verbrauch schon längst ein Ende gesetzt. Oder sehen Sie das anders, Herr Kaleu?«

»Vielleicht läßt er seine Männer gewähren, weil es tatsächlich Anfänger sind, die noch keine Praxis haben und so einen Vorgeschmack von der U-Boot-Jagd bekommen sollen. Das würde doch auch die ungewöhnliche Menge der Sicherungseinheiten erklären. Anfänger, die zum Einsatz im Mittelmeer nach Gibraltar überführt werden.«

Das Geschehen am Geleit enthob ihn einer Antwort. Die Detonationen verstummten. Wir hörten mit einemmal wieder die Schraubengeräusche, und die waren alarmierend.

Ich reagierte sofort. »Beide E-Maschinen stop! Auf Schleichfahrt gehen! Absolute Ruhe im Boot!«

Ein Befehl, der vielleicht gar nicht notwendig war. Unsere Eigengeräusche gingen in dem Lärm der Schrauben glatt unter, als die Sicherung wieder auf ihre Plätze eilte und sich das Geleit neu formierte. Aber man konnte bei dieser übernervösen Horde nie wissen, ob dabei nicht irgend so ein übereifriger Kommandant ausgerechnet in unsere Richtung vorstieß und zu einer Horchrunde stoppte. Horchgerät und ASDIC – eine tödliche Kombination.

Jedoch nichts dergleichen geschah. Das Geleit passierte uns achteraus und lief weiter und weiter von uns ab, wie die Horchermeldungen ergaben. Ein Aufatmen ging durch das Boot.

»Sehen möchte ich doch mal ganz gerne, was das für ein Verein gewesen ist«, sagte ich. »Weit genug sind die Brüder jetzt wohl ab. Schleichfahrt aufgehoben. Beide Maschinen halbe Kraft voraus! Auf Sehrohrtiefe anblasen!«

Schon in dreißig Meter Tiefe begann das Boot, die Bewegungen der aufgewühlten See mitzumachen. Ein Vorgeschmack von dem, was uns oben bevorstand. Ein schlechtes Vorzeichen für meine Absicht. Auf Sehrohrtiefe war es auch prompt unmöglich, das Boot exakt auf Tiefe zu halten. Trotzdem fuhr ich den Spargel aus und drehte ihn in die Richtung des ablaufenden Verbandes.

Nichts. Die See ging noch immer hoch und wusch wieder und wieder über die Optik. Aber zwischendurch bekam ich zumindest mit, daß es nicht mehr regnete und die Wolkendecke verwaschene blaue Löcher durchblinzeln ließ.

Kopfschüttelnd ließ ich den Spargel in den Schacht gleiten. »Nichts zu sehen. Auf vierzig Meter einpendeln. Alarm beendet. Noch zwei Stunden, Herr Werda, dann tauchen wir auf und nehmen wieder Kurs auf fünfundvierzig Grad Nord. Die Tommies dürften dann so weit ab sein, daß wir ihr RADAR bei dem Seegang nicht mehr zu fürchten brauchen. Übernehmen Sie bitte. Ich bin in meiner Kammer.«

Als wir auftauchten, hatten wir die Schraubengeräusche des Verbandes noch immer im Horchgerät. Er war jedoch keine Gefahr mehr für uns. Der eisige Sturm hatte nämlich auf Nordnordwest gedreht und türmte die See jetzt querab von uns auf. Von den Wellenbergen immer nur kurzzeitig angehoben, verschwanden wir sogleich wieder in den Wellentälern. Für das RADAR der Tommies das reinste Versteckspiel, das ihnen garantiert keine brauchbaren Echos lieferte.

Wir waren sicher, daß sie uns bei dieser Berg- und Talfahrt auch nicht ausmachen konnten, obwohl sich die Sicht gebessert hatte und sie noch immer in unseren scharfen Gläsern weit entfernt auf und ab tanzten.

»Eine Sorge sind wir los.« Der I WO ließ sein Glas sinken und deutete zum Himmel. »Die nächste kommt bestimmt von oben.«

Wie wir alle vom eingehakten Sicherheitsgurt auf dem schwankenden Turm gehalten, versuchte er, gegen die rollenden Bewegungen des Bootes einen festen Stand zu finden. Ich nickte, denn der Himmel riß immer weiter auf und zeigte zunehmend größere blaßblaue Wolkenlöcher, durch die eine kalte Sonne ihre Strahlen schickte.

»Typisches Rückfrontwetter«, gab Obersteuermann Schneider seinen Senf dazu. »Wenn der spanische Seewetterbericht stimmt, wird es in den nächsten Tagen nur eine kurze Wetterberuhigung geben. Dann nähert sich schon das nächste Tief von Westen.«

»Soll mir recht sein. Hauptsache, es schiebt 'ne schöne dicke Warmfront heran.« Der I WO schüttelte sich. »Ist mir lieber als diese Saukälte, die einem durch Mark und Bein geht.«

Mich drückte eine andere Sorge viel mehr. »Dagegen läßt sich was tun, Herr Kruse, gegen die Wetterbesserung nicht. Wir müssen sehen, daß wir das Seegebiet nahe der Biskaya möglichst schnell achteraus lassen, bevor der Sturm abflaut und die Tommies ihre weiträumigen Patrouillenflüge wieder aufnehmen.«

Er schlang das Tuch um seinen Hals noch enger und knöpfte den aufgestellten Kragen noch dichter. »Sieht nicht so aus, als sei das schon bald der Fall, Herr Kaleu. Noch weht es zu kräftig. Aber kommen werden die Tommies, das ist sicher.«

Sie kamen nicht. Als der Sturm nach Tagen zu einer steifen Brise zusammenschmolz, wie sie für diese Jahreszeit im Atlantik typisch war, lag die gefährliche Biskaya weit hinter uns. Es stand zwar noch immer eine hohe See, aber sie blieb so leergefegt wie der weite Himmel. Sie wurde auch mehr und mehr zu einer langen Dünung, von der der steife Wind die Schaumkämme der Wellen abriß.

»Ruhe vor dem Sturm, oder haben wir es jetzt hinter uns?« orakelte der I WO und rieb die klammen Hände aneinander. »Keine Tommies? Kommt einem direkt komisch vor, was?«

Ich lachte auf. »Nur nicht beschreien, Herr Kruse. Wenn wir erst vor der amerikanischen Ostküste stehen, sieht das garantiert ganz anders aus.«

»Vor Halifax vielleicht, Herr Kaleu, aber danach?« sagte Obersteuermann Schneider und visierte die Sonne in einem riesigen Wolkenloch mit dem Sextanten an. »Wenn ich Glück habe, kriegen wir diesmal 'ne exakte Meridianbreite hin. Los, Neumann, singen Sie gefälligst die Sekunden bis zur Kulmination aus!«

Sein Rüffel schreckte den Steuermannsgast Neumann auf, einen blonden Seemann, der mit der Uhr in der Hand aus dem Turmluk ragte und döste. Sofort begann der, lautstark die noch bis zum Sonnenhöchststand verbleibenden Sekunden auszusingen.

»Das ist vielleicht 'ne Trantüte, dieser Neumann!« meinte der I WO kopfschüttelnd. »Und so was macht sich auch noch Hoffnungen auf den Steuermannsmaatenlehrgang! Nur über meine Leiche.«

»So schlimm?« fragte ich und musterte den Mann neugierig, der mir bisher noch nicht aufgefallen war. Das heißt, nicht negativ. Ansonsten entsprach sein nicht unsympathisches Äußeres genau dem Idealbild des tapferen germanischen »Blut-und-Boden-Recken« in Uniform, wie ihn die Propaganda jetzt im Krieg auf Plakaten und in den Zeitungen gern herausstellte: reinrassig, markig, treu ergeben, todesmutig und bereit, sein Leben für Führer, Volk und Vaterland in die Schanze zu schlagen.

»Noch viel schlimmer! Koppeln kann er, aber nur mit Hilfestellung, und dann muß man auch noch aufpassen, daß er das Kursdreieck richtig anlegt. Den wollten die Obersteuerleute schon in Brest abservieren, aber ihr Vorgänger, Kaleu Wedemeyer, war absolut dagegen.«

So hatte ich Kruse bisher noch nie erlebt. Der war auf den Kerl stocksauer, obwohl der sich jetzt besonders stramm aufplusterte und brüllte: »Achtung – null!«

»Und warum?« hakte ich nach.

Kruse verzog geringschätzig das Gesicht. »Sie werden mir hoffentlich ein offenes Wort nicht verübeln, Herr Kaleu. Gleiche Brüder, gleiche Kappen. Neumann war bis zur Einberufung Marine-HJ-Gefolgschaftsführer und Kaleu Wedemeyer Marine-HJ-Stammführer in Bremen, so etwas bindet nun mal. Da macht es sich nicht gut, wenn man so einen hohen HJ-Führer wegen Unfähigkeit abschiebt.«

Ich pfiff überrascht durch die Zähne, nicht wegen Wedemeyer, sondern wegen Kruses offener, für einen Offizier nicht ungefährlichen Kritik an der Hitlerjugend.

»Holla, I WO, was haben Sie gegen die HJ? Sind Sie nicht in der Hitlerjugend gewesen?«

»Ich habe nichts gegen die HJ, bin ja selbst in der Marine-HJ gewesen. Aber ich habe etwas gegen solche Kumpanei, die auf der einen Seite verdeckt, was man bei anderen schonungslos offenlegt. HJ-Führer hin, HJ-Führer her, der Neumann wäre bei der Waffen-SS besser aufgehoben und vermutlich schon Fahnenjunker, oder wie man das da nennt. Als Steuermannsgast gehört der jedenfalls nicht auf ein Frontboot.«

Das war deutlich und machte seine Reaktion verständlich. Obersteuermann Schneider, der gerade in das Turmluk stieg, hörte seine letzten Worte.

»Na ja, die Uhr wird er doch wohl richtig abgelesen haben, Herr Oberleutnant. Wenn nicht, dann reiße ich jetzt dieser Pfeife den Arsch bis zum Stehkragen auf!«

»Da hören Sie es, Herr Kaleu.« Kruse lachte laut auf. »Ein Marine-HJ-Gefolgschaftsführer mit 'nem aufgerissenen Arsch, das wäre doch mal ganz 'was Neues, was?«

Ich lachte ebenfalls. »Na ja, zumindest ist das schon 'ne etwas ungewöhnliche Vorstellung. Ist der andere Steuermannsgast wenigstens auf Zack oder auch so ein faules Ei?«

»Gott sei Dank ist der Albrecht das genaue Gegenteil. Der gibt mal 'nen guten Obersteuermann ab. Den können wir bedenkenlos zum Lehrgang schicken, der kommt als Maat wieder.«

»Ich habe aus den Unterlagen ersehen, daß überhaupt 'ne ganze Reihe von Beförderungen und Auszeichnungen ansteht. Warum ist das nicht in Brest geschehen? Gibt es dafür besondere Gründe?«

»Jaaa ...« Kruse zögerte, die Frage war ihm offensichtlich unangenehm. »Es gab da auf der letzten Feindfahrt Meinungsverschiedenheiten über die Beurteilungen der Mannschaft zwischen Kaleu Wedemeyer und uns Offizieren, Herr Kaleu.«

Als er mein überraschtes Gesicht sah, setzte er hinzu: »Nein, nein, keine Meuterei oder so etwas. Es war nur so ... Kaleu Wedemeyer hatte da so ein paar ... wie soll ich sagen ... andere Vorstellungen von seinen speziellen ... äh ...«

»Nun sagen Sie es schon, I WO! Er hatte ein paar

Favoriten, die er befördert sehen wollte, und Sie sahen das ganz anders, stimmt's?«

Er atmete erleichtert auf und nickte. »Anders gesagt, wir Offiziere hatten unsere Vorschläge mit den Deckoffizieren und Maaten abgestimmt. Da gehörten Leute wie der Neumann nicht dazu. Und da wir uns nicht umstimmen ließen, blieb die Liste liegen. Außerdem mußte der LI, den er als seinen Hauptwidersacher ansah, seinen Hut nehmen.«

Ich sagte nichts dazu, sondern dachte mir meinen Teil. Ein Kommandant, der auf das Urteil seiner Offiziere, Deckoffiziere und Maate nicht hörte und sogar den LI abservierte, weil der nicht seiner Meinung war, das war einfach nicht zu fassen! Es rundete das Bild ab, das ich mir inzwischen von meinem Vorgänger gemacht hatte, den ich von der Marineschule Flensburg-Mürwik her nur flüchtig kannte. So viel war allerdings schon damals bekannt geworden: daß er zu denen gehörte, die in der Rangliste unseres Offiziersjahrgangs an einer der letzten Stellen standen.

Einen Versager und ein Protektionskind hatte ihn auch Kreklow, der Adjutant des Flottillenchefs, an jenem Abend in Brest genannt und mir gesteckt, daß Wedemeyer sich während seiner Laufbahn auf den verschiedensten Kommandos so wenig mit Ruhm bekleckert hatte, daß man seinem Versetzungsgesuch zur U-Boot-Waffe sofort entsprochen habe. So sei er zur Flottille gekommen, und die habe sich dagegen nicht wehren können, weil irgend so ein hohes Tier in der Seekriegsleitung dahintergestanden habe, lauete die Information.

Ich spürte Kruses Blick, der mich verunsichert ansah

und mir meine Meinung vom Gesicht abzulesen versuchte.

»Deshalb waren wir ja auch alle so froh, daß Ihnen das Kommando über *U 112* übertragen wurde, wenn ich das mal sagen darf, Herr Kaleu. Das blamable Ergebnis der letzten Feind …«

Er verstummte, weil Obersteuermann Schneider aus dem Turmluk gekrochen kam. Ich war froh darüber. Ging ich nämlich nach den Bemerkungen der Besatzung, die ich bei den verschiedensten Gelegenheiten in den wenigen Tagen an Bord aufgeschnappt hatte, dann steckte weit mehr als nur Meinungsverschiedenheiten über die anstehenden Beförderungen und Kriegsauszeichnungen hinter Kruses Äußerungen. Es mußte in den sechs Wochen auf See etwas vorgefallen sein, was Wedemeyer daran gehindert hatte, seinen Willen bei den Offizieren durchzusetzen. Aber was?

Ich hätte das gern gewußt.

Schneider nahm Haltung an und überreichte mir einen Zettel. »Das Mittagsbesteck, Herr Kaleu.«

»Danke, Obersteuermann!« Ich überflog die kurze Notiz auf dem Zettel: *Standort um 12 Uhr MOZ: 45°15' Nord, 35°12' West. Etmal: 336 Seemeilen.*

Nach einem Blick auf meine Uhr gab ich den Zettel an den I WO weiter. »Nicht schlecht, Herr Kruse. In einer Stunde Offiziersbesprechung in meinem Kabuff. Lassen Sie sich bitte vom Obersteuermann hier oben vertreten, I WO.«

Kruses Worte »Das blamable Ergebnis der letzten Feind …« gingen mir noch immer durch den Kopf, als die drei Offiziere eintraten.

»Nehmen Sie Platz, meine Herren. Es ist zwar ein bißchen eng, aber daran sind wir ja gewöhnt. Wenn Sie 'ne Muck Kaffee möchten – bitte, bedienen Sie sich.«

Ich musterte sie unauffällig, während sie sich Kaffee in die hohen Tassen gossen und je nach Geschmack Milch und Zucker einrührten. Drei Männer, zu denen ich in den paar vergangenen Tagen volles Vertrauen gewonnen hatte. Ich kannte Kruse und Werda außerdem gut genug. Was mochte Wedemeyer bewogen haben, auf Offiziere wie sie nicht zu hören?

Beide waren erfahrene Berufsoffiziere, auf die man sich verlassen konnte, noch dazu mit makellosen Beurteilungen in ihren Führungsbüchern. Hatten diese Beurteilungen Wedemeyer davon abgehalten, ihnen etwas anzuhängen? Rätsel über Rätsel.

Die Männer sahen mich erwartungsvoll an. Kruses Blick wanderte dabei über den Einsatzbefehl, der geöffnet vor mir auf dem Tisch lag.

»Etwas Neues, Herr Kaleu?«

»Die genauen Anweisungen, wann wir wo zu sein haben, um unsere Badegäste an Land zu setzen.« Ich breitete die Karte der nordamerikanischen Ostküste auf der Back aus. »Ein paar Änderungen haben sich allerdings ergeben. Die Kirkners gehen unweit von Saint John vor Dipper Harbour von Bord, Brodersen vor Gloucester und Franchon vor Edisto Beach. Und noch etwas, der Funkschlüssel weicht von dem ab, den uns die Badegäste genannt haben. Warum, das weiß ich auch nicht.«

Ihre Blicke folgten meinem Finger auf der Karte. »Nicht schlecht, alles kleine Orte mit guter Verkehrsanbindung. Weit genug von den großen Städten ab, so daß wir eine Entdeckung auf See nicht fürchten müssen«, meinte Kruse zuversichtlich. »Soll mich wundern, wenn die überhaupt mit deutschen U-Booten in der amerikanischen Sicherheitszone rechnen.«

Der II WO verzog skeptisch das Gesicht. »Na, ich weiß nicht. In solchen kleinen Orten fällt doch jeder Fremde sofort auf. Da kommen die nicht weit.«

»Das war auch mein erster Gedanke«, stimmte ich zu. »Aber der Zeitplan ist so abgestimmt, daß die längst im Hinterland verschwunden sind, wenn es hell wird.«

Auch der LI fand ein Haar in der Suppe. »Vorausgesetzt, wir können ihn einhalten. Wie sieht der denn aus, Herr Kaleu?«

»Die Kirkners sollen am ersten Dezember von Bord gehen, Brodersen am vierten und Franchon am achten, alle kurz vor Mitternacht. Nach meinen Berechnungen können wir jeweils schon einen Tag vorher vor den vereinbarten Treffpunkten aufkreuzen und die Lage sondieren.«

»Am ersten Dezember sagen Sie?« hakte der II WO nach. »Dann haben wir ja noch 'ne Menge Zeit.«

»Stimmt, Herr Werda. Ich möchte aber einen Tag früher dort sein, um die Lage zu peilen«, korrigierte ich ihn lächelnd und schob meine Berechnung zu ihm hinüber. »Das ist zu schaffen.«

Der LI warf ebenfalls einen Blick darauf und pfiff durch die Zähne. »Mit vierzehn Knoten, Herr Kaleu? Das geht aber gewaltig über unseren Treibölvorrat.«

»Ich weiß, Herr Lietz. Aber keine Angst, selbst wenn wir noch 'nen Zahn zulegen müßten, kommen wir damit über die Runden. Irgendwo im Atlantik werden wir für die Rückreise aufgetankt.« Ich wies auf den

Einsatzbefehl, der die Funkfrequenz und die knappen Funksignale enthielt. »Alles schon organisiert.«

»Hoffentlich!« Lietz klopfte abergläubisch an Holz. »Der Mensch denkt, Gott lenkt.«

Der I WO grinste. »Da wir gerade beim Denken sind, Herr Kaleu, unsere Badegäste gehen den Maaten auf die Nerven. Zum einen ist es durch die vier in ihrem Logis enger als in der engsten Ölsardinenbüchse, zum anderen streiten die sich mit jedem um des Kaisers Bart. Wir sollten uns was einfallen lassen, sonst gibt's dort noch 'ne deftige Keilerei.«

»Was schlagen Sie vor?«

»Im Deckoffizierslogis sind noch zwei Plätze frei, dort könnten wir zwei ...«

»Am besten die beiden Kirkners, diese Streithammel, was?« fuhr ihm der LI aufgebracht dazwischen. »Dann gibt's keine Keilerei, sondern 'nen regelrechten Aufstand.«

»Und warum?« fragte ich, ehe ihm der I WO antworten konnte.

»Die legen sich mit jedem an, seit sie sich nicht mehr die Seele aus dem Leib kotzen. Die wissen alles besser oder glauben es jedenfalls. Nur ein Beispiel: Mein Chief ist gewiß ein friedfertiger Mensch, aber der haut die glatt in die Pfanne! Dem haben sie nämlich erklärt, er habe keine Ahnung von unseren Maschinen. Das muß man sich mal auf der Zunge zergehen lassen!«

»So geht das ständig, Herr Kaleu«, sprang ihm der II WO bei. »Selbst wenn sie auf dem Turm 'ne Zigarette rauchen dürfen, finden sie mit Sicherheit etwas, was sie besser kennen, besser wissen, besser haben.«

»Das ist ja heiter!« sagte ich verblüfft. »Die werde

ich mir mal gleich zur Brust nehmen. Herr Kruse, Sie wollten einen Vorschlag machen?«

»Wir haben ja diesmal keine Fähnriche als Wachoffiziersschüler an Bord, Herr Kaleu. Da dachte ich, an deren Stelle könnten wir auch zwei der Obermaate im OF-Logis unterbringen, die ohnehin zur Beförderung anstehen. Da gibt's keinen Protest.«

Ich sah die beiden anderen Offiziere an. »Einverstanden, meine Herren?«

Sie nickten.

»Dann regeln Sie das bitte, Herr Kruse. Ich danke Ihnen, meine Herren.«

Das Gespräch mit den beiden Kirkners schob ich nicht auf die lange Bank. Ich ließ sie kurzerhand von der Brücke holen, so daß sie ihre Raucherlaubnis nicht nutzen konnten. Das paßte ihnen gar nicht. Entsprechend mufflig traten sie in mein Kabuff. Mir war das völlig schnuppe. Um gleich die Verhältnisse zu klären, bot ich ihnen nicht einmal einen Platz an.

»Meine Offiziere haben Klage darüber geführt, daß Sie keine Gelegenheit auslassen, mit allen und jedem einen Streit über alles und jedes vom Zaun zu brechen.« Ich sah ihnen in die aufmüpfigen Gesichter. »Stimmt das?«

»Wie meinen Sie denn das?« fühlte sich der Kirkner angesprochen, den ich für John hielt. »Man wird doch wohl noch seine Meinung äußern dürfen – oder?«

Einen Augenblick verschlug mir sein flapsiger Ton die Sprache. »Man darf, Herr Kirkner, solange man ein gedeihliches Zusammenleben auf so engem Raum nicht empfindlich damit stört. Und das tun Sie, obwohl

Ihnen das anscheinend noch nicht aufgegangen ist.« Meine Stimme war schärfer geworden.« Nehmen Sie gefälligst zur Kenntnis, daß wir uns nicht auf einer Vergnügungsreise befinden! Meine Leute brauchen Ihre Belehrungen und Besserwisserei nicht! Ist das klar?«

Der andere Husky sah mich herausfordernd an. »Heißt das, daß wir die Schnauze halten müssen, auch wenn wir provoziert werden?«

»Ach nee, Sie werden provoziert? Wer provoziert Sie denn? Meine Maate vielleicht, denen Sie auf die Nerven gehen?«

»Die weniger als die beiden Scheißkerle, der Brodersen und dieser weibische Franchon. Warum erzählen Sie das denen nicht mal?«

»Das können Sie haben! Und damit Sie klarsehen, Herr Kirkner, die Brücke ist für Sie bis auf weiteres tabu!«

Sie starrten mich beide mit offenem Mund an. Das traf sie an der empfindlichsten Stelle, und das sollte es auch.

»Was denn, wir dürfen nicht nach oben, um zu rauchen, wenn wir aufgetaucht fahren?« fuhr derjenige empört hoch, den ich für John hielt. »Warum das denn?«

»Sie haben es erfaßt. Und warum?« Ich machte eine Pause. »Weil wir jetzt in ein gefährliches Gebiet kommen, wo wir jeden Augenblick auf Angriffe vorbereitet sein müssen, und da sind Sie uns im Wege!«

Das stimmte zwar nicht, aber was hätte ich sonst sagen sollen? Ich bestrafe Sie hiermit mit einem Rauchverbot?

John schluckte und setzte an: »Keine ...«

»Keine! Damit dürfte wohl alles gesagt sein. Sie können gehen!« schnitt ich ihm das Wort ab. Demonstrativ griff ich nach den Papieren auf der Back und stauchte sie ordnend auf der Platte auf. »Was ist, worauf warten Sie noch? Ich habe zu tun!«

Kirkners rüde Behauptung, Franchon sei weibisch, hatte mich nachdenklich gestimmt. Ich hatte ihn ja bisher nur selten gesehen. Dabei war mir seine hohe Stimme aufgefallen. Doch vier Augen sehen bekanntlich mehr. Deshalb wollte ich den I WO dabeihaben, wenn ich mit Franchon sprach. Ich wartete bis zum Wachwechsel, dann bat ich ihn zu mir.

»Alles gelaufen, Herr Kaleu«, sagte er und nahm auf der Backskiste Platz. »Obermaat Neubert und Obermaat Fischer sind mit Freuden umgezogen. Ihre Kojen haben sich Brodersen und Franchon unter den Nagel gerissen. Die dämlichen Gesichter der Kirkners hätten Sie sehen sollen, die kamen nämlich zu spät.«

»Daran bin ich schuld, und das werden sie mir wiederum übelnehmen. Einer der Huskies – ich kann die Kerle nicht auseinanderhalten – hat behauptet, der Franchon sei weibisch. Klang so, als halte er ihn für einen Homo. Ist Ihnen das schon mal aufgefallen?«

»Ein Homo?« Er dachte nach. »Nee, das nicht. Na schön, er hat eine unerwartet hohe Stimme und eine zierliche, fast fraulich-feingliedrige Gestalt. Aber was will das schon besagen? Der bewegt sich doch sonst ganz normal.«

Ich nickte. »Na, dann wollen wir ihm mal auf den Zahn fühlen. Er muß jeden Augenblick kommen.«

Ich hörte seine Schritte auf den Flurplatten, und die

klangen gar nicht weibisch. Auch sein Auftreten war es nicht.

»Sie haben mich rufen lassen, Herr Kaleu?« Er lächelte. »Ihr Ruf war mir Befehl. Womit kann ich dienen?«

»Nehmen Sie erst einmal Platz.« Ich wartete und musterte dabei sein ansehnliches Gesicht. »Die Huskies haben sich über Sie beschwert. Sie fühlen sich von Ihnen provoziert.«

»Von mir provoziert?« Er zog überrascht die Stirn kraus. »Mon dieu, das dürfte eher umgekehrt sein. Seit wir in Brest zusammengekommen sind, provozieren die alle und jeden. Wie bissige Köter verbeißen sie sich in alles, was man sagt. Deshalb nennen wir sie ja auch Huskies. Wie ich höre, wissen Sie das.«

Ein charmantes Lächeln flog über sein glattes Gesicht. Seltsam, fuhr es mir durch den Kopf, wir alle haben inzwischen Bartstoppeln im Gesicht, weil wir uns nicht mehr rasieren. Der hier nicht. Wie macht der das? Rasiert der sich ständig, obwohl Süßwasser knapp ist?

Der Smutje trat mit einem Tablett ein und stellte es auf der Back ab. »Der Tee und ein bißchen frisches Gebäck, Herr Kaleu. Soll ich eingießen?«

»Danke, Smut', das machen wir schon selber. Bitte, bedienen Sie sich, meine Herren.«

Ramlow zog sich mit einer formvollendeten Verbeugung wie ein guter Kellner zurück.

Mit der größten Selbstverständlichkeit goß Franchon den Tee ein und reichte uns die Tassen. »Ein begabter Koch, Ihr Smutje, und wie ich sehe, auch ein versierter Bäcker, Herr Kaleu. Viel zu schade für ein Kriegsschiff, finden Sie nicht?«

Er steckte sich einen der Butterkringel in den Mund und verdrehte verzückt die Augen. Kruse und mir blieb die Luft weg. Der spielte uns glatt an die Wand.

»Nein, finden wir nicht! Der kann gar nicht gut genug sein!« rappelte ich mich auf. »Hört sich an, als verstünden Sie was davon.«

»Muß ich ja wohl auch!« Er ließ einen zweiten Kringel genüßlich auf der Zunge zergehen. »Kennen Sie Straßburg? Das Illviertel? Da ist meine Familie seit Jahrhunderten ansässig. Seitdem hat sich unser Gasthof von Generation zu Generation immer auf den ältesten Sohn vererbt. Der bin ich leider nicht. Selbstverständlich habe ich in dem Familienbetrieb mitgearbeitet. Soll ich Ihnen ein Beispiel meiner Kochkunst liefern?«

Das kam schon beinahe kokett aus seinem Mund. Hatte das die Huskies zu der Annahme veranlaßt, der Franchon sei weibisch oder – anders ausgedrückt – ein Schwuler? Unbewußt schüttelte ich den Kopf. Nein, der war denen über, sah besser aus und wußte sich zu bewegen. Das war's! Ein intelligenter Charmeur vielleicht, aber kein Schwuler.

Franchon bezog mein Kopfschütteln auf sein Angebot. »Schade, Herr Kaleu, da entgeht Ihnen etwas. Ich koche nämlich ausgesprochen gern und – wie meine Familie sagt – auch gut.«

Kruse lächelte. »Vielleicht kommen wir darauf zurück, sobald wir nur noch von Konserven leben müssen, Herr Franchon. Dann wird sich zeigen, was Sie können.«

Der holte zu einer Erwiderung Luft. Ein Signal für mich, das Gespräch auf unseren eigentlichen Anlaß zurückzuführen. »Sie sagten, die Kirkners verbeißen sich in alles, was gesagt wird. Gibt es da bestimmte Themen?«

»Eigentlich nicht. Die wollen ganz einfach nur nicht als Landeier oder Hinterwäldler aus dem kanadischen Busch gelten. Deshalb wollen sie alles besser wissen, und dann gibt's Streit. Wir anderen sind ja schließlich keine Idioten, nicht wahr?«

»Wie wär's denn, wenn Sie darauf gar nicht reagierten, die beiden ins Leere laufen ließen?« fragte Kruse. »Irgendwann bekommen die davon bestimmt die Schnauze voll.«

»Da kennen Sie die beiden aber schlecht, das stachelt die nur noch mehr an. Dann werden sie persönlich, und das schluckt nicht jeder. Ich lache ihnen ja dann ins Gesicht, aber der Broder Brodersen ist nicht der Mann, der das einfach so hinnimmt, und ihre Maate sind auch nicht die Geduldigsten. Da hätte es schon ein paarmal beinahe 'ne gewaltige ...« Er stockte.

»Keilerei gegeben, wollten Sie sagen, ja?« bohrte ich weiter. »Das ist der Grund, weshalb wir Sie hergebeten haben. Wir können uns an Bord solche Eskapaden nicht leisten, Herr Franchon. In Zukunft keine Diskussionen mehr mit den Kirkners, klar?«

Im stillen verfluchte ich meine Situation. Zivilisten, denen ich nicht militärisch hart kommen konnte, weil sie nicht meine Untergebenen waren.

»Verstehe, Herr Kaleu. Aber ob sich die Kirkners daran halten werden?«

»Sie werden, Herr Franchon! Wenn nicht, ziehen wir andere Saiten auf. Wir sind auf Feindfahrt, da unterstehen Sie, Brodersen und die Huskies dem Kriegsrecht, und das gibt uns das Recht dazu, klar?«

»Völlig klar. Das werden Sie doch hoffentlich auch dem Brodersen sagen?«

»Worauf Sie sich verlassen können.« Ich strich mir über mein Stoppelkinn und lächelte. »Zum Schluß noch eine Frage. Seit Brest rasiert sich hier an Bord kein Mensch mehr, das ist Tradition und ein Privileg der U-Boot-Fahrer. Sie dagegen sehen frisch rasiert aus, keine Stoppeln, nichts. Wie machen Sie das?«

Er verzog das Gesicht zu einer schmerzvollen Grimasse. »Da treffen Sie bei mir genau den wunden Punkt. Damit hadere ich seit meiner Pubertät schon. Bei allen meinen Klassenkameraden sprossen früher oder später die ersten Barthaare, nur bei mir nicht. Das ist bis heute so geblieben, weiß der Teufel warum.« Er stand auf und deutete eine Verbeugung an. »Vielen Dank für den Tee und das vorzügliche Gebäck, Herr Kaleu. Ich werde beides zu rühmen wissen.«

Er schob den Vorhang zur Seite und verschwand im Gang. Er ließ uns mit ziemlich dämlichen Gesichtern zurück. Kruse und ich sahen einander an und pruschten beide laut los.

»Mein lieber Mann, ich werd' das Gefühl nicht los, der hat uns regelrecht vorgeführt! Und der soll schwul sein, I WO?«

»Blödsinn! Der ist den beiden Huskies über, und das ärgert die, weiter nichts.« Kruse wischte sich die Lachtränen aus den Augen. »Hirnlose Hinterwäldler sind das.«

»Und das sollen Agenten sein? Möchte mal wissen, wie man auf die gekommen ist. Wenn die sich in Kanada so aufführen, macht man die ganz schnell 'nen Kopf kürzer.«

Kruses Gesicht wurde ernst. »Der Smadding hat sich mit ihnen unterhalten. Die sind zur Olympiade nach Deutschland gekommen und geblieben, weil sie vom Nationalsozialismus fasziniert waren. Und nun ist Krieg, da gefällt ihnen Deutschland vielleicht gar nicht mehr? Möglicherweise spielen die jetzt bloß die Agenten, um auf billige Weise nach Kanada zurückzukommen, Herr Kaleu. Die haben ja ihre Familien und Freunde dort.«

Ich starrte ihn völlig perplex an. »Machen Sie keine Witze, I WO! Das meinen Sie doch nicht im Ernst? Auf diese abenteuerliche Idee käme ich ja nun gar nicht. Wenn die nach so vielen Jahren in ihrem heimatlichen Nest aufkreuzen, sind die doch sofort dran, Mensch!«

»Sind sie nicht, Herr Kaleu. Haben Sie vergessen, daß sie die Taschen voller US-Dollar haben und die passenden Papiere dazu? Quittungen, Rechnungen, Verträge, Stempel im Paß und so weiter, die beweisen, daß sie die ganzen Jahre den *greenbacks* in den USA erfolgreich nachgejagt sind. Die perfekte Tarnung, die sich auch anders verwerten läßt.«

Ich schüttelte zweifelnd den Kopf. »Sie lesen zu viele Krimis, Herr Kruse. Nehmen wir uns lieber mal Brodersen vor. Der ist von einem anderen Kaliber als Franchon.«

Das war er tatsächlich. Mit ihm gingen wir die Sache auch entsprechend anders an. Nichts da mit Tee und Gebäck. Wir kamen gleich knallhart zur Sache.

Er hörte uns mit einem maliziösen Lächeln unbeeindruckt zu, so daß ich zum Schluß doch aus der Haut fuhr. »Wir haben nicht viele Möglichkeiten hier an Bord, Streithähne voneinander zu trennen, heißen sie nun Brodersen, Franchon oder Kirkner, aber eine doch. Wir sperren jeden Unruhestifter für den Rest der Reise in den Akkumulatorenraum eins oder zwo. Dort dürfte ihm jede Lust zum Streiten für alle Zeit vergehen. Und das ist keine leere Drohung, damit das klar ist, Herr Brodersen!«

»Ich bin ja nicht blöd, Herr Kaleu. An mir soll's nicht liegen, Hauptsache, diese beiden blindwütigen Huskies halten sich auch daran.«

»Das werden sie müssen, Herr Brodersen, sonst werden die beiden mich von meiner unangenehmsten Seite kennenlernen!«

Damit war das Gespräch beendet.

»Na ja, lassen wir uns überraschen«, sagte Kruse, als Brodersens Schritte auf den Flurplatten verhallt waren.

Kruse und ich taten am späten Nachmittag noch ein übriges. Während wir aufgetaucht Seemeile auf Seemeile nach Westen hinter uns brachten, holten wir die Maate im Offizierslogis zusammen und vergatterten sie.

»Keine Diskussionen mehr mit unseren Badegästen und vor allen Dingen keinen Streit mehr mit den Kirkners, klar?« hämmerte ich ihnen zum Schluß ein. »Laßt sie reden, was immer sie wollen, und wenn es der größte Mist ist!«

Obermaat Huber hob die Hand. »Das ist leichter gesagt als getan, Herr Kaleu. Die halten uns allesamt für vernagelte Idioten und lassen uns das auch fühlen. Die können froh sein, daß wir auf See sind. An Land hätten wir den Brüdern dafür schon längst die Jacke vollgehauen.«

Zustimmendes Gemurmel unterstrich seine Worte.

»Werden Sie genauer, Huber!« forderte Kruse. »Worum geht es dabei speziell?«

»Eigentlich um alles, worüber man sich so unterhält, Herr Oberleutnant.« Erst jetzt fiel mir auf, daß er entgegen seiner sonstigen Gewohnheit Hochdeutsch sprach. »Selbst den Wehrmachtsbericht zerpflücken sie und spielen sich als strategische Experten auf, denen wir mit unserem beschränkten Verstand nicht das Wasser reichen können. Muß man sich so etwas gefallen lassen?«

»Müssen Sie nicht, Huber!« versetzte ich nachdrücklich. »Informieren Sie uns, wenn die weiterhin das Maul aufreißen. Wir nehmen uns die beiden dann zur Brust. Aber keine Schlägereien, klar? Wir haben genug um die Ohren, da wollen wir uns nicht auch noch solchen Mist aufladen.«

Damit schickten wir sie auf ihre Stationen zurück. Kruse sah mich bedeutungsvoll an. »Selbst den Wehrmachtsbericht zerpflücken sie, Herr Kaleu. Vielleicht ist meine Vermutung doch nicht so ganz von der Hand zu weisen?«

Ich lachte laut auf. »Hören Sie bloß auf, Gespenster an die Wand zu malen, Herr Kruse! Wenn's danach geht, müssen Sie mich auch verdächtigen. Ich finde da nämlich ebenfalls ein paar Haare in der Suppe.«

»Und die wären?«

»Auf der Marineschule hat man uns im Rückblick auf den Weltkrieg eingehämmert, Deutschland müsse wegen seiner zentralen Lage unter allen Umständen einen Zwei-Fronten-Krieg vermeiden. Ihnen nicht?«

»Doch, schon … aber …«

»Na, dann zählen Sie mal die Fronten! Nicht die allein, die wir uns selbst eingebrockt haben, sondern auch die, zu denen uns unsere glorreichen italienischen Verbündeten verholfen haben. Ich finde, wir verzetteln uns. Sind Sie anderer Meinung?«

»Nee, natürlich nicht! Vielleicht sieht es die oberste Führung aber auch so, wie man es uns in der HJ beigebracht hat: Viel Feind, viel Ehr?« Er kniff ein Auge zu und kicherte in sich hinein, um mir klarzumachen, was er von diesem Schwachsinn in Wirklichkeit hielt.

»Erwarten Sie darauf etwa 'ne Antwort?«

»Selbstverständlich nicht, Herr Kaleu.« Er sah auf seine Uhr und stand auf. »Brauchen Sie mich noch?«

Am Schott erschien der Smadding. »Bitte stören zu dürfen, Herr Kaleu.«

»Kommen Sie rein, Nummer eins, Sie stören nicht. Was haben Sie denn auf dem Herzen?«

»Ich möchte mit einer Arbeitsgruppe das Oberdeck auf Sturmschäden überprüfen, solange sich das Wetter noch hält. Der II WO hat mir gesagt, ein neues Tief sei auf dem Anmarsch, da könnte die See wieder rauher werden.«

»Gibt's 'nen besonderen Grund dafür?«

Der Oberbootsmann schüttelte den Kopf. »Keinen, Herr Kaleu. Reine Routine.«

»Einverstanden, Nummer eins! Dann sprechen Sie das man gleich mit dem I WO ab.«

Das angekündigte Tief blieb nicht aus, es streifte uns allerdings in den Folgetagen nur mit seinen Fronten. Aber das reichte eigentlich auch so schon. Der Wind nahm wieder zu, war jedoch mit dem Sturm jener vergangenen Tage nicht zu vergleichen. Er schob mit der Warmfront von Südwesten ein kräftiges Regengebiet vor sich her, das uns zwei Tage Dauerregen bescherte.

Die Kimm verschwand wieder in waberndem Dunst und alles durchdringender Nässe, Sichtweite kaum mehr als vier Seemeilen. Eine kritische Distanz. Flugzeuge brauchten wir zwar nicht zu fürchten, dafür hing die Wolkenuntergrenze zu tief auf die rauhe See herab. Aber selbst die Begegnung mit irgendeinem neutralen Schiff konnte für uns gefährlich werden, wenn wir es zu spät entdeckten und nicht mehr rechtzeitig wegtauchen konnten.

Ich schleppte dieses Trauma noch immer von meiner ersten Feindfahrt mit mir herum, obwohl sich der U-Boot-Krieg der ersten Kriegstage inzwischen grundlegend geändert hatte. Damals hatte ein von uns kontrollierter holländischer Frachter uns postwendend die Briten auf den Hals gehetzt, nachdem er mit Höchstfahrt genügend Wasser zwischen sich und uns gebracht hatte.

Seitdem legten wir bei Überwasserfahrt in regelmäßigen Abständen Horchpausen ein, um uns vor Entdeckung und bösen Überraschungen zu schützen. Sicher war sicher, obwohl es gar nicht mehr so viele Neutrale gab, die ausgerechnet hier herumkrebsen könnten.

Trotzdem kamen wir gut nach Westen voran. Als der Himmel aufriß und die Kaltfront mit eisigem Wind aus Nordwest über uns hereinbrach, hatten wir erneut eine stattliche Anzahl von Seemeilen hinter uns gebracht.

»Kein schlechtes Polster, Herr Kruse«, stellte ich

fest, als wir unsere Zeitvorgabe gegenrechneten. »Verschafft uns etwas mehr Spielraum, falls wir durch irgend etwas Zeit verlieren.«

»Wäre doch ein Grund, jetzt mit der Fahrt etwas runterzugehen, um den LI vor dem Nervenkollaps zu bewahren, meinen Sie nicht?« spottete Kruse so laut, daß es der LI hören konnte. »Der springt doch seit zwei Tagen von einem Treibölbunker zum andern, um alle naselang den Verbrauch zu peilen und mit so vorwurfsvoller Trauermiene umherzuschleichen, daß einem das beste Essen nicht mehr schmeckt.«

Lietz blies die Backen auf. »Essen nicht mehr schmeckt! Wenn ich das schon höre! Das sagt ausgerechnet einer, der alles gierig wie eine zehnköpfige Raupe runterschlingt! Aber lästert man! Wenn wir später auf dem Zahnfleisch krauchen, wer ist dann prompt wieder schuld?«

Ich lachte. »Na, na, Herr Lietz, nun übertreiben Sie man nicht. Das mit der zehnköpfigen Raupe mag ja stimmen, aber das mit dem Zahnfleisch doch wohl noch lange nicht. In ein paar Tagen kommen wir in ein Seegebiet, wo wir nicht mehr so unbesorgt wie auf einer Urlaubsreise durch die Gegend schippern können. Da brauchen wir das zeitliche Polster.«

»Urlaubsreise ist gut«, brummte Kruse. »Käme nie auf die Idee, meinen Urlaub in einer so ungemütlichen nassen, eiskalten Gegend zu verbringen. Bei mir wäre jetzt die Südsee angesagt.«

Ich zog die Strömungskarte aus dem Kartenschapp und breitete sie vor uns aus. »Das wird noch besser, wenn wir erst mal in das Treibeisgebiet des Labradorstroms kommen. Sehen Sie selbst. Die Treibeisgrenze reicht um diese Jahreszeit schon weit nach Süden. Da müssen wir mit allem rechnen.«

»Was denn, etwa auch mit Eisbergen? Ehrlich?« fragte der LI so ungläubig, daß mich der Teufel ritt.

»Gerade mit Eisbergen, Herr Lietz. Was der *Titanic* passiert ist, haben Sie doch sicher gelesen.« Ich wies auf die ungefähre Untergangsstelle südlich der Großen Neufundlandbank. »Und das war hier im April!«

Dem LI blieb die Spucke weg. Der I WO schlug indes das Segelhandbuch auf, das er nach kurzem Suchen aus dem Regal gezogen hatte, und hielt es ihm hin. »Hier, Herr Lietz, lesen Sie mal. Ist nicht sehr berauschend, was da steht, was?«

Das war es in der Tat nicht. Nebel sowieso, wo der warme Golfstrom auf den kalten Labradorstrom stieß, dazu grimmige Kälte, Treibeis in jeder Form und Schneestürme aus dem Norden, wenn wir Pech hatten.

»Man muß ja nicht gleich mit dem Schlimmsten rechnen, aber 'n schönes Seegebiet ist das um diese Jahreszeit beileibe nicht. Wir werden sehen«, wandte ich mich an den LI. »Damit Ihr Nervenkostüm nicht überstrapaziert wird, nehmen Sie Ihre Maschinen man um zwei Knoten zurück. Das können wir uns, glaube ich, leisten.«

Geschützdonner schreckte mich auf. Ich brauchte einen Augenblick, bis ich mich zurechtfand und mir bewußt wurde, daß ich nicht auf der Brücke stand und tatenlos zusehen mußte, wie die Falle zuschnappte, in die uns die Kirkners gelockt hatten. Ein quälender Traum nur, dennoch fand ich nur schwer in die Wirklichkeit meiner warmen Koje zurück.

Das Bild des heranscherenden Zerstörers, seine sämtlichen Waffen drohend auf uns gerichtet und mit einer sprungbereiten Entermannschaft in den außenbords ausgebrachten Netzen, wollte aus meinem Kopf nicht weichen. Ja, ich glaubte sogar noch die Pistolenmündung zwischen meinen Schulterblättern zu spüren, mit der mich der eine Husky zur Untätigkeit zwang.

Luft! Rauf an die frische Luft, sagte ich mir, damit du 'nen klaren Kopf bekommst, sonst träumst du diesen Unfug glatt weiter! Ich schwenkte die Beine aus der Koje und verfluchte die Kirkners und den Floh, den mir Kruse ihretwegen ins Ohr geblasen hatte. Dieses verdammte Mistvieh geisterte nicht nur seit dem Tag in meinem Kopf herum, an dem der I WO seinen Verdacht geäußert hatte, jetzt suchte es mich auch schon im Schlaf heim!

Ich griff nach meiner warmen Brückenmontur und warf einen Blick auf die Uhr: Wachwechsel, Ende der Hundewache! War es das Getrampel der Wachen, das mich aus meinem Alptraum erlöst hatte?

Ich jumpte durch das Mannloch in die nur schwach beleuchtete Zentrale. Überrascht blickte der I WO vom Logbuch auf, in dem er las und die Eintragungen abzeichnete.

»Was denn, schon wieder auf den Beinen?« Er tippte mit zwei Fingern grüßend an die Mütze. »Keine besonderen Vorkommnisse, Herr Kaleu. Beide Maschinen machen Umdrehungen für zwölf Knoten, Kurs zwosieben-null, Wind aus Nordwest, Stärke sechs, See fünf bis sechs, Luft minus sieben Grad. Kein Anlaß, in Freudenschreie auszubrechen.«

»Danke, Herr Kruse.« Ich stopfte den Wollschal um

den Hals fester und knöpfte den aufgestellten Kragen zu. »Ich hab ...«

Streitende Stimmen aus dem achteren Schiff ließen mich aufhorchen. Um was es ging, war nicht zu verstehenm, aber eine der Stimmen erkannte ich sofort. Kruse ebenfalls.

»Soll man's glauben – schon wieder die Kirkners? Geht das jetzt sogar schon nachts los? Na, wartet!«

Er schwang sich durch das Mannloch nach achtern, ich hinter ihm her.

Die streitenden Stimmen kamen aus dem Unteroffizierslogis. Die eine gehörte einem der Kirkners, die andere Franchon, und es gab noch eine dritte – Obermaat Zeidler.

»Wenn ihr jetzt nicht augenblicklich die Schnauze haltet und macht, daß ihr in eure Furzmullen kommt, stopfen wir euch das Maul hiermit!« Drohend hielt ihnen Zeidler, ein Mann mit der Figur und den Muskeln eines Schwergewichtsboxers, seine beeindruckenden Pranken unter die Nase. »Wir wollen schla...«

»Langsam, Zeidler!« fuhr ihm der I WO dazwischen. »Hier wird nicht gedroschen! Was geht hier vor?«

»Ich hab' diesen kanadischen Hirni dabei erwischt, wie er sich an meinem Gepäck zu schaffen gemacht hat, Herr Oberleutnant. Der wollte ...«

»Kanadischer Hirni? Sag das noch mal, du Scheißwackes, und ich hau dir dein Gebiß in den ...« Kirkner griff nach dem kleineren Franchon. »... verlogenen Hals!«

Blitzschnell wandelte sich die Situation. Ehe der ihn zu fassen bekam, packte Franchon einen seiner Arme, riß ihn nach vorn und knallte dem stolpernden Kirkner rechts und links einen schnellen Handkantenschlag gegen die Halsschlagadern. Wie ein gefällter Baum ging der Husky zu Boden.

»Entschuldigen Sie, Herr Kaleu, aber ich lasse mich nicht gern verprügeln.« Er wischte sich seelenruhig die Hände an seiner Drellhose ab und hob einen Marlspieker von den Flurplatten auf. »Ich bin wach geworden, als er damit versucht hat, das Schloß meiner Leinentasche aufzubrechen.«

Der andere Kirkner machte Anstalten, wutentbrannt aus seiner Hängematte zu klettern. »Das lügst du, du schwuler Schweinehund! So ein Ding habe ich bei John noch nie gesehen. Er wollte an seine Tasche und hat sich geirrt. Kann doch bei dem Schummerlicht mal vorkommen, die sehen ja alle gleich aus. Wenn ich dich in die Finger …«

Zeidler baute sich drohend vor ihm auf. »Hast du nicht gehört, was der I WO gesagt hat? Bleib ja in deiner Miefrolle, sonst kriegst du's mit mir zu tun!«

»Schluß mit dem Palaver!« gebot ich und wandte mich an den I WO, der den Husky untersuchte. »Was ist los mit ihm?«

»Der braucht 'ne Weile, bis er wieder auf die Beine kommt.« Er drehte sich zu Franchon herum. »Das war gekonnt. Wo haben Sie denn das gelernt?«

»Wo lernt man so etwas schon? Im Sportklub natürlich.« Franchon stieg in seine Koje, als sei nichts geschehen. »Das wird ihm und seinem Bruder hoffentlich 'ne Lehre sein. Beim nächsten Mal breche ich ihm die Knochen.«

»Es gibt kein nächstes Mal, Herr Franchon, klar?«

fuhr ich ihn an. »Das gilt auch für Sie und Ihren Bruder, Herr Kirkner! Wehe, wenn Sie sich nicht daran halten! Packen Sie Ihren Bruder in seine Hängematte! Obermaat Zeidler wird Ihnen dabei helfen, und dann ist Ruhe im Schiff!«

Damit war für den I WO und mich die Nacht vorbei. Wir holten uns jeder eine Muck Kaffee aus der Kombüse und hockten uns bei mir in das Kabuff.

»Zweimal die Kirkners in der gleichen Nacht«, sagte ich und nahm einen Schluck, »das ist zweimal zuviel!«

»Zweimal?« Der I WO sah mich irritiert an. »Warum zweimal?«

Ich schilderte ihm kurz meinen Traum und grinste. »Könnte ein warnendes Menetekel sein, was?«

»Du lieber Himmel, was habe ich denn da angerichtet! So war das doch nicht gemeint, Herr Kaleu!«

»Weiß ich doch! Alles meine Schuld!« Ich griff in das Fach hinter mir und holte unseren Einsatzbefehl heraus. »Hier ist von einem Kutter oder Sportboot die Rede, die die beiden abholen sollen, und ich hab' daraus 'nen Zerstörer gemacht.«

»Kutter oder Sportboot, das klingt nicht gerade so, als sei das bis ins letzte durchorganisiert. Wie sollen wir denn dann wissen, wer was ist?«

»Die führen vor dem Mast eine rote über einer weißen Laterne als Kennung, steht hier. Da wird ja wohl um diese Jahreszeit nicht gerade 'ne nächtliche Regatta stattfinden; also sollten wir die wohl erkennen können.« Ich holte die Seekarte der Bay of Fundy hervor, an der Dipper Harbour lag. »Ich hab' sowieso nicht die Absicht, dort aufgetaucht hineinzulaufen.«

Kruse prüfte die Tiefenangaben in der Karte. »Teufel, viel Wasser unter dem Kiel haben wir da aber nicht! Und dann verkehrt dort auch noch 'ne Fähre zwischen Saint John und Digby. Das kann doch glatt ins Auge gehen!«

»Eben drum! Das ist 'ne Sache mit Haken und Ösen. Ich weiß nicht mal, ob die auch in der Nacht verkehrt. Im Segelhandbuch steht darüber nämlich gar nichts.«

»Und die Huskies? Die müßten das doch eigentlich wissen.«

»Werde ich fragen. Die haben Kanada allerdings vor fünf Jahren verlassen, da kann sich viel verändert haben.« Ich spielte mit meiner halbvollen Muck. »Die muß ich mir ohnehin vornehmen. Noch so ein Zwischenfall und wir sperren sie in die Batterielasten, bis wir in der Fundybay sind.«

»Sie halten nichts von der Ausrede, John habe sich in dem Schummerlicht geirrt, nicht wahr? Ich auch nicht.«

Ich nickte. »Und warum Sie nicht?«

»Ganz einfach. Die Leinentaschen sehen zwar alle gleich aus, aber Franchons ist als einzige mit einem Schloß gesichert, wie wir es für unsere Seesäcke benutzen. Das hätte dem Husky sofort auffallen müssen. Und dann ist da noch der Marlspieker. Den hat der sich vermutlich schon irgendwann mit der Absicht unter den Nagel gerissen, das Schloß damit zu knacken.«

»Es gibt noch einen dritten Grund: die Uhrzeit. Der hat nicht an den Wachwechsel um vier Uhr früh gedacht, durch den der Franchon wahrscheinlich geweckt worden ist. Bleibt die Frage, was dieser schräge Vogel in der Tasche vermutet hat.«

»Das wird der uns kaum auf die Nase binden, Herr Kaleu.« Kruse trank seine Muck leer. »Was machen wir jetzt mit dem Kerl? Dem Franchon können wir gar nichts wollen, der hat in Notwehr gehandelt.«

»Und mir damit eine Bestrafung abgenommen. Aber das werden die beiden nicht schlucken wollen. Deshalb werde ich ihnen nachher aufzeigen, was ihnen blüht, wenn sie noch einmal 'nen Streit oder gar 'ne Schlägerei anzetteln. Danach gibt es keine Gnade mehr.«

Kruse verzog skeptisch das Gesicht. »Ich bin erst froh, wenn die vier von Bord sind. Wie soll das denn bei Franchon und Brodersen laufen?«

»Da sind die Angaben ähnlich. Auch sie werden von Booten erwartet, die die gleiche Kennung führen.« Der Floh, den ich Kruse verdankte, begann wieder in meinem Kopf munter umherzuhüpfen. »Mich erleichtert, daß die Frequenzen und die Treffpunkte geändert worden sind, so daß der, der möglicherweise gleich geschnappt wird, nicht weiß, wo die anderen an Land gehen werden oder schon gegangen sind.«

Kruse sah mich von der Seite an. »Sie denken dabei in erster Linie auch wieder an die Kirkners, ja? Ein anonymer Hinweis aus Rache, und schon schnappt die Falle zu.«

»Und wir sitzen mit drin. Kein schöner Gedanke, was?« Ich leerte meine Muck ebenfalls und schob sie zurück. »Deshalb erscheint mir ein gesundes Mißtrauen den beiden gegenüber durchaus angebracht.«

Ich kam erst am späten Nachmittag dazu, die beiden Kirkners in die Mangel zu nehmen. Bis dahin beherrschte Routine den Tagesablauf, denn das Wetter meinte es gut mit uns.

Routine, das meinte nicht die üblichen täglichen Inspektionen und Wartungen aller technischen Einrichtungen des Bootes, um es einsatzfähig zu halten. Daran hatte uns nichts hindern können, nicht die Verfolgung durch die Briten und auch nicht der schwere Seegang, in dem *U 112* von den hohen Wellenbergen in die tiefen Wellentäler getorkelt war.

Jetzt spielte das Wetter mit. Wir exerzierten alle Manöver und Gefechtsbilder unter und an Deck durch, auf die wir bisher wegen der ungünstigen äußeren Umstände hatten verzichten müssen. Das war notwendig, weil wir uns mit jeder zurückgelegten Seemeile den britischen Konvoi-Routen näherten, die jetzt im Winter wegen der Treibeisgefahr weiter südlich verliefen.

Am Ende des turbulenten Tages war ich hoch zufrieden. Jeder Handgriff saß wieder, und jedes Manöver wurde blitzschnell ausgeführt. Als Belohnung gab es deshalb für jeden »Besanschot an!«, und das ließ uns die Kälte schnell vergessen.

Endlich fand ich auch Zeit, mich um andere Dinge zu kümmern. Ich ließ die Kirkners holen.

»Der Oberbootsmann sagte uns, Sie wollten uns sprechen, Herr Kaleu?« Diesmal war es Richard Kirkner, der für sich und seinen Bruder sprach. John hielt sich wohlweislich im Hintergrund. »Dürfen wir eintreten?«

Das waren ungewohnte Töne. Ich brauchte aber nur in die Gesichter der beiden zu blicken, die meiner auffordernden Handbewegung folgten. Die beiden waren weit entfernt davon, die Schuld für den nächtlichen

Zwischenfall bei sich zu suchen. Oder diktierte mir wieder das Mißtrauen diesen Eindruck, das bei ihrem Anblick prompt in mir aufstieg?

Egal, was immer, ich nahm John aufs Korn. »Sie werden mir jetzt eine plausible Erklärung für die Vorgänge heute nacht liefern, Herr Kirkner.«

Der verzog das Gesicht wie ein aufsässiges Kind. »Habe ich doch schon gesagt. Ich wollte was aus meiner Tasche holen und hab' mich dabei in den Taschen geirrt. Kann ich was dafür, daß dieser dämliche Wackes das in den falschen Hals bekommt?«

»Und gleich auf John eindrischt, dieser schwule Hund!« setzte Richard hinzu. »Den müssen Sie sich vornehmen.«

»Ach ja?« überging ich den Einwurf. »Und Sie? Ihnen ist das Schloß dabei natürlich nicht aufgefallen, was? Und der Marlspieker lag selbstverständlich rein zufällig dort. Für wie bekloppt halten Sie mich eigentlich?«

»Was wollen Sie mir denn anhängen?« polterte John los. »Ich hab' das Schloß und den komischen Pfriem gar nicht gesehen! Kam ja gar nicht dazu, weil der gleich auf mich losgegangen ist.«

Es hatte keinen Sinn, sich auf Diskussionen einzulassen. Hier half nur noch Härte. »Sie verdrehen die Tatsachen, Herr Kirkner! Sie sind auf ihn losgegangen, und er hat sich gewehrt. Und nun Schluß mit Ihren fadenscheinigen Ausflüchten! Kommt es noch einmal zu einem solchen Vorfall, sperren wir Sie in die Batterielast, bis wir Neuschottland erreicht haben! Habe ich mich klar genug für Sie ausgedrückt?«

»Das haben Sie, Herr Kapitänleutnant!« Er zog meinen Rang höhnisch in die Länge. »Wir werden unsere vorgesetzte Behörde wissen lassen, wie wir hier von Ihnen behandelt worden sind. Bei der haben Sie sich ja schon in Brest keine Freunde gemacht.«

»Tun Sie, was Sie nicht lassen können!« Ich wischte seine Drohung mit einer lässigen Handbewegung wie ein lästiges Insekt beiseite und beugte mich über die Seekarte. »Da ist noch etwas. Sie wollen lieber vor Saint John als vor Halifax von Bord gehen, sagten Sie, das sei sicherer. Abgesehen davon, daß die US-Grenze nur sechzig Kilometer von Saint John entfernt ist, quert hier auch noch eine Fähre die Bay of Fundy zwischen Digby und Saint John. Wie steht es damit? Verkehrt die auch nachts?«

Das war ihnen offensichtlich neu, denn die beiden sahen sich ziemlich ratlos an. Endlich zuckte Richard die Schultern. »Keine Ahnung. Spielt das denn eine so große Rolle? Der kann man doch in der Dunkelheit aus dem Wege gehen – oder?«

»Sie haben vielleicht Nerven!« Ich warf das Lineal, mit dem ich die Fährverbindung demonstriert hatte, auf die Karte. »Und ob das für uns 'ne Rolle spielt!«

John Kirkner sah mich lauernd von der Seite an. »Sehen Sie diese Schwierigkeiten nur bei uns, weil Sie uns auf dem Kieker haben? Oder gibt's die auch vor Boston und Charleston?«

Das kam in einem so unverschämten Ton heraus, daß ich mich nur mit Mühe beherrschen konnte, nicht laut loszubullern. »Es reicht! Machen Sie, daß Sie rauskommen.«

Meine Drohung hatte offenbar eine nachhaltige Wirkung. In den Folgetagen gingen die beiden allen Streitigkeiten aus dem Wege. So schien es jedenfalls. Doch der Schein trog.

Als ich bei passender Gelegenheit den Torpedoobermaat Zeidler darauf ansprach, kratzte der sich nachdenklich den Kopf und verzog das Gesicht.

»Ich weiß nicht recht, Herr Kaleu, es gibt zwar keinen offenen Streit mit den beiden anderen, aber da liegt was in der Luft. Die Atmosphäre ist wie elektrisch geladen«, sagte er zögernd und grinste. »So wie in 'ner Kneipe an Land kurz vor dem Ausbruch einer deftigen Keilerei, wenn ich das mal so ausdrücken darf.«

Kein schlechter Vergleich.

»Verstehe, Obermaat. Und sonst?«

»Ich weiß nicht, was in deren Köpfen vorgeht. Die lassen jedenfalls keine Gelegenheit vorübergehen, zu sticheln, zu provozieren oder sich rücksichtslos aufzuführen.«

»Was heißt das? Werden Sie konkret, Zeidler!«

»Brodersen und Franchon stehen ständig im Kreuzfeuer ihrer hämischen und beleidigenden Sticheleien. Speckdäne und schwuler Wackes sind noch die harmlosesten Bezeichnungen, die sie für die beiden gebrauchen. Natürlich nur flüsternd, aber unüberhörbar. Der Franchon lacht darüber, aber der Brodersen frißt das in sich hinein und platzt bald vor Wut.«

»Und gerade das wollen die beiden, was?«

»Genau, Herr Kaleu, darauf zielt das ab. Wir waren schon nahe dran, den Huskies eins aufs Maul zu hauen, aber nicht wegen der beiden anderen. Die nehmen auf unsere Freiwächter nicht die geringste Rücksicht, wenn die vor der Hundewache noch schlafen wollen. Und dann die Hängematten! Sie lümmeln sich auch tagsüber darin herum, obwohl die uns allen im Wege sind.«

In mir kochte die Wut über solche Impertinenz hoch. »Hören Sie, Zeidler, das langt! Fordert sie auf, die Miefrollen wegzunehmen. Machen die das nicht, slipt einfach die Hängemattenstropps und laßt die beiden auf die Flurplatten knallen. Aber keine Schlägerei, klar?«

»Klar, Herr Kaleu!« Zeidler hielt mir lächelnd seine Pranken hin. »Die von Sepp Huber sind auch nicht kleiner. Glaube nicht, daß die beiden 'ne Schlägerei mit uns riskieren werden.«

Im Laufe des nächsten Tages vergaß ich das Gespräch, denn inzwischen hatten wir ganz andere Sorgen. Das Wetter schlug wieder um. Die Sicht wurde zusehends schlechter, gleichzeitig fiel die Tagestemperatur kontinuierlich auf unter minus 10 Grad. Mit dem eisigen Nordwind fegten dichte Schneeschauer über uns hinweg. Zusammen mit dem aufstiebenden Gischt überzogen sie *U 112* mit einer tückischen Eisschicht, die ständig wuchs.

Ließen die einmal nach, war das nur eine kurze Atempause, in der eine tiefstehende blasse Sonne durch die jagenden Wolkenlücken blinzelte. Mit dem Einsetzen der frühen Dämmerung fiel die Temperatur noch weiter in den Keller. Das unaufhörliche Stampfen der Brückenwache mit den Füßen, um die Kälte daraus zu vertreiben, wurde zur dumpfen Geräuschkulisse jeder Wache.

Auch unter Deck sanken die Temperaturen. Die kümmerliche Heizung kam dagegen nicht mehr an.

Unsere Atemluft schlug sich auf den vom kalten Labradorstrom unterkühlten Stahlwänden nieder und triefte als Schwitzwasser herab. Gegen die hohe Luftfeuchtigkeit kamen auch die heulenden Entlüfter nicht mehr an.

Prompt überzog sich die Ersatzwäsche in den winzigen Schrankfächern mit ekelerregenden Schimmelflecken, von uns Masern genannt, von denen ein unerträglicher Kellermuff ausging. Er brachte eine weitere Variante in das üble Geruchsgemisch unter Deck und ließ uns jeden Gedanken an einen Wäschewechsel glatt vergessen. Wir verbreiteten fortan einen noch animalischeren Geruch um uns.

Wir waren auch nicht mehr allein in diesem Seegebiet vor der kanadischen Ostküste. Nach Mitternacht fing unser GHG Schraubengeräusche auf, die von Westen aufkamen. Weit entfernt zwar, aber von so gewaltigem Ausmaß, daß ich mir im Horcherschapp persönlich die Hörer überstülpte, um einen Eindruck davon zu bekommen.

»Ein Riesengeleit an Steuerbord voraus, Herr Kaleu. Mindestens sechzig Schiffe«, versicherte mir Huber. »Kein Schnellgeleit, aber gerade darum bestimmt scharf bewacht.«

Es war ein solches Gemisch unterschiedlichster Schraubengeräusche, daß aus dem dumpfen Mahlen das hellere Sirren der Eskorte noch nicht herauszuhören war, für mich schon gar nicht.

»Entfernung und Peilung?«

»Mindestens fünfundzwanzig Seemeilen. Peilt null-vier-zwo bis null-sechs-fünf.«

»Null-vier-zwo bis null-sechs-fünf? Mein lieber Mann, scheint ja tatsächlich ’ne gewaltige Mahalla zu sein.« Ich nahm den Kopfhörer ab. »Bleiben Sie dran, Huber. Sie wissen ja, was wir brauchen.«

»Kein Problem, Herr Kaleu.«

Am Kartentisch setzte ich die Peilungen auf unserem Kurs ab. »Noch zu früh, um Aufschluß über Generalkurs und Marschgeschwindigkeit zu gewinnen, Obersteuermann. Glaube aber nicht, daß die uns in die Quere kommen werden.«

»Leider! Wir hätten einen idealen Abfangkurs, Herr Kaleu.«

Ich nickte. »Bloß dann hätten wir's auch mit der amerikanischen Navy zu tun, die diese Geleite bis kurz vor Island mit eskortiert, und das sollen wir unter allen Umständen vermeiden.«

Er half mir in meine dicken Brückenklamotten. »Warum eigentlich? Die stecken doch im Krieg schon längst mit drin.«

Ich zuckte die Schultern und setzte den Fuß auf die Turmleiter. »Vielleicht ist die Zeit noch nicht reif dafür, was weiß ich. Geben Sie laufend rauf, wie sich das Geleit bewegt, Obersteuermann, damit wir keine böse Überraschung erleben.«

Die böse Überraschung erlebten wir am Morgen. Sie kam nicht von dem Geleit, das uns weit entfernt an Steuerbord passiert hatte und hinter der Kimm im Osten versunken war, sondern aus dem Logis der Maate. Es war die erregte Stimme Richard Kirkners, die bis in mein Kabuff drang.

Was er sagte, konnte ich nicht verstehen, mir jedoch denken. Das ging auf mein Konto, darum machte ich, daß ich hinüber in das Logis kam.

Mir bot sich das erwartete Bild. Umgeben von den wachfreien Maaten, hockte Kirkner auf seiner zusammengefallenen Hängematte am Boden und hielt sich den Kopf. Neben ihm lag sein Bruder John auf den Flurplatten, nur: Der rührte sich nicht.

»Keiner will euch Arschlöcher umbringen, du Idiot!« fuhr ihn Zeidler an. »Aber von nun an ist Schluß! Wer nicht hören will, muß fühlen! Und ihr fühlt jetzt, was euch in Zukunft blüht! Kapiert?«

Kirkners Blick fiel auf mich und den II WO, der mir gefolgt war. »Die haben einfach die Hängemattstropps durchgeschnitten, Herr Kaleu, ohne uns zu warnen!«

»Der lügt!« protestierte Zeidler. »Wir haben sie aufgefordert, endlich Platz zu machen und ihre Furzmullen zusammenzurollen. Der da hat sich überhaupt nicht gerührt, und das Großmaul hier hat gesagt, wir könnten ihm den Arsch lecken. Da ist uns der Kragen geplatzt. Wir haben die Hängematten kurzerhand gekappt, Herr Kaleu.«

Richard erinnerte sich plötzlich an seinen Bruder. Er griff hinüber und schüttelte ihn. »Sag du doch auch mal was, Jo! Es geht doch auch dich an!«

Doch der rührte sich seltsamerweise auch jetzt noch nicht. Der II WO drängte sich an mir vorbei und beugte sich über den reglosen John. »Mal sehen, was mit dem los ist.«

Seine Hand fühlte die Halsschlagader ab. Kopfschüttelnd richtete er sich nach einer Weile wieder auf. »Kein Puls, Herr Kaleu. Sieht aus, als sei der Mann tot. Los, hebt ihn mal auf die Back, damit man ihn untersuchen kann.«

Wie gelähmt sah Richard zu, wie die Maate seinen

Bruder mit der Matte auf die Back hoben. Werda knipste das gedämpfte Licht voll an, um besser sehen zu können.

»Da erübrigt sich jede Untersuchung«, winkte er nach einem kurzen Blick ab. »Bei dem ist ja schon die Leichenstarre eingetreten. Der muß schon mehrere Stunden tot sein. Außerdem ist der im Gesicht ganz blau angelaufen. Das ist nicht von einem Sturz, Herr Kaleu, der Mann ist erstickt oder einem Herzschlag erlegen.«

»Erstickt? Herzschlag?« schrie Richard auf. »Alles Lüge! Mein Bruder war kerngesund! Die da haben ihn auf dem Gewissen! Mich hätten sie ja auch beinahe umgebracht! Das sind Mörder!«

Er reckte die Fäuste gegen Zeidler und die Maate. Doch die starrten entgeistert auf den Toten und beachteten den keifenden Husky überhaupt nicht.

Ein Toter an Bord! Die Worte des II WO hallten in meinem Kopf nach. Sie klangen, als habe er medizinische Kenntnisse. Trotzdem mußte ich mich selbst überzeugen. Deshalb trat ich an die Back und versuchte, Johns linken Arm anzuheben. Es ging nicht, der Mann war steif wie ein Brett, und auch sein Gesicht war bläulich verfärbt.

»Woran kann der erstickt sein, II WO?«

Werda machte den Hals des Toten frei. »Ich bin kein Arzt, aber erwürgt worden ist der jedenfalls nicht, denn dann sähe man Würgemale. Das hat andere Ursachen. Ich tippe auf Herzstillstand, der mitten in der Nacht eingetreten sein muß. Also kein Fremdverschulden!«

»Kein Fremdverschulden? Von wegen!« geiferte Richard los. Seine Finger wiesen anklagend auf Brodersen und Franchon, die noch in ihren Kojen lagen. »Die da haben ihn umgebracht!«

»Wie denn, du Spinner?« fragte Brodersen ungerührt und schwang die Beine aus der Koje. »Haste dafür vielleicht auch 'ne Erklärung parat?«

»Umgebracht, so'n Quatsch!« ließ sich auch Zeidler vernehmen. »Der tickt doch nicht richtig! Erst soll'n wir's gewesen sein, jetzt die beiden Badegäste, und zum Schluß verdächtigt er auch noch Sie, Herr Kaleu!«

»Und darum Schluß mit diesen unsinnigen Verdächtigungen!« fuhr der II WO den Kirkner an. »Ich werde Ihren Bruder untersuchen, ob es irgendwo einen Hinweis auf ein Fremdverschulden gibt. Zeidler, Sie helfen mir dabei! Die anderen verschwinden jetzt! Sie auch, Herr Kirkner!«

»Setzen Sie sich solange in das Offizierslogis, das ist jetzt frei«, sagte ich.

Nur widerstrebend folgte Kirkner den anderen, die fast fluchtartig das Logis verließen. Werda zog sein Bordmesser aus dem Hosenbund. Mit einem schnellen Schnitt schlitzte er die Kleidung des Toten vom Hals bis zum Hosenschlitz auf und streifte sie mit Zeidlers Hilfe bis zu den Füßen herunter.

Angewidert schnüffelte er. »Baaah, auch das noch! Der hat unter sich gemacht.«

»Und was bedeutet das? Irgendein besonderer Hinweis?«

»Keiner, Herr Kaleu. Das ist völlig normal.« Er beugte sich über die Leiche und untersuchte sorgfältig ihre Vorderseite. »Nichts, keine Hämatome, keine Einstiche, nichts! Das wird auf der Rückseite nicht anders sein. Fassen Sie mal mit an, Zeidler.«

Von der Leiche stieg ein ekelerregender Gestank auf, als sie den Körper umdrehten. »Sie versetzen mich in Erstaunen, Herr Werda. Sie haben medizinische Kenntnisse. Woher?«

»Mein Vater ist Landarzt. Der hat mich immer zu seinen Hausbesuchen mitgenommen, weil er hoffte, ich würde später mal in seine Fußstapfen treten. Dabei ist 'ne Menge hängengeblieben.« Er stockte und wischte mit Johns Unterhemd über eine Stelle zwischen den Schulterblättern. Dort hob sich ein kleiner blutroter Punkt ab. »Wenn ich nicht wüßte, daß wir an Bord keine Wanzen oder Flöhe haben, würde ich das für 'nen Insektenstich halten.«

»Und wofür halten Sie es wirklich? Für mich sieht es wie ein aufgekratzter Pickel aus.«

»Weiß der Teufel, was es ist, Herr Kaleu. Um sich an dieser Stelle zu kratzen, müßte er schon ein Schlangenmensch sein.« Er zog das besudelte Unterhemd unter der Leiche hervor und untersuchte die Rückenpartie. »Dacht' ich's mir doch, ein Blutfleck!«

Ich starrte ihn verständnislos an. »Und was bedeutet das?«

»Eine Nachblutung, wie sie für einen Einstich typisch ist.« Er klappte die beiden Längsseiten der Hängematte über der Leiche zusammen. »Wenn wir nicht auf hoher See wären, müßten wir jetzt die Kripo an Bord holen.«

Ich hatte offenbar nicht meinen besten Tag. »Einstich? Kripo? Was heißt das denn nun wieder? Drücken Sie sich gefälligst nicht in Rätseln aus, II WO!«

»Daß es sich um den Einstich einer Injektionsnadel handeln kann. Kann, Herr Kaleu!« Er zuckte die Schultern. »Was es wirklich ist, kann nur ein Arzt feststellen. Am besten ein Polizeiarzt, deshalb die Kripo.«

»Einstich einer Injektionsnadel?« wiederholte ich fassungslos. »Mensch, II WO, wissen Sie, was das bedeutet? Dann wäre der tatsächlich umgebracht worden!«

Er schüttelte den Kopf. »Muß nicht so sein. Es ist eine Möglichkeit, mehr nicht. Ungeklärt, weil wir es nicht klären können.«

Mein Blick fiel auf Zeidler, der uns offenen Mundes zuhörte. »Haben Sie das begriffen, Obermaat? Nichts ist bewiesen, klar? Deshalb kein Wort darüber zu irgendwem, wenn Sie gefragt werden! Und Sie werden gefragt werden! Wir wissen nicht, woran der Mann gestorben ist! Hämmern Sie sich das ein, sonst gnade Ihnen Gott!«

Mein harter Ton fuhr ihm in die Knochen. Er knallte die Hacken zusammen und legte die Hände an die Hosennaht. »Jawohl, Herr Kaleu! Tod unbekannter Ursache, jawohl!«

»Und nun holen Sie uns den Smadding her, Zeidler!«

Kaum war er raus, wandte ich mich an den II WO. »Kommen Sie, drehen wir ihn wieder in die Rückenlage. Der andere Husky muß ja den verdächtigen Einstich nicht unbedingt entdecken, wenn er die Taschen seines Bruders nach Wertsachen durchforsten darf.«

»Und dann? Wie damals auf der *Flying Lady*? In die Hängematte eingenäht und mit einem Gewicht dran ab in die Tiefe?«

»Was bleibt uns anderes übrig als ein Seemannsgrab? Mitnehmen können wir ihn nicht, noch weniger mit seinem Bruder von Bord geben. Ohne den Totenschein eines Coroners kriegt der den auch in Kanada nicht unter die Erde.«

Der Smadding erschien am Schott. »Zur Stelle, Herr Kaleu! Ich höre, wir haben ’nen Toten an Bord?«

»Ja, John Kirkner, Todesursache unbekannt. Vermutlich Herzversagen. Wir wollen ihn so schnell wie möglich von Bord geben, Oberbootsmann. Sobald sein Bruder ihm alle Wertsachen abgenommen hat, lassen Sie ihn einnähen und mit einem Gewicht beschweren.« Ich blickte auf die Uhr. »Ich denke, kurz vor dem Mittagswachwechsel lassen wir ihn in die See gleiten. Organisieren Sie das, Wörle.«

Der Smadding verzog skeptisch das Gesicht. »Bei dem Eispanzer an Deck gibt das Schwierigkeiten, Herr Kaleu. Können wir nicht vorher tauchen, um den loszuwerden?«

Das war typisch Wörle. »Da spricht wieder einmal der Praktiker. Schon eingeplant. Alles klar?«

»Alles klar!«

Während der Smadding den Toten einnähen ließ und die Zeremonie für die Übergabe an die See vorbereitete, verschwanden wir von der Wasseroberfläche. Es war die einzige Möglichkeit, uns von der verwünschten Schicht aus gefrorenem Gischt und Schnee zu befreien. Sicher eine langwierige Prozedur, denn das Wasser hatte nur noch eine Temperatur von vier Grad Celsius. Verbliebene Reste mußten wir eben später losklopfen. Hauptsache, wir konnten die Leiche gefahrlos über Bord geben.

Ich rief die Offiziere zusammen, um sie über die Entdeckung des II WO zu unterrichten und zur absoluten Verschwiegenheit zu vergattern.

»Ein Einstich?« fragte der LI entgeistert. »Was für ein Einstich, Herr Kaleu?«

»Unser Medizinmann meint, es könne der Einstich einer Injektionsnadel mit einem schnell wirkenden Gift sein. Könne, meine Herren. Aber eine andere Erklärung dafür hat er bisher nicht gefunden.«

Der I WO schüttelte ungläubig den Kopf. »Ist das nicht ein bißchen weit hergeholt, Herr Werda? Das würde ja bedeuten, daß wir einen Mörder an Bord haben.«

»Eben! Und wir müssen uns fragen, wer kann an dem Tod des Huskys interessiert sein. In Frage kommt ja eigentlich nur ein Mitbewohner des Logis.«

»Für unsere Maate lege ich die Hand ins Feuer!« meinte der LI voller Überzeugung. »Warum sollten die?«

»Na, dann haben wir ja schon die drei Verdächtigen.« In Kruses Stimme klang Spott an. »Den Bruder, Franchon und Brodersen. Eine glanzvolle detektivische Meisterleistung.«

Unwillkürlich mußte ich lächeln. »Das heißt, Sie bezweifeln, daß es sich um einen Mord handeln könnte. Warum?«

»Das liegt doch eigentlich auf der Hand. Zunächst einmal ist es doch eine pure Annahme, es sei der Einstich einer Giftspritze. Dann fehlt dafür auch ein plausibles Motiv.« Kruse ließ seine Worte wirken. »Warum soll der Bruder seinen Bruder umbringen? Wäre 'ne Frau im Spiel, gäbe das vielleicht ein Motiv ab. Aber so? Bleiben also nur Franchon und Brodersen. Bei denen ist es in der Tat anders, die haben sich mit den Huskies ständig verbal in der Wolle gehabt. Aber reicht das für einen Mord aus? Und wenn – warum beißt dann nur einer ins Gras und nicht beide?«

»Vielleicht ist der Mörder gestört worden?« warf der LI ein. »Wir brauchten doch jetzt bloß deren Gepäck zu durchsuchen. Finden wir bei denen eine Spritze und eine entsprechende Ampulle, dann haben wir den Mörder.«

Ich sah den LI wie einen Geisteskranken an. »Das meinen Sie doch nicht im Ernst, Herr Lietz? Einen Teufel werden wir tun! Das fehlte uns hier an Bord gerade noch! Die Leute rätseln ja so schon genug an dem plötzlichen Tod herum. Der II WO hat einen Einstich gefunden, den er sich nur schwer erklären kann, mehr nicht. Alles andere ist Spekulation. Der Tote kriegt den üblichen Eintrag mit dem Zusatz, ›Ursache unbekannt‹ ins Logbuch und geht bei Mittagswachwechsel mit ein paar Bibelsprüchen und einem Gebet über Bord.«

»Die einzig richtige Entscheidung, Herr Kaleu!« pflichtete mir Kruse bei. »Und alle halten bildschön den Schnabel über den verdächtigen Einstich, das ist absolut klar.«

»So ist es, Herr Kruse! Noch Fragen? – Dann danke ich Ihnen, meine Herren.«

Beim Auftauchen zum Mittagswachwechsel kollidierte *U 112* mit einer riesigen Eisscholle. Diese demolierte mit einem Donnerkrachen den Netzabweiser auf der Back und riß die Stahltrosse mit der Antenne zwischen Abweiser und Brücke aus den Isolatoren. Es polterte so schaurig, als zerfiele das Boot in seine Einzelteile.

Es gab keinerlei Schuldzuweisungen, konnte sie auch nicht geben. Kruse und ich hatten im Sehrohr schon eine ganze Weile vor dem Auftauchen im dunstiggrauen Licht das riesige Treibeisfeld über uns nach gefährlichen Eisbergresten abgesucht. Nichts hatte darauf hingedeutet, daß sich unter den weit verstreut treibenden Schollen – auf ihrem langen Weg von Grönland nach Süden längst mürbe gewordene Eisplatten – noch so ein gefährlicher Brocken verbergen könnte.

Die geborstene tonnenschwere Platte verursachte Gott sei Dank keine irreparablen Schäden am Boot, wie die eingehende Untersuchung ergab. Es war jedoch ein unübersehbares Warnzeichen dafür, womit wir zusätzlich zu feindlichen Aktivitäten von nun an in diesen Gewässern rechnen mußten.

»Scheiße, auch das noch!« fluchte der I WO als Antwort auf die Anfrage des »Leichenkommandos« aus dem Bootsinnern. »Was zuerst, Herr Kaleu? Erst weg mit der Leiche, dann die Reparatur? Oder umgekehrt?«

»Sprechen Sie nicht so profan von einer sakralen Handlung, Herr Kruse!« rügte ich ihn augenzwinkernd. »Das Boot geht selbstverständlich vor.«

Besonders feierlich war nämlich keinem mehr von uns zumute, seit mich der angeblich trauernde Bruder bezeichnenderweise lautstark gefragt hatte, ob er dann wenigstens rauchen dürfe. Außerdem räumte das Arbeitskommando bereits die Back von den Eisbrocken frei.

Ich beugte mich über die Brüstung zum wartenden LI hinunter. »Auf denn, Herr Lietz! Keine Schönheitsreparaturen, klar? Zeitgewinn ist jetzt alles! Schweißen Sie den Abweiser an Deck einfach nur gründlich fest, damit wir die Stahltrosse und Antenne wieder aufriggen können. Das genügt. Die Säge des Abweisers ist ohnehin für die Katz. Oder haben Sie schon mal was davon gehört, daß es einem U-Boot damit gelungen ist, ein Sperrnetz durchzusäbeln? – Sehen Sie, ich auch nicht.«

Ich wollte so schnell wie möglich aus diesem Treibeisfeld raus, das bei weitem nicht so ungefährlich war, wie es uns das Sehrohr vorgegaukelt hatte. Vor den blau schimmernden Bruchrändern der Schollen hatte ich einen Heidenrespekt. Wie die glasklare See verriet, schaute etwa nur ein Neuntel aus dem Wasser heraus, der Rest lauerte mit zahllosen, weit herausragenden scharfen Zacken auf den arglosen Seefahrer.

»Das kann ja heute nacht ein höllisches Vergnügen werden, Herr Kaleu«, orakelte Kruse mit pessimistischer Miene. »Duster wie im Sack, und dann diese heimtückischen Dinger ringsum. Die nächste Kollision ist doch damit schon programmiert.«

»Darauf werden wir es nicht ankommen lassen, mein Lieber. Wir haben ein zeitliches Polster, darum tauchen wir bei Einbruch der Dunkelheit. Wird uns auch mal ganz gut tun.« Ich grinste. »Stellen Sie sich mal vor, 'ne ganz normale Nacht! Ist das nicht 'n herrlicher Gedanke?«

Aus dem Turm kam die Meldung vom Horchgerät: »Schraubengeräusche aus null-sieben-null und drei-null-null! Bewegen sich quer zu unserem Kurs!«

»Das ist die Küste, scheint ja ordentlich was los zu sein, Herr Kaleu. Da sehen wir mal wieder, daß sich 'ne Horchrunde immer auszahlt.«

Ich nickte. Bei meiner zweiten Feindfahrt hätte uns

nämlich die fehlende Erfahrung mit den Horchrunden beinahe das Leben gekostet. Während wir uns in Sicherheit glaubten, hatte sich ein Tommy im Schutz der Dunkelheit und unserer Schraubengeräusche angeschlichen, um uns zu den Fischen zu schicken. Als wir seine schäumende Bugwelle entdeckten, wurde allerdings umgekehrt ein Schuh daraus. Sein Überfallversuch wurde ihm zum Verhängnis, in mir saß dieses Trauma jedoch von nun an tief.

Mit ein paar Schritten war ich am Turmluk. »Wir werden etwas nach Südwesten abfallen und Cape Sable ansteuern, Herr Kruse. Ich möchte nicht in den Rummel vor Halifax kommen. Die rechnen dort mit Sicherheit nicht mit einem deutschen U-Boot, aber man weiß nie, manchmal schießt sogar ein Krückstock. – Wahrschau! Ein Mann von Turm in Zentrale!«

Wieder einmal war ich überrascht, wie weit unser GHG in diesem kalten Gewässer reichte. Die Herkunft der Geräusche an Steuerbord voraus ließ sich nach einem Blick in die Karte leicht zuordnen. Sie kamen aus der Bucht von Halifax. Dort sammelte sich vermutlich zwischen Harring Cove und Cow Bay ein Geleit nach Europa. Die anderen stammten aus dem Gebiet vor der Fundy Bay, wobei unklar blieb, ob sie im amerikanischen oder kanadischen Teil ihren Ursprung hatten.

»Werden wir alles morgen nacht sehen, Obersteuermann.« Ich setzte unseren neuen Kurs in der Karte ab. »Ruder Backbord zehn, neuer Kurs zwo-vier-sieben!«

Der Smadding gesellte sich zu uns. »Ist schon abzusehen, wann die Stoker mit der Reparatur fertig sein werden? Dieser Kirkner macht mich mit seinem Herumgewibbel und seiner dämlichen Fragerei reineweg verrückt. Den interessiert bloß seine Qualmerei, sein toter Bruder ist für ihn absolut zweitrangig.«

In mir quoll der Ärger über diesen Kerl hoch. »Der kann warten! Wenn der auch nur den Versuch macht, während der Zeremonie zu rauchen, lassen wir ihn glatt seinem Bruder in die eiskalte See folgen. Im übrigen kriegt er danach Zeit, um genau eine Zigarette zu rauchen, mehr nicht. Das können Sie ihm ausrichten, Nummer Eins.«

Wörle grinste. Das war eine Entscheidung nach seinem Geschmack. »Das werde ich, Herr Kaleu, und es wird mir ein besonderes Vergnügen sein. Hab den sowieso gefressen.«

Der Smadding verschwand durch das Mannloch. Ich wandte mich wieder der Seekarte zu. »Kommen Sie, Obersteuermann, sehen wir uns mal an, wo wir heute die Nacht verbringen werden.«

»Ich hab mir das auch schon durch den Kopf gehen lassen, Herr Kaleu. Wenn wir uns auf den Grund legen wollen, dann bietet sich dafür eigentlich der sandige Grund vor Brier Island an.«

Brier Island, das war eine Art Nehrung in der Einfahrt in die Fundy Bay zwischen Nova Scotia und dem Festland.

»Hmmm, und warum? Weil wir dort noch immer genügend Wasser unter dem Kiel haben, falls wir davonschleichen müssen?«

»Auch. Laut Strömungskarte liegen wir dort im Strömungslee frei von Treibeisfeldern und können die Nacht über den Schiffsverkehr kontrollieren.«

»Bravo, Obersteuermann, genau an diese Stelle hatte auch ich gedacht.« Ich nahm die Entfernungen in den Zirkel. »Achtundzwanzig Seemeilen zwischen Brier Island und White Head Island, geradezu ideal. Das ist außerdem zu schaffen, bis es dunkel ist.«

Die Stoker kamen die Turmleiter heruntergesaust, hinter ihnen wurde das Werkzeug abgeseilt. »Wir sind fertig, Herr Kaleu!«

»Na bitte! Dann man rauf mit der Leiche.«

Die Trauerfeier auf einem Schiff mit anschließender Beisetzung auf hoher See ist auf jedem Schiff eine ergreifende Zeremonie, nicht nur, weil daran die gesamte Besatzung an Deck Anteil nimmt. An Bord eines U-Bootes setzt jedoch allein schon die räumliche Beengtheit an Oberdeck der Teilnahme enge Grenzen.

Hier kann jeweils nur eine kleine Gruppe – zusammengedrängt auf dem etwas breiteren Deckteil hinter dem Turm – dem Toten die letzte Ehre erweisen. Trotzdem geht diese kurze Zeremonie nicht minder unter die Haut. Wenn an ihrem Ende der Leichnam unter dem Flaggentuch in die aufspritzende See und in ihre unergründliche Tiefe gleitet, manifestiert sich darin viel stärker die Endgültigkeit des Todes als an Land. Dort erinnert an den Toten noch immer ein Grab, auf See bleiben von ihm nur ein paar aufsteigende Luftblasen.

Auch wenn uns mit dem toten Kirkner innerlich nichts verband, versuchte ich in meiner kurzen Rede, die Tragik seines Todes so kurz vor dem Ziel zu würdigen, ehe wir ihn nach einem gemeinsamen Vaterunser der See übergaben. Das war der Augenblick, in dem wir seinen Bruder am liebsten mit einem kräftigen Fußtritt hinterherbefördert hätten.

Der wartete nicht einmal ab, bis sich die Luftblasen an der Wasseroberfläche verloren. Zur Empörung der kleinen Trauergemeinde steckte er sich mit zitternden Fingern einen Glimmstengel in den Mund und sog gierig den Rauch ein.

Der II WO spie ihm demonstrativ vor die Füße. »Baah, Sie haben wirklich das Gemüt eines Fleischerhundes, obwohl dieser Vergleich 'ne Beleidigung für jeden anständigen Hund ist!«

Auf unserem neuen Kurs ließen wir das tückische Treibeisfeld schnell hinter uns. Weit genug von der Küste ab, die sich als verschwommener dunkler Streifen an der Kimm abzuzeichnen begann, wirkte die See wie leergefegt. Das änderte sich erst, als wir mit dem letzten Tageslicht auf die Südspitze der Halbinsel Nova Skotia einschwenkten.

Je dunkler es wurde, desto deutlicher hob sich die felsige Küste von der See ab. Ein Phänomen, das uns Rätsel aufgab, bis der erste Leuchtturm über die Kimm blinzelte.

»Du kriegst die Motten!« entfuhr es dem I WO angesichts dieses friedlichen Lichtzeichens. »Ist etwa der Friede ausgebrochen?«

Schon bald kamen andere Lichter hinzu und lieferten uns den besten Anhalt für eine exakte Navigation in diesem unbekannten Gewässer. Fasziniert starrten wir durch unsere starken Gläser auf das Flimmern der näherrückenden Küste. Bald konnten wir sogar Autoscheinwerfer auf den ufernahen Straßen ausmachen, ein gänzlich ungewohnter Anblick.

»Paßt mir ja auf, Leute, daß wir nicht einem dieser

Pötte quer vor den Bug laufen!« mahnte ich, denn auch der Verkehr entlang der Küste hatte zugenommen. »Deutlich genug sind die doch wohl auszumachen!«

»Vielleicht sollten wir Positionslichter setzen, Herr Kaleu?« schlug Kruse vor. »Wir fallen im Reigen dieser roten, grünen und weißen Lichter weniger auf, falls uns doch einer von ihnen zu nahe kommen sollte.«

»Kein schlechter Vorschlag, I WO. Frechheit siegt, was?« Ich lachte. »Hoffentlich funktionieren die Dinger überhaupt noch.«

Sie funktionierten, und sie gaben uns auch irgendwie ein Gefühl von Sicherheit. Auf große Entfernung wirkten sie wie von einem einsamen Fischerboot und erregten dadurch wohl kaum Verdacht. Wir ordneten uns mit gebührendem Abstand in den aufgelockerten Strom der Schiffe ein, die Kurs auf die Fundy Bay hielten.

»Ein Betrieb wie auf der Elbe in Friedenszeiten, Herr Kruse. Mit allem habe ich ja gerechnet, damit jedoch nicht. Was für ein gefundenes Fressen für jeden U-Boot-Kommandanten!«

»Vielleicht sollten wir nach hier zurückkehren und denen das Fürchten beibringen, nachdem die Badegäste von Bord sind? Ist uns das nicht freigestellt?«

»Schon. Warten wir ab, I WO. Ein komisches Gefühl ist das schon, mit der potentiellen Beute so friedlich mitzuschippern.«

Ein Steuermannsgast kam aus dem Turmluk gekrochen und visierte mit dem Peildiopter auf dem Kompaß den Leuchtturm von Yarmouth an. Als zweiten Punkt für die Kreuzpeilung nahm er anschließend die blinkende Bake von Brier Island in die Optik.

»Sieht aus, als hätten wir es nicht mehr weit«, sagte

ich, nachdem er im Turm wieder verschwunden war. »Das schaue ich mir mal auf der Karte an.«

Schweigend sah ich zu, wie Obersteuermann Weiß die Peilungen auf unserem Kurs absetzte und die Entfernung zu unserem geplanten Liegeplatz in den Zirkel nahm. »Noch knapp fünfzehn Seemeilen, Herr Kaleu. Abstand zur Küste vier Meilen. Hab' aufgetaucht noch nie so dicht vor der feindlichen Küste navigiert.«

»Ich auch nicht.« Ich warf einen kurzen Blick auf die Uhr und kratzte nachdenklich mein Stoppelkinn. »Eineinhalb Stunden also noch, wenn nichts dazwischen kommt. Eigentlich noch früh am Tage. Überlege deshalb, ob wir nicht vorher einen Blick in die Bay werfen sollten, bevor wir uns auf den Grund legen.«

»Hmmm«, brummte er und deutete auf die Fährverbindung zwischen Digby und Saint John. »Die ist dann aber noch voll in Betrieb, Herr Kaleu. Ist das nicht ein Risiko?«

»Doch nicht bei unserer Maskerade, Obersteuermann.« Ich sah seinen erstaunten Blick. »Ach so, das wissen Sie ja nicht. Wir laufen schon die ganze Zeit mit Positionslichtern mit anderen Pötten mit. Oben ist es so dunkel, daß man uns garantiert für'n Fischkutter hält.«

Er sog überrascht die Luft zwischen den Zähnen ein. »Teufel, Sie haben aber Ideen drauf, Herr Kaleu! Auf so viel Frechheit soll mal erst einer kommen!«

Ich lachte laut auf. »Irrtum, mein Lieber, auf die Idee ist der I WO gekommen, und sie funktioniert. Lassen Sie uns Brier Island passieren und sehen, wie es dahinter aussieht. Wenn wir Culloden querab haben, drehen wir um. Geben Sie uns die entsprechenden Peilungen und Kurse rauf, ja?«

»Mach ich, Herr Kaleu!« Er beugte sich kopfschüttelnd über seine Karte. »Aufgetaucht mit Positionslichtern – soll man das glauben!«

Unsere Stippvisite in die Fundy Bay erbrachte keine besonders spektakulären Erkenntnisse. Im Gegenteil. Wir verloren uns in der weiten Bucht. Sahen wir einmal von den sich stündlich begegnenden Fähren ab, waren wir bald allein auf weiter Flur, denn alle anderen Pötte hatten längst Kurs auf Saint John genommen.

Doch diese Erkenntnis genügte uns nicht. Wir mußten in Erfahrung bringen, ob diese Schiffe sich an die blinkende Bojenreihe nach Saint John hielten oder nicht.

»Bei diesen labilen Wetterverhältnissen, Herr Kaleu, wo man alle naselang mit Nebel rechnen muß?« gab der II WO zu bedenken und ließ sein Glas sinken. »Da werden die sich auch morgen nacht schön brav an das markierte Fahrwasser halten.«

»Sehe ich auch so, Herr Werda.« Ich schwenkte mein Glas vom flimmernden Lichtermeer Saint Johns nach Backbord weg und suchte das Flackerfeuer von Dipper Harbour. »Na, verfehlen können wir den Treffpunkt jedenfalls nicht, und weit genug von der Fahrrinne sind wir dann auch ab. Gehen Sie auf Gegenkurs, II WO, und steuern Sie unseren Schlafplatz an. 'ne Mütze voll Schlaf …«

»Zentrale an Brücke!« unterbrach mich der BÜ. »Kommandant bitte in die Zentrale! Ich wiederhole: Kommandant bitte …«

»Schon gut!« Ich klappte das Turmluk hoch. »Wahrschau, ein Mann von Brücke in Zentrale!«

Trotz des Halbdunkels in der Zentrale brauchte ich einen Augenblick, die Situation zu erfassen. Vor dem I WO, der irgendeinen Zettel in der Hand hielt, flegelte sich Richard Kirkner mit den Händen in den Hosentaschen gegen einen der Sicherungskästen. Eine flapsige Haltung, die wir trotz des lockeren Bordbetriebes auch bei Badegästen gar nicht schätzten. Spiegelte sich deshalb in Kruses Miene Verdruß wider?

»Was ist los? Hat's Ärger gegeben, I WO?«

»Herr Kirkner hat den Funkgast aufgefordert, noch bevor wir tauchen, diesen Funkspruch abzusetzen, Herr Kaleu.« Er reichte mir den Zettel.

»Gebeten habe ich ihn, möchte ich mal richtigstellen. Gebeten!« Kirkner schlug nun auch noch lässig das eine Bein über das andere. »Ist doch auch so vorgesehen, wenn wir Kanada erreichen – oder?«

Der aus einem Notizheft herausgerissene Zettel wies erheblich mehr Buchstabengruppen auf, als sie mein Operationsbefehl für diesen Fall vorsah. Auch die Frequenz schien eine andere zu sein. Aber das ließ sich nachprüfen.

»Oder, Herr Kirkner! Ob und wann gefunkt wird, das bestimme ich oder der Wachoffizier, damit das klar ist! Zudem haben wir bis morgen nacht Funkstille zu wahren.« Nur mühsam unterdrückte ich meine Verärgerung über seine Impertinenz. »Was ist das überhaupt für ein Text? Vorgesehen sind zwei zweistellige Buchstabengruppen, mehr nicht. Zwei, Herr Kirkner! Ich zähle allein schon zehn solcher Gruppen und dazu auch noch Zahlen. Was soll das? Wollen Sie uns die Kanadier auf den Hals hetzen?«

»Wie kommen Sie denn darauf?« fuhr er aus seiner lässigen Haltung auf. »Es ist lediglich die Mitteilung, daß wir die kanadische Küste erreicht haben, aber nicht in Halifax an Land gehen werden. Schließlich muß das mein Kontaktmann wissen – oder?«

Er sah mich lauernd von der Seite an. Mich beschlich ein seltsames Gefühl. Der Kerl war nicht astrein. Oder spielte mir mein Mißtrauen einen Streich?

»Daß Sie nicht in Halifax von Bord gehen werden, weiß Ihr Kontaktmann bereits, seit wir Brest verlassen haben«, ließ ich die Katze aus dem Sack und ihn nicht aus den Augen.

Er zuckte zusammen, das bildete ich mir nicht ein. In meinem Kopf erwachte der Floh wieder zum Leben, den mir Kruse ins Ohr geblasen hatte, und mit ihm quoll auch mein Traum aus der Erinnerung empor.

»Seit wir Brest verlassen haben?« wiederholte er völlig überrascht. »Warum haben Sie uns das nicht gesagt?«

»Ich dachte, Sie und Ihr Bruder wüßten das.« Ich tippte auf das Notizblatt. »Welcher Code ist das, den Sie hier benutzen?«

»Welcher Code? Na der, den wir alle benutzen.«

»Den möchte ich gern mal sehen, Herr Kirkner.« Ich hielt ihm fordernd die Hand hin. »Darf ich mal?«

»Aber ja!« Er brachte aus einem perfekt getarnten Schlitz seines Leibriemens einen klitzeklein gefalteten Zettel zum Vorschein. »Bitte, überzeugen Sie sich.«

Kruse und ich traten an den Kartentisch, um auf einem der dort üblichen Notizzettel Kirkners Funkspruch zu enträtseln. Das ging schneller als gedacht und entlastete ihn.

Ich gab ihm den Code zurück. »Da Ihr Kontaktmann schon informiert ist, wird es morgen nur ein kurzes Funksignal geben, damit man uns nicht einpeilen kann. Dabei werden wir uns an die Zeit halten, die mir mein Operationsbefehl vorgibt. Das war's dann ja wohl?«

Er verstaute den Zettel wieder in seinem Gurt. »Und meine Pistole, wann bekomme ich die zurück?«

»Wenn Sie von Bord gehen«, sagte Kruse. »Oder brauchen Sie die jetzt schon?«

Für die Nacht legten wir uns vor Brier Island in sicherer Tiefe auf den sandigen Grund. Hier würde uns zwar niemand vermuten, trotzdem wies unser Bug in den offenen Atlantik hinaus. Das erleichterte uns im Ernstfall die Flucht.

Um Sauerstoff zu sparen, zogen nur die Männer auf Wache, die für die Funktionen des Bootes unerläßlich waren, und selbstverständlich die Horcher, die den nächtlichen Schiffsverkehr zu überwachen hatten. Der LI, der I WO und ich klapperten zuletzt als Abendronde die einzelnen Abteilungen ab, wo die Freiwächter schon in den Kojen und Hängematten lagen.

»Na dann«, gab der I WO über die Bordlautsprecher das Signal zur Nachtruhe, »Pfeifen und Lunten aus! Geister auf Station! Ruhe im Schiff!«

Nur wir Offiziere hielten uns noch nicht daran. Wir setzten uns im Offizierslogis zu einer kurzen Besprechung zusammen. Jeder kannte den Grund, denn der Vorfall mit dem Funkspruch hatte inzwischen die Runde gemacht.

»Nun, meine Herren, was sagen Sie dazu?«

Der II WO kratzte sich das stoppelige Kinn. »Wenn der damit wirklich'n krummes Ding versucht hat, dann hat er's ziemlich dämlich angefangen. Agenten, die sich so blöd verhalten, leben nicht lange. Deshalb glaube ich nicht, daß der auf zwei Schultern trägt.«

»Klingt logisch«, meinte der LI. »Seltsam ist nur, daß er den wachhabenden Offizier zu umgehen versucht hat. Als Angehöriger der Abwehr kennt der doch den Dienstweg.«

»Und dann auch noch so eine Buchstabenkolonne, die man spielend einpeilen kann!« setzte Kruse hinzu. »Wie Herr Werda sagt, solche Agenten leben nicht lange, oder es steckt Absicht dahinter.«

»Und die wäre?« wollte der II WO wissen.

»Daß er mit den Kanadiern oder Briten zusammenarbeitet und uns morgen ans Messer liefern will. Dafür spricht, daß er mit einem Code arbeitet, der nicht mehr aktuell ist.« Kruse machte eine Pause, um seine Worte wirken zu lassen. »Hat man den Code deshalb im letzten Augenblick gewechselt, weil man ihm nicht mehr traut?«

»Theoretisch ist das alles drin, meine Herren, doch beweisen läßt sich das erst morgen. Aber dann ist es zu spät, falls unser Verdacht stimmt«, sagte ich. »Wir werden deshalb morgen erst in letzter Sekunde auftauchen, wenn wir wissen, wer ihn da abholen kommt.«

Ich blickte in Kruses Gesicht, und der grinste. Ich schüttelte lächelnd den Kopf. »Nee, nee, Herr Kruse, diesmal kein Zerstörer. Aber auch wenn es bloß ein Kutter ist, kann der 'ne böse Überraschung für uns an Bord haben. Also werden wir uns den vom Leibe halten. Die werden ja wohl ’n Schlauchboot oder ’n Beiboot mitführen, damit können sie ihn von Bord holen.«

»Vielleicht ist das übertriebene Vorsicht, Herr Kaleu«, gab der LI zu bedenken und gähnte ungeniert. »Wir verwenden einen anderen Code, also erreicht unser Signal die richtigen Leute, die auch den richtigen Treffpunkt kennen. Warum zerbrechen wir uns noch lange den Kopf?«

»Stimmt, Herr Lietz.« Ich stand auf. »Überschlafen wir das erst einmal. Morgen sehen wir weiter. Gute Nacht!«

Eine Hand schüttelte mich sacht und holte mich damit aus einem flachen Schlaf. Als ich die Augen aufschlug, sah ich Kruses Gesicht unmittelbar vor mir.

»Zwei Zerstörer, Herr Kaleu«, flüsterte er, »und ’ne Menge kleinerer Einheiten geistern oben herum. Klingt nach Zusammenstellen eines Geleitzugs oder ’ner Suche nach einer Nadel im Heuhaufen.«

»Zerstörer?« Ich schwenkte die Beine aus der Koje. »Seit wann sind die zugange?«

»Kurz nach Mitternacht, drüben auf der amerikanischen Seite vor Bar Harbour den Peilungen nach. Da waren es nur die beiden Zerstörer, die dort Dampf aufmachten.«

Ich blickte auf die Uhr. »Was denn – seit sechs Stunden kurven die herum?«

Der I WO schüttelte den Kopf. »Erst seit die kleineren Einheiten aus Saint John hinzugekommen sind. Das war vor ’ner Stunde. Die krebsen jetzt vor Grand Manan Island herum. Dabei ist nicht zu unterscheiden, ob die Zerstörer noch auf der amerikanischen Seite sind oder nicht. Aber irgend etwas tut sich da. Ich fand, das sollten Sie wissen.«

»Und daß die dort für uns ein Empfangskomitee zusammenstellen, halten Sie das für möglich?«

»Denken Sie wieder an den Kirkner, Herr Kaleu?« Kruse verzog zweifelnd das Gesicht. »Glaube ich nicht. Woher sollten die hier von uns wissen?«

»Stimmt auch wieder. Kommen Sie, sehen wir uns das mal auf der Karte an.«

Ein Blick in die Karte genügte. »Nee, I WO, die meinen nicht uns. Wer sitzt jetzt am GHG?«

»Huber selber. Von dem stammt auch die Idee, es könnte ein Geleitzug sein, der sich dort formiert. Es sind ja auch die Geräusche von ein paar Frachtern darunter. Man müßte einfach mal ...«

»... die Nase rausstecken?« unterbrach ich ihn. »Meinen Sie das? Nee, Herr Kruse, wir bleiben hier schön brav liegen und genießen die Ruhe. In den Atlantik können wir später immer noch rausschleichen, müssen wir sogar, um die Batterien für die Nacht aufzuladen. Doch das hat Zeit.«

Meine Entscheidung erwies sich als richtig. Als die Morgenwache endete, setzte sich tatsächlich so etwas wie ein Geleitzug mit Südkurs in Marsch. Es juckte mich zwar, mir mit dem Sehrohr ein genaues Bild zu verschaffen, aber die Gefahr, dabei durch Zufall entdeckt zu werden, war zu groß.

Der Schiffsverband passierte uns so dicht, daß uns das ASDIC der Eskorte wiederholt streifte, doch das blieb ohne Folgen. Niemand hielt offenbar dessen

Echos für die eines U-Bootes. Wir gingen in dieser Tiefe vermutlich als Reste eines Wracks durch.

Ich quetschte mich zu Huber in den Horchraum. »Na, Obermaat, was erzählen denn nun die Fische?«

»Ein kleines Geleit, Herr Kaleu, aber schnell, gut seine zwölf Knoten. Geleit ist vielleicht schon zuviel gesagt. Ist wohl eher 'n zusammengewürfelter Verband aus Schnellbooten und Frachtern, die einen gemeinsamen Weg haben. Ändert gerade Kurs auf Südsüdost.«

»Südsüdost?« Ich rief mir die Karte ins Gedächtnis. »Dann wollen die vermutlich nach Halifax. Schnellboote sagten Sie? Keine Zerstörer?«

Huber zögerte einen Augenblick. »Ich hab' das so im Raum stehengelassen, um den Dietl nicht noch mehr bloßzustellen. Der hat ganz einfach noch nicht das Gehör für die Feinheiten, der lernt ja noch. Das sind keine Zerstörer, auch wenn sie ganz hochtourige Maschinen fahren. Meiner Meinung nach sind das US-Küstenwachboote, Herr Kaleu, die zwischen Bar Harbour und Lubec patrouillieren. Vielleicht sind die auf der Jagd nach deutschen Kriegsgefangenen, die in Kanada ausgekniffen sind und hinüber in die USA wollen.«

»Durchaus möglich, Huber.« Ich klopfte ihm anerkennend auf die Schulter, denn mir fiel ein Stein vom Herzen. »Dann sperren Sie man weiter die Ohren auf, und bringen Sie vor allen Dingen dem Dietl die Feinheiten bei. Wir können uns keine Pannen leisten.«

Ich zog mich in mein Kabuff zurück, um unsere weiteren Schritte zu überdenken. Keine Zerstörer, das war wichtig und klang ungemein beruhigend. Auf die konnten wir bei dem geplanten nächtlichen Unternehmen gut verzichten.. Das galt auch für die Schnellboote und für jedes andere Kriegsschiff.

Es blieben auch so noch genügend Unwägbarkeiten übrig.

Den Tag über kreuzten wir aufgetaucht im Gulf of Maine, um außerhalb der Sichtweite von Land die Batterien aufzuladen. Wir hatten genügend Wasser unter dem Kiel, so daß wir jedes Mal rechtzeitig wegtauchen konnten, sobald Flugzeuge oder kanadische Korvetten in Sicht kamen oder eine der Fähren zwischen der amerikanischen und kanadischen Küste unsere Kurse kreuzte.

»Fast wie am Anfang des Krieges, Herr Kaleu«, erinnerte mich Kruse an unsere gemeinsamen Erlebnisse. »Keine feindlichen Aktivitäten und wieder nur Neutrale, die wir laufenlassen müssen.«

»Bloß nicht beschreien, Herr Kruse. Das kann sich ganz schnell ändern, wenn uns die Amerikaner hier entdecken.«

Doch wir blieben unentdeckt, so daß wir uns nach Einbruch der Dunkelheit wieder unbehelligt auf den Weg in die Fundy Bay machen konnten.

»Positionslichter setzen, Herr Kaleu?« fragte der II WO, als das erste Schiff auf gleichem Kurs in Sicht kam.

»Na klar! Sie wissen doch, Frechheit siegt! Hat doch gestern blendend funktioniert.«

Es funktionierte auch jetzt wieder. Wie am Vorabend folgten alle anderen Schiffe der Bojenreihe nach Saint John, so daß wir bald allein blieben. Trotzdem hatte ich ein ganz flaues Gefühl im Magen, je weiter wir in die

Bay vorstießen. Die Wassertiefe ließ uns verdammt wenig Spielraum zum Tauchen, wenn uns jemand ans Leder wollte.

Querab von Culloden setzten wir unser knappes Rufzeichen ab. Sekundenbruchteile später erfolgte die nicht minder kurze Bestätigung.

»Als dann, II WO! Toi, toi, toi! Hoffen wir, daß alles glattgeht. Nehmen Sie Kurs auf unseren Treffpunkt! Positionslichter löschen! Alle Mann auf Tauchstation, klar zum Tauchen!«

Unter Deck schrillten die Alarmklingeln. Die Männer ließen sich in den Turm fallen. Nur der II WO und ich blieben auf der Brücke, während der Bug mit kleiner Fahrt auf den Treffpunkt einschwenkte. Unsere Gläser saugten sich an den im Dunst flimmernden Lichtern von Dipper Harbour fest. Nichts Auffälliges.

Ich ließ mein Glas die Bay entlangwandern, suchte die See nach einem Anzeichen von Gefahr ab. Auch hier nichts, wir waren allein auf weiter Flur.

»Lassen Sie vorfluten, II WO!«

Zäh verstrich die Zeit.

»Verdammt, wo bleiben diese Idioten?« fluchte der II WO nach einem erneuten Blick auf die Uhr. »Mitternacht ist längst vorbei, und noch immer rührt sich nichts!«

Doch das stimmte nicht. Aus dem Flimmern Dipper Harbours lösten sich Positionslichter, kamen schnell näher. Offenbar eine schnelle Motoryacht. Bald war auch in ihrem Topp die rotweiße Kennung auszumachen. Zeit, von der Wasseroberfläche zu verschwinden.

»Ab in die Tiefe, II WO!«

Das Turmluk klappte über uns zu.

»Turmluk ist dicht! Fluten! Auf Sehrohrtiefe einpendeln! Brückenwache und Flak in den Turm.«

Ich wollte kein Risiko eingehen, deshalb war die Brückenwache bewaffnet, und auch die 2-cm-Flak sollte feuerbereit sein.

»Schraubengeräusche in null-drei-fünf!« meldete Huber. »Kommen schnell näher. Maschinen klingen nach Diesel, Herr Kaleu!«

Ich fuhr das Sehrohr aus und schwenkte es in die Peilung. »Da ist der Kahn. Ein hellerleuchtetes Hochseemotorboot, viel größer als üblich. Hat ganz schön was unter der Haube.«

Der Kahn schob eine stramme Bugwelle vor sich her. Im Licht der offenen Plicht ragte ein Bündel langer Hochseeangelruten in den Himmel und wippte im Fahrtwind. Ein harmloser Anblick, zugegeben. Aber seit wir damals auf die britische U-Boot-Falle *Flying Lady* hereingefallen waren, begegnete ich grundsätzlich jedem fremden schwimmenden Untersatz mit Mißtrauen, mochte er auch noch so harmlos aussehen.

»Horchgerät, noch weitere Schraubengeräusche?«

»Keine in der Nähe, Herr Kaleu! Das unbekannte Fahrzeug geht mit der Fahrt herunter. Stoppt!«

»Na, dann los! Klar zum Auftauchen! Oberbootsmann, Sie bringen Herrn Kirkner erst an Deck, wenn oben alles klar ist. Anblasen! Boot bleibt klar zum Alarmtauchen!«

Kaum kam der Turm frei, stürzten wir nach oben. Keine dreihundert Meter entfernt dümpelte das Motorboot in der schwachen Dünung und suchte vermutlich die leicht bewegte See nach uns ab. Deutlich zeichnete sich an seinem Heck ein Beiboot ab.

»Signalmaat, blenden Sie die Klappbuchs stark ab, und blinken Sie unser ES rüber!«

Die drei Lichtblitze wirkten wie einer. Sie wurden sofort mit dem Gegen-ES beantwortet. Langsam schoren wir aufeinander zu. Das paßte mir gar nicht. Ich wollte möglichst in der Dunkelheit verborgen bleiben.

»Ruder Backbord zehn!«

Gehorsam drehte *U 112* mit dem Bug zur offenen See.

»Recht so, komm auf! Signalmaat, geben Sie rüber: *Please, send a boat to pick up our guest! But hurry up, we have no time to loose!*«

Der Signalmaat hämmerte so flott los, daß ich schon fürchtete, der Mann auf der Brücke des fremden Bootes werde in diesem Tempo nicht mitlesen können. Doch der war unserem Signalmaat ebenbürtig. Seine Bestätigung kam nicht minder schnell.

Drei Männer erschienen in der Plicht und kletterten in das Beiboot. Fehlzündungen donnernd, sprang ein Motor an, kam auf Touren und lief rund. Hinter dem Heck kam das Beiboot in langsamer Fahrt hervorgetukkert.

»Die können uns nicht sehen, Signalmaat«, sagte ich. »Blinken Sie das Beiboot ganz kurz an, damit die uns finden!«

Der Lichtblitz genügte. Mit hoher Bugwelle kam das Boot auf uns zu. Unsere Augen, an die Dunkelheit gewöhnt, machten zwei Männer darin aus, die Fender ausbrachten und Leinen bereithielten. Aufmerksam verfolgten meine Männer mit schußbereiten Waffen, wie der dritte die Fahrt aus dem leichten Boot nahm und es geschickt achtern heranscheren ließ.

Das sah nicht nach einer Falle aus. Meine innere Unruhe ebbte ab. »Leinenkommando an Deck, Oberbootsmann! Rauf mit dem Kirkner, klar zum Aussteigen!«

»Horchraum an Brücke: Schraubengeräusche aus null-neun-fünf und zwei-sechs-null! Entfernung jeweils etwa neunzehn Seemeilen. Können die Fähren von Saint John und Digby sein, Herr Kaleu.«

»Ehe die ausmachen können, was hier geschieht, sind wir längst über alle Berge«, sagte der II WO. »Hier geht's lang, Herr Kirkner, die Klampen runter an Deck und nach achtern. Das Gepäck geben Ihnen unsere Leute runter.«

An die Dunkelheit noch nicht gewöhnt, tappte der Mann halb blind herum. Ich griff zu und lotste ihn zum Abstieg.

»Viel Glück, Herr Kirkner!« wünschte ich ihm, zufrieden, ihn endlich mit gutem Wind loszuwerden. »Sie werden es brauchen.«

Er hielt abrupt in der Bewegung inne. »Wieso ich? Ich bin sicher, Sie werden es von nun an viel dringender als ich brauchen. Der Mörder meines Bruders wird jedenfalls nicht ungestraft davonkommen, das verspreche ich Ihnen.«

Während ich auf seiner patzigen Antwort herumkaute, stieg er über die Wintergartenreling und kletterte nach unten. Achtern hatte das Leinenkommando das Boot inzwischen längsseits geholt.

»Ist das nicht ein herziges Mistvieh, Herr Kaleu?« knurrte der II WO. »Ich wünschte, der Scheißkerl fiele beim Übersteigen in den Bach!«

Der tat uns jedoch nicht den Gefallen. Ich hörte, wie er in das Boot sprang und ihm sein Gepäck nachgeworfen wurde. Dumpf schlug es auf dem Beibootsboden auf. Alles vollzog sich wortlos.

Seltsam, dachte ich, die treffen sich mit uns und übernehmen den Kirkner, ohne auch nur ein Wort mit uns zu wechseln. Ein komischer Verein ist das.

»Leinen los!« befahl der Smadding leise. »Leinenkommando unter Deck!«

Der Motor des Beibootes heulte auf. Wie ein Rennboot schor es mit hoher Bugwelle von unserem Achterschiff ab und jagte auf die wartende Hochseeyacht zu. Eine Stimme schrie uns etwas zu, es blieb jedoch im Motorlärm ungehört und verwehte im Fahrtwind.

»Uff, den Sauhund sind wir los!« atmete ich auf. »Raus aus diesem gefährlich flachen Schlauch, Herr Werda! Beide Maschinen voll voraus! Kurs zwo-zwofünf!«

Mit unseren Gläsern verfolgten wir, wie Kirkner und die Männer an das Heck heranschoren und überstiegen. Sämtliche Lichter erloschen. Die Yacht verschwand mit donnernden Motoren in der Dunkelheit. Auch sie hatte es eilig, wollte offensichtlich verschwinden, bevor die Fähren heran waren.

Obwohl uns noch immer tiefe Dunkelheit umgab, beschlossen wir in der Offiziersbesprechung, sofort zu tauchen, sobald wir genügend tiefes Wasser unter dem Kiel hatten. Es gab dafür ein paar ganz plausible Gründe.

Wir hatten unseren Auftrag erfüllt und Kirkner weisungsgemäß von Bord gegeben. Aber was, wenn er an Land sofort geschnappt wurde und ausplauderte, was er wußte, um seine Haut zu retten und sich zugleich für die schlechte Behandlung an Bord und den Tod seines Bruders zu rächen?

»Ganz gleich, ob er geschnappt wird oder nicht, wir müssen hier schleunigst verduften«, pflichtete mir Kruse bei. »Auch wenn ich seinen Racheschwur für eine leere Drohung halte, ist Vorsicht noch immer die Mutter der Porzellankiste.«

Der II WO nickte zustimmend. »Dem Scheißkerl traue ich außerdem alles zu. Der braucht sich ja gar nicht selbst zu belasten, wenn er uns eins auswischen will. Da genügt ein anonymer Anruf, und schon gerät die ganze amerikanische Ostküste in Aufruhr.«

»Eben!« sagte ich. »Keiner von uns weiß, wie die amerikanische Küstenwache und die Navy ausgerüstet sind. Haben sie RADAR? Wenn wir aufgetaucht durch die Gegend schippern, blockieren wir mit den Dieseln unser eigenes GHG und hören sie nicht kommen. Deshalb ab in die Tiefe, sobald das möglich ist, und weg von der Küste.«

Wir beugten uns über die Karte und prüften die Tiefenangaben. Auf 44°30' Nord und 66°45' West bot sich die erste ausreichende Tiefe an. Ich nahm die Entfernung in den Zirkel und blickte auf die Uhr. Eine kurze Berechnung.

»Na bitte, meine Herren, in zwanzig Minuten geht's ab auf vierzig Meter Tiefe«, sagte ich. »Das ist noch Ihre Wache, Herr Werda? Gut, Kurs zwo-null-fünf, Marschgeschwindigkeit sechs Knoten. – Ja, ja, Herr Lietz, ich weiß, es geht über die Batterien! Sobald wir weit genug von Land weg sind, tauchen wir auf und holen den Saft wieder rein.«

Am Schott erschien der Steuermannsgast Neumann

und reichte dem I WO einen Zettel herein. Der überflog den Text.

»Der amerikanische und der kanadische Seewetterbericht, Herr Kaleu, beide gleichlautend. Sturmwarnung für die Ostküste bis New York. Ein Blizzard bis Windstärke zwölf aus Nordnordwest, rechtdrehend, starke Schneefälle, dahinter absinkende Temperaturen unter minus achtzehn Grad Celsius.«

»Mein lieber Mann, das sind ja reizende Aussichten«, seufzte der II WO und tippte auf die Seekarte. »In zwei Tagen soll der Brodersen hier vor Gloucester von Bord gehen. Da können wir so 'n Wetter überhaupt nicht gebrauchen.«

»Ich hab' zwar noch nie 'nen Blizzard erlebt, aber in zwei Tagen kann alles schon wieder ganz anders aussehen, Herr Werda. Also abwarten.« Ich war todmüde und wollte den Rest der Nacht noch zu einem erholsamen Nickerchen nutzen. Darum stand ich auf. »Noch Fragen? – Keine? Dann machen Sie klar zum Tauchen, II WO!«

Der Smut' brachte mir zum Frühstück ein Paar herrlich duftender Spiegeleier mit gebratenem Speck und legte mir das Menagebuch zum Gegenzeichnen vor. Das war schnell getan, denn es war eine reine Formsache. Zuständig für die Verpflegung und Kontrolle des Smutje war nämlich der II WO, und der hatte die Seiten bereits abgezeichnet.

»Donnerwetter, Spiegeleier zum Frühstück, Smut'? Ein besonderer Anlaß?«

Er grinste. »Eine schmerzliche Abschiedsvorstellung, Herr Kaleu, die letzten Frischeier. Kochen wollte ich sie lieber nicht, der Speck läßt sie wenigstens noch halbwegs frisch erscheinen. Ab sofort ist nur noch Eipulver angesagt, und dazu muß ich mir was einfallen lassen, sonst geht die große Mäkelei wieder los.«

Ich machte mich mit Heißhunger über das Frühstück her. »Und sonst? Wie sieht's mit den Vorräten aus?«

»Die reichen noch für mindestens vier Wochen, aber eben nur noch Konserven satt.«

Hinter ihm tauchte im Schott Obermaat Huber auf. »Bitte stören zu dürfen, Herr Kaleu!«

»Wenn Sie mich nicht am Essen hindern, dann stören Sie nicht.« Ich schob mir das letzte Stück in den Mund und ließ es genüßlich auf der Zunge zergehen. »Was gibt es?«

»Wir stehen so weit von der Küste ab, daß alle Schraubengeräusche nur noch als verschwommene Geräuschkulisse zu vernehmen sind. Alles nur Frachter, Herr Kaleu, keine Kriegsschiffe.«

»Zu deutsch, wir könnten jetzt auftauchen, was?«

Er nickte. »Der LI meint, es täte auch unseren Batterien gut.«

»So, so, der LI. Dacht' ich's mir doch.« Ich wischte den Teller mit einem Stück Brot ab und schob ihn zurück. »Na, dann wollen wir ihm mal den Gefallen tun.«

Der Smut' und Huber verschwanden. Ich nahm meine dicken Wachklamotten vom Haken und jumpte damit durch das Mannloch in die Zentrale.

Obersteuermann und II WO standen am Kartentisch und markierten gerade unseren Standort mit Uhrzeit in der Karte.

»Maschinen machen Umdrehungen für sechs Knoten, Herr Kaleu!« meldete Werda mit der Hand an der Mütze. »Kurs zwo-null-fünf, keine besonderen Vorkommnisse.«

»Danke, II WO!« Ich nahm den Zirkel und steckte die Entfernung zur Küste ab. »Es reicht, glaube ich. Riskieren wir mal 'nen Blick, bevor wir auftauchen. Auf Sehrohrtiefe anblasen!«

Schon während das Boot langsam nach oben stieg, spürten wir die Veränderung gegenüber der Nacht. Der Blick durch das Sehrohr brachte die Bestätigung. Die See war rauher geworden, immer wieder wusch sie über die Optik.

»Alles grau in grau. Klar zum Auftauchen! Ausguck in den Turm!« Das Sehrohr glitt in seinen Schacht. Ich schlüpfte in meine warmen Sachen. »Zieht euch warm an, Männer! Es sieht oben verdammt frisch aus, und es schneit.«

Es schneite nicht nur, wie wir es aus der Heimat gewohnt waren, sondern es schüttete regelrecht. Die Sichtweite in diesem dichten Schneegestöber, das ein beißend kalter Wind über die rauhe See trieb, reichte praktisch kaum weiter als zwanzig Meter vor den Bug. Es war der typische Kälteschnee, keine großen Flokken, dafür winzig kleine Kristalle, die sofort auf der noch warmen Kleidung festfroren und uns im Nu in verkrustete Schneemänner verwandelten.

Wir waren ihnen wehrlos ausgeliefert. Der scharfe Wind preßte sie in die kleinsten Öffnungen am Hals und durch die Knopflöcher unter die schützende Kleidung. Die Ferngläser wurden absolut nutzlos. Schnee verkleisterte ihre Optik, außerdem froren sie an den Handschuhen fest.

»Teufel, ist das ein Scheißwetter!« fluchte der II WO und wickelte sich den Schal so um das frostklamme Gesicht, daß nur noch seine Augen darüber zu sehen waren. »War da nicht mal von Karibik die Rede, Herr Kaleu?«

Ich lachte laut auf und stopfte das Handtuch um den Hals noch fester in den Kragen. »Darüber reden wir später, wenn wir uns die Badegäste vom Hals geschafft haben! BÜ, die sollen uns mal'n Thermometer raufreichen. Mal sehen, was das jetzt anzeigt.«

»Das kann ich Ihnen auch ohne Thermometer sagen, Herr Kaleu«, meinte der Signalmaat und stampfte mit den Füßen. »Das sind mindestens zehn Grad Kälte, wenn nicht mehr.«

Und damit lag er fast richtig. Ich hielt das Thermometer nur eine kurze Zeit in den Wind, schon rutschte es auf minus zwölf Grad ab. Trotzdem war ich überrascht. Nach der Wettervorhersage hatte ich einen Orkan erwartet, vermutlich streifte uns jedoch hier draußen nur der Rand des Blizzards. Sein Zentrum raste wahrscheinlich über das Festland und tobte sich dort mit Orkanstärke aus.

Das hier war höchstens Windstärke acht bis neun. Aber auch das reichte voll aus, die Kälte schnitt einem trotzdem das Gesicht kaputt und brachte die Glieder zum Schlottern. So leid mir die Männer taten, wir mußten oben bleiben, um die Batterien aufzuladen.

»Wachwechsel auf der Brücke alle Stunde, Herr Werda. Ich werde veranlassen, daß der Smut' zwischendurch immer wieder heißen Tee raufschickt.« Ich rieb mir das froststarre Gesicht. »Horchrunde alle zwanzig Minuten, damit wir keine böse Überraschung erleben, denn zu sehen ist ja nichts!«

Während sich der Blizzard über dem Festland austobte und Dörfer und Städte in einem Schneechaos versinken ließ, pirschten wir uns fluchend durch heftiges Schneegestöber, arktische Kälte und schneidenden Nordwind ungehindert an die Küste nahe Boston heran. In den amerikanischen Nachrichtensendungen überschlugen sich die Katastrophenmeldungen.

Nichts ging mehr. Eisenbahn- und Straßenverkehr waren in den Schneemassen steckengeblieben, die Stromversorgung und das Telefonnetz in weiten Teilen des Landes zusammengebrochen.

»Sie werden es angesichts dieser Verkehrsverhältnisse schwer haben, schnell irgendwo in der Versenkung verschwinden zu können«, sagte ich zu Brodersen, der schon auf seinem kargen Gepäck hockte. »Sind Sie sicher, daß sich Ihr Kontaktmann unter diesen Umständen überhaupt auf die See herauswagen wird, wo selbst die Küstenschiffahrt eingestellt worden ist?«

Brodersen zuckte die Schultern und grinste. »Ich bin befremdet, daß Sie nicht nur Feindsender hören, sondern sogar den verjudeten Nachrichtensendern Glauben schenken. Die bauschen das doch nur auf, um ihre profitträchtigen Werbesendungen zwischendrin an den Mann zu bringen. Selbstverständlich wird mein Kontaktmann in See gehen, sobald wir unser Signal abgesetzt haben.«

Einen Augenblick starrten Kruse und ich ihn sprachlos an. Wir grübelten beide, was wir aus seinem Grinsen und seinem dämlichen Gerede machen sollten. Wollte der uns veräppeln?

»Meinen Sie das im Ernst, was Sie da von sich gegeben haben, Herr Brodersen?« rang ich mir endlich indigniert ab. »Feindsender und verjudete Nachrichtensender – wenn ich das schon höre! Was glauben Sie denn, wie wir uns sonst ein Bild von dem machen sollen, was uns vor der Küste erwartet?«

Sein Lächeln verstärkte sich. »Natürlich meine ich das nicht im Ernst, Herr Kaleu. Entschuldigen Sie den Rückfall in die heimatliche Phraseologie. Sollte 'n Scherz sein. Aber sagen Sie doch mal selbst, klingt die hier vor Ort nicht noch idiotischer?«

»Vielleicht sollten Sie das mal Ihre Vorgesetzten fragen«, umging ich eine direkte Antwort. »Was machen wir, wenn uns Ihr Kontaktmann hängenläßt? An Land schwimmen werden Sie ja wohl kaum wollen.«

»Wait and see, Captain!« Er holte eine Brieftasche aus seiner Jacke und reichte mir daraus einen Zettel. »Wenn Sie so freundlich sein wollten, dieses kurze Signal um dreiundzwanzig Uhr Ortszeit senden zu lassen? Es ist ja gleich soweit.«

Ich warf nur einen flüchtigen Blick darauf und wollte ihm das Blatt zurückgeben. »Ich glaube, das hier ist überholt, Herr ...«

Verblüfft stockte ich. Es war keineswegs überholt, sondern das Signal und die Frequenz entsprachen genau den Anweisungen in meinem Operationsbefehl. »Sie lieben Überraschungen, was? Wie sind Sie denn an die gekommen?«

Er spielte den Überraschten. »Warum fragen Sie, Herr Kaleu?«

»Wenn ich mich recht erinnere, haben Sie mir seinerzeit einen anderen Code gezeigt. Wie paßt das jetzt zusammen?«

Er ließ sich mit der Antwort Zeit. »Nun ja, Oberst Clausen, der uns an Bord gebracht hat, hat mir diesen Zettel auf der Gangway zugesteckt. Er meinte, Robert und ich sollten vor Ort lieber diesen Funkschlüssel benutzen, der sei sicherer. Nun, wir werden ja sehen.«

»Und er hat Ihnen nicht gesagt, warum?« Kruse gab sich nicht die geringste Mühe, seine Zweifel zu verbergen. »Ist das nicht ungewöhnlich?«

»In unseren Kreisen nicht, da ist es eher die Regel. Wer viel fragt, bekommt viele Antworten.« Er besah sich angelegentlich seine Fingernägel. »Außerdem blieb dazu ja gar keine Zeit mehr. Sie haben ihn doch sofort rausgefeuert.«

Es grenzte nahezu an ein Wunder, daß er uns bei dieser Antwort nicht höhnisch ins Gesicht grinste. Der Kerl wußte genau, weshalb der Code gewechselt worden war, wollte sich jedoch nicht von uns in die Karten gucken lassen. Warum eigentlich nicht?

»Wie schön«, sagte ich leichthin, obwohl mich sein Verhalten wurmte, »man lernt doch immer wieder was dazu. Dann wollen wir doch mal sehen, was bei diesem geheimnisvollen Funkschlüssel herauskommt.«

Der Funker jagte das Signal hinaus und ging sofort auf Empfang. Bei Kirkner war die Bestätigung postwendend eingegangen, diesmal blieb das Gerät stumm.

»Was ist los, Greinert, stimmt die Frequenz nicht?« fragte ich ungeduldig.

Der Obergefreite schüttelte den Kopf. »Die Frequenz stimmt, Herr Kaleu. Soll ich wiederholen?«

Ich drehte mich zu Brodersen herum. »Was meinen Sie, soll er oder soll er nicht?«

»Ich weiß nicht, schaden kann's ja eigentlich nicht – oder?«

Ich stutzte. Das klang nicht sehr interessiert. Was ging hier vor? In mir quoll Mißtrauen empor, und auch Kruse bekam ganz wachsame Augen.

»Das ist keine Antwort, Herr Brodersen!« fuhr ich ihn an. »Was nun – soll er oder soll er nicht? Es geht schließlich um Sie!«

Brodersen sah auf seine Uhr. »Die Uhrzeit stimmt. Wenn auch die Frequenz stimmt, dann sollten wir's noch einmal versuchen.«

»Also los, Greinert!«

Wieder blieb uns das Gerät die Antwort schuldig. Brodersen wirkte noch immer nicht beunruhigt. »Die Änderung der Frequenzen hat meinen Kontaktmann offenbar nicht erreicht. Dann sollten wir's noch mal auf der alten Frequenz versuchen, Herr Kaleu.«

Er fischte einen zweiten Zettel aus der Tasche und gab ihn dem Funker. Der klapperte das Signal runter und ging auf Empfang. Prompt tickerte das Gerät los, doch nicht die knappe Bestätigung, sondern Text. Verblüfft starrte ich auf den Funkspruch, den mir der Funker reichte.

»Please repeat again!«

In meinem Kopf schrillten die Alarmglocken. Das war nicht Brodersens Kontaktmann! Da versuchte einer die ganz plumpe Masche, um unseren genauen Standort einzupeilen! Hoffentlich hatten wir uns mit diesem Anruf nicht schon verraten. Ein Glück, daß wir den Treffpunkt mit E-Maschinen angesteuert hatten, um das GHG nicht zu blockieren, und das hatte bisher geschwiegen.

Ich stürzte in die Zentrale und schlug auf den Alarmknopf. »Alarm! Auf Tauchstation! Horchgerät, was erzählen die Fische?«

Das ganze Boot geriet in Aufruhr. Hubers Stimme kam aus dem Lautsprecher und übertönte den Lärm. »Schraubengeräusche aus drei-vier-fünf, Herr Kaleu! Zwei Einheiten, Zerstörer oder Korvetten, haben eben erst Dampf aufgemacht!«

Blitzschnell rechnete ich die Schiffspeilung in Kompaßpeilung um und übertrug sie auf die Karte. Da hatten wir's, die kamen aus Boston. Wir mußten schleunigst verschwinden.

Die Brückenwache kam die Holme der Turmleiter heruntergesaust.

»Turmluk ist dicht!« meldete der II WO.

»Fluten! Auf vierzig Meter einpendeln! Beide Maschinen dreimal AK voraus! Ruder hart Backbord!« Ich verfolgte die Bewegungen der Kompaßrose, bis der Bug hinaus in die offene See wies. »Recht so, komm auf! Neuer Kurs eins-fünf-drei!«

Vierzig Meter, das war die ökonomischste Tiefe, in der der Wasserdruck den geringsten Einfluß auf die Geschwindigkeit nahm. Es war zugleich aber auch die gefährlichste, wenn der Gegner sein ASDIC einsetzte, und damit mußten wir rechnen. Also so schnell wie möglich weg vom Tauchpunkt.

»Verdammt!« unterbrach Brodersen, der Kruse und mir gefolgt war, meine Überlegungen. »Die sind also doch aufgeflogen!«

Ich fuhr zu ihm herum. »Was sagen Sie da? Was heißt ›also doch aufgeflogen‹? Reden Sie endlich, Mann!«

Brodersen kaute nachdenklich auf seiner Unterlippe, als suche er wieder nach einer Antwort, die möglichst wenig verriet. »Ich sage immer Kontaktmann, es ist natürlich eine Gruppe. Die ist geschnappt worden, bevor die Änderung der Frequenz und des Signals zu ihr durchgekommen sind. Ein Glück, sonst wäre das Signal beantwortet worden, und wir wären jetzt in eine Falle getappt.«

»Darauf bin ich schon von alleine gekommen. Wissen will ich, warum die Änderung so kurzfristig erfolgt ist. Gab es bestimmte Verdachtsgründe dafür?«

»Nun ja, Oberst Clausen deutete …« Er schwieg und biß sich auf die Lippen.

»Der hat Ihnen also doch den Grund genannt, stimmt's?« In mir kochte die Wut hoch, weil er beharrlich schwieg. »Raus mit der Wahrheit! Was hat er gesagt?«

»Statt der üblichen Funksignale, von uns Lebenszeichen genannt, die wöchentlich wechselten, sei immer das gleiche Signal gefunkt worden. Also müsse jemand in den Code eingebrochen sein, darum.« Zu meiner Überraschung grinste er bei diesen Worten. »Finde ich jetzt reichlich untertrieben, Herr Kaleu.«

»Ich auch, Herr Brodersen, und das finde ich gar nicht lustig. Ihre Kontaktgruppe war also schon aufgeflogen, bevor wir in See gegangen sind. Ihr Oberst Clausen hat Sie mit uns losgeschickt, obwohl ihm das längst klargewesen ist? Ist auch das in Ihren Kreisen die Regel?«

Er grinste noch immer. »Im allgemeinen nicht, Herr Kaleu, aber wie hätte er sonst feststellen sollen, ob da etwas nicht mehr stimmt? Es mußte jemand her, um sich Gewißheit zu verschaffen. Jetzt gibt es doch gar keinen Zweifel mehr, und das allein zählt in unseren Kreisen.«

In diesem Augenblick hätte ich ihm am liebsten in das grinsende Gesicht geschlagen. Auch in Kruses und Werdas Augen funkelte die Wut über so viel Kaltschnäuzigkeit.

»Diese Schweinehunde!« machte ich meiner Wut und der Enttäuschung über diese Hinterhältigkeit Luft. »Schicken uns raus, obwohl sie wissen, was für ein Himmelfahrtskommando das ist, bei dem wir alle draufgehen können! Der Roloff kriegt was von mir zu hören, wenn wir zurückkommen!«

»Moment, Herr Kaleu, so ist das nicht! Natürlich hat man das Ihrem FdU nicht auf die Nase gebunden. Der hätte doch sonst nicht mitgemacht – oder?«

»Soll das 'n Trost sein?« knurrte Kruse. »Wir sind inzwischen schon einiges gewohnt, aber das ist ja nun wohl der Gipfel.«

»Schraubengeräusche peilen jetzt eins-eins-zwo, Herr Kaleu!« meldete Huber. »Steuern Suchschleifen.«

Wie auf Kommando beugten wir drei Offiziere uns über die Karte. Die Suchschleifen verrieten uns, daß nur Boston unser Signal eingepeilt hatte. Also keine Kreuzpeilung, die unseren genauen Tauchpunkt ergeben hätte, sondern nur ein einzelner Peilstrahl, und den kämmten sie jetzt nach uns ab.

Ich atmete auf. »Da können sie lange suchen. Die stehen zwar noch weit genug von unserem Tauchpunkt und damit auch von uns ab, aber ich weiß nicht, wie weit ihre Horchgeräte und eventuell ihr ASDIC reichen. Beide Maschinen auf Schleichfahrt umkuppeln, LI! Absolute Ruhe im Boot! Schleichfahrt! Und Sie, Herr Brodersen, sollten uns nicht länger im dunkeln tappen lassen. Kommen Sie mit in mein Kabuff, damit wir uns über unsere nächsten Schritte unterhalten können.«

»Ihr Oberst Clausen hat also gewußt, was uns hier möglicherweise erwartet. Das ist ja nun eingetroffen. Hier kann ich Sie folglich nicht mehr absetzen. Wo dann? Oder hat Ihnen Ihr skupelloser Oberst etwa keine Alternativlösung mitgegeben?«

»Doch, hat er. Ich werde zusammen mit Robert vor Edisto Beach aussteigen, obwohl …« Brodersen stockte.

»Obwohl?« hakte Kruse sofort nach.

Eine überflüssige Frage, denn ich ahnte, was jetzt kam.

»Man soll den Teufel ja nicht an die Wand malen, aber mir kommen da so langsam leise Zweifel.« Trotzdem wirkte er nicht sonderlich beunruhigt. »Zwar hat keine Gruppe von der anderen etwas Genaues gewußt, aber was, wenn man denen durch die regelmäßige Funkerei auch auf die Spur gekommen ist?«

»Dann können wir einpacken«, versetzte ich trokken. »Hat den Vorteil, daß wir Weihnachten zu Hause feiern können. Oder haben Sie für diesen Fall auch wieder 'ne Lösung parat?«

»Noch nicht, Herr Kaleu. Kommt Zeit, kommt Rat. Außerdem haben wir ja für den Fall der Fälle noch das

Schlauchboot an Bord. Sie werden doch wohl funken, wie die Unternehmen ausgegangen sind, oder? Der Clausen wird sich dann schon etwas einfallen lassen.«

»Vorausgesetzt, die Flottille informiert ihn, und da bin ich mir gar nicht so sicher. Die bekommt nämlich keinen langen Bericht, sondern nur kurz und knapp unser Erfolgs- oder Mißerfolgssignal, wenn wir Amerika längst weit genug hinter uns gelassen haben. Aber das hat noch Zeit.«

Diesmal grinste ich ihm dabei ins Gesicht, um ihn aus seiner Bierruhe aufzuschrecken. Doch er zuckte nur gelassen mit den Schultern und stand auf.

»Eben! Warten wir's einfach mal ab.« Damit schien die Angelegenheit für ihn erledigt zu sein, denn mit einem Kopfnicken verließ er mein Kabuff.

Kruse sah ihm kopfschüttelnd hinterher. »Dazu kann man nur sagen, daß der II WO es seinerzeit genau auf den richtigen Nenner gebracht hat. Dieser Brodersen ist ein eiskalter Hund, der offenbar so leicht durch nichts zu erschüttern ist.«

»Nicht nur das, Herr Kruse. Ich komme mir inzwischen regelrecht verarscht vor. Auch er hat doch die berüchtigte Katze nur ein Stückchen aus dem Sack gelassen. Was wir von ihm über diese plötzliche Änderung des Codes gehört haben, waren bestenfalls deren Schnurrhaare, mehr nicht. ›Für den Fall der Fälle haben wir ja noch das Schlauchboot an Bord‹«, äffte ich Brodersen aufgebracht nach. »So gelassen reagiert nur einer, der noch 'nen Trumpf in der Hinterhand hat.«

»Genau! Ich glaub' dem Kerl kein Wort. Von wegen, der Clausen habe ihm den Zettel mit dem geänderten

Code erst in letzter Minute auf der Gangway zugesteckt! Und wie ist die Codeänderung dann in unseren Einsatzbefehl gekommen? Weil der FdU genau informiert worden ist, was da gespielt wurde. Meinen Sie nicht auch?«

Er sah mich erwartungsvoll an. Doch ich blieb ihm die Antwort schuldig. Es gab da ja nicht nur diese Ungereimtheiten. Mir ging vor allen Dingen die Frage nicht aus dem Kopf, was die Flottille veranlaßt haben mochte, dem FdU ausgerechnet den Wedemeyer für dieses heikle Unternehmen vorzuschlagen. Einen Mann, den der Flottillenchef als absoluten Versager angesehen hatte.

Stand das in einem Zusammenhang mit »dem blamablen Ergebnis der letzten Feindfahrt«, wie es Kruse herausgerutscht war? Mußte ich jetzt auslöffeln, was man Wedemeyer mit voller Absicht eingebrockt hatte, weil er und mit ihm auch seine Offiziere und die Besatzung auf der Feindfahrt versagt hatten?

»Ich habe eine Frage, die nur Sie mir beantworten können, Herr Kruse. Sie sprachen im Zusammenhang mit meinem Vorgänger irgendwann mal von dem ›blamablen Ergebnis der letzten Feindfahrt‹, ohne das näher zu erläutern. Was ist da eigentlich vorgefallen?«

Meine Frage erwischte meinen I WO auf dem falschen Fuß, denn er starrte mich einen Augenblick überrumpelt an und schnappte nach Luft. »Wieso? … Ich dachte, Sie wüßten das, Herr Kaleu. In Brest pfiffen es doch die Spatzen von den Dächern.«

»Sie vergessen, daß ich in den zwei Tagen gar keine Zeit hatte, mir dieses Pfeifkonzert anzuhören. Also los, klären Sie mich auf!«

»Nun …« Er suchte nach den richtigen Worten.

»Kaleu Wedemeyer ist das Kommando über *U 112* ja nur übertragen worden, weil unser ursprünglicher Kommandant, Kaleu Sander, durch einen Fliegerangriff im Urlaub getötet worden ist. Es ging von Anfang an alles schief.«

»Was heißt ›nur übertragen worden‹? Und was ging schief?« hakte ich nach, weil er schwieg.

»›Nur‹ heißt, daß *U 112* normalerweise seinen alten Kommandanten behalten hätte, der das genaue Gegenteil von Kaleu Wedemeyer gewesen ist.«

Und nun kam in vorsichtigen Worten eine Geschichte heraus, wie sie sich auf einem bewährten Frontboot nicht schlimmer hätte zutragen können. Wedemeyer habe sich vom ersten Tag an als extrem pingeliger »Kommißknüppel« aufgeführt. Selbst die lächerlichsten Verstöße gegen das an Land übliche militärische Reglement, wie sie sich nun einmal zwangsläufig auf so beengtem Raum und in der lockeren Atmosphäre an Bord eines U-Bootes ergaben, habe er gegen die Einwände seiner Offiziere mit drakonischen Strafen geahndet.

Damit nicht genug. Er selbst habe sich schon beim Auslaufen aus Brest vor den Augen des gesamten Flottillenstabes bis auf die Knochen blamiert. Unter seinem Kommando sei *U 112* nicht nur am Kai des U-Boot-Bunkers entlanggeschrammt, sondern habe anschließend auch noch einen Hafenschlepper auf die Hörner genommen, der nicht habe ausweichen können, weil er eine Schute mit Torpedos geschleppt habe.

»Und so ging das die ganze Feindfahrt weiter. Ein peinlicher Versager reihte sich an den anderen, Herr Kaleu. Die Besatzung schloß schon Wetten ab, wann was wie wieder in die Hose gehen werde. Daß er unsere sämtlichen Torpedos verschoß und doch nur einen Frachter traf, der dem Konvoi schon lahmgeschossen hinterherhumpelte, wunderte zuletzt keinen mehr. Schuld an den Pannen waren selbstverständlich immer andere, nie er selbst. Diese Schuldzuweisungen brachte er dann auch in seinem Bericht für die Flottille zum Ausdruck und sprach sich gegen jede Beförderung oder gar Auszeichnung der Besatzung aus. Sie sollte sich erst auf der nächsten Feindfahrt bewähren. Jetzt wissen Sie, warum sich alle hier an Bord gefreut haben, als Sie das Kommando übernahmen, Herr Kaleu.«

»Menschenskinder, Herr Kruse, das haben Sie alles so hingenommen?«

»Natürlich nicht!« begehrte er auf. »Wir sind beim Flottillenchef vorstellig geworden und haben ihm reinen Wein eingeschenkt. Der war nicht einmal überrascht. Aber Sie wissen doch auch, wie das läuft, wenn sich Offiziere gegen einen Kommandanten aussprechen, der ganz oben einen Protektor hat. Das Ergebnis haben jetzt Sie am Hacken.«

Ich nickte. »Das kann man wohl sagen.«

Kruse sah auf seine Uhr und stand auf. »Zeit für mich, den II WO abzulösen, Herr Kaleu.«

»Na, dann lassen Sie ihn man nicht länger warten. Vielen Dank für Ihre Informationen. Gute Wache!«

Er ließ mich nachdenklich zurück. Das also war der Grund, Wedemeyer sollte sich bewähren! Unglaublich, dafür bedenkenlos ein ganzes Boot mit 48 Mann Besatzung aufs Spiel zu setzen, anstatt diesen ausgemachten Versager auf einen Posten wegzuloben, wo er keinen Schaden anrichten konnte.

Je länger ich darüber nachdachte, desto stärker quoll

in mir die Wut empor. Doch was half mir das jetzt? Ich hatte den Schwarzen Peter in der Hand und mußte versuchen, uns alle mit möglichst heiler Haut wieder nach Hause zu bringen.

Die Korvetten oder Zerstörer, die unverdrossen hinter uns die See absuchten, waren aus unserem GHG verschwunden, als wir längst die Schleichfahrt abgebrochen hatten und mit dem Gedanken spielten, aufzutauchen, um noch schneller von dem gefährlich flachen Schelf vor Boston in die tiefere See abzulaufen.

Inzwischen war es oben hell geworden, aber es schneite noch immer, wenn auch nicht mehr so stark.

»Ich habe nicht die geringste Ahnung, wie weit das amerikanische RADAR reicht«, sagte ich zu meinen Offizieren und ließ das Sehrohr wieder in den Schacht gleiten. »Trotzdem, wir sollten es riskieren.«

Kruse nickte. »Zwar hat Huber noch andere Einheiten ausgemacht, die entlang der Küste patrouillieren; vermutlich Cost Guards. Aber ob die mit RADAR ausgerüstet sind? Außerdem führt uns jede Schraubenumdrehung weiter von ihnen ab, wenn wir unseren Kurs beibehalten.«

Das stimmte. Sobald wir Cape Cod querab passiert hatten, liefen wir an der amerikanischen Küste mit Südsüdwest-Kurs entlang. So brauchten wir die Begegnung mit irgendwelchen Schiffen nicht zu fürchten. Dieser Kurs brachte uns nämlich immer weiter von den üblichen Dampferrouten entlang der Küste ab und ebenso von den küstennahen Fischgründen. Auch vor Flugzeugen waren wir bei diesem Wetter vermutlich verhältnismäßig sicher.

»Und das werden wir, meine Herren! Den Blick auf New York müssen wir uns allerdings leider verkneifen. Brückenwache in den Turm! Klar zum Auftauchen!« Dick eingemummelt sammelten sich die Männer um die Turmleiter. Auch ich schlüpfte in meine warme Wachkleidung. »Anblasen!«

Sacht schwebte das Boot nach oben und nahm die Bewegungen der rauhen See auf. »Turmluk kommt frei! Boot ist aufgetaucht!«

Es bedurfte keines weiteren Kommandos. Trotz der dicken Kleidung turnte die Brückenwache flink wie die Affen nach oben, allen voran der II WO. Im Nu waren die Ausguckspositionen besetzt.

»Na, viel zu sehen ist ja wirklich nicht«, sagte ich zum II WO nach einem schnellen Rundblick. »Glaube aber, daß sich das Wetter bessern wird, je weiter wir nach Süden kommen.«

Das war purer Zweckoptimismus. Noch immer trieb der steife achterliche Wind die rauhe See mit schaumgekrönten Wellenbergen vor sich her, von denen der Gischt hoch aufstiebte, wenn der Bug mit zwölf Knoten in sie hineintorkelte. Auch der amerikanische Seewetterbericht, den wir ebenso wie die Nachrichten nach Möglichkeit abhörten, gab sich sehr vorsichtig mit seinen Prognosen.

»Wird auch Zeit«, brummte Werda und zog den Kopf vor dem wirbelnden Schnee noch tiefer in den hochgestellten Kragen hinein. »Einundvierzig Grad Nord, das dürfte die Breite von Barcelona und Rom sein. Kann mir nicht vorstellen, daß es dort jetzt ebenso saukalt ist und schneit wie hier.«

Ich lachte. »Ich auch nicht, Herr Werda. Das wird

mit Sicherheit anders, wenn wir die beiden Badegäste nahe Charleston abgesetzt haben. Wir werden dann auf der Breite von Nordafrika die Heimreise nach Brest antreten, denn mein Bedarf an Kälte und Schnee ist schon jetzt gedeckt.«

»Meiner auch, Herr Kaleu. Werden wir Weihnachten zu Hause sein?«

Das war eine Frage, die alle bewegte, seit der Dezember begonnen hatte. Jeder rechnete und hoffte, ich auch, obwohl es noch genügend Unsicherheitsfaktoren gab. Dazu gehörte auch die Treibölversorgung. Der südlichere Kurs war länger und kostete mehr Diesel.

»Kommt darauf an, Herr Werda. Bräuchten wir nicht mit dem Treibstoff zu sparen und könnten höhere Geschwindigkeiten laufen, weil wir unterwegs aufgetankt werden, könnte das möglicherweise noch hinkommen. Aber versprechen kann ich das nicht.«

Das war verständlich, denn hinter allen Berechnungen stand immer ein großes Fragezeichen. Selbst wenn wir es quer über den Atlantik ohne zeitliche Verzögerung schafften, vor Spanien und der Biskaya mußten wir mit britischen See- und Luftstreitkräften rechnen. Da konnte es gut Silvester werden, ehe wir in den Fronturlauberzug in die Heimat steigen konnten.

Werda hörte jedoch nur, daß wir es schaffen könnten. »Das ist doch schon ein tröstlicher Gedan…«

»Zentrale an Brücke!« unterbrach ihn der BÜ. »Kommandant bitte in die Zentrale!«

Kruse half mir aus der schneeverkrusteten Kleidung.

»Was ist los, I WO? Wieder Ärger?« fragte ich ihn.

Er zuckte die Schultern. »Wie man's nimmt. Zwei

Funksprüche der Flottille, Herr Kaleu, über deren Inhalt wir wohl besser unter vier Augen sprechen sollten.«

Er holte die beiden zusammengefalteten Zettel aus seiner Tasche und reichte sie mir.

»So geheimnisvoll? Dann man los, gehen wir in meine Kammer.«

Schon auf den ersten Blick sah ich, daß es sich um Funksprüche handelte, die der Geheimhaltung unterlagen und deshalb nur mit dem Offiziersschlüssel dechiffriert werden konnten. Das hatte Kruse bereits besorgt.

»Was ist das?« Kopfschüttelnd las ich den Klartext des ersten Spruches. »›Vorsicht bei der Kontaktaufnahme. Bisher keine Rückmeldung von K und B. Zielgruppen möglicherweise enttarnt.‹ Wollen die uns auf den Arm nehmen?«

»Dann lesen Sie man erst den zweiten Text, Herr Kaleu, der nur wenige Minuten später eingegangen ist. Der ist noch besser.«

Ich folgte seinen Worten und traute meinen Augen nicht. »WARNUNG! BEGRÜNDETER VERDACHT, 2 K IST MÖGLICHERWEISE NICHT MEHR ZU TRAUEN!«, stand dort.

»Halten die uns für Vollidioten, die noch immer nicht gemerkt haben, daß die ganze Sache hinten und vorne stinkt?«

»Ich glaub' eher, die Flottille weiß noch immer nicht, was da wirklich gespielt wird. Der Clausen, dieser durchtriebene Hund, hat sich jetzt auf diese krumme Tour 'n Alibi verschafft. Prompt ist ihm der Flottillenchef auf den Leim gegangen.«

Das klang logisch und deckte sich mit dem, was Brodersen behauptet hatte. Und noch etwas wurde mir klar, je länger ich über den zweiten Funkspruch nachdachte.

»Das kann doch nur heißen, daß Clausen die beiden Kirkners mit uns losgeschickt hat, obwohl er ihnen nicht mehr traute. Sie haben mit Ihrem Verdacht also gar nicht so schief gelegen, Herr Kruse.« Ich lächelte. »Und mein Traum? Der war dann ja schon fast ein echtes Omen.«

Er grinste zurück. »Sieht ganz so aus. Es gibt aber noch eine zweite Möglichkeit. Vielleicht ist man den beiden erst auf die Schliche gekommen, als wir schon auf See waren. Das ist doch auch drin.«

»Richtig. Irgendeinen Fehler macht selbst der Klügste, und die Weisheit haben die beiden ganz sicher nicht mit Löffeln gegessen. Wir brauchen doch nur an Franchons Tasche zu denken. Da hat sich John Kirkner ja auch ziemlich dämlich angestellt.«

Meine eigenen Worte lösten in meinem Kopf eine erstaunliche Gedankenflut aus. Die Tasche! Ich konnte auf einmal zwei und zwei zusammenzählen und sah John Kirkners Tod plötzlich in einem ganz anderen Licht.

»Die Tasche, Herr Kruse! Warum bin ich nicht gleich darauf gekommen? Der mußte sterben, weil er sich zu dämlich angestellt hat! Clausen hat die beiden schon in Brest im Verdacht gehabt, deshalb bekamen nur Brodersen und Franchon den neuen Code. Und er hat Brodersen auch gesagt, warum. Irgend etwas im Verhalten der beiden hat dann unterwegs den Verdacht der beiden Huskies erregt, deshalb wollten sie

Franchons Tasche aufbrechen. Das war Johns Todesurteil.«

»Und dem anderen wäre es vermutlich auch an den Kragen gegangen, wäre Johns Mörder nicht irgendwie davon abgehalten worden«, setzte der I WO meinen Gedankengang fort. »Von diesem Augenblick an wußte Richard, daß er auf der Abschußliste stand und hatte vermutlich keine ruhige Minute mehr.«

Alles paßte plötzlich zusammen, auch Richards Drohung, als er sich endlich in Sicherheit wähnte. Doch schon gebar diese Erkenntnis einen neuen Verdacht. Der war allerdings so abenteuerlich, daß ich ihn lieber für mich behielt. Dafür kam ich zu einem anderen Entschluß.

»Bin gespannt, was Brodersen und Franchon zu diesen beiden Funksprüchen sagen.« Ich schaltete die Bordsprechanlage ein. »Herr Brodersen und Herr Franchon bitte in die Kammer des Kommandanten. Ich wiederhole …«

Kruse rückte ein Stück zur Seite, so daß die beiden meiner einladenden Handbewegung folgen und ebenfalls auf der Backskiste Platz nehmen konnten. Dabei ging mir zum ersten Mal auf, warum die Kirkners Franchon als Homo eingestuft hatten.

Der setzte sich ja tatsächlich mit einer Bewegung auf das Lederpolster, als ziehe er vorher nicht seinen Hosenboden, sondern einen Rock stramm. Unsinn, schalt ich mich jedoch im gleichen Augenblick, dann war ja jeder gleich ein Homo, der zufällig so über sein Hinterteil strich, wenn er sich setzte.

Die beiden sahen mich erwartungsvoll an, schwiegen jedoch. Ich reichte Brodersen den ersten Funkspruch. »Eben eingegangen. Wir würden gern mal Ihre Meinung dazu hören, meine Herren.«

Gelassen, wie es so seine Art war, nahm Brodersen das Blatt, überflog den kurzen Text und reichte ihn an Franchon ohne jede erkennbare innere Regung weiter. Der zog lediglich die Stirn kraus, reagierte ansonsten jedoch ebenso unbeeindruckt, als er mir das Blatt zurückgab.

Brodersen räusperte sich. »Hmm! Sieht so aus, als habe Clausen gegenüber Ihrem FdU nun doch den Mund aufgemacht, Herr Kaleu. Oder siehst du das anders, Robert?«

»Ganz und gar nicht. Ich war allerdings immer der Meinung, er hätte das schon viel früher tun sollen.«

Das war Wischiwaschi und nicht das, was ich hatte hören wollen. Die hielten sich nach wie vor bedeckt und ließen uns glatt am steifen Arm verhungern. Fehlte nur noch, daß sie uns dabei höhnisch ins Gesicht grinsten. Ich war gespannt, wie lange sie dieses Spielchen mit uns treiben würden.

»Und was fällt Ihnen hierzu ein?« Ich schob den zweiten Text zuerst zu Franchon über den Tisch.

Der reagierte diesmal anders, er tat völlig überrascht. »Das haut mich ja um, Herr Kaleu! Hab ich nicht immer gesagt, daß die beiden nicht koscher sind, Broder? Warum hätte dieser Kerl sonst das Schloß meiner Tasche zu knacken versucht?«

»Das hast du«, bestätigte der nickend, las den Text und gab ihn mir zurück. »Da sieht man mal, womit man in unserem Geschäft alles rechnen muß, Herr Kaleu.«

»Ist das alles, was Ihnen hierzu einfällt? Viel ist das

ja nicht gerade«, stellte ich lakonisch fest. »Dann werde ich Ihnen mal auftischen, zu welchen Schlüssen wir im Zusammenhang mit diesen Funksprüchen gekommen sind.«

Ich nahm kein Blatt vor den Mund. Schweigend und unbeeindruckt hörten mir die beiden zu. Und das veranlaßte mich, zum Schluß noch eins draufzusetzen. Ich hängte meinen Verdacht dran, den ich Kruse gegenüber nicht geäußert hatte, weil er selbst mir zu abenteuerlich erschienen war. Jetzt war er das auf einmal gar nicht mehr.

»Ich bin überzeugt davon, daß Kirkner sich deshalb nicht gemeldet hat, weil er das nicht mehr konnte. Und warum nicht?« Ich machte eine Paues, um meine Worte wirken zu lassen. »Der ist gar nicht bis Dipper Harbour gekommen.«

Es war natürlich Brodersen, der den Verständnislosen geradezu bewundernswert spielte. »Wie denn, nicht bis Dipper Harbour gekommen? – Entschuldigen Sie, daß ich so blöd frage, aber …«

Ich unterbrach ihn. »Aber, Herr Brodersen, wollen wir nicht mit dem Versteckspiel endlich aufhören? Wie man in Ihren Kreisen mit Verrätern umgeht, das wissen Sie doch am besten. Der geänderte Code war sein Todesurteil. Er ruht jetzt vermutlich mit einem schweren Gewicht an den Beinen mausetot in der Fundy Bay und kann keinem mehr schaden. Übrigens auch dem Mörder seines Bruders nicht. Ist das nicht ein ungemein beruhigender Gedanke?«

»Eine interessante Theorie, Herr Kaleu. Ich gebe zu, sie hat einiges für sich«, räumte er mit dem mokanten Lächeln ein, das für ihn typisch war. »Man müßte sie nur beweisen können, aber das dürfte schwierig sein. Meinst du nicht auch, Robert?«

Ich hätte es wissen müssen. Jeder andere hätte jetzt mit mir über meine Behauptungen und Unterstellungen zu diskutieren angefangen, der nicht. Er stolperte nicht einmal über den »Mörder seines Bruders«, und das sprach Bände. Der wußte genau, daß der Kirkner keineswegs an einem Herzschlag verstorben war, wie wir es im Boot verbreitet hatten.

Hatten wir bisher nur ihn als eiskalten Hund eingestuft, der durch nichts aus der Reserve zu locken war, so hatten wir Franchon völlig falsch eingeschätzt. Der stand ihm in nichts nach.

Auch der war nicht überrascht. Er wiegte lediglich den Kopf hin und her. »In der Tat ein höchst interessantes Gedankenspiel. Allein, mir fehlt der Glaube; beweisen lassen wird sich das nämlich nicht. Aber das haben ja leider die meisten geistreichen Theorien so an sich. Dennoch, Broder, vielleicht sollten wir darüber mal nachdenken. Möglicherweise fällt auch uns dazu noch etwas ein?«

»Ist das nicht ein guter Vorschlag, Herr Kaleu? Wir werden darüber nachdenken und Sie das Ergebnis wissen lassen, bevor wir aussteigen. Bis dahin hat das ja noch etwas Zeit, nicht wahr?«

Wie auf Kommando standen die beiden auf. Diesmal hatte Franchon das letzte Wort, bevor sie meine Kammer verließen. »Ein interessantes Gespräch, Herr Kaleu. Wie gesagt, wir werden darüber nachdenken.«

Ein Abgang, der bewies, daß den beiden einfach nicht beizukommen war. Kruse und ich sahen einander reichlich bedeppert an.

»Ich weiß nicht, wie es Ihnen geht, Herr Kaleu. Nach diesem Gespräch komme ich mir ziemlich dämlich vor. Uns so ablaufen zu lassen! Diese Bärenruhe möchte ich mal aufbringen, wenn mir jemand so etwas an den Kopf wirft.«

Auch in mir kochte es, trotzdem sagte ich: »Wundert Sie das? Agenten! Ich bedaure wieder einmal mehr, daß sie nicht unserem direkten Befehl unterstehen. Was glauben Sie, was ich mit denen jetzt anstellen würde, wenn sie Besatzungsmitglieder wären?!«

Sie ließen sich natürlich vorerst nichts einfallen, weil sie sich sicher fühlten. Beweisen ließen sich meine Vermutungen ja tatsächlich nicht. Uns dagegen ging die Angelegenheit nicht aus dem Kopf.

Der LI brachte sogar noch eine neue Variante hinein. »Ich bin überzeugt, daß der geänderte Code einzig und allein den Kirkners galt. Ein vorab schon abgesprochenes Signal, beide auszuschalten.«

»Und was macht Sie so sicher?« fragte Kruse zweifelnd.

»Brodersen war überhaupt nicht überrascht, als das Signal in seinem Fall nicht beantwortet wurde. Sie haben ihn doch zweimal fragen müssen, ob es wiederholt werden solle, Herr Kaleu.«

»Stimmt, LI! Jetzt, da Sie es sagen, geht mir auch ein Licht auf! Als dann das alte Signal mit der Aufforderung zur Wiederholung beantwortet wurde, hatte er die Bestätigung, auf die er in Wirklichkeit aus war: Seine Kontaktleute waren aufgeflogen.«

»Und prompt hatte er eine Lösung zur Hand«, nahm Kruse den Faden auf. »Daß er mit Franchon gemeinsam nahe Charleston von Bord gehen will, ist doch garantiert auch schon von vornherein eingeplant worden.«

»Mehr noch, Herr Kruse!« Der LI war in seinem Element. »Soll mich wundern, wenn die beiden nicht das gleiche Spiel wie vor Boston abziehen. Das neue Signal bleibt ebenfalls unbeantwortet, das alte wird gar nicht oder mit der Aufforderung zur Wiederholung beantwortet. Na – und was dann?«

»Was bin ich doch für ein Einfaltspinsel!« gestand ich mir laut ein. »Von wegen, Clausen werde sich schon noch was einfallen lassen! Der hat sich schon was einfallen lassen, bevor die zu uns an Bord kamen, nämlich das Schlauchboot und den Außenbordmotor, beides aus amerikanischer Produktion!«

»Also auch von langer Hand vorbereitet. Da bin ich ja gespannt, wohin die uns dann lotsen werden, damit sie damit an Land tuckern können. Ich mache drei Kreuze, wenn wir die endlich los sind.«

»Lassen wir uns mal überraschen, Herr Kruse!« sagte ich scheinbar gelassen. In Wirklichkeit kräuselten sich mir die Haare, wenn ich an die geringen Wassertiefen des Schelfs vor Charleston dachte. Außerdem wurmte es mich doch gewaltig, so über den Tisch gezogen zu werden.

Mit jeder Seemeile, die wir zurücklegten, wurde die Wirkung des Golfstroms stärker. Auch an Land verlor der Blizzard zunehmend an Kraft, wie die amerikanischen Sender berichteten. Zuerst drehte der Wind auf Südwest und flaute ab. Dann wurde es spürbar wärmer, so daß der Schnee in Regen überging und sich die Sicht etwas besserte.

Die triefende Wolkendecke hing allerdings fast bis auf die kabbelige See herab. Das war jedoch kein Nachteil. Im Gegenteil, wenn überhaupt, dann brauchten wir bei diesem Wetter Flugzeuge noch nicht zu fürchten.

»Ich bin außerdem sicher«, sagte ich zu Kruse, »daß die Amerikaner so weit draußen keine Luftaufklärung betreiben. Wenn überhaupt, dann überwachen sie höchstens die Küste, um illegale Einwanderer abzufangen. Ich hab' irgendwo gelesen, daß die in dieser Beziehung geradezu hysterisch sind.«

»Wenn Kirkner tatsächlich nicht mehr quatschen konnte«, überlegte er laut, »dann vermuten die unter Garantie auch kein deutsches U-Boot in diesem Seegebiet. Warum sollten ...«

Er verstummte, denn aus der Zentrale drang ein eigenartiges Zischen bis zu uns in meine Kammer. Das Deckenlicht flackerte. Aufgeregte Stimmen schrien durcheinander. Zu verstehen war jedoch nichts. Ich reckte die Nase in die Luft und schnupperte. Die Lüfter trugen einen ungewöhnlichen Geruch zu uns herein. Alarmiert sprang ich auf und wandte mich zum Gang.

»Verdammt, das riecht wie ein zu heißes Bügeleisen oder 'ne schmorende elektrische Leitung! Was ist da los? Ein Kurzschluß?«

Auch Kruse schnüffelte beunruhigt. »Hoffentlich nicht! Eine stundenlange Fehlersuche fehlte uns jetzt gerade noch!«

Noch ehe wir in die Zentrale jumpen konnten, tauchte der LI im Mannloch auf. »Die Rudermaschine ist ausgefallen, Herr Kaleu, außerdem ein paar Regler. Ein Kurzschluß! Meine Stoker sind schon dabei, den Grund dafür zu suchen.«

Er trat zur Seite, um uns in die Zentrale zu lassen. In meinem Kopf überschlugen sich die Gedanken. Ein Kurzschluß an Bord, das war eine Sache, die ich nicht zum ersten Mal erlebte. Irgendwo sammelte sich immer Feuchtigkeit, bildete Tropfen und gelangte an irgendeine schlecht isolierte oder im Laufe der Zeit durchgescheuerte elektrische Leitung. Es war schließlich nicht der erste Einsatz dieses Bootes, und es gab genügend Stellen, an denen die Kabel seit der Indienststellung auch starker mechanischer Beanspruchung ausgesetzt waren und nicht genügend Spiel hatten.

Daß es diesmal die Rudermaschine traf, war ungewöhnlich und schlimm. Wiederum aber nicht so schlimm, daß wir dadurch manöverierunfähig wurden. Auf unserem gegenwärtigen Kurs, auf dem normalerweise keine ständigen Kurswechsel anstanden, ließ sich das Boot auch mit den beiden Schrauben steuern, bis der Schaden behoben war. Das hatte schließlich jeder von uns schon als Wachoffizierschüler zu beherrschen gelernt.

Aber was hieß in unserem Fall »normalerweise«? Unsere Situation konnte sich blitzschnell ändern, wenn der Regen aufhörte und die Wolkendecke aufriß, wie es der amerikanische Seewetterbericht prophezeite.

»Kommandant an II WO! Rudermaschine ist ausgefallen! Boot über Maschinentelegraph steuern!« gab ich an die Brücke durch und wandte mich an den LI. »Die Rudermaschine und was noch, Herr Lietz?«

»Zunächst nur die Rudermaschine, die Regler fallen gegenwärtig nicht so ins Gewicht. Mehr läßt sich noch nicht sagen, Herr Kaleu. Wir sind ja noch dabei, alles durchzuprüfen.«

Seinem Gesichtsausdruck nach stand er selbst vor einem Rätsel. Daß Regler ausfielen war kein Beinbruch. Der Schaden ließ sich in der Regel schnell beheben. Bei der Rudermaschine war das anders, das war ein ganz dicker Hund und konnte dauern. Für uns war das alles andere als ein tröstlicher Gedanke.

»Hmmm!« brummte ich und griff nach meinen Wachklamotten, die neben dem Schott hingen. »Dann machen Sie man Ihren Stokern gehörig Dampf unter dem Hintern. Wenn man den Amis glauben darf, dann nehmen die jetzt auch wieder die Schiffahrt auf, und da sind wir dann vor Überraschungen nicht mehr sicher. Ich bin auf der Brücke.«

Es dauerte bis zum nächsten Wachwechsel, bis die Stoker die Ursache für den Kurzschluß gefunden hatten und der LI mir die Rudermaschine wieder klarmelden konnte.

»Sie meinen, da sei bei der Werftüberholung in Brest bloß geschlampt worden? Für mich sieht das aber eher nach ausgeklügelter Sabotage durch französische Arbeiter aus, wie sie jetzt immer häufiger vorkommt«, bremste ich ihn, als er auch noch zu einer langatmigen Erläuterung der technischen Umstände ansetzte. »Na egal, Hauptsache, Sie haben die Schäden behoben und keine weiteren Schwachstellen gefunden.«

Der LI sah mich enttäuscht an. Er hatte sich wohl mehr versprochen, zumindest ein Lob für sich und die Arbeit seiner Stoker. Aber dazu war ich jetzt gar nicht aufgelegt, ich hatte den Kopf mit anderen Dingen voll. Mich quälte vor allem die Sorge, es könnte bei diesem Ruderschaden nicht bleiben.

War es tatsächlich Sabotage, dann schlummerten am Ende noch mehr solche geschickt verteilten Zeitbomben im Boot. Die aber gingen meist genau im falschen Augenblick hoch, wie es mich die Erfahrung gelehrt hatte. »Schwachstellen«, das war vermutlich gelinde untertrieben.

Inzwischen hatte der Regen aufgehört, damit war die Sicht erheblich besser geworden. So angenehm das für die Brückenwache auch sein mochte, es beschwor die Gefahr herauf, von irgendeinem Pott zufällig gesehen zu werden.

Die Briten deckten nämlich einen großen Teil ihres Bedarfs an kriegswichtigen Rohstoffen in Südamerika. Von dort gondelten die Frachter und Tanker aber nicht gemächlich an der Küste entlang, sondern steuerten einen direkten und damit schnelleren Kurs durch die breite amerikanische Sicherheitszone, ehe sie sich vor den kanadischen Häfen den Geleiten nach Europa anschlossen. Vor solchen Einzelfahrern mußten wir hier draußen von nun an auf der Hut sein.

Selbstverständlich hätten wir uns hier nur zu gern auf die Lauer gelegt, um den einen oder anderen fetten britischen Brocken von ihnen abzufangen. Dem standen jedoch unsere eindeutigen Befehle entgegen, den Amerikanern unter keinen Umständen den Vorwand für eine offizielle Kriegserklärung zu liefern.

Als wir 34 Grad Nord erreichten und Kurs auf Charleston nahmen, konnte ich erleichtert aufatmen. Entweder lag ich mit meinem Sabotageverdacht völlig schief, oder die Deckoffiziere hatten ihre Männer jeden Morgen so energisch zu besonderer Sorgfalt bei den üblichen Wartungsarbeiten vergattert, daß die befürchteten Schäden ausgeblieben waren.

Auch in anderer Hinsicht erwiesen sich meine Sorgen als unbegründet. Uns waren zwar Einzelfahrer begegnet, darunter sogar ein paar bewaffnete, aber bei den Horchrunden hatte unser GHG ihre Schraubengeräusche so rechtzeitig ausgemacht, daß wir unbemerkt vor ihnen wegtauchen konnten. Das kostete zwar Zeit, aber die holten wir danach spielend wieder auf.

Dafür quälten meine Wachoffiziere und mich jetzt andere Sorgen. Ausgelöst wurden sie durch Franchon und Brodersen, die sichtlich nervös in unsere Besprechung platzten.

»Ich hoffe, wir stören nicht. Aber ich hab' da so ein komisches Gefühl, daß auch bei uns etwas schiefgehen könnte, Herr Kaleu«, behauptete Franchon, Brodersen hielt sich diesmal auffallend zurück.

Sieh da, wir sollen vorbereitet werden, dachte ich, hat der LI doch richtig kombiniert. Trotzdem stellte ich mich begriffsstutzig. »Wie meinen Sie denn das? Das Wetter wird keine Schwierigkeiten machen, wenn Sie das fürchten.«

»Nein, nein, nicht das Wetter. Wenn sich auf unser Funksignal auch niemand meldet … Sie müßten uns ja dann vor Edisto Beach viel näher unter Land absetzen. Mit dem Schlauchboot …«

Der II WO unterbrach ihn. »Du lieber Himmel, noch näher unter Land? Sehen Sie sich mal die Tiefenangaben in der Seekarte an! Bei so wenig Wasser unter dem Kiel käme das glatt einem Selbstmord gleich!«

Darüber hatten sich die beiden offensichtlich überhaupt noch keine Gedanken gemacht. Da half nur die Holzhammermethode.

»Nichts da, mein Lieber, den Gedanken schlagen Sie sich man schnell aus dem Kopf!« hakte ich nach. »Sie erwarten doch nicht im Ernst, daß ich Ihretwegen das Boot und unser aller Leben aufs Spiel setze! Sie steigen schön brav in Ihr Schlauchboot und tuckern damit an Land. Genügend Sprit kriegen Sie mit. Wir machen indessen, daß wir schleunigst in tiefes Wasser kommen.«

Einen Augenblick starrten sie mich verdutzt an. Aber dann fuhr Brodersen auf. »Was sagen Sie da? Oberst Clausen hat uns doch versichert ...«

»Nun kommen Sie uns bloß nicht mit dem!« schnitt ich ihm das Wort ab. »Dann hat der Ihnen eben auch was vorgegaukelt! Wir bringen Sie weisungsgemäß bis zu dem vorgesehenen Treffpunkt, und dort steigen Sie aus. Ob Sie nun dort jemand abholt oder Sie in das Schlauchboot übersteigen müssen, für uns ist damit unser Auftrag erfüllt. So einfach ist das.«

»Aber das können Sie doch nicht machen!« Brodersen wirkte zum ersten Mal verunsichert. Er tippte auf den in der Karte eingezeichneten Treffpunkt. »Das sind doch mindestens ...«

»Und ob wir das können, Herr Brodersen!« fiel ihm Kruse grob ins Wort. »Ich hab' mir mal Ihr Schlauchboot und den Außenborder angesehen. Mein lieber Mann, die Amerikaner verstehen was davon! Da hat Ihr Oberst Clausen aber gut vorgesorgt.«

»Seltsam, daß der schon in Brest an solche Komplikationen gedacht hat«, setzte der II WO noch eins drauf. »Da sieht man mal wieder, womit man bei Ihrem Geschäft alles rechnen muß.«

Brodersens eigene Worte, das brachte ihn in Rage. Wütend funkelte er den II WO an und biß sich auf die Lippen.

»Es gibt natürlich noch 'ne Möglichkeit«, lenkte ich ein. »Sie bleiben an Bord und kommen mit uns zurück nach Brest. Aber ob Ihr Oberst Clausen davon begeistert sein wird?«

»Ist er bestimmt nicht«, feixte Kruse. »John Kirkner tot, sein Bruder ebenfalls – und Sie kneifen?«

Hohn über Hohn. Prompt riß Brodersen der Faden. Er stolperte nicht einmal über den toten Bruder. »Selbstverständlich gehen wir von Bord! Wir kneifen nicht!« Doch dann kehrte seine Beherrschung wieder zurück. Er machte eine wegwerfende Handbewegung und grinste. »War ja auch nur so eine fixe Idee Roberts. Vorsorge sozusagen.«

»Ja? Na, dann ist ja alles wieder im Lot«, stellte ich fest. »Morgen nacht sind wir um einiges klüger, Herr Brodersen. Dann werden wir wissen, wie's weitergeht. Da kommt mir übrigens ein Gedanke, Herr Franchon. Warum hat sich Kirkner eigentlich in jener Nacht so für Ihre Tasche interessiert?«

Auf diese Frage war der nicht vorbereitet. Er sah Brodersen hilfesuchend an.

Brodersen blies die Backen auf. »Nun sag's ihm schon, Robert. Ist doch kein Geheimnis.«

»Die Liste mit den Kontaktadressen in den USA, die ich angeblich in meiner Tasche hatte.« Er tat verlegen. »Na ja, ich hab' damit so ein bißchen geprahlt, weil die sich dauernd über mich lustig gemacht haben. Nun wollte der Kirkner wohl sehen, ob das stimmte, glaube ich. Hat er Pech gehabt.«

Eine unüberlegte Antwort, mit der Brodersen nicht gerechnet hatte. Sein Gesicht verzog sich, als habe er auf eine Zitrone gebissen, denn es war ein entlarvendes Eingeständnis.

Von wegen geprahlt. Sie waren sich der Rolle, die die Kirkners spielten, trotz aller Vorbehalte Clausens doch nicht so sicher gewesen und hatten sich Gewißheit verschaffen wollen. Prompt war John in die raffiniert gestellte Falle hineingetappt.

Ich tat, als sei mir das noch nicht aufgegangen. »So etwas Ähnliches hab' ich mir schon gedacht. Vielen Dank.«

Die beiden schoben ab. Als sie außer Hörweite waren, sagte Kruse: »Das erklärt letztlich alles. Sie lagen vollkommen richtig mit Ihrem Verdacht, Herr Kaleu. Damit war Johns Tod eine beschlossene Sache, sein Bruder bekam noch einen Aufschub.«

»Beides stimmt. Trotzdem erklärt das noch nicht alles«, fand ich auf einmal ein Haar in der Suppe. »Warum ist der Mord schon hier an Bord geschehen, obwohl das Empfangskomitee in Kanada bloß noch auf das entsprechende Signal wartete? Da muß es noch etwas gegeben haben, was die beiden vorzeitig zum Handeln gezwungen hat.«

»Da bin ich ganz Ihrer Meinung«, sagte der II WO. »Vermutlich wären beide in derselben Nacht ins Jenseits befördert worden, wären Johns Mörder nicht gestört worden.«

Ich schüttelte den Kopf. »Je länger ich darüber nachdenke, desto unwahrscheinlicher erscheint es mir. Es sollte wie ein natürlicher Tod, wie ein Herzschlag aussehen, und das wäre ja auch fast geglückt, hätten Sie nicht den Einstich gefunden. Zwei tote Brüder in derselben Nacht mit den gleichen Symptomen, das wäre selbst dem begriffsstutzigsten Trottel aufgestoßen.«

»Wir machen es wie in der Fundy Bay, meine Herren. Zeit genug haben wir ja. Dann sehen wir auch gleich, wie wir morgen nacht mit der Wassertiefe hinkommen. Sie haben die Gezeiten errechnet, Herr Werda?«

Der II WO legte seine Berechnungen auf den Kartentisch. »Die Gezeiten stehen günstig. Auflaufend Wasser, Hochwasser genau um Mitternacht, eine Springtide, Tidenhub etwa sechs Meter. Besser können wir es uns gar nicht wünschen.« Er lächelte. »Oder doch, wenn wir noch in der Fundy Bay wären. Da wär' ein Tidenhub von einundzwanzig Metern drin.«

Ich lachte. »Wäre mir auch lieber. Klingt aber trotzdem gut, wenn das Wetter mitspielt. Wie sieht's damit aus, Herr Kruse?«

Kruse, der jeden Tag den amerikanischen Seewetterbericht auswertete, sah in seine Notizen. »So wie heute, Herr Kaleu. Ein schwacher Tiefausläufer mit Wind aus Südwest, Stärke zwo bis drei, Seegang drei, geschlossene Wolkendecke von 400 bis 1200 Meter hochreichend und eventuell leichter Nieselregen. Auf jeden Fall ist es duster wie im Sack.«

»Keine Wetteränderung, prima! Die einzige offene Frage ist jetzt nur noch der Verkehr vor der Küste. Aber das werden wir ja heute nacht herausfinden.«

Kruse hob die Hand. »Ich hab' da noch etwas, Herr Kaleu. Gut, wenn wir das morgen hinter uns bringen, später kann das hier eklig werden. Draußen auf See südöstlich Kubas braut sich nämlich ein Sturmwirbel zusammen. Ein Hurrikan mit einem Kerndruck von achthundertzweiundneunzig Millibar, Tendenz stark fallend. Das ist um diese Zeit selten. Wenn der den üblichen Weg einschlägt, bekommt die Ostküste hier gewaltig was ab.«

»Das fehlte uns gerade noch!« Ich stand auf. »Jetzt möchte ich mir mal das Schlauchboot ansehen, von dem Sie so angetan sind, Herr Kruse.«

Dazu kam ich jedoch nicht mehr. Der Funkobergefreite Greinert erschien am Schott der Zentrale und baute Männchen. »Ein Funkspruch, Herr Kaleu. Offiziersschlüssel, eben eingegangen.«

Ich nahm das Blatt und drehte mich zu Kruse und Werda um. »Kommen Sie mit in meine Kammer, meine Herren! Mal sehen, was die Flottille diesmal wieder ausgeheckt hat.«

Den kurzen verschlüsselten Text durch die Maschine zu jagen war eine Sache von Sekunden. Werda und Kruse sahen mir neugierig zu. Ich überflog die Klarschrift: »›Kontakt Franchon zehnten zwölften, vierundzwanzig Uhr, Lake Worth Florida, Kennung Toplicht rot-weiß-rot.‹ Dann brauchen wir jetzt wohl 'ne Karte von Florida. Herr Werda, sind Sie mal so freundlich? Oder weiß jemand von Ihnen, wo Lake Worth liegt?«

Eine überflüssige Frage, natürlich hatte keiner von uns eine Ahnung. Ich reichte Kruse den Text, während der II WO in die Zentrale eilte.

»Ein anderer Ort, dazu 'n anderes Funksignal, was hat das denn zu bedeuten?« Er blickte auf den Kalender an meinem Schrank. »Das ist ja schon in drei Tagen! Und dann auch noch ausgerechnet Florida, über das der Hurrikan in Kürze hinwegfegen wird!«

Ich antwortete nicht, denn ich rätselte selbst herum, was hinter diesen kurzfristigen Änderungen stecken mochte. Daß sie sogar den Funkschlüssel erneut umgestellt hatten, das war mehr als ungewöhnlich.

Der II WO kam mit der Seekarte zurück. Ihm folgte der LI, und der triumphierte.

»Hab' ich's nicht gesagt, Herr Kaleu? Alles Theater! Das stand doch schon in Brest fest, daß der Clausen uns umdirigieren läßt, bevor wir Edisto Beach erreichen!«

»Und warum, Sherlock Holmes?« frotzelte der I WO.

»Schauen Sie doch mal aufs Datum! Clausen weiß, daß wir Edisto Beach erst morgen anlaufen werden. Jetzt entfällt der vergebliche Versuch, Funkkontakt aufzunehmen. Für uns soll das so aussehen, als hätten die Kirkners die Anlaufstationen verraten, so daß der Brodersen geschnappt worden sei. Nun wolle er sichergehen, daß der Franchon nicht auch noch abgefangen werde.«

»Eine etwas gewagte Theorie, finden Sie nicht, Herr Lietz?« dämpfte ich seine Phantasie, obwohl seine Vermutungen einiges für sich hatten. »Warum zerbrechen wir uns über die merkwürdigen Schachzüge Clausens überhaupt noch den Kopf? Wir kommen ja doch nicht hinter seine Beweggründe. Sehen wir uns lieber mal an, wo dieser komische Treffpunkt liegt.«

Der II WO breitete die Seekarte auf der Back aus. Lake Worth war schnell gefunden, der Ort lag unweit von West Palm Beach. Werda hatte klugerweise einen Zirkel mitgebracht, mit dem er die Entfernungen auf dem Kartenrand absetzte.

»Etwa 372 Seemeilen von unserem jetzigen Standort entfernt, Herr Kaleu. Leicht in zwei Tagen zu schaffen.«

Ich nickte und kontrollierte die Tiefenangaben. Die überraschten mich. Fünf Seemeilen vor der Küste hatten wir mit zweiundvierzig Meter wesentlich mehr Wasser unter dem Kiel als vor Edisto Beach. Etwa zehn Seemeilen seewärts fiel dann der Schelf verhältnismäßig schnell bis auf tausend Meter ab.

»Günstiger, meine Herren, viel günstiger als vor Edisto Beach. Sieht man von dem drohenden Hurrikan mal ab, ist mir der Ort tausendmal lieber.«

»Auch die Verkehrsanbindung ist für Franchon und Brodersen vorteilhafter«, setzte der II WO hinzu. »An der Küste führt nicht nur 'ne Autostraße entlang, sondern auch 'ne Eisenbahnlinie. Das vergrößert im Notfall die Fluchtchancen.«

Das war Wasser auf die Mühle des LI. »Na bitte! Günstiger für uns, günstiger für Franchon und Brodersen – gibt's jetzt noch irgendwelche Zweifel?«

»Sieht fast so aus, als sei an Ihrem Verdacht was dran, LI«, gab ich zu, goß aber zugleich wieder Wasser in seinen Wein. »Was die maritime Seite anbelangt – zeichnet dafür der Clausen etwa auch verantwortlich?«

Das brachte unseren LI jedoch keineswegs aus seinem Konzept. Er lächelte überlegen. »Natürlich nicht, Herr Kaleu! So ein ausgefuchster Hund hat doch dafür seine Leute, wenn nicht sogar der Flottillenchef mit ihm unter einer Decke steckt.«

»Auch das hat was für sich, Herr Lietz«, pflichtete ich ihm bei, denn anders konnte es ja gar nicht sein. »Bringen wir's hinter uns, meine Herren. Neuer Kurs eins-acht-null!«

Aus dem Logis der Maate drang Gelächter zu uns in die Zentrale. Ging man nach der Lautstärke, dann zog dort offenbar irgendein Spaßvogel einen Jux ab. Die Lacher kriegten sich gar nicht mehr ein.

»Ist ja allerlei los bei Ihnen, Zeidler«, sagte ich zu dem Torpedoobermaat, der eine volle Kaffeekanne durch das Mannloch in die Zentrale balancierte. »Gibt's 'nen besonderen Grund?«

Der grinste. »Ich glaub schon, Herr Kaleu. Wir haben auf einmal 'ne Frau an Bord, noch dazu eine ausgemacht hübsche. Nur schade, daß sie keinen ordentlichen Vorbau hat, so'n richtigen knackigen Busen. Aber sonst ...«

»Aha«, sagte ich. Also ein Jux, wie er nach so langer Zeit auf See oft vorkam. »Wer gibt denn diesmal 'ne Vorstellung?«

»Das erraten Sie nie, Herr Kaleu. Soll ich sie mal herschicken?«

Ich brauchte nur in die Gesichter der Männer zu blikken, die grinsten und gespannt auf meine Reaktion warteten, begierig, auch was von der vergnüglichen Vorstellung mitzubekommen.

»Da fragen Sie noch, Zeidler? Rein mit dem blinden Passagier!«

Unter dem Gelächter der Männer in der Zentrale verschwand Zeidler aus dem Mannloch. Wenig später erschien darin der Kopf einer bildhübschen jungen Frau. Lange dunkle Locken umrahmten ein perfekt geschminktes Gesicht, aus dem mich ein paar dunkle Augen belustigt anfunkelten.

»Bonjour, mon commandant! Comment allez-vous? Parlez-vous français?« Sie blickte mich schelmisch an. »Non? Wie schadöö!«

Die Überraschung war vollkommen. Ich hatte keine Ahnung, wer sich hinter dieser Aufmachung verbarg.

Aber den Männern in der Zentrale erging es nicht anders, wie ich ihren verblüfften Mienen entnahm, obwohl sie einander schon länger kannten.

»Aben Sie misch noch immör nicht örkannt, Monsieur?« Mit einem Ruck riß sie sich die Lockenpracht vom Kopf. »So bessör?«

Ich traute meinen Augen nicht. Mit diesem einzigen Griff hatte sich das Frauengesicht in das Franchons verwandelt, von der Schminke allerdings völlig verändert und verfremdet. Belustigtes Gelächter und Applaus belohnten die gelungene Maskerade.

»Alle Achtung, Herr Franchon, das war ja eine bühnenreife Vorstellung. Sie sehen mich vollkommen perplex! Nie im Leben hätte ich Sie in dieser Aufmachung vermutet! Sie sind bei mir glatt als Frau durchgegangen.«

Lächelnd stieg er durch das Mannloch, gefolgt von seinem grinsenden Kumpan.

»Das soll ja auch so sein, Herr Kaleu. Das war eine Vorübung für morgen nacht, wenn wir von Bord gehen«, sagte Brodersen. »An Land erregen ein Mann und eine Frau viel weniger Aufmerksamkeit als zwei fremde Männer, wenn sie auf den Bus oder den Zug warten. Das ist 'ne alte Agentenweisheit.«

»Die Überraschung ist Ihnen jedenfalls gelungen. Ich muß Sie allerdings enttäuschen. Sie müssen sich noch drei Tage gedulden. Ihr Oberst Clausen hat das Anlaufziel für Herrn Franchon geändert. Sie werden in Florida an Land gehen.«

»Florida?« fragte Franchon mit verwundert aufgerissenen Augen. »Warum das denn?«

»Keine Ahnung!« stellte ich mich dumm. »Ich dachte, Sie könnten mir den Grund nennen.«

»Wie sollten wir?« Brodersen zog ebenfalls erstaunt die Augenbrauen hoch. »Ich kann nur raten.«

In mir meldete sich wieder das Mißtrauen. Waren die beiden tatsächlich so überrascht, wie sie taten, oder war das wieder nur gekonnt gespielt?

»Und was kommt dabei heraus, Herr Brodersen?«

»Clausen vermutet, daß ich in eine Falle getappt bin, weil ich mich nicht gemeldet habe. Jetzt will er verhindern, daß mit Robert gleiches passiert.«

Er sah mich forschend an, wohl um zu sehen, wie ich diese Deutung verdaute, die sich haargenau mit der des LI deckte. Ich dachte jedoch gar nicht daran, ihm das einzugestehen.

»Hmmm, das wäre natürlich 'ne plausible Erklärung. Dann brauchen Sie vermutlich auch Ihr Schlauchboot gar nicht, was?« klopfte ich auf den Busch.

Hatte ich geglaubt, ihn mit dieser Frage zu verunsichern, so sah ich mich getäuscht. Er lachte. »Da bin ich mir nicht sicher, Herr Kaleu. In unserem Metier muß man immer auf alles vorbereitet sein!«

»Offensichtlich. Dann bereiten Sie sich schon darauf vor, daß es in drei Tagen vor Florida recht stürmisch zugehen kann.«

»Wieso? Rechnen Sie etwa mit dem Auftauchen amerikanischer Kriegsschiffe wie vor Boston?«

»Auch, Herr Brodersen. In erster Linie denke ich jedoch an den Hurrikan, der sich südöstlich von Kuba zusammenbraut. Gebe Gott, daß der sich nicht gerade vor Florida austobt, wenn wir Sie dort an Land setzen wollen.«

Clausens Schachzüge mochten ansonsten gut durchdacht sein, mit einem Hurrikan um diese Jahreszeit hatte er garantiert nicht gerechnet und noch weniger damit, daß uns der Schiffsverkehr zwischen Florida und den Bahamas in zeitliche Schwierigkeiten bringen könnte.

Schon weit vor Lake Worth bekamen wir einen Vorgeschmack, was uns im Seegebiet zwischen den Bahamas und Florida erwartete. Lake Worth lag nämlich Grand Bahama Island genau gegenüber. Dadurch entstand ein Schlauch, durch den sich möglicherweise alles drängte, was aus der Karibik kam oder in die Karibik wollte.

Ein Tauchmanöver jagte das andere. Kaum waren wir dem einen Pott aus dem Weg gegangen, kreuzte schon der nächste auf. Wir verloren tagsüber viel Zeit, die wir nachts nur durch hohe Fahrstufen wieder aufholen konnten. Prompt sprang der LI schon in der ersten Nacht wieder mit seinen Treibstoffberechnungen im Kreis herum.

»Himmel, Arsch und Zwirn, Herr Lietz, ich bin doch nicht doof! Das weiß ich doch schon alles!« platzte mir der Kragen. »Wir werden für die Heimfahrt aufgetankt, wenn wir den Scheiß hier vom Halse haben! Wie oft wollen Sie das noch von mir hören?«

»Ich meine ja auch bloß, schließlich gehört das …«

Er stockte, weil der I WO mit den Anzeichen höchster Erregung zu uns in mein Kabuff gestürzt kam. Er wedelte mit einem Blatt Papier durch die Luft und schnatterte bereits am Schott los, ohne sich um eventuelle unerwünschte Zuhörer zu kümmern: »Eine Eilmeldung, Herr Kaleu, die uns in eine ganz neue Lage brin…«

»Stop, Herr Kruse! Bringen Sie mit Ihrem lauten Geschrei nicht alle Freiwächter um ihren wohlverdienten Schlaf!« bremste ich ihn und zog ihn zu uns herein. »Ganz ruhig! Was für eine Eilmeldung und von wem?«

»NBC hat soeben seine Sendung unterbrochen und berichtet, daß die Japaner ohne Kriegserklärung den amerikanischen Flottenstützpunkt Pearl Harbour überfallen und unter den dort stationierten Schiffen der US-Navy schwere Schäden angerichtet hätten. Genaue Zahlen sind nicht genannt worden, aber das ist ja in einem solchen Fall ganz normal. Gleichzeitig hätten die Japse mit einer Offensive gegen die amerikanischen, britischen und niederländischen Besitzungen in Südostasien begonnen. Präsident Roosevelt habe sofort den nationalen Verteidigungsrat zusammengerufen. Das bedeutet Krieg im Pazifik.« Er machte eine Pause, um Luft zu holen und die Wirkung seiner Worte abzuwarten.

»Sind Sie sicher, Herr Kruse? Keine Übersetzungsfehler?« nutzte der LI die Pause. »Ich meine, die Yankees sprechen doch ein grauenhaftes Kauderwelsch. Ich versteh' dieses Gegurgel kaum, da kann sich doch leicht was einschleichen.«

Kruse sah den LI an, als habe der ihm soeben einen unsittlichen Antrag gemacht, denn es war eine vollkommen überflüssige Frage. Der I WO mußte in der Schule einen sehr guten Englischunterricht genossen haben. Er besaß hervorragende Englischkenntnisse, da gab es keine Übersetzungsfehler.

Dennoch fiel seine Antwort milde aus. »Na ja, man muß sich eben nur reinhören, Herr Lietz, alles eine Frage der Übung. In diesem Fall konnte ich auch gar nichts Falsches heraushören. Die Meldung ist in kurzen Abständen wiederholt worden, so daß ich mitschreiben konnte.«

Er gab mir seine Übersetzung, und die war eindeutig. Sie veränderte unsere Lage völlig, hatte Hitler doch erst wenige Tage zuvor den Japanern für den Fall eines Krieges mit den USA deutsche Hilfe zugesagt. Damit schlitterten wir erneut in einen Weltkrieg hinein. Ein Gedanke, bei dem mir gar nicht wohl in meiner Haut war.

Kruse konnte die Gedanken offenbar von meiner Miene ablesen. »Na, was sagen Sie dazu? Viel Feind, viel Ehr?«

Ich sah Kruse forschend an. Er war kein fanatischer Nationalsozialist, der mich herauszufordern trachtete, aber solche Fragen stellte man ganz einfach nicht. »Erwarten Sie heute 'ne andere Antwort von mir? Viel' Feind', viel' Ehr'? Mir läuft bei solchem infantilen Unsinn jetzt erst recht 'ne Gänsehaut über den Rükken.«

»Mir auch, Herr Kaleu. Dank unserer Bündnisverpflichtungen wird jetzt aus dem europäischen Krieg ein Weltkrieg. Und das schmeckt mir gar nicht!«

»Uff!« Der LI stieß erleichtert die Luft aus. »Und ich dachte schon, ich sei der einzige Idiot, der die Erkenntnis aus dem letzten Krieg, unter allen Umständen einen Zweifrontenkrieg zu vermeiden, völlig falsch verstanden hat.«

»Das kann nur jemand falsch verstehen, der nicht denken kann, und das haben Sie ja wohl kaum verlernt«, sagte der I WO. »Was nun, Herr Kaleu? Hauen wir jetzt drauf, wenn uns Amerikaner in die Quere kommen?«

»Nun man sinnig, I WO, so schnell schießen die Preußen nicht! Noch hat sich ja für uns nichts geändert.«

Es änderte sich auch in den beiden Folgetagen nichts. Das heißt, die USA und die Briten erklärten zwar Japan den Krieg, aber Deutschlands Antwort darauf blieb aus.

Anders als 1939, als wir bereits Mitte August mit ganz klaren Befehlen für den Kriegsfall mit England auf Angriffsposition gelaufen waren, hatten wir diesmal keine solchen Befehle mitbekommen. Das konnte nur bedeuten, daß die deutsche Führung von dem japanischen Vorgehen vollkommen überrascht worden war.

Aber auch an der amerikanischen Ostküste änderte sich durch die Kriegserklärung nichts. Während in Europa bei Kriegsbeginn sofort alle Lichter ausgegangen waren, schipperten hier die Tanker, Frachter und Personenfähren nach wie vor völlig unbekümmert mit Positionslichtern und voller Beleuchtung durch das Seegebiet.

Wir waren darüber nicht böse. Es erleichterte uns das Vorwärtskommen ungemein. Wir konnten allen rechtzeitig aus dem Weg gehen, ohne wie am Tage tauchen zu müssen. Mehr noch: Um in diesem arglosen Reigen nicht doch noch durch einen blöden Zufall als

U-Boot entlarvt zu werden, setzten wir ebenfalls Positionslichter und gaben uns damit den harmlosen Anstrich eines weit entfernten Fischerbootes.

Begünstigt wurde das noch durch das Wetter. Die geschlossene, hochreichende Wolkendecke verdeckte den Mond so vollkommen, daß man kaum die Hand vor Augen sehen konnte. Der Wind nahm allerdings beständig zu, und mit ihm wurde auch die See rauher. Waren das die Vorboten des herannahenden Hurrikans?

Für mich war das ein Anlaß, das Schlauchboot und den Außenborder in Augenschein zu nehmen. Beide spielten möglicherweise vor Lake Worth eine entscheidende Rolle, wenn auch hier die Kontaktaufnahme scheitern sollte. Jedenfalls hatten mir unsere beiden Badegäste unmißverständlich klargemacht, daß sie so oder so vor Lake Worth von Bord zu gehen gedächten.

Ich war überrascht. Selbst im unaufgeblasenen Zustand machte das Boot einen imponierenden Eindruck. Es war nicht nur größer und stabiler, als ich erwartet hatte, sondern sicher auch seetüchtiger. Der verstärkte Boden war mit drei dicken Kielwülsten versehen, die das Boot kurssicher machten. Das stellte vermutlich zugleich auch eine große Sicherheit gegen Haie dar. Die Innenwände wiesen zahlreiche Taschen und Halterungen auf, und das Heck schloß mit einem dicken Brett und einer vertrauenerweckenden Aufhängung für den bulligen Motor ab.

Das war etwas, was ich von deutschen Schlauchbooten nicht kannte. Anders als bei diesem amerikanischen Typ wurden Boote dieser Größe entweder mit Paddeln bewegt oder durch einen primitiv wirkenden Außenbordmotor mit einer ellenlangen Antriebswelle vorwärtsgetrieben

»Donnerwetter!« sagte ich zum LI bewundernd. »Dieser Clausen hat ja wahrhaftig gut vorgesorgt. Mit dem Ding kommen die beiden selbst bei der ruppigsten See ungefährdet an Land, wenn ihr Kontaktpartner mit dem Boot ausbleiben sollte.«

Der grinste bloß und hing prompt seiner Lieblingstheorie nach. »Eine perfekte Planung, stimmt. Ich bin sicher, die beiden werden das Ding noch brauchen.«

»Verdammt!« fluchte der II WO. »Wenn es weiter so bläst, werden wir bei diesem Seegang einige Schwierigkeiten haben, die beiden abzusetzen.«

Selbst in zwanzig Meter Tiefe spürten wir den Wellengang. Wir krochen getaucht auf Lake Worth zu, obwohl es dazu eigentlich gar keinen Grund mehr gab. Jedenfalls klangen die Meldungen vom Horchgerät ungemein beruhigend. Nur wenige Pötte zogen weit genug von uns entfernt ihren Kurs, denn der Verkehr vor der Küste hatte erheblich nachgelassen. Vermutlich hatten das die Warnungen vor dem Hurrikan bewirkt, die von den amerikanischen Sendern laufend ausgestrahlt wurden.

Im Boot herrschte gespannte Ruhe. Alle Männer befanden sich bereits auf ihren Stationen, klar zum Auftauchen. Auch unsere Badegäste hockten startklar auf ihrem Gepäck.

Franchon war nicht wiederzuerkennen. Er trug zwar ebenfalls wetterfeste Kleidung, doch für jeden nicht eingeweihten Betrachter steckte darin eindeutig eine hübsche junge Frau, und so bewegte er sich auch. Dieser täuschend echte Eindruck wurde noch durch seine hohe Stimme verstärkt, wenn er mit Brodersen sprach. Eine Mimikri, wie sie mir bisher noch nie begegnet war.

Immer wieder sah er ungeduldig auf die Uhr, deren Zeiger sich nur im Zeitlupentempo Mitternacht zu nähern schienen. Brodersen dagegen war die Ruhe selbst. Er kaute auf einem Streichholzende herum und reinigte sich betont gleichgültig mit einem Schweizer Taschenmesser die Fingernägel.

Kruse kam mit den neuesten Wettermeldungen in die Zentrale gejumpt. Sein Gesicht strahlte Zuversicht aus.

»Sieht so aus, als kämen wir mit einem blauen Auge davon. Wenn man den Prognosen der amerikanischen Wetterfrösche glauben darf, streifen diesmal nur die Ausläufer des Hurrikans die Ostküste Floridas. Im Augenblick ist seine Bahn auf den Golf von Mexiko gerichtet. Haiti und Kuba berichten von starken Sturmschäden, und auf die Golfküste rast eine hohe Flutwelle zu.«

»Kann uns nur recht sein«, brummte ich, erstaunt darüber, daß die Amis trotz des Kriegszustandes mit Japan noch immer so ausführliche Wetterberichte verbreiteten. Noch ein Blick auf die Borduhr. »Na, dann wollen wir mal! Klar zum Auftauchen! Brückenwache in den Turm! Boot bleibt klar zum Alarmtauchen und auf E-Maschinen gekoppelt, LI! Keine Positionslichter setzen, I WO! Auftauchen!«

Mit jedem Meter, den *U 112* höher stieg, nahmen die Bewegungen des Bootes zu. Sie weckten selbst Brodersen aus seiner Bierruhe auf.

»Scheint ja oben allerlei los zu sein«, sagte er mit einem schiefen Grinsen. »Sollten wir uns da nicht lieber 'ne Schwimmweste überstülpen?«

Auch mir kamen die ersten Zweifel, ob das Ausbooten eine so leichte Sache wie in der Fundy Bay sein würde. Trotzdem winkte ich ab. »Das hat noch Zeit. Erst muß sich Ihr Empfangskomitee mal melden, dann sehen wir weiter.«

»Turmluk kommt frei! Boot ist aufgetaucht!«

»Das merkt man!« kommentierte der I WO die Schaukelei und enterte mit der Brückenwache auf.

Ich jumpte durch das Mannloch, um das verabredete Signal funken zu lassen. Am Funkgerät saß der Obergefreite Greinert und schrieb zu meinem Erstaunen bereits so kurz nach dem Auftauchen eifrig einen Funkspruch mit. Er blickte nur kurz auf und schrieb weiter.

»Offiziersschlüssel, Herr Kaleu. Ist die fünfte Wiederholung, wie ich sehe.« Greinert riß das Blatt vom Block und reichte es mir. »Scheint dringend zu sein, denn die haben uns schon früher zu erreichen versucht.«

Ach du meine Fresse, dachte ich, ändern die etwa in letzter Minute wieder den Treffpunkt? Ich gab Greinert den Zettel mit dem verabredeten Signal. »Das muß noch warten, bis ich den Funkspruch entschlüsselt habe, klar?«

Gespannt gab ich den Text ein und atmete auf. Keine Änderung, trotzdem war der Text für uns überaus wichtig. Aber bevor ich die Offiziere damit bekannt machte, mußte das Signal raus, sonst verpaßten wir am Ende noch das geplante Treffen.

»Los, Greinert, raus mit dem Signal!«

Der jagte die paar Buchstaben hinaus und wartete auf die Bestätigung. Doch die ließ sich Zeit.

»Nichts, Herr Kaleu«, sagte er nach zehn Minuten vergeblichen Wartens. »Soll ich wiederholen?«

Ich dachte an Boston und schüttelte den Kopf. »Nichts da! Aber halten Sie die Frequenz offen. Sollte sich doch noch jemand melden, geben Sie Laut! Ich bin auf der Brücke.«

Am Schott prallte ich mit dem Oberbootsmann zusammen. »Sie kommen gerade recht, Wörle, das Treffen scheint zu platzen. Wie sieht's oben aus?«

»Nicht so schlimm, wie es hier unten scheint, Herr Kaleu. Ein bißchen kabbelig ist es schon, aber wenn wir 'nen Ententeich machen, müßte es mit dem Schlauchboot hinzukriegen sein.«

»Na dann rauf mit dem Schlauchboot und dem Motor durch das achtere Versorgungsluk! Ich bin auf der Brücke.«

Doch so schnell kam ich nicht nach oben. Während ich in die Lederjacke schlüpfte, hielt mich Brodersen auf.

»Was ist los, Herr Kaleu? Gibt's Probleme?«

»Wundert Sie das? Unser Signal ist bis jetzt noch nicht bestätigt worden. Aus dem Treffen scheint nichts zu werden.« Und dann konnte ich mir einen Seitenhieb nicht verkneifen. »Ich hoffe, Sie können schwimmen, falls das Schlauchboot doch nicht hält, was Sie sich von ihm versprechen.«

»Och, da können Sie unbesorgt sein.« Über sein Gesicht flog wieder dieses maliziöse Lächeln. »Wir haben das Boot bei unzähligen Übungen auf Herz und Nieren geprüft. Das ist ganz große Klasse! Clausen liefert eben keinen Scheiß.«

»Das glaub' ich. Der macht ihn vermutlich lieber, was?« versetzte ich trocken. »Wir werden Ihnen aber trotzdem Schwimmwesten mitgeben. Rechnen Sie jedoch nicht mit unserer Hilfe, falls etwas schiefgeht.«

Das klang schnodderig, doch bei dem Gedanken daran sträubten sich bei mir die Haare. Das lag ganz und gar nicht auf meiner Welle.

»Und warum nicht? Ist das bei der Marine so üblich, oder gibt es 'nen besonderen Grund dafür?«

Einen Augenblick überlegte ich, was ich ihm sagen durfte, was nicht. Ich entschloß mich, den Funkspruch nicht zu erwähnen.

»Den gibt es. Für ein U-Boot ist das hier ein heißes Pflaster. Werden wir entdeckt, haben wir nicht genügend Wasser unter dem Kiel, um uns in Sicherheit zu bringen. Deshalb verschwinden wir, sobald Sie von Bord sind.«

Das stimmte zwar alles, war jedoch nicht der einzige Grund. Deutschland hatte den USA den Krieg erklärt, dennoch sollten die USA durch uns nicht vorgewarnt werden, daß sie von nun an mit deutschen U-Booten auch vor ihrer Ostküste rechnen mußten. Das sollte offensichtlich einer späteren und dann spektakulären Aktion vorbehalten bleiben.

Brodersen schluckte meine Begründung widerspruchslos. »Und wann geht's los?«

»Sobald Ihr Schlauchboot klar ist. Haben Sie eine Stablampe dabei? – Gut! Wir halten Sichtkontakt. Blinken Sie uns an, dreimal kurz, dreimal lang, wenn bei Ihnen alles nach Plan gelaufen ist.«

Nach dem Schummerlicht in der Zentrale brauchten meine Augen eine Weile, um sich der Dunkelheit anzupassen. Ich mußte den Kinnriemen meiner Schirmmütze herunterziehen, so stark hatte der Wind inzwischen zugenommen. Gischt stiebte zu uns herauf, wenn der Bug mit kleiner Fahrt in die Wogen schnitt.

Vor unserem tanzenden Bug hob sich schemenhaft die Küste ab, nur erkennbar durch die hellen Lichtflekke auf den Wolken über den beleuchteten Ortschaften. Deutlicher dagegen war mit unseren Gläsern die Lichterkette der ufernahen Straße auszumachen, auf der selbst zu so später Stunde noch die Scheinwerfer der Autos entlanggeisterten.

Vom schwankenden Achterschiff her hörte ich die Stimmen der Männer, die das Schlauchboot zum Aussetzen klarmachten. Weit achteraus blinzelten die Positionslaternen zweier Schiffe vor der Kimm.

»Also wieder keine Antwort auf unser Signal«, sagte ich leise zum I WO. »Gehen wir noch ein, zwei Seemeilen dichter unter Land, damit die beiden es nicht so weit haben.«

»Sollten wir vielleicht lieber nicht machen, Herr Kaleu. Vor einigen Minuten war mir so, als hätte ich weitab in null-vier-fünf einen kurzen Lichtblitz gesehen. So, als habe sich jemand 'ne Zigarette angezündet.«

»Sind Sie sicher?«

»Bei dieser Dunkelheit? Natürlich nicht! Zu erkennen ist ja dort nichts, kein Schatten, nichts.«

Ich war trotzdem alarmiert. Aus Erfahrung wußte ich, daß auf See mitunter selbst eine nur glimmende Zigarette weit zu sehen war. Ich suchte mit dem Glas in der angegebenen Richtung. Vergeblich, ausgerechnet dort verschwand die Küstenstraße hinter einer Art Nehrung, und mit ihr verschwanden die Scheinwerfer der Autos, vor denen sich ein Schiffsschatten garantiert abgehoben hätte.

»Wir sollen kein Risiko eingehen, hat man uns eben gefunkt, Herr Kruse. Mehr dazu nachher bei der Offiziersbesprechung, wenn die beiden von Bord sind und wir die Kurve kratzen können.«

Der BÜ trat zu uns. »Boot ist klar zum Aussetzen, Herr Kaleu. Der Oberbootsmann bittet, das Achterschiff vorzufluten, sobald die Badegäste eingestiegen sind.«

»Ein kluger Mann, der Wörle!« lobte der I WO. »Das erspart denen das Übersteigen in das schwankende Boot.«

»Das wird trotzdem 'ne ziemlich wackelige Angelegenheit. Wir sollten nach Steuerbord backsen, Herr Kruse. Das ergibt zwar keinen Ententeich, aber wenn wir das Achterschiff fluten, kommt das Schlauchboot leichter frei. Wir sind die beiden auch schneller los«, schlug ich vor. »Beide Badegäste bitte an Deck, BÜ!«

Kruse gab die notwendigen Befehle. Während das Boot mit gegeneinanderlaufenden Maschinen nach Steuerbord drehte, bis der Bug seewärts wies, kamen Franchon und Brodersen auf die Brücke. Auch ihre Augen brauchten eine Weile, bis sie die Situation erfaßten. Brodersen, einen schwach fluoreszierenden Kompaß in der Hand, wankte auf uns zu.

»Welchen Kurs müssen wir steuern, um Lake Worth zu erreichen, Herr Kaleu?«

»Genau zwo-sieben-null, Herr Brodersen«, antwortete Kruse an meiner Stelle. »Der helle Lichtfleck dort an den Wolken stammt von Lake Worth. Sie können es eigentlich gar nicht verfehlen. Ich nehme an, es gibt dort auch einen Bahnhof, denn parallel zur Straße verläuft ein Schienenstrang, wie wir aus der Karte ersehen haben.«

»Ich weiß, wir hatten ja genügend Zeit, uns die Karte anzusehen.« Er nahm sein Gepäck auf. »Das wär's dann ja wohl, meine Herren. Meine Frau und ich danken Ihnen herzlich für die überaus interessante Seereise und wünschen Ihnen eine glückliche Heimfahrt, ein frohes Weihnachtsfest und ein glückliches neues Jahr! Und wo, bitte, ist hier nun der Ausgang?«

Lautes Lachen belohnte ihn für diese launige Abschiedsrede, die ich diesem Holzklotz nie zugetraut hätte.

»Das Personal dankt Euer Hoch-, Frag,- und Merkwürden und wünscht gleichfalls ein gutes Gelingen aller Vorhaben, ein frohes Fest und ein glückliches neues Jahr«, antwortete ich und führte ihn an den Abstieg. »Hier entlang, bitte, nur ein paar Stufen abwärts. Das Gepäck wird selbstverständlich nachgereicht.«

Franchon brauchte diese Hilfe nicht. Der stieg bereits über die Reling. Auf dem rollenden Deck nahm der Smadding die beiden in Empfang und brachte sie nach achtern. Dann ging alles ganz schnell.

»Schlauchboot ist klar zum Aussetzen!« meldete der BÜ. »Achterschiff wird geräumt.«

»Haltet ja die Augen offen, und laßt euch nicht ablenken!« ermahnte ich den Ausguck, denn bekanntlich verließ sich in solchen Situationen oft einer auf den anderen. »Ich möchte keine bösen Überraschungen erleben.«

Wir warteten, bis die Männer zu uns heraufgeklettert waren, mit ihnen der Oberbootsmann.

»Wir können achtern fluten, Herr Oberleutnant«, meldete er dem I WO. »Die beiden kennen sich aber gut aus, fast wie befahrene Seeleute. Hätte ich solchen Landratten gar nicht zugetraut.«

Ich dachte an Brodersens Worte. »Kein Wunder, die sind durch zahlreiche Übungen gründlich darauf vorbereitet worden.«

»Also war doch alles schon so geplant, Herr Kaleu. Die haben uns ganz schön an der Nase herumgeführt, was? Möchte bloß mal wissen, warum!« sagte Kruse bitter. »Achtern fluten!«

Das Boot sackte achtern weg. Den Rest besorgte der Seegang. Das Schlauchboot schwamm frei. Der Motor sprang an und kam auf Touren. In einem eleganten Bogen schor es von uns ab, daß sein Kielwasser hell in der Dunkelheit schimmerte.

»Good bye! Have a good time!« schrie uns Franchon zu, dann verlor sich das helle Kielwasser in der tiefschwarzen Nacht.

»Die sind wir mit gutem Wind los, I WO. Alles bis auf die Brückenwache unter Deck!« befahl ich. »Beide Maschinen Umdrehungen für sieben Kno…«

»Lichtblitze in zwo-eins-fünf!« schrie der Signalmaat. »Da raucht einer! Belege, es sind zwei!«

Ich fuhr herum. Tatsächlich! Deutlich war das Aufleuchten glimmender Zigaretten in meinem Nachtglas zu erkennen. »Sie haben sich nicht geirrt, Herr Kruse! Da scheint jemand ohne Ankerlaterne zu ankern. Hoffentlich …«

Diesmal unterbrach mich der BÜ. »Meldung von

GHG, Herr Kaleu! Schraubengeräusche in zwo-eins-drei! Entfernung nicht zu schätzen, werden von den Geräuschen in eins-acht-null überlagert!«

Im gleichen Augenblick leuchteten in 231° Horchpeilung Positionslaternen eines Bootes oder kleineren Schiffes auf und setzten sich in Bewegung. Die Perspektive verschob sich, das grüne Licht verschwand. Wir sahen nur noch die rote Laterne und das Topplicht, die Kurs auf das laut durch die Nacht jagende Schlauchboot nahmen.

»Scheiße, ein Wachboot! Der Motor hat die beiden verraten!« fluchte ich, unschlüssig, ob wir uns an den Funkbefehl halten sollten oder nicht. Der Außenborder nahm mir die Entscheidung ab. Er heulte laut auf. »Sie haben das Wachboot entdeckt und flüchten!«

»Sollten wir nicht eingreifen, Herr Kaleu?« fragte Kruse mit einem deutlichen Vorwurf in der Stimme. »Die Zwo-Zentimeter und die Drei-sieben hacken die doch glatt in Stücke!«

»Wir dürfen nicht eingreifen, so lautet der Funkbefehl! Meinen Sie, ich würde sonst tatenlos zusehen, I WO?« erwiderte ich ärgerlich darüber, daß wir nichts unternehmen durften. Der grelle Strahl eines Suchscheinwerfers strich über das Wasser, er ließ dem Schlauchboot keine Chance. »Es ist außerdem zu spät! Die haben sie gleich!«

Noch bevor der Scheinwerferstrahl sie erfaßte, ging der Außenborder in ein sanftes Blubbern über. In dem gleißenden Licht tuckerte das Schlauchboot nur noch langsam auf die Küste zu. Stimmen schollen über das Wasser, Brodersen gestikulierte protestierend gegen den blendenden Strahl. Doch der hielt ihn und Franchon unerbittlich fest. Zugleich schor das fremde Boot parallel an das Schlauchboot heran, der Silhouette nach eine große gedeckte Barkasse oder ein kleiner Hafenschlepper.

»Aus! Das nutzt ihnen nun auch nichts mehr«, brummte Kruse. »Das war ja ein kurzes Vergnügen!«

Brodersen stoppte und glitt mit der letzten Fahrt an den Fremden heran, der eine Jakobsleiter ausbrachte. Eine Leine flog durch die Luft und wurde am Schlauchboot festgemacht. Brodersen und Franchon stiegen über. Der Scheinwerfer erlosch.

»Aus und vorbei! Wir bleiben auf E-Maschinen, bis wir weit genug weg sind, I WO. Umdrehungen für sieben Knoten, Kurs null-neun-null! Frage an Horchgerät: Was erzählen die Fische?«

»Das unbekannte Boot liegt gestoppt!« meldete der BÜ. »Entfernung etwa drei bis vier Seemeilen.«

»Quatsch, die sind viel dichter dran! Vermutlich verhören die jetzt die beiden, ehe sie an Land eingebunkert werden.«

Verdammt zur Untätigkeit, steuerte *U 112* hinaus ins tiefere Wasser. Ich behielt das fremde Boot im Glas. Plötzlich blitzte Mündungsfeuer darin auf. Schüsse hallten über das Wasser. Ich konnte jedoch nicht erkennen, was dort an Bord vorging.

»Du lieber Himmel, erschießen die jetzt die beiden?« entsetzte sich Kruse. »Das ist doch glatter Mord!«

»Was weiß ich denn?« Ich warf alle Bedenken über Bord. Was scherte mich jetzt noch dieser Scheißfunkbefehl! Wir hatten ihn nicht bestätigt, weil wir Funkstille wahren mußten. Also konnte ich mich herausreden. »Haben sie die beiden umgelegt, sollen sie uns nicht lebend entkommen! Beide Maschinen stop! Auf Diesel umkoppeln! Flakbedienung auf Gefechtsstation! Beide Maschinen voll voraus! Ruder hart Backbord!«

Noch ehe wir auf Gegenkurs kamen, überschlugen sich die Ereignisse. Drüben warfen sie mehrmals etwas Großes über Bord in das Schlauchboot, Tote vermutlich, und slipten die Leine. Während es in die Dunkelheit abdriftete, nahm das fremde Boot Fahrt auf und drehte auf uns ein. Mit *full speed* tanzten seine Positionslichter über die Wellen hinweg.

»Nun wird's ja verrückt! Wollen die uns etwa auf die Hörner nehmen? Die werden sich wundern!« entfuhr es mir. »Ruder, komm auf! Recht so! Flak, klar zum Feuern! Beide Maschinen kleine Fahrt voraus!«

Von der Brücke blitzte ein Signal zu uns herüber. Dreimal kurz, dreimal lang. Pause. Dreimal kurz, dreimal lang. Ich brauchte einen Augenblick, bis ich begriff.

»Mensch, das ist ja der Brodersen!« unwillkürlich schüttelte ich den Kopf. »Jetzt möchte ich mal wissen, wer da geschossen hat! BÜ, eine Flüstertüte auf die Brücke!«

Rasend schnell näherte sich das fremde Boot, verminderte die Fahrt und glitt in einem Bogen längseits zu uns. Es war ein großes seetüchtiges Motorboot mit einer kompakten Silhouette, wie wir jetzt aus seiner Beleuchtung schließen konnten. An seinem Steuer stand Franchon. Brodersen lehnte sich mit einer Flüstertüte über die Brückennock.

»Da staunt der Laie, der Fachmann wundert sich,

was?« schrie er herüber. »Man wollte uns an den Kragen, aber wir waren ein bißchen schneller.«

»Wer wollte Ihnen an den Kragen und warum?« rief ich durch das Megaphon zurück.

»Offenbar Schmuggler, die auf irgendwen warteten. Wir haben sie zu fragen vergessen. Ist ja auch egal, antworten können sie jetzt sowieso nicht mehr. Wir haben uns jedenfalls verbessert! Bye, bye, Me'schurs!«

Er gab Gas und nahm Kurs auf die Küste. Wie auf einem Rennboot jagte er durch die kabbelige See.

»Der hat Nerven, was?« sagte Kruse hinter mir. »Wir waren ein bißchen schneller, das sagt der einfach so abgebrüht daher! Eiskalt ist gar kein Ausdruck!«

Ich konnte den Stein plumpsen hören, der Kruse angesichts dieser Kaltschnäuzigkeit trotzdem vom Herzen fiel, und er hörte vermutlich auch den meinen.

Wir ließen unsere Gläser sinken, mit denen Kruse und ich das Boot verfolgt hatten, bis seine immer schwächer werdenden Positionslichter einen Bogen beschrieben und alsbald hinter irgend etwas, vermutlich der Mole des kleinen Hafens, verschwanden.

»Damit dürfte dieses Kapitel wohl abgeschlossen sein. Glaube nicht, daß wir von denen jemals wieder etwas sehen oder hören werden, Herr Kaleu.«

»Der Meinung bin auch ich. Kann man nur hoffen, daß sie jetzt nicht irgendwelchen an Land wartenden Komplizen der Schmuggler ahnungslos in die Arme laufen.«

»Die doch nicht, und wenn doch, dann nimmt's für die Yankees garantiert kein gutes Ende. Die beiden sind doch jetzt auf alles vorbereitet.«

»Hoffentlich!« Ich blickte auf das Leuchtzifferblatt meiner Armbanduhr. »Wir haben uns ganz schön vertrödelt. In zwanzig Minuten Offiziersbesprechung in meiner Kammer, Herr Kruse. Lassen Sie sich vom Obersteuermann auf der Brücke vertreten. Kurs bis auf weiteres null-neun-null mit zehn Knoten.« Ich wandte mich zum Turmluck. »Achtung, ein Mann von Brücke in Zentrale!«

»Schwaches Lichtsignal in eins-acht-null!« Der Ruf des Ausgucks hielt mich auf.

Ich fuhr herum und nahm das Glas vor die Augen. Tatsächlich, dort, wo das Boot verschwunden war, blitzte es schwach auf. Dreimal kurz, dreimal lang. Pause. Dreimal kurz, dreimal lang.

»Was hab' ich gesagt, Herr Kaleu? Unkraut vergeht nicht.«

»Krieg mit den USA, aber wir sollen uns aus allem heraushalten, meine Herren. Ich gebe zu, begeistert bin ich davon auch nicht, aber es hat auch sein Gutes: Wir gehen auf Heimatkurs!«

»In vierzehn Tagen ist Weihnachten, dann sind wir zu Hause.« Der I WO griente. »Ich müßte lügen, würde ich dagegen Einspruch erheben. Nichts wie los, damit wir den Fronturlauberzug in Paris nicht verpassen!«

Ich holte die Karte aus dem Fach und breitete sie aus. »Ich möchte möglichst schnell aus dem Hurrikangebiet raus. Darum umgehen wir die Bahamas nördlich und nehmen dann direkten Kurs auf die Azoren und Brest. Das sind etwa dreitausendsechshundertdreiundsiebzig Seemeilen. Wenn wir aufdrehen, sind wir rechtzeitig zu Weihnachten zu Hause.«

»Zum Aufdrehen reicht aber der Sprit nicht mehr, Herr Kaleu«, meldete sich der LI zu Wort und holte prompt wieder sein Notizheft aus der Tasche. »Wir haben nur noch…«

»Das weiß ich doch alles, Herr Lietz. Sobald wir weit genug von der Küste ab sind, melde ich der Flottille Vollzug und bitte um die versprochene Milchkuh. Bis in den mittleren Atlantik werden wir doch wohl mit dem Treibstoff noch kommen – oder?«

»Das schon, aber…«

»Na also! Vielleicht haben wir Glück und können auf diesem Kurs sogar noch ein paar Einzelfahrer abfangen? Denken Sie mal an den schweren Kreuzer *ADMIRAL SCHEER*, was der im Atlantik für reiche Beute gemacht hat. Sehen Sie das doch mal alles etwas optimistischer, wenn es jetzt heimwärts geht, LI! «

Das war leicht gesagt. Keine vier Stunden später war es jedoch auch mit meinem Optimismus vorbei. Mir schwammen die Felle weg, denn meine kurze Vollzugsmeldung und die Bitte um Treibstoffversorgung hatten ein unerfreuliches Echo gezeitigt.

Der Funkspruch war kurz und bündig. Er zerschlug nicht nur unsere Urlaubshoffnungen, sondern schickte uns ausgerechnet in das Seegebiet, in dem sich der Hurrikan austobte. Ich rief die Offiziere erneut zusammen.

Ich deutete auf den Funkspruch. »Eine gute und eine schlechte Nachricht, meine Herren. Zuerst die gute: Sie kriegen Ihren Sprit, Herr Lietz. Treffpunkt und Datum bekommen wir noch. Und nun die schlechte: Weihnachten in der Heimat können wir streichen. Dafür sind die Kleinen Antillen angesagt.«

»Wie bitte?« Der LI faßte sich zuerst. »Was sollen wir denn da, wenn wir nicht angreifen dürfen?«

»Zum einen die Route ausspähen, die Frachter und Tanker mit kriegswichtigen Rohstoffen für die Briten von Venezuela aus nehmen. Zum anderen sollen wir feststellen, ob Antigua und die anderen britischen Besitzungen als Flottenstützpunkte zur Sicherung dieser Routen benutzt werden.«

»Du lieber Himmel, wer ist denn auf diese Schnapsidee gekommen?« polterte Werda los. »Wie stellen die sich denn das vor? Sollen wir die Häfen anlaufen und die Leute an Land befragen?«

»Ich denke, wir haben einen B-Dienst, der die feindlichen Sendungen abhört?« hieb Kruse in die gleiche Kerbe. »Dem kann doch nicht entgangen sein, was das Starkwindfeld des Hurrikans in diesem Seegebiet angerichtet! Den Voraussagen der Yankees nach wird es bei dem einen nicht bleiben. Und da schicken uns diese Heimatkrieger hin?«

Ich sagte dazu kein Wort. Wozu auch? Sollten sie ruhig Dampf ablassen, wenn ihnen das eine innere Befriedigung verschaffte. Befehl blieb letztlich doch Befehl.

»Ich denke, wir behalten Nordostkurs bei, umgehen Mantanilla Reff nördlich von Grand Bahama Island und steuern dann mit Südostkurs die Leeward-Inseln an. Ich bin sicher, daß wir so auf die Route stoßen werden, die die Transporter von Venezuela aus zu den Geleitsammelpunkten im Norden nehmen. Damit dürften wir schon die erste Aufgabe vom Halse haben.«

»Das ist aber ein ganz schöner Kanten mehr«, sagte der LI. »Sind wir dann wenigstens zu Silvester zu Hause?«

»Ich hab' das mal grob überschlagen. Bis Antigua sind das etwa tausend Seemeilen, also rund drei Tage. Angenommen, wir brauchen 'ne Woche dort unten und treten danach die Heimreise an, so sind das dann immerhin rund dreitausenddreihundertsechzig Seemeilen. Glauben Sie, daß wir die so flott abspulen können, daß wir noch rechtzeitig zum Jahreswechsel in Brest sind, LI? Ich nicht! Sie wissen doch selbst, wie es in der Biskaya zugeht, da geht viel Zeit drauf.«

Der LI verzog enttäuscht das Gesicht. Der II WO jedoch, unser Schnellrechner, schluckte meine pessimistische Prognose nicht so ohne weiteres. Blitzschnell stellte er auf einem Zettel eine genauere Berechnung an.

»Muß es denn 'ne ganze Woche sein? Reichen da nicht auch schon drei Tage, Herr Kaleu? Danach kann der LI seinem Zossen die Sporen geben und braucht sich keinen Zwang anzutun. Wir werden ja aufgetankt, haben Sie gesagt. Ich nehme an, bis zur Halskrause. Mit einem Schnitt von sechzehn Knoten könnten wir's dann doch noch bis Silvester schaffen.«

»Ihr Wort in Gottes Ohr, Herr Werda, und das wird auch den LI freuen«, bremste ich ihn.

Warum sollte ich ihm auch verraten, daß ich es mit dieser zeitlichen Vorgabe selbst nicht so genau zu nehmen gedachte? Weihnachten mußten wir uns unter diesen Umständen tatsächlich aus dem Kopf schlagen, aber Silvester war bei gutem Wind noch immer drin. Der Funkspruch ließ uns nämlich in dieser Beziehung völlig freie Hand. Der einzige Termin, an den wir uns zu halten hatten, war das Treffen mit der Milchkuh, die uns auftanken sollte. Den aber gedachte ich mit Hilfe des LI zu forcieren.

»Wir werden sehen, meine Herren«, schloß ich die Besprechung.

Die drei standen auf, um zu gehen.

»Einen Augenblick noch, LI. Von Ihnen brauche ich 'ne genaue Aufstellung, wie weit wir bei Fahrstufen zwischen zehn und achtzehn Knoten mit unserem gegenwärtigen Treibölbestand noch kommen können.« Ich lächelte und kniff ein Auge zu. »Ich möchte eine absolut korrekte Prognose haben, klar?«

Über sein Gesicht huschte ein freudiges Begreifen. »Klar, Herr Kaleu! Ich werde pingeliger als pingelig sein.«

Am späten Nachmittag passierten wir Mantanilla Reef. Schon dort trug die hohe Dünung auf ihren Wellenkämmen Schaumkronen. Je weiter wir jedoch von Land freikamen, desto stärker nahm der ohnehin ruppige Seegang zu. Zugleich trieb ein kräftiger Südsturm dunkelgraue, fast schwarze Wolken vor sich her, die bis auf die See herabzuhängen schienen und alles in ein bedrohlich wirkendes Dämmerlicht hüllten. Mit ihm schwand das Tageslicht. Die Sicht wurde immer schlechter.

Gischt und Schaumfetzen fegten über den tanzenden Turm, als wir auf Südostkurs gingen und der Bug von nun an wie eine überdimensionale Axt im Rhythmus der anrollenden See in die Wellenberge hieb. Tonnenschwere Brecher krachten auf das Vorschiff nieder, brachen sich am Turm und überschütteten die Brückenwache jedes Mal mit einem deftigen Guß. Wer da nicht rechtzeitig hinter dem Schanzkleid in Deckung ging, wurde trotz des Ölzeugs mit einem Schlag naß bis auf die Haut.

Es war warm, viel wärmer, als man es bei diesem

Sturm eigentlich hätte erwarten können. Typisch aber wiederum für einen Tiefdruckwirbel, der seine Entstehung dem verdampfenden Wasser des warmen Nordäquatorialstroms verdankte.

In der Ferne drang Wetterleuchten durch die brodelnden Wolkenmassen. Keine Blitze, nur dieses breitflächige fahle Flackern, das die herabhängende Wolkenschicht fast geisterhaft wie Mündungsfeuer erhellte. Viele Sekunden später erst rollte ein anhaltendes dröhnendes Donnergrollen über die düstere See. Es klang, als tobe in der Ferne eine gewaltige Seeschlacht.

»Verdammt, in dieses Schlechtwettergebiet laufen wir mitten hinein!« fluchte der II WO und wischte sich mit dem Handrücken über das nasse Gesicht. »Gehört das noch zu dem alten Hurrikan, oder ist das schon ein neuer?«

»Keine Ahnung, ich hab' noch nie 'nen Hurrikan erlebt. Ich finde beides gleich beschissen!« Automatisch ging ich in die Knie, als der Bug wegsackte. Trotzdem rauschte ein heftiger Schauer über meinen Rücken. »Einen Vorteil hat dieses Wetter allerdings trotzdem: Wir brauchen Entdeckung nicht zu befürchten, es sei denn, wir liefen einem anderen Eimer direkt vor den Bug.«

»Auch dann nicht, Herr Kaleu!« widersprach Werda und tauchte hinter dem schützenden Schanzkleid unter, um der nächsten Dusche zu entgehen. »Hier vermutet uns keiner, außerdem ist die Sicht saumäßig, da hat jeder genug mit sich selbst zu tun.«

Das stimmte nur zum Teil. Auf der geschützten Brücke eines Tankers oder Frachters sah es bei diesem Wetter ganz anders aus als auf der Turmplattform eines stampfenden U-Bootes. Dort mußte nur der Rudergänger seine ganze Aufmerksamkeit darauf verwenden, den befohlenen Kurs zu halten. Die übrige Brückenwache konnte sich durchaus für die Außenwelt interessieren.

Daß wir nicht allein dieses aufziehende Unwetter abritten, bewiesen die Meldungen des GHG während der Horchrunden. Gedeckt durch die schlechte Sicht, fingen wir die Schraubengeräusche zahlreicher Schiffe auf, die noch weiter als wir von den Inseln entfernt mit uns auf gleichem oder auf Gegenkurs lagen.

Ich hatte offenbar richtig vermutet. Die Transporter mit ihrer wertvollen Ladung quälten sich nicht zwischen den Inseln der Karibik hindurch, sondern ihre Route führte sie östlich der Inseln durch den freien Atlantik nach Norden.

Sie fühlten sich auf dieser Route vor Angriffen sicher, das bewiesen ihre Schraubengeräusche. Wie alle erfahrenen Horcher wußte Obermaat Huber ihre Urheber genau zu unterscheiden. Die Geräusche von schnellen Kriegsschiffen klangen völlig anders als die von behäbigen Frachtern oder Tankern.

»Die fahren alle einzeln!« fand er sehr schnell heraus. »Ohne jeden Schutz durch Kriegsschiffe, Herr Kaleu.«

Bis hierher war der Krieg eben noch nicht gekommen, sonst wäre das Setzen von Positionslichtern längst unterblieben. Noch immer brannten die Leuchtfeuer und markierten Leuchtbojen das tiefere Fahrwasser vor den Häfen der seichten Küste. Ebensowenig war die allgemeine Verdunkelung der Orte und der Straßen erfolgt. Uns hatte das beim Navigieren sehr geholfen.

»Kein RADAR und kein ASDIC, Herr Kaleu. Ein ganz ungewohntes Gefühl, finden Sie nicht?«

Wir tauchten beide ab und bekamen dennoch eine gewaltige Dusche ab.

»Ich kann gut damit leben, Herr Werda.«

Das stimmte nicht. Ich konnte nicht damit leben, und gut schon gar nicht. Durch meinen Kopf geisterten nämlich immer wieder die Texte der beiden letzten Funksprüche. Ich kam nicht davon los, sie miteinander zu vergleichen.

Hatte der erste von den beiden uns noch ausdrücklich unbedingte Zurückhaltung gegenüber den USA auferlegt, war dieser Befehl in dem zweiten unterblieben, der uns in die Karibik und vor Venezuela beorderte. War der Befehl absichtlich oder unabsichtlich unterblieben? Das war die Frage, die mich ständig bewegte.

Wir hatten den Bauch voller einsatzbereiter Torpedos, von den Torpedomixern jeden Tag sorgfältig gewartet. Letztendlich aber doch völlig nutzlos, wenn das Gebot der Zurückhaltung auch gegenüber den britischen Schiffen vor den Inseln und vor Venezuela galt.

Überließ man mir, dem Kommandanten, allein die Entscheidung, die Gelegenheit in diesem anderen Seegebiet zu nutzen und zuzuschlagen, wo sie sich uns bot? Möglicherweise so, daß niemand dafür ein U-Boot verantwortlich machen konnte? Bei Tankern ließ sich das leicht bewerkstelligen. Ein Torpedotreffer hatte bei denen die gleiche Wirkung wie eine glimmende Zigarettenkippe, die in ein offenes Benzinfaß geworfen wurde.

In meinem Hinterkopf begann sich der Gedanke herauzuschälen, mich in diesem Fall einfach auf den Befehl des BdU zu berufen: »Angriff, ran, versenken!«

Ich steckte trotzdem in einer scheußlichen Zwickmühle, aus der mir auch meine Offiziere nicht heraushelfen konnten.

Was sich am Abend als fernes Wetterleuchten angekündigt hatte, brach kurz vor Mitternacht mit einer solchen Urgewalt über uns herein, wie ich es bisher weder auf See noch an Land erlebt hatte. Das war kein Unwetter mehr, das war ein regelrechter Weltuntergang.

Unzählige grelle Blitze zuckten gleichzeitig vom Himmel und tauchten die aufgewühlte See in ein gespenstisches Licht. Unter den ohrenbetäubenden Donnerschlägen erzitterte der wild tanzende Turm unter unseren Füßen, als bestehe er nicht aus massiven Stahlplatten, sondern nur aus dünnstem Konservendosenblech. Das Tosen der auf die Back herabdonnernden Brecher ging darin glatt unter, und das Jaulen des Orkans in den Antennenverspannungen verschmolz damit zu einem kaum vernehmbaren Säuseln.

Inmitten dieses Infernos kämpfte *U 112* tapfer gegen die tobenden Naturgewalten an, gegen haushohe Wellenberge anstürmend, die sich vor uns auftürmten und letztlich über uns zusammenschlugen. Zugleich stürzte der Regen als eine so kompakte Wassermasse auf uns herab, als habe jemand die Schleusen eines riesigen Staudamms geöffnet. Von den Sicherheitsgurten gehalten, standen wir auf dem gefährlich krängenden Turm plötzlich bis zu den Hüften in den gurgelnden Fluten, die uns die Beine wegzureißen und uns über Bord zu spülen versuchten.

»Es hat keinen Wert, noch länger oben zu bleiben, I WO!« schrie ich Kruse ins Ohr. »Brückenwache unter Deck und ab in die Tiefe!«

Er nickte und ließ den Befehl von Mann zu Mann weitergeben. Obwohl die Männer den günstigsten Augenblick abzupassen versuchten, schwappte doch jedes Mal ein gewaltiger Guß mit in die Zentrale hinunter, wenn sie sich durch das Turmluk zwängten und in den Turm fallen ließen.

Von den Blitzen geblendet, versuchte ich dennoch einen letzten Blick in die Runde zu werfen, bevor auch Kruse und ich in die Zentrale hinuntersausten. Ich traute meinen Augen nicht. An Backbord querab glimmten plötzlich die Positionslichter eines großen Schiffes durch den dichten Regenvorhang. Für Sekundenbruchteile hoben die Blitze schemenhaft die im Regendunst verschwimmende Silhouette und die Brücke eines Tankers hervor, der vor dem Sturm auf Gegenkurs wie steuerlos an uns vorbeitrieb.

Ich hinderte Kruse am Öffnen des Turmluks und schrie ihm ins Ohr: »Ein Tanker an Backbord querab! Sieht aus, als sei er manövrierunfähig!«

Kruse fuhr herum und wischte sich den Regen aus den Augen. Überrascht riß er den Mund auf. »Scheiße, wenn die uns sehen, ist der Ofen aus, Herr Kaleu! Dann weiß alle Welt, daß wir uns hier herumtreiben!«

»Doch nicht bei diesem Sauwetter, I WO!« schrie ich zurück und hakte blitzschnell wieder meinen Gurt ein. »Oder sehen Sie einen Mann auf der Brücke? Die haben Probleme und genug mit sich selbst zu tun!«

Ich war mir meiner Sache sicher. Bei diesem Wetter waren garantiert keine Menschen auf der Außenbrücke oder an Deck. Vor den Blicken der Brückenwache hinter den regentriefenden Scheiben aber schützte uns unsere dunkelgraue Außenhaut in den hochgehenden Wellen.

Immer wieder von den Blitzen aus dem dichten Regenschleier gerissen, glitt der Tanker wie ein Fliegender Holländer achteraus. Ein Yankee, wie mir die vom Sturm zerfetzte Flagge am Heck verriet.

Der Kerl hatte Glück. Bei diesem Wetter war er vor U-Boot-Torpedos sicher. Mit Bedauern sah ich seine Konturen achteraus verschwinden. So eine Gelegenheit, ihn in eine brennende Fackel zu verwandeln, kam so schnell nicht wieder.

Ich tippte Kruse auf die Schulter und deutete mit dem Daumen nach unten. Ab in den Keller hieß das.

Genau im richtigen Augenblick verschwanden wir im Turm und knallten das Turmluk zu.

»Turmluk ist dicht! Fluten!«

Unter Deck entledigten wir uns unserer nassen Klamotten, schlüpften in trockenes Zeug und genossen für einen Augenblick das herrliche Gefühl der Geborgenheit und der Stille, das uns umgab. Es war jedoch nur eine scheinbare Stille, die uns die vom Toben des Unwetters fast tauben Ohren vorgaukelten.

Während das Boot in die Tiefe glitt, kehrte das malträtierte Gehör zurück, vernahmen wir wieder die Kommandos, das leise Stimmengewirr der Wachgänger und die vielfältigen vertrauten Geräusche des tauchenden Bootes. Mit jedem Meter Tiefe wurde der Bootskörper ruhiger, verlor sich die Wirkung der vom Sturm aufgewühlten See, bis wir mit vier Knoten auf vierzig Meter einpendelten.

Der LI wischte sich mit einem Twistknäuel vorsichtig über die Beule auf seiner Stirn. »Na endlich! Das war ja die Hölle hier unten! Glaube nicht, daß auch nur ein winziger Teil des Geschirrs diesen irrwitzigen Tanz heil überstanden hat! Von unseren Beulen und blauen Flecken rede ich gar nicht erst!«

Kruse lachte laut auf. »Andere Leute als verfressene zehnköpfige Raupe diffamieren und selber nur an das vom Sturm zertöpperte Eßgeschirr denken, das habe ich ja gern! Mensch, LI, uns ist eben ein dicker, fetter Tanker durch die Lappen gegangen! Das schmerzt viel mehr als die neue Denkwarze auf Ihrer Stirn, die Sie sich zugelegt haben! Steht Ihnen übrigens sehr gut, gibt Ihrem Charakterkopf irgendwie einen noch intelligenteren Anstrich.«

»Wer hat, der hat!« kam es schlagfertig zurück. »Glaube nicht, daß das bei Ihnen noch etwas nützen würde. Dazu braucht man eben so 'nen Charakterkopf!«

Ich lachte laut über die Frotzelei mit, zugleich löste Kruses Bemerkung über den Tanker eine Reaktion bei mir aus, die ich eigentlich schon längst hätte haben müssen.

»Horchgerät, wo bleiben die Meldungen?«

»Schraubengeräusche in drei-null-sechs! Weitab, etwa zwanzig Seemeilen, Herr Kaleu!«

»Was denn, in drei-null-sechs? Achteraus nichts?« hakte ich nach. »Kein Irrtum möglich?«

»Nichts, Herr Kaleu! Was wir vor Stunden hatten, ist längst unter der Kimm!«

»Hab' ich doch richtig vermutet«, sagte ich zum I WO. »Der Pott war manövrierunfähig, hatte vermutlich Maschinenschaden. Unter anderen Umständen wäre der für uns ein gefundenes Fressen gewesen.«

»Wäre gewesen, Herr Kaleu!« wiederholte Kruse bedauernd. Er wies auf die Karte. »Aber der kommt auch so nicht mehr weit, wenn die das nicht ganz schnell in den Griff bekommen. Gibt verdammt viele Riffe hier in der Gegend.«

»Ein dicker, fetter Tanker?« vergewisserte sich der LI. »Und keine Möglichkeit, diese Scheißbefehle irgendwie zu umgehen?«

»Keine, Herr Lietz. Es sei denn, Sie lesen mit Ihrer neuen Denkwarze etwas anderes heraus.« In mir regte sich eine Hoffnung. Ich sah auch die beiden anderen Offiziere an. »Kommen Sie, meine Herren, versuchen Sie mal, die beiden letzten Texte zu interpretieren. Vielleicht fällt Ihnen etwas auf, was mir bisher entgangen ist oder ich falsch auslege.«

»Da ist nischt anderes herauszulesen, Herr Kaleu.« Der II WO gab mir die beiden Funksprüche zurück. »Die sind eindeutig.«

»Finde ich gar nicht!« widersprach der LI. »Daß wir vor den USA die Ohren anlegen sollen, leuchtet ein. Warum aber auch vor Venezuela? Wenn wir weit genug von der Küste ab sind?«

Werda schüttelte den Kopf. »Was ändert das? Ob vor Florida oder der Orinokomündung – die USA werden gewarnt, und gerade das soll vermieden werden, weil es jedem späteren Schlag die demoralisierende Wirkung nimmt.«

»Vorausgesetzt, die finden heraus, warum da ein Schiff plötzlich verschwindet.« Kruse lächelte verschlagen. »Das kann viele Ursachen haben. Denken Sie mal an den Fliegenden Holländer, dem wir begegnet sind. Ein Tanker, der Maschinenschaden hat und auf ein Riff läuft. Plausibel für jeden – oder? Ein anderer Tanker verschwindet mit Mann und Maus. Natürlich vermutet man sofort ein U-Boot dahinter. Auch plausibel?«

Er sah uns erwartungsvoll an. »Eben nicht, denn bisher sind hier noch keine deutschen U-Boote aufgekreuzt. Und warum nicht? Zu klein, zu geringe Reichweite. Island ja, aber hier? Was bleibt also? Irgend so ein leichtsinniger Fuzzi hat an Bord geraucht, soll ja trotz aller Verbote vorkommen. Die Ladung gast bekanntlich. Wumm! Der Pott fliegt mit allem drauf in die Luft. Weg ist er. Plausibel?«

Kruse sprach mir aus der Seele, als hätten wir uns vorher abgesprochen. Ich war hoch zufrieden, denn seine Worte fielen auf fruchtbaren Boden, wie ich den Gesichtern der anderen Offiziere ansah, auch wenn sie den Haken an dieser Theorie zu finden versuchten.

»Wenn man das so sieht«, sagte der LI gedehnt, »dann hat das einiges für sich, Herr Kruse. Vielleicht hat das die Flottille auch so gesehen und deshalb auf diesen einschränkenden Befehl verzichtet?«

»Teufel, das ist ein Gedanke!« Werda rieb sich die Hände. »Wenn man uns diese Auslegung überläßt ...«

»Moment, Herr Werda!« unterbrach ich ihn. »Nehmen wir an, es ist nur vergessen worden, dann fällt das irgendwann auf, und man wird es nachholen. Geschieht das nicht, machen wir uns eben unseren eigenen Vers darauf. Noch ist ja die Orinokomündung weit, warten wir also ab.«

Ich hatte mich verschätzt. Drei Tage hätten wir unter normalen Verhältnissen bis vor Antigua und die übrigen Inseln gebraucht, es wurden vier daraus. Vier Tage, zuletzt mehr unter als über Wasser.

Der Hurrikanausläufer oder ein neuer Sturmwirbel, der uns das Unwetter mit all seinem unerfreulichen Drum und Dran beschert hatte, verlor im Verlauf dieser Tage mehr und mehr an Wirkung. Es klarte auf, die Sicht wurde besser. Wir sahen besser, damit wuchs aber zugleich auch die Gefahr, mit dem Nachlassen des hohen Seeganges von anderen Schiffen ebenfalls entdeckt zu werden.

Diese Gefahr war um so größer geworden, nachdem der Erste Offizier des gestrandeten Tankers *ESSO CARRIER* in einem Pub auf den Bahamas, in dem er seine Rettung begoß, damit geprahlt hatte, er habe in jener Unwetternacht im grellen Licht der Blitze ein aufgetauchtes U-Boot auf Gegenkurs gesichtet. Als Beweis nannte er Zeit und genauen Standort dieser Begegnung. Beides stimmte.

»Auf den Bahamas ist seine Aussage noch auf Unglauben gestoßen, zumal alle Anrainerstaaten die Anwesenheit eines ihrer Boote in diesem Seegebiet bestritten haben«, hatte Kruse berichtet, der nach wie vor die englischsprachigen Sender abhörte. »Doch ein Verdacht bleibt, weil der inzwischen von den örtlichen Sendern in der Karibik immer wieder im Zusammenhang mit den Kämpfen in Europa und Asien geschürt wird.«

Wir mußten also jedes Mal rechtzeitig von der Wasseroberfläche verschwinden, um eine erneute Entdekkung auszuschließen. Das kostete Zeit, denn der

Schiffsverkehr nahm wieder zu, und als wir uns an Puerto Rico heranschlichen, sichteten wir zum ersten Mal auch Flugzeuge über See.

Das Auftauchen von Flugzeugen war ein deutliches Warnsignal. Ob Privat- oder Kampfflugzeuge, sie waren gleichermaßen gefährlich für uns. Wir unternahmen daher erst gar nicht den Versuch, sie zu identifizieren, sondern legten brav die Ohren an.

Dafür machten wir hier noch eine andere wertvolle Beobachtung. Die Schiffe, die den Canal de la Mona zwischen Haiti und Puerto Rico passierten, um aus dem Karibischen Meer in den offenen Atlantik zu gelangen, waren überwiegend beladene Tanker.

»Und wo kommen die her, Herr Kruse?« triumphierte ich, denn diese Beobachtung lieferte uns die Lösung für einen Teil unserer Aufgabe. »Maracaibo, wo sie Erdöl gebunkert haben!«

Die Lichter San Juans, des größten Hafens von Puerto Rico, funkelten einladend zu uns herüber. Hoffnungsvoll suchten wir mit unseren starken Gläsern das Hafenpanorama nach den Silhouetten irgendwelcher Kriegsschiffe ab.

»Eine nahezu blödsinnige Aufgabe, Herr Kaleu. Wenn überhaupt, dann können es nur leichte Einheiten sein, und die werden von den Lagerhäusern verdeckt«, zog der II WO das Fazit aus der vergeblichen Suche. »Möchte mal wissen, wer sich diesen Schwachsinn ausgedacht hat.«

Ich ließ mein Glas ebenfalls sinken. »Vermutlich einer, der zu viele historische Seekriegsromane gelesen hat. Wenn ich mich recht erinnere, hat der britische

Seeheld Lord Nelson während der Kriege mit den Spaniern und Franzosen auch auf Antigua 'nen Stützpunkt gehabt. Den benutzen die Briten ja heute noch.«

Nicht nur die Briten, setzte ich im stillen hinzu, denn im vorigen Jahr hatten die Yankees den Briten im Tausch gegen fünfzig ältere Zerstörer unter anderem auch Stützpunkte auf Antigua, Saint Lucia und Trinidad abgeknöpft. Die bekamen jetzt natürlich ebenfalls eine kriegswichtige Bedeutung.

Dennoch war ein U-Boot für die Erkundung dieser Häfen denkbar ungeeignet. Bis auf wenige Ausnahmen lagen sie nämlich alle in geschützten Buchten. In die konnten wir nur getaucht eindringen, doch dazu fehlte uns die Tiefe. Mithin war es unmöglich, dort Kriegsschiffe auszumachen.

»Genug des albernen Spiels. Drehen wir ab, II WO. Kurs null-neun-null!«

»Das wird bei den anderen Inseln nicht anders sein, Herr Kaleu«, nahm Werda den Faden wieder auf, nachdem das Boot auf dem befohlenen Kurs lag. »Vielleicht noch bei Antigua, aber sonst?«

»Eben, darum bringen wir das so schnell wie möglich hinter uns. Man kann uns dann wenigstens nicht vorwerfen, daß wir es gar nicht erst versucht hätten.«

An den Folgetagen klapperten wir alle Inseln von Antigua bis Trinidad ab, auf denen die Briten und Amerikaner Stützpunkte unterhielten. Sie mußten an strategischer Bedeutung gewinnen, sobald deutsche U-Boote auch vor den Großen und Kleinen Antillen operierten, um den alliierten Nachschub zu stören.

Das Wetter begünstigte unser Vorhaben. Hier war

nichts mehr von dem Hurrikan zu spüren. Der Wind flaute mehr und mehr ab und mit ihm auch der Seegang.

Meinem suchenden Sehrohr bot sich tagsüber ein zauberhafter Anblick. Aufgereiht wie Perlen auf einer Schnur, schwammen die Inseln und Inselchen in der tiefblauen See. Hell leuchtende Sandstrände unter einem makellos klaren Himmel, gesäumt von Palmen und dunkelgrüner Vegetation, fast ein kitschiges Bild, aber wirksam wie ein Werbeplakat für KdF-Reisen aus Friedenszeiten. Prompt wurde in mir die Sehnsucht nach meiner Familie und einem friedlichen Urlaub übermächtig.

Schiffe verkehrten zwischen den Inseln, aber nicht die, die wir suchten. Einige größere Fähren, meist aber altertümlich wirkende Schoner mit vielfach geflickten Segeln und Fischerboote verstärkten den Eindruck ungestörten Friedens.

Eine Dämmerungsphase zwischen Tag und Nacht gab es kaum. Ungewohnt schnell schwand das Tageslicht, überspannte ein fast schwarzer Himmel die dunkle See. Fremde Sternbilder funkelten wie riesige Diamanten auf uns herab, wenn wir uns aufgetaucht an die hell beleuchteten Orte und deren Häfen heranpirschten. Herrlich warm umfächelte der laue Fahrtwind die Brückenwache.

Wir »tingelten« – so charakterisierte Kruse spöttisch unsere Suche –, weil die Ausbeute mager blieb. Der Hafen von Saint Johns auf Antigua war keineswegs mit größeren Kriegsschiffen, wie Kreuzer oder Zerstörer, vollgestopft. Wir entdeckten lediglich ein Minensuchboot, anmutend wie ein uraltes Museumsschiff, das hier offenbar nur noch sein Dasein fristete, um wenigstens symbolisch die Royal Navy und damit den britischen Herrschaftsanspruch zu repräsentieren.

Da machten die vier amerikanischen Schnellboote oder Korvetten schon einen anderen Eindruck. Die hielten vor Port of Spain auf Trinidad irgendwelche Formationsübungen ab, waren flink und wendig und, wenn man nach den fremdartigen Geräten auf den Brückenhäusern und den Antennenverspannungen an den Signalmasten urteilte, ganz modern und viel besser ausgerüstet als wir.

Je länger ich sie bei ihren Manövern beobachtete, desto stärker wuchsen die Zweifel in mir. Schnellboote? Das waren keine Schnellboote, auch wenn sie wie solche außerordentlich flink und wendig manövrierten. Dagegen sprach allein schon das Geschütz auf ihrer Back. Keine leichte Feuerspritze, wie sie für diesen Bootstyp bei allen Marinen üblich war, sondern eine richtige Kanone mittleren Kalibers. Außerdem konnte ich keine Torpedorohre auf der Back oder dem Achterdeck entdecken.

Das waren Korvetten. Keine solche primitiv wirkenden Mißgeburten, wie sie die Kanadier im Geleitdienst nach England einsetzten, sondern schnelle, schnittige Kriegsschiffe, gebaut für die Konvoisicherung und für die U-Boot-Jagd.

Gebaut für die U-Boot-Jagd! In meinem Kopf überschlugen sich die Gedanken. Ihre Manöver bekamen mit einmal einen ganz anderen Sinn. Auch für den unbekannten Kram auf ihren Aufbauten fand ich plötzlich eine ganz simple Erklärung: Die hatten RADAR, ASDIC und was sonst noch für ein Teufelszeug für die

U-Boot-Jagd an Bord! Mir lief eine dicke Gänsehaut über den Rücken, die Griffe des Periskops in meinen Händen wurden feucht.

»Verdammt, denen möchte ich jetzt nicht durch irgendeinen blöden Zufall in die Quere kommen!« sagte ich aufgescheucht zu Kruse. »Das sind keine Formationsübungen von Schnellbooten, da üben Korvetten die U-Boot-Jagd!«

Schon wollte ich das Sehrohr in seinen Schacht gleiten lassen, als hinter den Booten plötzlich weiß schäumende Wassersäulen in den azurblauen Himmel stiegen. Noch ehe sie zerfaserten und zusammenfielen, röhrten Detonationen von Wasserbomben donnernd durch die Tiefe und unterstrichen meine Worte.

Ich riß mich von diesem Anblick los. Weg, bloß weg, war mein einziger Gedanke. Wir standen zwar weit genug von ihnen ab, so daß uns ihr ASDIC nicht erreichen konnte. Es war auch fraglich, ob sie es bei dieser Übung überhaupt benutzten. Aber man konnte ja nie wissen, ein Kreuzschlag konnte sie ganz schnell in unsere Nähe bringen.

Das Sehrohr verschwand in seinem Schacht.

»Ruder hart Steuerbord! Neuer Kurs null-eins-neun, auf vierzig Meter einpendeln! Beide Maschinen Umdrehungen für vier Knoten! Absolute Ruhe im Boot!«

Wieder holte uns das Donnern einer neuen Detonationsserie ein. Ein außerordentlich beruhigendes Geräusch für uns, denn dieses Donnern blockierte ihre Horchgeräte noch stärker als ihre hochtourigen Schraubengeräusche.

»Legen Sie noch ein paar Kohlen zu, Herr Lietz! Umdrehungen für sieben Knoten! Bei dem Rabatz hören die uns garantiert nicht! Runter auf vier Knoten, sobald die Detonationen aufhören, klar?«

Die hörten jedoch nicht so schnell auf. Offenbar ging es dem Verbandsführer allein darum, das zeitgleiche Werfen von Wasserbomben zu üben, und das klappte gar nicht. Immer mehr lösten sich die Wabo-Serien in ein wirres Einzelfeuerwerk auf.

So abrupt, wie sie begonnen hatten, verstummten auf einmal die Detonationen. Sofort nahm der LI die Fahrt zurück.

»Horchgerät, was erzählen die Fische?«

»Verband vermindert Fahrt, dreht vermutlich auf dem Teller, Herr Kaleu!« meldete Huber und fügte nach einer Pause hinzu: »Neuer Anlauf in eins-sieben-fünf!«

Schon ging das Gebuller hinter uns wieder los. Sofort erhöhten wir die Fahrt. Gefolgt von Kruse trat ich an der Kartentisch.

»Sobald wir den Verband weit genug hinter uns gelassen haben, mogeln wir uns mit Kurs auf Barbados zwischen Grenada und Tobago hindurch.« Mit dem Kursdreieck demonstrierte ich meine Absichten. »Wenn wir dann hier einen Aufklärungsstreifen beziehen, bekommen wir ganz schnell mit, welche Rolle die Erz- und Bauxithäfen am Orinoco für den … äh … alliierten Nachschub spielen.«

Noch immer ging mir das Wort »alliiert« nicht so flott über die Zunge wie dem I WO, der nach wie vor die Nachrichtensendungen der Briten und Yankees abhörte. Deutsche Sender bekamen wir ja kaum noch, und wenn, dann wurden sie von Störsendern bis zur Unkenntlichkeit überlagert und verstümmelt.

Angesichts der geringen Wassertiefe vor dem breiten Orinocodelta meinte Kruse skeptisch: »Teufel, der schaufelt ja 'ne ganze Menge Mist weit ins Meer hinaus!«

»Hätten die Venezueler sonst die Hauptfahrrinne so weit raus gekennzeichnet?« fragte ich und setzte mit dem Zirkel die Entfernung auf dem Kartenrand ab, die die Frachter bis in freies Fahrwasser zurücklegen mußten. »Mein lieber Mann, fast siebzig Seemeilen, eingeengt durch Sandbänke und Barren! Da kann uns keiner entgehen, wenn wir uns davor auf die Lauer legen.«

Der Obersteuermann klappte das Segelhandbuch auf und fuhr mit dem Finger die aktuelle Seite herunter. »Ciudad Guayana, ein großer Erz- und Bauxithafen, liegt rund 200 Kilometer landeinwärts und kann von Frachtern direkt angelaufen werden, Herr Kaleu. Der Orinoco hat bei Gezeitenwechsel keine so starke Flutwelle flußaufwärts wie der Amazonas.«

Der LI verzog bei diesen Worten ärgerlich das Gesicht. »Es gibt also nur eine Hauptfahrrinne rein und raus, wie ich höre. Warum schicken uns diese Sesselfurzer dann noch hierher? Können die nicht lesen und 'ne Seekarte auswerten?«

»Richtig, Herr Lietz!« setzte Kruse bitterböse hinzu. »Weil da irgend so ein Idiot zu faul zum Denken ist, geht uns der Weihnachtsurlaub flöten! Vermutlich steckt auch wieder dieser Arsch, dieser Oberst Clausen, dahinter.«

Das war natürlich Unsinn, aber ich begann mich auch zu fragen, was oder wer dahintersteckte. Ein Blick in die Seekarte und das Segelhandbuch genügte doch! Jedem U-Boot, das sich vor das Orinocodelta legte, liefen die Frachter, die nach Norden wollten, wie zum Scheibenschießen vor die Torpedorohre. Wozu also diese völlig überflüssige Recherche?

»Deshalb denke ich gar nicht daran, hier lange herumzutrödeln, meine Herren. Zwei Tage maximal, dann geht's auf Heimatkurs.«

Eine Hand schüttelte mich wach. »Meldung vom I WO, Herr Kaleu: Bridgetown auf Barbados in heller Festbeleuchtung voraus.«

Ich rieb mir den Schlaf aus den Augen und schwenkte die Beine aus der Koje. Der Zentralemaat nahm mein Ölzeug vom Haken und half mir hinein.

»Es regnet, Herr Kaleu, ein Schauer. Ist aber wunderbar warm, sagt der BÜ auf der Brücke.«

»Danke, Neubert! Irgendwelche Pötte in der Nähe?«

»Zwei Frachter in null-fünf-null und eins-null-neun, beide etwa zwozehn Seemeilen ab, behauptet Huber am GHG. Sonst nichts, nicht einmal Fischer.«

Mein Blick ging zur Borduhr, zehn Minuten vor zwei Uhr. »Kein Wunder bei so 'ner unchristlichen Zeit.«

Ich jumpte durch das Mannloch in die Zentrale, in der das übliche trübe Dämmerlicht herrschte, damit sich die Augen schneller auf die oben herrschende Dunkelheit umstellten. Nach einem kurzen Blick auf die Karte, in die Obersteuermann Schneider gerade die letzte Peilung an unseren Kurs antrug, enterte ich zur Brücke auf.

U 112 holte in der langen Dünung über und brachte mich aus dem Gleichgewicht, als ich aus dem Turmluk kroch. Kruse ergriff hilfsbereit meinen Arm.

»Bridgetown etwa sechs Seemeilen recht voraus, Herr Kaleu. Maschinen machen Umdrehungen für sieben Knoten. Keine besonderen Vorkommnisse.«

»Danke, Herr Kruse.« Es nieselte. Die feuchtheiße Luft wirkte wie ein Hammer. Mir brach sofort der Schweiß aus. »Puh, ist ja das reinste Treibhausklima hier oben! Bin wieder einmal viel zu warm angezogen.«

Kruse lachte. »Geht uns allen so. Mir läuft unter der Ölpelle der Schweiß nur so den Rücken runter, als sei ich in 'ner Sauna. War vorhin so ein richtiger Tropenguß, jetzt läßt der Regen ja nach. Da sind auch schon die ersten Wolkenlöcher.«

Ich suchte mit dem Glas die dunkle See ab. Direkt vor unserem Bug flimmerten die Lichter Bridgetowns, huschte der Schein der Leuchtfeuer über den Himmel und blinkten die Fahrwasserbojen. Von den Positionslichtern der weit entfernten Frachter keine Spur, die hatte der Regendunst verschluckt.

Von der Dunkelheit geschützt, steuerten wir mit halber Kraft die Reede von Bridgetown an. Unsere Blicke saugten sich an den Konturen des hell beleuchteten Hafens fest, der im tiefen Schlaf zu liegen schien. Ein selbst im Regendunst leicht zu überblickendes Panorama von Molen und Lagerhäusern, die das Hauptbecken umrahmten und teilweise verdeckten. Auch hier im sichtbaren Gewirr der Masten und Aufbauten keine Kreuzer oder Flugzeugträger, nur Kleinzeug, die typischen Schoner, Fischerboote und ein paar Yachten.

»Drei Seemeilen reichen, I WO, nicht dichter ran«, mahnte ich. »Kommen wir vor eine der blinkenden Bojen, sieht man möglicherweise unsere Silhouette.«

»Steuerbord zehn!« befahl Kruse, um uns parallel

zum großen Hafenbecken zu bringen. Gehorsam schor der Bug herum. »Komm auf! Recht so!«

Langsam verschob sich die Perspektive, kamen hinter einem der langen Lagerschuppen die Konturen eines größeren Schiffes zum Vorschein, immer wieder mit den dunkleren Teilen des Hafens verschwimmend.

»Wau, ein Passagierdampfer mit dunkelgrauem Tarnanstrich!« flüsterte Kruse, als fürchte er, man könne ihn dort hören. »Wenn das kein Truppentransporter ist, fresse ich 'nen Besen!«

»Und der ist nicht allein«, gab ich ebenso leise zurück, denn aus dem Dunkel schälten sich die typischen Kriegsschiffsmasten und -aufbauten mit Kanonen mittleren Kalibers. »Zwei Zerstörer oder Fregatten, der Typ ist bei diesem Licht nicht auszumachen. Aber Tommies sind das nicht, die erkenne ich inzwischen auch im Dunkeln genau.«

»Yankees? Venezueler auf Freundschaftsbesuch?«

»Mit 'nem Truppentransporter?« Ich schüttelte den Kopf. »Was auch immer, wir haben genug gesehen. Drehen wir ab. Neuer Kurs eins-acht-null!«

Noch ehe das erste Tageslicht die Kimm im Osten aufzuhellen begann, vertrieb uns ein Alarmschrei aus dem Turm von der Brücke. Das Boot schnitt schon unter, als wir das Turmluk zuknallten und die Vorreiber vortrieben. Schnell gewannen wir Tiefe.

»Was ist los, Obersteuermann?«

»Das GHG hat Schraubengeräusche in eins-acht-fünf ausgemacht, schnell aufkommend, Herr Kaleu! Zu schnell für Frachter.«

»Kriegsschiffe?« sagte ich ungläubig. Ich trat an den

Kartentisch »Aus eins-acht-fünf? Kommen die aus Bridgetown?«

Das sah ganz so aus. Fragen über Fragen stürmten auf mich ein. Hatte uns irgendwer entdeckt und Alarm ausgelöst? Jagten jetzt die beiden Zerstörer oder Fregatten aus Bridgetown hinter uns her? Aber so schnell seeklar? Das hieße ja, daß die bereits unter Dampf in Alarmbereitschaft am Kai gelegen hätten. Eigentlich unwahrscheinlich, es sei denn, die Sichtmeldung der *ESSO CARRIER* war hier ernster genommen worden als anderswo.

»Wer sitzt am GHG? Der Dietl?« Prompt erwachten in mir Zweifel. »Das muß ich mir selber anhören. Pendeln Sie inzwischen das Boot auf Sehrohrtiefe ein, II WO!«

Am GHG saß jedoch nicht mehr der Dietl, Huber hatte seinen Platz eingenommen. Da brauchte ich mir nicht die Hörer überzustülpen, auf dessen Gehör war Verlaß.

»Keine Frachter, Huber? Was dann?«

»Keine Frachter, Herr Kaleu, die laufen nicht so hohe Geschwindigkeiten. Die hier fahren mit Turbinen und haben mindestens achtundzwanzig Knoten drauf. Zwei Kriegsschiffe, vermutlich Zerstörer, so schnell wie die in eins-acht-fünf aufkommen. Entfernung etwa zwanzig Seemeilen, schnell abnehmend.«

»Und die meinen uns?«

»Sieht so aus. Obwohl…« Er horchte in seine Zauberkiste. »Ich bin mir nicht sicher, Herr Kaleu. Jetzt peilen sie eins-neun-vier. Wenn die weiter so Kurs halten, dann…«

»Danke, Huber, das genügt!« unterbrach ich ihn,

denn ich wollte in die Zentrale. »Bleiben Sie weiter dran!«

Die Männer in der Zentrale sahen mir erwartungsvoll entgegen.

»Zwei Kriegsschiffe, vermutlich Zerstörer«, sagte ich zum II WO. »Könnte Zufall sein oder auch nicht.«

Ich trat an den Kartentisch und trug Hubers neue Peilung mit dem Kursdreieck an unseren Kurs an. Liefen sie auf ihrem Kurs weiter, mußten sie uns weitab an Backbord passieren. Aber waren nicht wir ihr Ziel, wohin wollten sie dann?

Ich schob die Seekarte zur Seite und übertrug ihren Kurs in die Großkarte, in den sogenannten »Übersegler«. Verblüfft starrte ich auf den Namen, als ich die Linie verlängerte, bis sie auf Festland traf.

»Französisch-Guayana, das ist ja 'n Ei! Sind das Franzosen?«

Der II WO riß überrascht die Augen auf. »Froschfresser? Na prima, dann haben wir ja von denen nichts zu befürchten, die haben doch insgesamt kapituliert.«

»Müßten die dann nicht in den Häfen festliegen? Ich meine, auch in den außereuropäischen Besitzungen?« fragte der LI nicht minder überrascht.

»Müßten sie, aber Frankreich ist weit.« Ich erinnerte mich daran, was ich in der Offiziersmesse in Brest aufgeschnappt hatte. »Außerdem gibt's da diesen französischen General, de Gaulle oder so ähnlich heißt der. Der fühlt sich an diese Kapitulation nicht gebunden. Nennt sich Führer der Freien Franzosen, die den Kampf an der Seite Englands fortsetzen wollen. Soll viel Zulauf aus den französischen Kolonien haben. Warum also nicht auch hier?«

Ich glaubte zwar selbst nicht so recht daran, denn bisher hatte ich von diesem Mann nur gerüchteweise gehört. Allerdings wollte das nichts heißen. Vielleicht war der inzwischen tatsächlich zu einem ernstzunehmenden Verbündeten Englands geworden, und deshalb schwiegen sich Presse und Rundfunk darüber aus.

Vorsicht war geboten. »Horchgerät, was ergeben die Peilungen?«

»Schraubengeräusche peilen zwo-eins-sieben, Herr Kaleu!«

Ich fuhr den Spargel aus und drehte ihn in die Peilung. Mir bot sich ein prächtiges Bild. Wie ein Scherenschnitt hoben sich die schnittigen Silhouetten der beiden Kriegsschiffe vor der glutrot aufgehenden Sonne ab. Mit hoher Bugwelle preschten sie durch die bewegte See. Ein Anblick geballter Kraft und von so vollendeter maritimer Schönheit und Eleganz, daß er trotzdem jedes Seemannsherz begeistern mußte.

»Tatsächlich zwei Zerstörer mit Brassfahrt. Unmöglich, bei diesem Gegenlicht ihre Nationalität zu identifizieren. Tommies sind es jedenfalls nicht, das steht für mich fest.« Ich überließ dem II WO das Periskop und griff zum Flottenhandbuch. »Was meinen Sie, Herr Werda?«

Der ließ sich mit der Antwort Zeit. »Keine Briten, Herr Kaleu. Den Aufbauten und Dreibeinmasten nach könnten es Amerikaner sein, aber ich bin mir nicht sicher.«

»Aber ich bin mir jetzt sicher.« Ich tippte auf eine der Seiten mit den Konturen der verschiedenen Zerstörertypen. »Zerstörer, die nach amerikanischen Plänen gebaut worden sind. Es können also auch Venezueler oder Brasilianer sein. Egal, die suchen jedenfalls nicht nach uns, das ist die Hauptsache.«

Wir ließen sie trotzdem nicht aus den Augen. Als sie endlich hinter der Kimm verschwunden waren, hatten wir längst andere Schraubengeräusche im GHG. Sie stammten von einem Frachter mit den spanischen Farben auf den Bordwänden, der uns weitab an Steuerbord in schneller Fahrt passierte und nach seinem von uns mitgekoppelten Kurs nach Venezuela wollte.

»Ragt so hoch aus dem Wasser, daß man seinen Unterwasseranstrich sehen kann«, sagte ich zu Kruse, der inzwischen den II WO abgelöst hatte. »Fährt also in Ballast.«

Ich drehte den Spargel in die zweite Peilung, in der ein Frachter mit dicker Rauchfahne auf Gegenkurs langsam aufkam. »Noch nicht auszumachen, was das für'n lahmer Vogel ist. Auf jeden Fall scheinen wir auf einer der wichtigen Routen zu liegen.«

»Dazu hätten wir gar nicht erst hierher zu fahren brauchen«, moserte Kruse. »Das hätten wir denen in Brest schon vorher sagen können.«

Ich grinste, denn ich sah die Heimreise näherrücken. »Theoretisch schon. Noch zwei, drei solcher Pötte, dann können wir auch den praktischen Beweis liefern. Mehr brauchen wir nicht.«

Zwei Stunden später wußten wir mehr. Was dort angetuckert kam, war kein lahmer Vogel. Er lag nur tief im Wasser, war also voll bis an die Halskrause und fuhr deshalb wohl auf Spargang. Vielleicht hatte er es auch ohnehin nicht besonders eilig, wollte höhere Frachtkosten herausschinden. Das war ja jetzt im Krieg alles drin. Der war außerdem kein Neutraler.

»Die Flagge ist noch nicht zu identifizieren, auch die Maling außenbords nicht. Aber das brauchen wir gar nicht«, sagte ich, »der Kerl ist bewaffnet. Hat auf der Back 'ne Schnellfeuerkanone, Kaliber etwa so wie unsere Drei-sieben. Das Ding auf dem Achterdeck ist schwerer, dürfte etwa Kaliber acht-acht oder mehr haben.«

»Und was lernt uns das?« frotzelte der I WO. *»I 'm sure, a British freighter, one of the best we can get.«*

Ich schmunzelte. Kruse dachte wie ich: Ein bewaffneter Frachter, das konnte nur ein Brite oder Yankee sein. Edelwild also.

Alsbald verriet mir nicht nur der ausgefranste Union Jack, wer uns da vor die Torpedorohre lief. Von seiner schwarzen Außenhaut leuchtete ein Schriftzug in weißen Großbuchstaben, den jeder befahrene Seemann kannte.

»Sie haben richtig getippt, I WO. *B&U LINE*, ein Schiff der großen, wenn nicht gar der größten britischen Reederei. Ein hübscher Brocken, dürfte gut seine zehntausend BRT haben.«

»Und den sollen wir laufenlassen?« Das war ein versteckter Wink mit dem Zaunpfahl.

»So, sollen wir das?« fragte ich zerstreut, denn die Signalflagge an seinem Mast gab mir Rätsel auf. Fuhr der in Quarantäne? Unsinn, die sah anders aus. Was dann? Und wenn es ein Signal war, wem galt es?

Ich schwenkte das Periskop in die Runde und suchte die See ab. Nichts, sie war wie leergefegt. »Der führt eine Signalflagge, aus der ich nicht klug werde. Ein Signal, das man beim Auslaufen einzuholen vergessen hat? Was meinen Sie dazu, Herr Kruse?«

Der starrte ebenfalls angestrengt durch das Sehrohr und trat dann kopfschüttelnd davon zurück. »Ohne Zweifel ein Warnsignal, Herr Kaleu. Aber für wen?«

Warnsignal! Bei mir fiel der Groschen. Dafür gab es nur eine Erklärung, das hieß: ›Geht mir aus dem Weg, ich habe eine gefährliche Ladung an Bord!‹ Diese Erkenntnis räumte alle meine Bedenken beiseite.

»Alarm!« Die Klingel jagte die Männer auf die Gefechtsstationen. »Rohr eins und zwei... klar zum Torpedoschuß!«

Während die Rohre bewässert und die Mündungsklappen zum Schuß geöffnet wurden, brachte ich das Boot in den richtigen Schußwinkel. In der Zentrale erstarb jedes Geräusch, denn der I WO fütterte das Zielgerät mit meinen Angaben.

»Rohr eins und zwei sind klar!« kam aus dem Bugraum die Klarmeldung.

Einen Augenblick quollen noch einmal die Bedenken in mir hoch, doch dann lief der Pott genau in die Zielvorgabe hinein. »Rohr eins und zwei ... Achtung! ... Rohr eins und zwei ... los!«

Geschickt fingen die Tiefenrudergänger den Ruck ab, der durch das Boot lief. In der atemlosen Stille tickte die Stoppuhr in Kruses Hand überlaut, zählte die wenigen Sekunden, die dem britischen Schiff noch blieben. Ich behielt den Pott im Fadenkreuz und zählte in Gedanken mit.

Jetzt! An seiner Bordwand stiegen zwei Fontänen in die Höhe. Die Detonation der Torpedos verschmolz Sekundenbruchteile später mit einem so ohrenbetäubenden Donnerschlag, als gehe ein riesiges Munitionsdepot unmittelbar neben uns hoch. Die gewaltige Explosion verwandelte das Schiff in ein feuerspeiendes Inferno, blies Deck und Aufbauten hoch in die Luft und verstreute die Trümmer weit über die aufspritzende See. Unser Opfer verschwand in einer riesigen Qualm- und Dampfwolke.

Jäh brach der Jubel ab, der triumphierend durch das Boot brandete, als uns die mächtige Detonationswelle packte und aus dem Kurs warf. Alles flog durcheinander. Ich versuchte vergeblich, mich an den Griffen des Spargels festzuhalten. Die Wucht der Welle riß sie mir aus den Händen, zugleich fiel das Licht aus. Ich wurde gegen den Sehrohrblock geschleudert, daß mir der Schädel brummte und mir vor Schmerz die Luft wegblieb.

Wie ein Lumpenbündel wurde *U 112* von den nachlaufenden Druckwellen durchgeschüttelt. Schmerzensschreie gellten durch das Boot. Dann war plötzlich alles vorbei.

Der schwere Bootskörper kam zur Ruhe, richtete sich auf und pendelte auf ebenem Kiel ein. Der Zentralemaat werkelte an den Sicherungskästen herum, das Licht flackerte auf und brannte dann wieder normal. Das große Aufräumen begann.

»Schadensmeldungen an Zentrale!« befahl der I WO. »Frage Tiefe.«

»Boot steuert eins-acht-sieben in Sehrohrtiefe!« meldete Obersteuermann Weiß. »Beide E-Maschinen machen kleine Fahrt.«

»Danke, Obersteuermann! Solch einen Knall habe ich ja noch nie erlebt. Ich dachte schon, jetzt kriegen auch wir Flügel. Was hatte der Pott denn geladen?«

»Dynamit oder irgendwelche leicht entzündlichen Chemikalien.«

Ich versuchte, Ordnung in meinen brummenden Schädel zu bringen, und lauschte nach oben. Nichts, nicht einmal Sinkgeräusche waren von unserem Opfer zu hören. Lag das an meinen von dem Donnerschlag betäubten Ohren? Unsinn, inzwischen nahm ich ja wieder alle vertrauten Geräusche wahr.

»Horchgerät, wo bleiben die Meldungen?«

»Schwache Schraubengeräusche in eins-sieben-fünf, Herr Kaleu! Viel zu weit entfernt, um sie zu identifizieren. Sonst nichts.«

»Sonst nichts?« Ich trat an das Sehrohr. Ein Blick genügte. »Tatsächlich nichts! Der ist weg, I WO! Nur Trümmer und eine hochreichende zerfasernde Qualmwolke.«

Kruse schüttelte sich. »Das hat keiner überlebt. Die sind völlig argslos in den Tod gefahren. Scheußlich.«

Auch mir kroch bei dem Gedanken an die ahnungslosen Menschen an Bord eine dicke Gänsehaut über den Rücken. Mein Gewissen begann sich zu regen und suchte nach einer Entschuldigung. Hatte ich gehofft, ihnen bliebe noch so viel Zeit, sich in die Boote zu retten? Unbewußt schüttelte ich den Kopf.

»Ahnungslos? Der Pott war bewaffnet, I WO! Wer mit Geschützen und Kanonieren an Bord durch die Gegend schippert, ist Kriegsteilnehmer und muß mit allem rechnen. Außerdem – wer konnte denn voraussehen, daß der Pott sofort in die Luft fliegt?«

Ich sah Kruse an, was er dachte. Es erging mir ja nicht anders. Obwohl wir uns bereits im dritten Kriegsjahr befanden, war keiner von uns so abgestumpft, in solchen Augenblicken nicht auch daran zu denken, daß das auf der anderen Seite ebenfalls Seeleute, also Menschen waren.

»Ich weiß, Herr Kaleu. ›Wer sich in Gefahr begibt, kommt darin um.‹« Sein Gesicht verzog sich zu einem schiefen Lächeln. »Aber keiner kann aus seiner Haut. An unser grausiges Geschäft werde ich mich nie ganz gewöhnen, wenn das so endet. Die HJ hat wohl doch einiges an mir versiebt. Das hat schon Ihr Vorgänger an mir bemängelt.«

In diesem Augenblick holte mich die Erinnerung ein. Ich sah plötzlich den blutjungen Leutnant zur See Kruse wieder vor mir, der sich über die vielen Toten auf der von uns überrumpelten U-Boot-Falle *Flying Lady* entsetzte.

In einem Anflug von Rührung legte ich ihm die Hand auf die Schulter. »Gott sei Dank, daß es so ist, I WO! ›Gelobt sei, was hart macht‹ – das ist genauso ein blöder Spruch!«

Wir hatten richtig vermutet: Wir lagen in einer stark befahrenen Schiffahrtsroute auf der Lauer. Der gewaltige Qualmpilz stand noch immer als dunkle Wolke am Himmel, da stiegen schon die nächsten Pötte über die Kimm. Tief im Wasser liegende Frachter, die eilig nach Norden strebten.

»Einzelfahrer, gleich vier auf einmal«, sagte ich zu Kruse, »aber jeder hat den anderen im Blickfeld. Die werden sich über diese komische Wolke wundern.«

»Glaube ich nicht. Und wenn doch, dann bringen sie die garantiert nicht mit einem torpedierten Schiff in Zusammenhang«, winkte er ab. »Die ahnen gar nicht, was für ein verdammtes Glück sie haben, was?«

Ich nickte. Unter diesen Umständen war an einen Angriff tatsächlich nicht zu denken. Wir hätten damit nur unsere Anwesenheit in der Karibik verraten.

»Ich glaube, wir haben genug gesehen«, erinnerte ich an unsere eigentliche Aufgabe. »Sobald die außer Sicht sind, tauchen wir auf und gehen auf Heimatkurs.«

Doch das blieb ein frommer Wunsch. Es ging hier zu wie auf der Elbe. Kaum dachten wir ans Auftauchen, fing unser GHG neue Schraubengeräusche auf, die uns zwangen, tagsüber unter Wasser zu bleiben. Als uns endlich die Dunkelheit schützte, gab ich den Befehl zum Auftauchen.

»Keine Positionslichter, Herr Werda! Kurs null-vier-fünf, Marschgeschwindigkeit zwölf Knoten, es geht heimwärts. Gehen Sie jedem Pott weit genug aus dem Weg. Und ihr Brüder«, wandte ich mich an die Brükkenwache, »sperrt mir ja die Augen auf, sonst wartet auf euch in Brest nicht der Puff, sondern 'ne Arrestzelle, klar?«

Ich warf noch einen Blick in die Runde, ehe ich mich unter ihrem fröhlichen Gelächter in den Turm fallen ließ und die Leiterholme in die Zentrale hinuntersauste. Erschrocken sprang der LI zur Seite.

»Du lieber Himmel, Herr Kaleu, wollen Sie mich umbringen?«

»Im Gegenteil, lieber Herr Lietz!« sagte ich aufgeräumt. »Der Flottille möchte ich jetzt eins überbraten, und dabei sollen Sie mir helfen. Wie weit kommen wir mit unserem Treibölbestand bei einer Marschgeschwindigkeit von zwölf Knoten?«

Über sein Gesicht glitt ein Lächeln. Er holte sein Notizbuch aus der Tasche. »Plus … minus, Herr Kaleu?«

»Höchstens, natürlich!« Ich kniff grienend ein Auge zu. »Man weiß ja schließlich nicht, was noch kommt – oder?«

»Oder!« bestätigte er. Er zückte einen Bleistiftstummel und leckte die Spitze an, eine Angewohnheit, die ich scheußlich fand. »Kein Problem, in weniger als zehn Minuten haben Sie meine Berechnung hieb- und stichfest auf dem Tisch. Ich muß nur mal eben noch ...«

Greinert, der Funker, steckte seinen Kopf durch das Mannloch und unterbrach ihn. »Ein dringender Funkspruch der Flottille, Herr Kaleu!«

Er reichte mir den entschlüsselten Spruch. »Spruch« war eigentlich übertrieben. Die Buchstabengruppe forderte in der üblichen Knappheit unsere Standortmeldung.

»Können die in Brest Gedanken lesen? Die kommen mir ja wie gerufen!« Ich blickte auf die Borduhr. »Obersteuermann, noch haben wir oben halbwegs klaren Himmel. Schießen Sie ein paar Sterne, bevor es den nächsten Schauer gibt. Ich brauche unseren genauen Standort. Ich bin in meiner Kammer.«

Insgeheim rieb ich mir die Hände. Die Standortmeldung sollten sie in Brest haben und noch etwas mehr. Hier auf dieser stark befahrenen Route brauchte ich mir keinen Zwang aufzuerlegen, da erregte ein längerer Funkspruch keinen Verdacht, selbst ein verschlüsselter an die Reederei nicht. Das war eher normal, damit die Konkurrenz nicht mithörte.

Während ich meinen Text durch die Schlüsselmaschine schickte, erschien Kruse am Schott.

»Darf ich?«

Ich machte eine einladende Handbewegung. »Noch 'ne Gedankenübertragung! Ich wollte Sie gerade rufen lassen. Brest will unseren genauen Standort wissen.«

»Das habe ich schon aus der Funkkladde ersehen, Herr Kaleu. Aber warum dringend?«

»Keine Ahnung. Aber ich mach's genauso dringend.« Ich gab ihm den Klartext. »Der LI hat mich genau verstanden.«

Kruse lachte. »Das sehe ich. Wenn es danach geht, kommen wir damit nicht einmal mehr bis zu den Azoren. Wir müßten von dort an segeln, um nach Brest zu kommen.«

Ich schmunzelte. »Ein bißchen schwierig, was? Aber das wird den Trantüten in Brest hoffentlich Feuer unter dem Arsch machen. Zeit wird 's ja nun wohl, uns Datum und Treffpunkt für das Auftanken mitzuteilen.«

»Vielleicht ist das der Grund für die Dringlichkeit?« meinte Kruse hoffnungsvoll. »Die müssen doch vorplanen.«

Ich nickte, denn das klang einleuchtend. »Dann wird unsere Antwort die Planung noch mehr auf Trab bringen.«

Greinert erschien im Gang und machte Männchen. »Funkobergefreiter Greinert wie befohlen zur Stelle, Herr Kaleu!«

»Nun brechen Sie sich man bloß keinen ab, Greinert!« gab ich gutgelaunt zurück. »Hier, noch einmal verschlüsseln und dann ab damit nach Brest! Halten Sie die Frequenz offen, ich erwarte mehr als nur die Bestätigung!«

Greinert salutierte und verschwand.

Kruse zog den Kalender zu sich herüber und rechnete. »Wird trotzdem verdammt knapp, aber schaffen könnten wir es vielleicht doch noch bis Silvester.«

»Könnten Sie Ihre Berechnung mal 'n bißchen präzisieren, I WO? Meine ist nämlich nicht so optimistisch.«

»Wenn es mit dem Auftanken klappt, können wir Brest in elf Tagen erreichen. Das wäre am dreißigsten Dezember. Allerdings müßten wir aufdrehen, Marschgeschwindigkeit sechzehn Knoten.«

»Sechzehn Knoten? Ist Ihnen entgangen, daß der LI mit zwölf Knoten rechnet? Das erscheint mir realistischer. Wir glauben nämlich beide nicht, daß die uns voll auftanken werden. Wenn doch, könnten wir von dort an natürlich unsere Höchstgeschwindigkeit ausnutzen und brauchten dennoch zweieinhalb, wohl eher drei Tage bis Brest. Und das wäre dann?«

»Der erste Januar«, sagte er mit Enttäuschung in der Stimme.

»Auch das ist noch sehr optimistisch, Herr Kruse. Ich wäre schon froh, wenn wir es bis zum vierten Januar schafften. Dann käme ich nämlich noch rechtzeitig zum Geburtstag meiner Frau nach Hause. Die hat am achten Januar …«

Greinert kreuzte am Schott auf und knallte die Hakken zusammen. »Die Antwort, Herr Kaleu! Offiziersschlüssel.«

»Geben Sie her, Greinert!« Ich warf nur einen kurzen Blick auf die Buchstabenkolonnen und sah im selben Augenblick alle unsere Hoffnungen schwinden. Der Funkspruch war länger als erwartet. »Verflucht, die Sache stinkt! Warum sonst ein so langer Text, wenn es nur um das Auftanken geht? Ich wette, die scheißen uns wieder vor den Koffer!«

Kruse verschlug es die Sprache. Offenen Mundes verfolgte er, wie ich die Walzen auf den Tagescode umstellte und den Text eingab. Der Klartext überstieg meine schlimmsten Befürchtungen.

»Ich fass' es nicht! Sagten Sie nicht, wir würden den Franchon und den Brodersen nie wiedersehen, Herr Kruse?«

»Heißt das etwa …?« Die Konsequenz meiner Worte erschien ihm so ungeheuerlich, daß er stockte. »Sollen wir …«

»Genau das sollen wir, I WO! Wir sollen zurück nach Lake Worth und die beiden wieder an Bord nehmen. Erst dann geht's auf die Heimreise.«

Ich reichte ihm den Klartext, der außer dem Zeitplan keinerlei Erklärungen für diesen seltsamen Befehl enthielt. Er wurde lediglich durch die notwendigen Angaben für die Treibstoffübernahme ergänzt, und die waren ebenfalls denkbar knapp.

Kruse saß wie versteinert. Das war verständlich, denn mit seinen Daten warf dieser Befehl nicht nur unsere ganze Planung über den Haufen. Wir mußten schleunigst an den Kartentisch in der Zentrale. Ich stand auf.

»Kommen Sie, Herr Kruse, wir müssen umdisponieren, um den Zeitplan einzuhalten.«

Der LI und der II WO reagierten ähnlich geschockt wie Kruse, als ich ihnen die veränderte Situation auseinandersetzte. Ich schnitt dem LI, der Einwände erheben wollte, kurzerhand das Wort ab.

»Die Daten liegen fest, an die müssen wir uns halten, Herr Lietz! Der Zeitplan ist zwar denkbar knapp, aber wer ihn ausgetüftelt hat, der versteht sein Handwerk. Es macht daher wenig Sinn, darüber zu diskutieren. Wir haben nur vier Tage Zeit, um Lake Worth zu erreichen. Also werden wir den kürzesten Weg wählen, nämlich zwischen Trinidad und Tobago hindurch in das Karibische Meer hinein.«

Anhand der Karte demonstrierte ich ihnen meine Absichten und legte den Kurs auf den Canal de la Mona zwischen Haiti und Puerto Rico fest, wo ich das Karibische Meer wieder zu verlassen gedachte.

»Die Passage zwischen Trinidad und Tobago ist ein kritischer Punkt, das weiß ich. Die Dunkelheit wird uns heute nacht schützen, anschließend kommen wir wieder in tiefes Wasser. Deshalb wollen wir keine Zeit verlieren. Rudergänger, neuer Kurs drei-eins-fünf! Beide Maschinen voll voraus!«

Noch ehe der Rudergänger und der Maat am Maschinentelegraph meine Kommandos bestätigt hatten, kam von der Brücke der Ruf herunter: »Ölzeug auf die Brücke!«

»Na bitte, meine Herren, es regnet. Besser können wir es uns doch für die Passage gar nicht wünschen – oder?«

»Aber mit voll voraus, Herr Kaleu?« setzte der LI an. »Ich ...«

»Wie denn sonst, Herr Lietz?« sprang mir der I WO bei. »Haben Sie die amerikanischen Korvetten vergessen? Wir müssen hindurch, bevor es hell wird! Und zwar aufgetaucht!«

»Wir werden überhaupt nur tauchen, wenn es unumgänglich ist, LI, damit wir Zeit schinden.« Das mußten wir auch; denn wir hatten für Lake Worth den 23. oder 24. als Termine gesetzt bekommen. Das war knapp. »Wenn wir die beiden am vierundzwanzigsten aufnehmen, sind wir natürlich sicherer vor Entdeckung. Da wird auch bei den Yankees die Heilige Nacht eingeläutet, folglich wird sich niemand draußen auf See herumtreiben.«

Unter unseren Füßen vibrierte die Gräting im harten Takt der auf Hochtouren laufenden Diesel. Achteraus blinzelten wie im tiefsten Frieden die Leuchtfeuer von Trinidad und Tobago durch den Regen. Bisher hatten wir noch vor keinem zivilen Schiff, geschweige denn vor einem der US-Navy die Ohren anlegen müssen. Hier fand der Krieg, wenn überhaupt, offenbar nur während des Tages als Übung statt.

»Schon ein komisches Gefühl, so unbekümmert zwei Inseln zu passieren, auf denen amerikanische Streitkräfte stationiert sind, was?« sagte ich zu Kruse. »Wenn die wüßten!«

»Die pennen vermutlich tief und fest in den Morgen hinein.« gab er zurück. »Außerdem rechnet hier keine Sau damit, daß ein deutsches U-Boot die Frechheit besitzen könnte, direkt vor ihrer Nase vorüberzuschippern.«

Bei dem Wort »Morgen« sah ich automatisch auf die Leuchtziffern meiner Armbanduhr. »Ein Uhr, nicht schlecht. Wir liegen besser in der Zeit, als ich dachte. Ehe der Morgen graut, haben wir auch Grenada passiert und tiefes Wasser unter dem Kiel.«

»Ich fürchte, es bleibt dann nicht so, wie es jetzt ist.

Der Schiffsverkehr wird zunehmen.« Kruse wischte zum x-tenmal die Linsen seines Glases trocken. »Meinen Sie nicht, Sie sollten sich bis dahin noch ein bißchen aufs Ohr hauen und an der Matratze horchen?«

Ich lachte. »Du lieber Himmel, wenn das kein elegant umschriebener Rausschmiß ist, weiß ich auch nicht! Aber kein schlechter Gedanke, ich werde Ihren Rat befolgen. Gute Wache, I WO!«

Es wurde eine verdammt kurze Nacht für mich. Schuld daran waren die Horcher, die nach einer der üblichen Horchrunden den Alarm auslösten und mich kurz vor dem Ende der Hundewache aus dem tiefsten Schlaf holten.

»Ein Frachter, Herr Kaleu!« meldete mir der Läufer, der mir in das Ölzeug half. »Noch weit entfernt, aber Huber behauptet, der werde unseren Kurs kreuzen.«

Grund genug für mich, in das Horcherschapp zu schauen, bevor ich auf die Brücke stieg. »Was ist los, Huber?«

»Ein Frachter in zwo-neun-zwo, Herr Kaleu. Möglicherweise aber auch ein Tanker. Müßte schon jetzt von der Brücke auszumachen sein, denn er kommt ziemlich schnell auf.«

»Noch wer unterwegs?«

»Jawohl, Herr Kaleu. Einer in null-drei-zwo und einer in null-vier-sechs, aber beide schon weit voraus. Keine Chance, die noch einzuholen.«

Als ob ich das wollte! Der in zwo-neun-zwo war mir wichtiger, und das machte mir Beine. Der war auch Kruse wichtiger. Auf der dunklen Brücke stützte er sich mit beiden Armen auf das regennasse Schanzkleid und richtete sein Glas auf den an Backbord voraus durch den Nieselregen schimmernden grünen Lichtpunkt.

Doch es war nicht der einzige Lichtpunkt, den ich mit meinem Glas ausmachte, als sich meine Augen an die Dunkelheit gewöhnt hatten. Es gab noch einige weiße neben der spärlichen Decksbeleuchtung, die Dampferlaternen, die uns die Länge des Schiffes signalisierten, und das Licht, das aus den Bulleyes der Aufbauten fiel.

»Ein ganz schöner Brocken, Herr Kaleu«, sagte Kruse. »Ich dachte zuerst, es sei ein Frachter. Aber dafür steht die Brücke mit der grünen Positionslaterne zu weit achtern, also ein Tanker. Kommt mit konvergierendem Kurs auf.«

Meine Augen saugten sich an den undeutlichen Konturen des Schiffes fest. Es schien ein ganz moderner Tanker zu sein. Er kam nicht behäbig mit neun oder zehn Knoten daher, sondern lief schätzungsweise gut und gerne seine sechzehn Knoten.

»Schade, daß man nicht erkennen kann, was das für ein Landsmann ist.« Ich blickte auf den Kompaß und verglich seinen Kurs mit dem unseren. »Hat offensichtlich das gleiche Ziel wie wir.«

Ich preßte das Glas wieder an die Augen. Noch immer lag der Tanker auf dem gleichen Kurs, doch irgendwie schien sich die Perspektive verschoben zu haben. Täuschte mich die Dunkelheit, oder peilte er jetzt wirklich anders?

Ich trat erneut an den Kompaß und drehte den Peildiopter auf den grünen Lichtpunkt ein. Tatsächlich, ich täuschte mich nicht. Der Winkel zu unserem Kurs war nicht kleiner, sondern größer geworden, obwohl er seinen Kurs beibehalten hatte. Dafür gab es nur eine Erklärung.

»Er verliert Fahrt, Herr Kruse.«

»Also doch! Ich dachte schon, ich hätte mich geirrt. Warum wird der langsamer? Hat der uns bemerkt?«

»Wie sollte er?« Ich blickte über das Schanzkleid auf unsere Backbord-Positionsleuchte. »Wir haben keine Positionslichter gesetzt, und in dieser nachtschwarzen Finsternis sieht der uns dank unseres Anstrichs nicht einmal als Schatten.«

»Und wenn er RADAR hat?«

»Ein Tanker mit RADAR? Das wäre ja etwas ganz Neues. Und falls doch, dann sieht der uns auf seinem Gerät bestenfalls als unbedeutendes Pünktchen und kann damit nichts anfangen. Nee, das muß 'nen anderen Grund haben.«

»Der verliert ja immer mehr Fahrt! Ich wette, der stoppt. Hat der Probleme?«

Auch ich kam zu dem gleichen Schluß. Ein Schiff, das auf See plötzlich ohne ersichtlichen Grund aus voller Fahrt stoppte, konnte nur Probleme haben. »Die machen mich neugierig, Herr Kruse. Wir sollten die Fahrt zurücknehmen und sehen, was sich da tut. Wir sind ganz bestimmt nicht der Anlaß.«

Der I WO gab die entsprechenden Befehle.

Indessen trat der BÜ an uns heran. »Meldung von den Funkern, Herr Kaleu: In unmittelbarer Nähe wird in englischer Sprache offen gefunkt.«

»Offen? Die sollen alles mitschreiben! Die Frequenz offenhalten und alles mitschreiben!« Ich wandte mich an Kruse. »Wenn der funkt, verrät der uns damit garantiert seine Nationalität. Jetzt sind Sie dort unten gefragt. Ich löse Sie hier oben ab.«

Der I WO verschwand blitzschnell im Turmluk. Auf dem Tanker ging plötzlich die volle Decksbeleuchtung an. Genaues war wegen des Regens auf so große Entfernung selbst mit meinem scharfen Glas nicht zu erkennen, aber irgend etwas lief dort anders als normal. Die hatten also tatsächlich Probleme.

Sollten wir näher herangehen, um zu sehen, was da gespielt wurde? Unbewußt schüttelte ich den Kopf. Wozu? Wir durften uns hier ohnehin nicht lange aufhalten. Noch zehn Minuten, sagte ich mir, dann gehen wir wieder auf volle Fahrt. Aber vielleicht sollten wir doch noch …

Kruse erlöste mich aus meinem Zwiespalt. »Ein Amerikaner, Herr Kaleu, heißt *NORFOLK STAR* und hat Flugzeugbenzin für Glasgow gebunkert. Und nun kommt der Knüller: Sie haben Feuer in der Bilge, das schon auf den Maschinenraum zwo übergegriffen hat! Sie fürchten, jeden Augenblick …«

»Was sagen Sie da? Die haben Flugzeugbenzin gebunkert und Feuer an Bord?« Flugzeugbenzin, das löste böse Erinnerungen an meinen letzten Urlaub in mir aus. Ich hörte die Sirenen heulen und sah die Menschen aus den brennenden Häusern Hamburgs flüchten. Das war die Gelegenheit, sich zu revanchieren. »Mensch, da werden wir etwas nachhelfen, bevor die das Feuer in den Griff bekommen! Geben Sie Alarm, I WO! Alle Mann auf Tauchstation! Rohr eins und vier klar zum Überwasserangriff! Der Aal mit Aufschlagpistole und der mit Magnetkopf dürften denen eine prächtige Explosion in der Bilge vortäuschen!«

»Sie wollen …«

»Und ob ich will!« Ich schlug auf den Alarmknopf, weil er einen Moment zögerte. »Was ist los mit Ihnen, Herr Kruse? Haben Sie die Luftangriffe auf die deutschen Städte vergessen? Bedenken wegen der Besatzung? Die bereiten sich wegen des Feuers schon auf das Aussteigen vor, diesmal kommen die alle rechtzeitig weg. Wir machen ihnen nur Beine. Klar zum Alarmtauchen! Ruder, Backbord zwanzig!« Gehorsam kam der Bug herum. Ich wartete, bis er in Schußposition lag. »Recht so, komm auf! Ich schieße auf Sicht. Der liegt ja gestoppt wie auf dem Präsentierteller.«

Kruse gab meine Anweisungen für die Torpedos an den vorderen Torpedoraum weiter. Schnell kamen die Rückmeldungen.

Zäh verstrich die Zeit. Während wir uns anschlichen, schätzte ich die Entfernung. Diesmal war es ein Kinderspiel. Wir mußten keinen Vorhaltewinkel berechnen und brauchten auch nicht so nahe an den ruhig liegenden Pott heran. Wir mußten allerdings tauchen, sobald die Torpedos liefen.

»Vorfluten, Herr Kruse! Entzündet sich das auslaufende Benzin, sehen die uns möglicherweise doch.« Deutlich war jetzt im Glas zu erkennen, daß auf dem Tanker die Boote ausgeschwenkt wurden. »Da sehen Sie's, I WO, die sind vorbereitet. Rohr eins und vier … Achtung! … Rohr eins los! … Rohr vier los!

Die winzige Verzögerung sollte ausreichen, die Täuschung perfekt zu machen. Eine Explosion in der Bilge, die auf einen der Tanks übersprang.

»Rohr eins und vier sind los!« kam die Rückmeldung.

»Alarmtauchen!«

Unter uns rissen sie die Tauchzellen voll auf und legten Tiefenruder. Beide Maschinen liefen voll voraus. Der Bug neigte sich in die Tiefe und schnitt bereits unter, als ich das Turmluk zuknallte. »Ruder hart Steuerbord!«

Der Zeiger der Stoppuhr in der Hand des II WO zählte die Sekunden. Ich riß mir das Ölzeug vom Leib und ließ es achtlos an Deck fallen. Ich mußte ans Sehrohr, um zu sehen, was mit dem Tanker geschah.

»Tiefenruder, kommt auf! Auf Sehrohrtiefe einpendeln!« stoppte ich den Tauchvorgang. »Nehmen Sie die Fahrt aus dem Boot, sobald Kurs eins-zwo-fünf anliegt, Herr Kruse. Marschgeschwindigkeit vier Knoten!«

Der Bug schwamm auf, kam auf ebenen Kiel. »Boot pendelt auf Sehrohrtiefe ein!«

»Die Aale lassen sich aber verdammt viel Zeit, Herr Kaleu«, murmelte der II WO und hielt mir die Stoppuhr hin.

»Das dürfen sie auch, Herr Werda.« Ich fuhr das Sehrohr aus und drehte es in die Richtung des Tankers. »Der Pott …«

Die beiden Detonationen übertönten meine Worte, sie klangen selbst in meinen Ohren wie eine einzige. An der Steuerbordseite des Tankers stieg eine Feuersäule hoch in den dunklen Himmel empor, bekam neue Nahrung aus dem aufgerissenen Tank und breitete sich als wabernde Lohe auf der leicht bewegten See aus.

Von der Brücke stiegen Seenotraketen auf und tauchten die Szenerie noch zusätzlich in ihr rotes Licht. Die sollen diesen Firlefanz lieber lassen, dachte ich, und schleunigst in die Boote gehen, bevor die Kiste in die Luft fliegt.

Ein voll besetztes Rettungsboot kam hinter dem Heck hervor und hastete von dem Tanker weg, der in einem wabernden See brennenden Benzins dümpelte. Wenig später folgte nicht minder eilig ein zweites Boot, eine Motorbarkasse mit Rettungsinseln im Schlepp. Auch sie war voll besetzt.

»Was habe ich gesagt, Herr Kruse? Typisch für die Yankees, bestens auf einen solchen Fall vorbereitet. Sehen Sie selbst!« Ich überließ ihm das Sehrohr. »Hätte nicht gedacht, daß an Bord eines Tankers so viele Leute notwendig sind.«

»Teufel, der fackelt ja mit einem riesigen Flammenmeer ab!« Er trat vom Sehrohr zurück. »Kein Wunder, daß es die Yankees eilig haben. Das muß ja eine Irrsinnshitze um sich verbreiten!«

Trotzdem schien er irgendwie erleichtert zu sein. Das Wasser übertrug dumpfes Bullern.

»Hören Sie das? Jetzt geht ein Tank nach dem andern hoch.« Noch ein Blick durch den Spargel, dann fuhr ich ihn ein. »Auf denn, machen wir uns aus dem Staub! Die Feuersäule reicht so hoch in den Himmel, daß man sie trotz des Regens weithin sehen wird. Außerdem haben die gefunkt, da werden die nicht lange auf Retter warten müssen. Beide Maschinen voll voraus!«

Außerhalb der Sichtweite unseres Opfers tauchten wir auf und stiegen auf die Diesel um. Mit Höchstfahrt liefen wir ab, denn jede Verzögerung kostete Zeit und beschwor neue Gefahr herauf.

Während der Tauchfahrt hatte das GHG nämlich

eine Reihe von Schraubengeräuschen geortet, zwar weit entfernt noch vom Ort der Torpedierung, doch jetzt fingen wir zahlreiche Funksprüche auf, die alle der *NORFOLK STAR* galten. Die antwortete nicht, offenbar hatten die Boote keine Funkgeräte an Bord.

Trotzdem mußten wir uns sputen. Es regnete noch immer, dennoch drang die hohe Feuersäule durch den Regenschleier und wies den herbeieilenden Rettern als riesige Fackel den Weg zu der Stelle, wo der Tanker in seiner ausfließenden Ladung verglühte.

»Wenn es hell wird, werden wir auch mit Flugzeugen rechnen müssen, die nach den Rettungsbooten suchen, Herr Kaleu«, meinte der II WO.

»Bis dahin haben wir noch drei Stunden. Ich hoffe, daß wir dann schon weit genug weg sind, Herr Werda. Haltet mir ja die Augen offen! Lieber ein Fehlalarm als eine böse Überraschung!«

Letzteres galt der Brückenwache. Schaden konnte die Mahnung nicht, obwohl sie eigentlich völlig überflüssig war. Hatte ich doch, bevor wir auftauchten, der Besatzung über die Bordlautsprecher noch einmal eindringlich vor Augen geführt, welchen gefährlichen Weg wir noch vor uns hatten und was von jedem für uns alle abhing, wollten wir Brest heil erreichen.

»Das Schmuddelwetter soll noch 'ne ganze Weile anhalten, hat der Wetterbericht gemeldet, den der I WO abgehört hat«, nahm der II WO den Faden wieder auf. »Mir soll's recht sein.«

»Mir auch!« Ich klappte das Turmluk auf. »Mal sehen, ob die Funker für uns etwas Wichtiges aus dem Wellensalat herausgefischt haben. Wahrschau! Ein Mann von Brücke in die Zentrale!«

Ich sauste in die Tiefe. Zu meiner Überraschung stand der I WO mit dem Obersteuermann am Kartentisch und nahm dort Eintragungen in die Seekarte vor.

Ich streifte mein nasses Ölzeug ab und trat neugierig näher. »Nanu, Herr Kruse, nicht in der Falle? Was ist los?«

»Die Torpedierung der *NORFOLK STAR* hat einen unerwarteten Nebeneffekt gezeitigt.« Der I WO deutete mit dem Kursdreieck auf seine Eintragungen. »Alles Standortmeldungen der Schiffe, die den Notruf aufgefangen haben. Frachter oder Tanker, bis auf den hier, das ist eine amerikanische Korvette.«

Sein Finger tippte auf deren Standort. Der lag weit achteraus. »Eine von denen, die vor Trinidad geübt haben?«

»Sieht so aus, Herr Kaleu.«

»Hmmm«, brummte ich. »Das schmeckt mir gar nicht. Die hat RADAR und wird es auch einsetzen, außerdem ist sie schnell. Ein bißchen zu schnell für mich. Kann man nur hoffen, daß sich deren ganze Aufmerksamkeit auf die Schiffbrüchigen konzentriert.«

»Sie meinen, die könnten uns orten?« fragte der Obersteuermann entgeistert.

»Ich weiß nicht, wie weit deren RADAR reicht, Obersteuermann, aber man muß davon ausgehen.« Ich winkte ab, um nicht die Pferde scheu zu machen. »Allerdings kann man auch davon ausgehen, daß sie schon einen Hellseher am Gerät haben müssen, um aus dem winzigen Echo, das unser Turm liefert, auf ein U-Boot zu schließen. Hoffen wir, daß das Glück weiterhin auf unserer Seite ist.«

Es blieb ebenso auf unserer Seite wie das Schmuddelwetter. Unbehelligt erreichten wir den Canal de la Mona. Noch ehe wir uns in diese Passage zwischen Haiti und Puerto Rico wagten, brüteten wir über der Seekarte.

»Die geringere Tiefe zwischen den Inseln bereitet mir Kopfschmerzen«, sagte ich nachdenklich. »Wenig Spielraum für uns, wenn wir uns getaucht hindurchschummeln.«

»Müssen wir das denn? Die hätten die Leuchtfeuer doch längst gelöscht, wenn sie auch nur den geringsten Verdacht hätten«, gab der II WO zu bedenken.

»Ganz richtig!« hakte Kruse nach. »Nach dem torpedierten Pott auf der Orinoco-Route kräht kein Hahn, obwohl der eigentlich für seine Reederei überfällig sein müßte. Und die *NORFOLK STAR?* Da sollten Sie mal die örtlichen Sender hören. Die ist ein gefundenes Fressen für die Radioreporter. Ein Heldenepos mit dem Kapitän in der Hauptrolle.«

»Heldenepos? Wie das denn?« Der LI kam aus dem Mustopf.

»Die setzen ihm 'nen Lorbeerkranz aufs Haupt, weil die Besatzung allein seiner Umsicht das Leben verdankt! Sonst wäre doch die ganze Bagage in den Flammen umgekommen, hätte der nicht rechtzeitig die Boote ausschwenken lassen, bevor der Brand in der Bilge auf die Tanks übergriff.« Kruse feixte. »Keine Rede von einer Torpedierung. Man muß eben alles nur aus dem richtigen Blickwinkel sehen!«

»Zu deutsch, im Schutz der Dunkelheit und des Sauwetters aufgetaucht hindurch«, warf ich alle Bedenken über Bord. »Dann los! Kurs drei-sechs-null! Beide Maschinen voll voraus! Boot bleibt klar zum Alarmtauchen!«

Der LI fand wie üblich wieder ein Haar in der Suppe. »Hoffentlich überstrapazieren wir damit nicht unser Glück.«

Vom nächsten Morgen an sah die Welt ganz anders aus. Es nieselte zwar noch immer, aber das nahm nicht einmal mehr die Brückenwache besonders tragisch. Die letzte gefährliche Passage lag hinter uns. Jetzt war nur noch eine Aufgabe zu lösen, dann ging es endlich auf Heimatkurs. Die Besatzung wurde von einer regelrechten Euphorie erfaßt.

Während uns in den folgenden zwei Tagen die donnernden Diesel mit jeder Schraubenumdrehung Lake Worth näher brachten, gab es nur noch ein Thema: Urlaub in der Heimat! Daß wir immer wieder Haken schlagen mußten, um unentdeckt zu bleiben, tat dieser Hochstimmung keinen Abbruch.

Irgendwann kam einer der Funker auf den Gedanken, eine Platte aufzulegen. Fortan dudelte das Bordradio, und alle sangen lauthals mit, bis der Plattenvorrat erschöpft war. Das verschaffte uns wenigstens vorübergehend eine Ruhepause.

»Gott sei Dank, das Gegröle geht einem ja langsam auf den Keks!« seufzte der LI. »Da höre ich mir schon lieber an, wie sich meine Stoker den Urlaub vorstellen.«

»Und wie stellen die sich den vor?« bohrte grienend der II WO, denn der hatte schließlich auch Ohren. »Trautes Glück im eigenen Heim, was?«

»Von wegen! Nach sieben Wochen auf See treibt's

die meisten erst mal in den Brester Puff«, widersprach der LI. »Der Samenkoller verschont eben keinen, nicht einmal die Familienväter. Die hätten sich ja am liebsten schon an dem Franchon vergriffen, als der sich als Frau aufgetakelt hatte. Die Sprüche hätten Sie mal hören sollen.«

»Und Sie, Herr Lietz, keine derartigen Ambitionen?« stichelte der I WO.

»Aha, man schließt von sich auf andere!« gab der schlagfertig zurück. »Nee, mein Lieber, ich brauche keinen Puff. Im Fronturlauberzug gibt's immer ein paar flotte Marine- oder Nachrichtenhelferinnen, da wird mir die Zeit bestimmt nicht lang.«

Kruse konterte. »Auch ein Gedanke und gar kein so schlechter! Ich glaube, da sollten wir uns anschließen, was, Herr Werda?«

Aus dem Unteroffizierslogis drang plötzlich laut die Stimme Obermaat Zeidlers durch das Mannloch in die Zentrale:

»Frau Wirtin hatt' 'nen Leutenant,
der war als Renommist bekannt.
Er schwor bei tausend Teufeln,
daß er im Laufschritt vögeln könnt',
das möcht' ich sehr bezweufeln!«

»Du lieber Himmel«, stöhnte der II WO und verdrehte theatralisch die Augen, »jetzt geht das wieder los! Frau Wirtin, Bonifazius Kiesewetter und dann das Marine-ABC – ich glaub', uns stehen amüsante Stunden bevor!«

Das Leuchtfeuer von Grand Bahama Island versank achteraus unter der Kimm. Was blieb, war ein heller kreisender Schein an der Wolkendecke. Aber auch der verblaßte bald, wurde von der niedrigen Wolkendecke mehr und mehr geschluckt.

Voraus blinzelte das Leuchtfeuer von West Palm Beach über die Kimm, stieg höher und höher herauf, und bald konnten wir auch die Küste mit der Lichterkette der ufernahen Straße ausmachen. Alles wirkte so friedlich wie vor dreizehn Tagen, und doch begann in mir die Spannung zu wachsen. Grund dafür war der vor wenigen Minuten eingegangene Funkspruch der Flottille. Ich zerbrach mir noch immer den Kopf darüber, was die veranlaßt haben mochte, unsere Verabredung vor Lake Worth jetzt noch einmal dringender als dringend zu machen.

»Was meinen Sie, Herr Kruse? Läuft da was schief?«

»Was weiß ich, Herr Kaleu? Unser Funksignal haben sie jedenfalls sofort beantwortet, obwohl wir früher als vorausberechnet an der Ansteuerungstonne vor Lake Worth sein werden. Das paßt überraschenderweise genau zu diesem ominösen Funkspruch. Hoffentlich paßt das aber auch in den Plan der beiden hinein, daß wir hier früher dran sind.«

Gerade deshalb wurde ich den Gedanken nicht los, daß da irgendein dickes Haar in der Suppe schwamm, die uns die Flottille mit diesem Befehl eingebrockt hatte. Mit dem Kriegseintritt der USA war alles anders geworden. Nicht nur für uns, auch für die beiden Agenten.

»Sieht verdammt nach Flucht aus, Herr Kruse. Hoffentlich hetzen die uns damit nicht die Yankees auf den Hals.«

»Der Gedanke ist mir auch schon gekommen. Das fehlte uns jetzt gerade noch, Herr Kaleu.«

Kruse wirkte auf einmal ebenfalls beunruhigt. Je näher wir der Küste kamen, desto öfter sah er auf seine Uhr. »Müßten wir nicht längst schon …«

»Moment, I WO!« fiel ich ihm ins Wort und richtete mein Glas alarmiert auf die Küstenstraße. »Das gilt doch nicht etwa den beiden?«

Flackernde Warnlichter rasten die Küstenstraße entlang und von beiden Seiten auf Lake Worth zu, begleitet von einem vielstimmigen schrillen Sirenengeheul. Ich kannte mich mit diesen Signalen nicht aus, aber das sah nach Polizei und Verfolgung aus.

Die wilde Jagd verschwand lärmend zwischen den Häusern, bis die Autos plötzlich wieder zwischen den Hafenspeichern auftauchten und auf den Kais mit kreisenden Blinklichtern zum Stehen kamen. Bei diesem Anblick verwandelte sich meine innere Anspannung schlagartig in beklemmende Unruhe.

»Ansteuerungstonne recht voraus!« drang die Stimme des Signalmaats durch die Flut der Gedanken, die durch meinen Kopf schossen. »Davor die Positionslichter eines Bootes, Herr Kaleu!«

Ich fuhr herum. Tatsächlich! Ein kleines Boot, wie mir die schwankende grün-weiß-rote Positionslaterne verriet, und die brannte auch nicht kontinuierlich. Sie blinkte in einem bestimmten Rhythmus. Dreimal kurz, dreimal lang. Das waren …

»Die morsen, Herr Kaleu!« schrie der Maat aufgeregt. »Dreimal kurz, dreimal lang!«

»Mensch, ich hab' doch selbst Augen, Signalmaat!« fuhr es mir grob heraus. »Antworten Sie mit einem ganz kurzen Lichtblitz. Ganz kurz, damit wir dem Haufen da an Land nicht unsere Anwesenheit verraten.«

Kaum war der Blitz heraus, sprang laut röhrend ein Motor an. Das Boot nahm Fahrt auf und jagte auf uns zu. Es mußte schon ein gewaltiger Motor sein, so schnell, wie sich die Entfernung zwischen uns verringerte. Der Motorlärm klang weit durch die Stille und brachte Bewegung in die Meute an Land. Offenbar machten sie Boote klar.

»Oberbootsmann, Leinenkommando an Deck! Kein Licht!«

Das Boot kam mit einer Geschwindigkeit auf uns zu, daß mir die Haare zu Berge stiegen. »Du lieber Himmel, ist der verrückt? Weg mit der Fahrt, I WO, sonst rennen wir das Boot über den Haufen!«

Doch wer dort auch immer am Steuer saß, der verstand sein Handwerk und mußte Augen wie eine Katze haben. Mit einem regelrechten Aufschießer nahm er die Fahrt aus dem Boot und schor achtern längseits, wo *U 112* am tiefsten lag.

»Schnell!« hörte ich Franchons Stimme rufen. »Helft ihm rauf, er ist verletzt!«

Ich konnte nicht erkennen, was sich dort abspielte. Deshalb war ich völlig überrascht, als der Motor plötzlich wieder auf Touren kam und die Schritte übertönte, die über Deck polterten.

»Wahrschau, Leinen los!« schrie der Smadding. »Alle Mann achtern unter Deck!«

Wie eine Rakete schoß das Boot mit seiner brennenden Positionslaterne an *U 112* entlang und entschwand unseren Blicken in der Dunkelheit. Der Smadding kam die Eisen am Turm herauf.

»Badegäste an Bord genommen, Herr Kaleu! Deck achtern geräumt! Brodersen ist verletzt. Der II WO hat ihn übernommen und ins OF-Logis bringen lassen.«

Aus den Augenwinkeln sah ich, wie ein großes Motorboot den Hafen von Lake Worth verließ. Jetzt mußte es schnell gehen.

»Danke, Nummer eins! Ruder, hart Steuerbord! Beide Maschinen dreimal äußerste Kraft voraus! Neuer Kurs null-vier-null! Die werden jetzt zwar dem leeren Boot nachjagen, aber sicher ist sicher. Klar zum Alarmtauchen!« Ich hob das Turmluk an. »Bitte, übernehmen Sie, Herr Kruse. Der Obersteuermann wird laufend das Echolot ablesen und die Tiefe an die Brücke melden! Sobald wir genügend Wasser unter dem Kiel haben, können Sie tauchen. Ich werde mich jetzt mal um unsere Badegäste kümmern.«

Im ansonsten leeren Oberfeldwebel-Logis war der II WO gerade dabei, den auf der Back ausgestreckten Brodersen auf schnelle Art zu entkleiden, indem er ihm die blutbesudelte Oberbekleidung mit dem Bordmesser vom Leib schnitt. Sofort kam eine heftig blutende linke Schulter zum Vorschein.

»Schöne Scheiße, was, Herr Kaleu?« Brodersen rang sich ein schiefes Grinsen ab. »Wie konnten wir auch ahnen, daß der Kerl gleich losballern würde. Ich hätte das Boot doch bezahlt!«

»Das können Sie mir alles nachher erzählen, wenn wir Sie verarztet haben, Herr Brodersen.«

»Na los! Worauf wartet ihr dann noch?« Er biß die Zähne zusammen und unterdrückte ein Stöhnen.

Der Mann besaß Nerven wie Drahtseile und eine bewundernswerte Selbstbeherrschung.

»Kommen Sie, helfen Sie mir mal, ihn vorsichtig umzudrehen«, bat der II WO den abseits stehenden Franchon.

»Augenblick!« Franchon schlüpfte aus seinem dunklen Anorak und trat an den Tisch. »Wie wollen Sie ihn ...«

Er verstummte, als ihm aufging, daß der II WO und ich Stielaugen bekamen. Der Anorak enthüllte den Körper einer jungen Frau, die zu unserer nicht gelinden Überraschung nicht einmal einen Büstenhalter zu tragen brauchte. Unter ihrer dünnen Seidenbluse hoben sich nämlich zwei kleine, feste Brüste ab, auf denen sich überdeutlich die aufgerichteten Brustwarzen abzeichneten.

Ich war fassungslos. Das war keine Maskerade, die waren echt! Franchon war eine junge Frau, die uns über drei Wochen lang gekonnt einen Mann vorgespielt hatte! Was für eine reife schauspielerische Leistung!

»Ich kann es kaum glauben!« fand ich endlich meine Sprache wieder. »Ein Glück, daß nur der II WO und ich hier anwesend sind. Sie sollten sich schleunigst etwas weniger Durchsichtiges anziehen und auch den Nagellack von Ihren Fingern entfernen, sonst bringen Sie meine Männer noch um das letzte bißchen Verstand. Die haben auch so schon 'nen Samenkoller.«

Sie fand erstaunlich schnell ihre Schlagfertigkeit wieder. »Davor hat mich schon der Oberst Clausen gewarnt. Einen Fehler macht eben jeder mal, Herr Kaleu. Wir mußten so schnell verschwinden, sonst ...«

Ein Stöhnen ließ sie verstummen. Sie griff zu und half dem II WO, den verletzten Brodersen auf die Seite zu drehen. Gott sei Dank, wenigstens der war ein Mann!

Nach einem kurzen Blick auf seinen Rücken ließen

sie ihn wieder in die Rückenlage zurückgleiten. Der II WO tupfte das Blut vorsichtig mit Mull ab.

»Mist, zwei Steckschüsse, Herr Kaleu! Das ist 'ne Sache für den Arzt. Ich glaube nicht, daß ich die Geschosse mit unserem jämmerlichen Werkzeug herausholen kann. Und wenn doch, dann bin ich mir nicht sicher, ob ich dabei die Wunden völlig sauber bekomme. Aber ich will's versuchen.«

»Versuchen Sie's, II WO. Ich stelle inzwischen einen Mann vor das Schott, damit Sie nicht gestört werden.«

»Mir wäre lieber, Sie schickten mir auch vier Männer, die ihn festhalten, Herr Kaleu. Wir haben nämlich keinen Äther.«

Das war schnell geregelt. Als ich mit den Männern zurückkam, hatte sich Mademoiselle Franchon inzwischen einen dicken Troyer übergestreift, der ihre weiblichen Formen verhüllte.

Werda kramte in seiner Medikamententasche.

Brodersen sah ihm ungeduldig zu. »Mann, nun machen Sie schon! Ich werde nicht brüllen, auch wenn's weh tut!«

Werda streifte sich ein Paar Gummihandschuhe über. »Das werden wir gleich sehen!«

Brodersen brüllte tatsächlich nicht, als Werda mit der Sonde in seinen Wunden herumzustochern begann. Er wurde vor Schmerzen schlichtweg ohnmächtig, und mir wurde so schlecht, daß ich den OF-Raum fluchtartig verließ und wieder auf die Brücke stieg.

Der II WO ließ laut scheppernd ein Geschoß in den zu einer Schale umgearbeiteten Kartuschenboden auf meinem Tisch fallen.

»Neun Millimeter, Herr Kaleu. Colt-Munition, mit der man glatt ein Pferd umbringen kann. Ich hab' leider nur eins der Geschosse herausangeln können. Das zweite steckt im Schulterblatt, das konnte ich nicht fassen. Und das ist ganz großer Mist, denn jetzt droht erst recht 'ne Infektion.«

»Keine Chance, das Ding irgendwie doch noch herauszubekommen?«

Der II WO schüttelte den Kopf. »Keine, ich bin kein Arzt.«

»Das heißt, wir brauchen einen Arzt, damit der Brodersen uns nicht abkratzt!« stellte ich nüchtern fest. »Fragt sich nur, wo wir den herbekommen sollen.«

»Funken!« schlug der LI vor. »Die Flottille muß uns mit der Milchkuh auch 'nen Arzt schicken. Die brauchen wir ohnehin früher, wenn wir weiterhin mit sechzehn Knoten durch die Gegend donnern wollen. So einfach ist das.«

»Na, na, so einfach ist das nun auch wieder nicht!« widersprach ihm der I WO. »Die Milchkuh ist bestimmt schon in See.«

»Trotzdem, ich werde es versuchen. Schon 'nen Überschlag gemacht?« nagelte ich den LI fest. »Wie weit kommen wir nach Ihrer Berechnung? Real, bitte!«

Er holte sein Notizbuch hervor und warf ein paar Zahlen auf das Papier. »Noch knapp zweitausend Seemeilen, dann ist der Ofen aus.«

»Hmmm!« brummte ich und rechnete meinerseits. »Das ist in etwa die halbe Strecke bis Brest, zu schaffen in fünf Tagen. Fragt sich nur, ob auch für den Tanker. Ich werde es noch dringender machen, als ich das ohnehin schon vorhatte.«

Ich holte meinen Textentwurf aus dem Schubfach und nahm die entsprechenden Ergänzungen vor. »Bitte, Herr Werda, bringen Sie das auf den Weg, Offiziersschlüssel. Ich kläre inzwischen die Herren über unser zweites Problem auf.«

»Eine Frau?« Der LI schüttelte ungläubig den Kopf. »Kein Zweifel möglich? Ich meine … äh … meine Schwester … es gibt doch da für Flachbusige so kleine Attrappen. Meine Schwester hat sich damals auch die kleinen Kissen in die Bluse gesteckt, um 'nen größeren Busen vorzutäuschen, weil die anderen Mädchen …«

»Nix da, Herr Lietz!« unterbrach ich ihn. »Ich hab' ihr zwar nicht in die Bluse gegriffen, aber das waren oder sind keine Attrappen! Fragen Sie den II WO.«

»Und ob die Möpse echt sind!« Der II WO setzte sich wieder zu uns. »Ich weiß auch nach über sechs Wochen auf See noch, wie 'n junger, knackiger Busen aussieht! – Der Funkspruch ist raus, Herr Kaleu.«

»Danke, Herr Werda! Franchon muß für unsere Männer weiterhin ein Mann bleiben. Deshalb kein Wort über unsere Entdeckung. Klar?«

»Dann kann die unmöglich im Logis der Maate bleiben. Ein blöder Zufall, schon ist die Hölle los!« warnte der I WO. »Wir müssen sie woanders unterbringen, aber wo?«

»Na, wo wohl? Natürlich bei uns im O-Logis!« Über Werdas Gesicht flog ein Lächeln. Er warf sich in die Brust. »Als Mann von Welt weiß ich selbstverständlich, was sich einer Dame gegenüber gehört. Ich werde ihr meine Koje zur Verfügung stellen und auf der Backskiste pennen.«

»Du lieber Gott, wie heroisch!« spöttelte der I WO. »Aber auf der Backskiste brauchen Sie nicht zu torfen. Sie können meine Koje haben, wenn ich auf Wache bin. Wir wechseln uns dann einfach ab.«

Ich atmete auf, denn das war die Lösung. »Und wo bringen wir Brodersen unter? Haben Sie da auch so einen selbstlosen Vorschlag parat?«

»Im OF-Logis, Herr Kaleu, wo er jetzt schon liegt. Einer der Deckoffiziere muß umziehen oder sich mit einem anderen die Koje im Wechsel teilen. Was bei uns und der Mannschaft geht, muß …«

»Fliegeralarm!« schrie der Lautsprecher auf. »Alarmtauchen!«

Im Boot brach das typische Durcheinander los, als die Männer auf ihre Tauchstationen eilten. Wir sprangen ebenfalls auf. Unter unseren Füßen neigte sich das Deck in die Tiefe.

»Jetzt geht der Affenzeck los! So ein Scheiß, die haben bestimmt unseren Funkspruch eingepeilt!«

»Glaube ich nicht, I WO! Doch nicht so dicht bei den Bahamas!« widersprach ich. »Da funken doch Gott und die Welt! Die suchen bestenfalls die See nach Brodersen und Franchon ab!«

Ich jumpte allen voran durch das Mannloch in die Zentrale. »Was ist los, Obersteuermann? Ein Aufklärer?«

»Kein Aufklärer, Herr Kaleu!« informierte uns Obersteuermann Weiß in der Zentrale. »Ein Verkehrsflugzeug im ersten Morgenlicht weitab in eins-siebenzwo. Eine reine Vorsichtsmaßnahme, die Piloten haben schließlich auch Augen.«

»Gut gemacht, Obersteuermann!« lobte ich. »Vorsicht ist besser als hinterhergeguckt!«

Wir blieben vorsichtshalber eine halbe Stunde unter Wasser, ehe ich das Luftzielsehrohr auszufahren wagte. Inzwischen regelte der I WO die beschlossene Umsiedlung Franchons und Brodersens.

»Nichts!« verkündete ich nach einem eingehenden Rundblick erleichtert. »Brückenwache in den Turm! Klar zum Auftauchen! Von Osten her reißt der Himmel auf. Haltet mir deshalb ja doppelt aufmerksam die Augen auf! Anblasen!«

Das Turmluk kam frei, die Brückenwache enterte auf. Ich überließ Kruse die Brücke und bestellte Franchon in meine Kammer. Schließlich wollte ich endlich wissen, weshalb dieser dringende Rückruf erfolgt war und was sich in Lake Worth ereignet hatte.

»Nehmen Sie bitte Platz.« Ich mußte innerlich über mich selbst lächeln, weil ich plötzlich viel höflichere Töne anschlug, seit ich wußte, daß ich eine Frau vor mir hatte. »Ich bin verständlicherweise neugierig und möchte deshalb wissen, was dieser unerwartete Rückruf nach Lake Worth zu bedeuten hat. Wir waren an sich schon auf Heimatkurs.«

»Das tut mir leid für Sie, Herr Kaleu. Sie waren das einzige Boot, das sich nahe genug an Florida befand, darum.«

»Und der Grund?«

»Nun ja«, sie holte eine Kapsel aus der Hosentasche, die wie eine Kapsel für Kleinbildfilme aussah. »Das hier ist einer der Gründe. Wir hatten, was wir wollten. Weiß der Teufel, wie das FBI uns auf die Schliche gekommen ist. Zum Glück hatten wir uns genügend abgesichert, so daß wir noch funken konnten. Das war's dann auch schon. Uns blieb nur noch die Flucht.«

Sie ließ die Kapsel wieder in ihrer Hosentasche verschwinden. Es war nur die halbe Heuer, und das wußte sie, denn sie sah mich überlegen lächelnd an.

»Ein bißchen mager, Ihre Erklärung, finden Sie nicht?«

»Finden Sie? Ich nicht!« Sie klopfte sich plötzlich gegen die Stirn. »Jetzt weiß ich, was Sie meinen! Das Funkgerät, was? Das mußten wir leider mit dem Auto am Hafen zurücklassen. Schade drum, es war das neueste amerikanische Gerät mit einer enormen Reichweite. Die Yanks werden nicht mehr viel Freude daran haben, alles Schrott.«

»Schön.« Ich gab auf, veräppeln konnte ich mich letztendlich auch alleine. »Und was hat es in Lake Worth gegeben?«

»Wir wollten uns ein Boot ausleihen. Ausleihen, nicht klauen! Das ist gründlich in die Hose gegangen. Dieser dämliche Hund von Wächter hat das in den falschen Hals bekommen, als wir uns die Boote ansahen. Wir waren zu zweit, da hat der nicht lange gefackelt und gleich losgeballert. Ein Glück, daß er nicht genau zielen konnte und wir weit genug von ihm weg waren.«

Den Rest konnte ich mir allein zusammenreimen. Während der Wächter die Polizei alarmierte, hatten sie sich den erstbesten Kahn genommen und waren damit getürmt.

»Gereicht hat's aber trotzdem. Ihren … Mann … oder was immer Brodersen für Sie ist«, klopfte ich auf den Busch, »den hat er jedenfalls ganz übel erwischt.«

»Er ist nicht mein Mann und auch nicht mein Geliebter, wenn Sie das meinen«, stellte sie kühl klar. »Und schon gar nicht mein Typ. Sonst hätte man uns auch gar nicht gemeinsam eingesetzt. Wird er durchhalten, bis wir wieder in Brest sind?«

»Ich kann ihm das nur wünschen. Gut sieht es jedenfalls nicht aus. Sie wissen doch selbst, daß unser II WO das zweite Geschoß nicht entfernen konnte. Da sind Komplikationen durchaus drin. Ich habe deshalb über Funk einen Arzt angefordert, aber …«

Es klopfte. Ich öffnete das Schott, der Funker stand vor mir. »Die Antwort der Flottille, Herr Kaleu, Offiziersschlüssel.«

»Danke!« Ich nahm ihm das Formular ab und schloß das Schott. »Wenn ich das Ding entschlüsselt habe, weiß ich mehr.«

Ich blieb stehen.

Sie nahm es als einen kaum verhüllten Rausschmiß und stand ebenfalls auf. »Wenn wir jetzt aufgetaucht fahren, darf ich da auch ab und an mal auf die Brücke, um frische Luft zu schnappen?«

»Wann immer es sich einrichten läßt, dürfen Sie. Wir haben nur eine Bitte: Vermeiden Sie bitte alles, was Sie als Frau entlarven könnte. Deshalb haben wir Sie auch im Offizierslogis untergebracht.«

Sie lächelte. »Ich weiß das zu schätzen und werde mich danach richten.«

Ich nahm den Funkspruch mit auf die Brücke, um den I WO zu informieren. Wir waren inzwischen weit genug von Land ab, so daß wir eine Entdeckung durch Fischer oder eine der Fähren nicht mehr zu befürchten brauchten.

Mit eventuell auftauchenden Flugzeugen war das ein anderes Ding. Das Wetter hatte sich erheblich gebessert. Zwar schwammen noch immer dicke Wolken über den Himmel, durch ihre Lücken drang jedoch die Sonne, und die Lücken wurden immer größer.

Ich gab Kruse den Klartext und war auf seine Reaktion gespannt.

»Knapp und kurz, was? Kein Wort von einem Arzt, Herr Kaleu. Der Mohr hat seine Schuldigkeit getan, der Mohr kann gehn.«

Ich zuckte die Schultern. »Typisch Bernhardi. Komplikationen mag er nicht, die nimmt er schweigend zur Kenntnis.«

»... wenn überhaupt!« setzte Kruse hinzu. »Also in fünf Tagen im Planquadrat CE 4 Mitte. *SAN SEBASTIAN* – was ist denn das für ein Pott? Kein IXC-Boot? Ein Spanier?«

Was wußte ich denn? Ich zerbrach mir ja selbst noch den Kopf über diesen Schiffsnamen. »Klingt so. Aber Spanier hin, Spanier her – wir werden sehen. Der LI wird jedenfalls heute 'ne ruhige Nacht haben.«

Die hatte er jedoch nicht und ich – wie üblich – auch nicht. Punkt Mitternacht fiel nämlich die Backbordmaschine aus und versetzte ihn in Panik, weil es dafür keinen erkennbaren Grund gab. Prompt holte er mich aus der Koje.

»Verflucht, Herr Lietz, Sie werden doch wohl das Zeug haben, das verdammte Ding wieder in Schwung zu bringen!« fuhr ich ihn an. »Haben Sie mal die Tanks gepeilt?«

Eine Frage, die mir die Erfahrung eingab. Möglicherweise hatte irgendeiner seiner Stoker versäumt, rechtzeitig auf den nächsten Tank umzukoppeln. Das hatte ich schon ein paarmal erlebt, weil sich bei Wachwechsel am nahen Ende eines Einsatzes immer einer auf den anderen verließ.

Meine Frage erwischte ihn auf dem falschen Fuß, das sah ich dem belämmerten Ausdruck in seinem Gesicht an.

»Natürlich nicht, was? Ich reiße Ihrer ganzen faulen Bande den Arsch bis zum Exerzierkragen auf, wenn das nicht augenblicklich ins Lot kommt, klar?«

Das war eine Sprache, die ich sonst meinen Offizieren gegenüber nicht an den Tag legte. Aber sie brachte den LI und seine vergammelte Stokerherde auf Trab.

Ich grinste den II WO an, der aus dem OF-Logis kam. »Ist doch gut, wenn einem so ein fürchterlicher Ruf vorauseilt, was?«

Sie brauchten zwei Stunden, bis die Maschine wieder rund lief. »Und woran hat's nun gelegen?«

Das klang nicht nur versöhnlich, das sollte es auch sein. Der LI zog trotzdem den Kopf ein, weil er nicht sofort von allein auf die mögliche Ursache gekommen war.

»Tatsächlich die Tanks, Herr Kaleu. Dicker Bodensatz und nicht rechtzeitig auf den nächsten umgekoppelt. Der Lüdemann, dieser Schlumpi, hat das versiebt. Rapport?«

Ich war inzwischen schon wieder milde gestimmt, ich wollte zurück in die Koje. »Brummen Sie ihm ein paar Sonderwachen auf, diesem faulen Sack! Dann ist die Sache vergessen.«

Keine zehn Minuten später – ich hatte das linke Bein noch nicht ganz in der Koje – stand der II WO an meinem Schott.

»Tut mir leid, Herr Kaleu, der Brodersen phantasiert.

Ich muß an den Medizinschrank, der braucht 'ne Beruhigungsspritze.«

Ich gab ihm den Schlüssel. »Hat er Fieber?«

»Erhöhte Temperatur hat er schon, aber das allein ist es nicht. Es sind die Nerven. Der hat die Erlebnisse der Flucht offenbar noch nicht verarbeitet. Hat er oder die Franchon nichts darüber gesagt?«

»Nur angedeutet. Das FBI habe ihnen im Nacken gesessen, mehr war nicht herauszubekommen. Was phantasiert er denn?«

»Das Boot, immer wieder das Boot, ob es kommt oder nicht. Damit schreckt er die Freiwächter aus dem Schlaf hoch.« Er ging die Medikamentenliste durch. »Wir sind offensichtlich damit gemeint. Den beiden müssen die Ärsche ganz schön auf Grundeis gegangen sein, als sie auf uns an der Ansteuerungstonne gewartet haben.«

»Wundert Sie das? Der elektrische Stuhl ist kein besonders gemütliches Sitzmöbel.« Ich streckte mich in der Koje aus. »Und wir haben den Brodersen immer für den härteren Typ gehalten.«

»So kann man sich irren.« sagte er geistesabwesend. »Keine Spritze, man soll ja nicht gleich mit Kanonen auf Spatzen schießen. Veronal werde ich ihm geben. Das wird ihm helfen.« Er schloß ab und gab mir den Schlüssel zurück. »Gute Nacht, Herr Kaleu!«

»Gute Nacht, II WO!«

Die gute Nacht blieb ein frommer Wunsch. Irgendwer gönnte sie mir nicht. Keine Stunde später stand der Zentralemaat an meiner Koje und schüttelte mich wach.

»Uns sitzt einer im Nacken, Herr Kaleu. Eben hat

das GHG seine Schraubengeräusche ausgemacht. Der II WO meint …«

»In Ordnung, Fischer, ich komme schon!« brummte ich und quälte mich aus der Koje.

Ich hätte in das Horchschapp hineinschauen sollen, bevor ich auf den Turm stieg. Mir hing jedoch noch die mehrfach unterbrochene Nachtruhe an, und so vertuttelte ich es. Auch meine Augen waren mehr als unwillig. Sie brauchten endlos, bis sie sich auf die Dunkelheit eingestellt hatten.

Der II WO reichte mir ein Nachtglas. »Der Horcher hat in eins-sieben-zwo Schraubengeräusche ausgemacht. Zu sehen ist jedoch nichts. Entweder führt der Pott keine Positionslichter, oder es ist ein getauchtes U-Boot. Sehr merkwürdig.«

Ich suchte die Kimm ebenfalls in der angegebenen Peilung ab. Die Nacht war so klar, daß meinem scharfen Nachtglas Positionslichter garantiert nicht entgangen wären. Aber ich entdeckte ebenfalls nichts.

»BÜ an Horchraum: Frage Entfernung!«

Die Antwort kam postwendend: »Etwa zehn Seemeilen. Peilt jetzt eins-neun-fünf, Herr Kaleu!«

Noch immer schwiegen unsere Diesel, um das GHG nicht zu irritieren. Der Horcher hatte also die besten Bedingungen.

»Zehn Seemeilen?« wunderte sich darum der II WO. »Dann ist das kein getauchtes U-Boot, das würden wir auf diese Entfernung nicht hören. Was ist es dann?«

»Wer sitzt unten am GHG, Herr Werda?«

»Vermutlich der Dietl, der gehört ja zu meiner Wache.«

»Du meine Güte, der Dietl?« Ich trat an das Turmluk. »Wenn der am GHG sitzt, dann möchte ich mir diese mysteriösen Schraubengeräusche mal selber anhören.«

Voller Mißtrauen sauste ich in die Zentrale hinunter und ging zum Horchschapp. Tatsächlich, der Dietl.

»Lassen Sie mich mal hören!« Ich stülpte mir die Kopfhörer über und vernahm ein seltsames Schnarren und dumpfes Schnauben. »Mensch, Dietl, was soll das sein? Schraubengeräusche? Das sind irgendwelche Viecher, vermutlich Wale oder so! Schraubengeräusche aber sind das ganz bestimmt nicht!«

Er sah mich mit ängstlichem Blick an. Dietl war ein guter Funker, aber ein miserabler, unerfahrener Horcher. Weil er die Geräusche nicht einzuordnen wußte, hatte er prompt meine Mahnung beherzigt: Lieber ein falscher Alarm als eine böse Überraschung. Er war der falsche Mann auf dem falschen Platz. Sollte ich ihn deshalb zusammenstauchen?

So schluckte ich die ätzenden Worte hinunter, die mir schon auf der Zunge lagen, und legte ihm statt dessen die Hand auf die Schulter. »Schwierig, was? Aber Sie lernen es auch noch. Nur den Mut nicht verlieren!« Das sollte mich jedoch nicht daran hindern, ihn in Brest gegen einen anderen Mann auszutauschen, falls man mir dieses Boot noch ließ. Ich stieg wieder hinauf zur Brücke. »Fehlalarm, Herr Werda, soll ja mal vorkommen«, sagte ich, um Dietl nicht dem Spott seiner Kameraden auszusetzen. »Was macht Ihr Patient?«

»Er schläft, Herr Kaleu. Ich hab' ihm auch eine ziemliche Ladung verpaßt. Die Stunde der Wahrheit kommt am Morgen, wenn wir Fieber messen.« Er trat zu mir und flüsterte mir ins Ohr: »Heiligabend, die Männer haben einiges vorbereitet, der Smut' auch. Was ...«

»Darüber reden wir am Morgen, II WO!« schnitt ich ihm das Wort ab. »Jetzt nehme ich erst mal 'ne Mütze voll Schlaf.«

Es war ein wundervoll klarer Morgen, sonnig und als 24. Dezember für uns ungewöhnlich warm. Fahrtwind und ein leichter, lauer Ostwind sorgten auf der Brücke schnell dafür, daß mein noch vom warmen Mief unter Deck benebelter Kopf wohltuend frei wurde.

»Morgen, I WO! Na, wie sieht's aus?«

Kruse salutierte lächelnd. »Guten Morgen, Herr Kaleu! Keine besonderen Vorkommnisse. Beide Maschinen machen Fahrt für sechzehn Knoten, Kurs null-sieben-fünf.«

Ich dankte mit einem Nicken und warf einen Blick in die Runde. Über uns wölbte sich ein wolkenloser Himmel, bis an die Kimm genauso leer wie der Atlantik. Selbst Möwen und all die anderen Seevögel waren längst weit hinter uns in Landnähe zurückgeblieben.

Einsam und allein strebte *U 112* mit donnernden Dieseln nach Ostnordost und zog ein langes silbriges Kielwasser hinter sich her. Scharf schnitt der Bug im Rhythmus der See in die lange Dünung und warf eine gischtende, in der Sonne blitzende Bugwelle auf. Ein wunderschönes Bild, wie es jeder Seemann liebte.

»Fast wie 'ne Urlaubsreise und gar nicht wie Weihnachten, Herr Kaleu«, stellte der I WO fest und reckte sein bärtiges Gesicht der Sonne entgegen.

Bärtig waren wir alle. Rasiert hatten wir uns zum letzten Mal in Brest, denn Süßwasser war knapp. Das lag jetzt fast sechs Wochen zurück, so daß aus den Stoppeln der ersten Tage inzwischen richtige Bärte geworden waren. Mehr oder weniger liebevoll gestutzt und zu abenteuerlichen Formen aufgezwirbelt, um mit diesem Privileg der U-Boot-Fahrer im Urlaub protzen zu können.

Ich holte den neuen Funkspruch der Flottille aus der Tasche. »Man wünscht uns ein schönes Weihnachtsfest und eine glückliche Heimfahrt. Zusatz: Arzt an Bord des Tankers. Ist Ihnen eigentlich weihnachtlich zumute, Herr Kruse?«

»Das kommt noch, wenn wir die ›Glocken der Heimat‹ hören, die in Deutschland den Heiligen Abend einläuten. Greinert hat endlich den Deutschlandsender in der Kiste, schwankend zwar, aber klar und ohne Störsender.« Er schmunzelte. »Wird ein komisches Gefühl sein, wenn die wegen des Zeitunterschieds bei uns schon zur Mittagszeit erklingen.«

Ein komisches Gefühl? Mich grauste es bei dem Gedanken an diese »Sendung für die kämpfende Truppe«, wie es so schön hieß. Nach so langer Zeit auf See, zusammengepfercht in diesem engen, stinkenden Eisensarg, war die Sehnsucht nach der Heimat so übermächtig geworden, daß die Sendung sie nur noch verstärken mußte.

Darüber konnte der kleine Weihnachtsbaum, den ein paar Stoker aus Draht und grünem aufgezunzeltem Tauwerk kunstvoll gebastelt hatten, so wenig hinwegtrösten wie das Festessen, das der Smutje vorbereitete, und der Schnaps zu der Flasche Bier bei »Besanschot an!«. Im Gegenteil, uns stand ein trostloser Abend bevor, weil jeder seinen eigenen Gedanken nachhing.

»Mir ist alles andere als weihnachtlich zumute, Herr Kruse, besonders, wenn ich an Brodersen denke.«

Kruses fröhliches Gesicht wurde ernst. »Der hat Fieber, sagte mir der II WO bei Wachwechsel. Aber das ist doch eigentlich normal – oder?«

»Das schon! Ich fürchte nur, die Wunde, in der das Geschoß noch steckt, könnte brandig werden. Der Franchon kümmert sich zwar rührend um ihn, und der II WO pumpt ihn mit allen möglichen entzündungshemmenden Mitteln voll.« Ich verzog zweifelnd das Gesicht. »Aber ob er durchhalten wird, bis wir den Tanker erreichen?«

Es wurde kein trostloser Abend. Keiner hatte Gelegenheit gehabt, die »Glocken der Heimat« zu hören, dafür hatte ich tagsüber gesorgt. Mehrere allgemeine Alarmübungen für die Flak, die 10,5-cm-Kanone und die Torpedowaffe hatten die Besatzung in Atem gehalten. Dazwischen mußte die Treibstoffübernahme geübt werden, und während der LI die Stoker durch alle möglichen Maschinenpannen jagte, spielten wir mit der übrigen Besatzung die Lecksicherung und Feuerbekämpfung nach simulierten Treffern durch.

An diesem Tage gab es sicher keinen an Bord, der mich für diese gemeine Hetzjagd nicht verfluchte, denn selbst die Brückenwache blieb nur während ihres Wachtörns für jeweils vier Stunden davon verschont. Sie blieb bis zum Sonnenuntergang auf Station, dann tauchten wir zu unserem Weihnachtsessen.

Nun ist die nüchtern-häßliche Zweckmäßigkeit der U-Boot-Einrichtung alles andere als dazu angetan, eine weihnachtliche Stimmung aufkommen zu lassen. Das vermochte zunächst selbst der winzige geschmückte Christbaum im Mannschaftslogis nicht zu erreichen.

Wie nicht anders zu erwarten, hing bei seinem Anblick jeder seinen eigenen Gefühlen nach, bis Obermaat Zeidler, der Spaßvogel der Besatzung, als Knecht Ruprecht erschien und mit launigen, deftig mit Spott gespickten Sprüchen kleine selbstgebastelte Geschenke zu verteilen begann. Jeder bekam dabei sein »Fett« weg, besonders natürlich wir Offiziere.

So bedachte er beispielsweise den I WO mit der »Wünschelrute zum Aufstöbern feindlicher Tonnage«, der II WO bekam als Medizinmann den »Goldenen Quacksalberorden« verliehen, und dem LI setzte er einen Turban auf und taufte ihn mit ein paar Tropfen Maschinenöl auf den Namen »Vater des öligen Twistknäuels«, weil der anstelle eines Taschentuches ständig ein solches Knäuel benutzte.

Zuletzt nahm er mich auf die Hörner. Nach ein paar saftigen Seitenhieben wegen des Tagesablaufs hängte er mir unter dem Gelächter der Männer ein überdimensionales »Eichenlaub zum Ritterkreuz« um. So etwas hob natürlich die Stimmung gewaltig.

Sie schlug vollends um, als die Backschafter das Essen auftrugen, das wir alle gemeinsam im Mannschaftlogis einnahmen und mit dem sich der Smut' selbst übertroffen hatte. Den Rest eventuell noch verbliebener Trübseligkeit spülte dann »Besanschot an!« weg. Nach einem so langen Seetörn hatten der ungewohnte klare Schnaps und die Flasche Bier die gleiche Wirkung wie die ersten Gläser beim üblichen Leistungssaufen am ersten Landgangstag.

Meine kurze Rede, mit der ich mich für die Ordensverleihung revanchierte, indem ich nun unsererseits Bordereignisse durch den Kakao zog, ging in fröhlichem Gelächter unter. Damit war der Abend gerettet. Voller Inbrunst sangen die Männer die Weihnachtslieder mit, wenn dabei auch so mancher heimlich ein paar Tränen unterdrücken mußte.

Daß der Stimmungswandel auf mich ebenfalls übersprang, ging allerdings nicht auf das Konto von »Besanschot an!«, denn ich ging damit ein bißchen vorsichtiger um. Es war vielmehr die Erleichterung darüber, daß nun doch alles anders verlief, als ich befürchtet hatte.

Kurz vor Mitternacht holte uns der Krieg wieder ein. Huber, der am GHG saß, jagte uns mit seiner Meldung auf die Gefechtsstationen. Ich huschte in das Horcherschapp.

»Was denn, Huber, wirklich Schraubengeräusche? Keine Nachwirkung von ›Besanschot an!‹?«

»Doch nicht von dem bißchen Alkohol! I bin koa Preiß', i bin a Bayer!« Mit beleidigter Miene streifte er seine Kopfhörer ab und reichte sie mir. »Hören Sie selbst, Herr Kaleu.«

Tatsächlich, diesmal waren es nicht die Geräusche irgendwelcher Meerestiere, sondern Schraubengeräusche. Irritierend viele, wie mir schien.

»Teufel, Huber, ein Konvoi?«

»Naa, Herr Kaleu, aba zwoa sans scho.« Er drehte an seinen Knöpfen. »Hören S' die?«

»Verdammt, Huber, sprechen Sie wieder wie ein normaler Mensch! Zwei sind es also?« Ich gab ihm die Hörer zurück. »Und was?«

Er zuckte die Schultern und blickte auf den Peilkranz.

»Sie sind noch zu weit weg, um das sagen zu können, hören sich aber nicht wie Frachter an. Sie kamen in eins-sechs-null auf und peilen jetzt eins-fünf-fünf.«

Seine Worte ließen in meinem Kopf die Alarmglokken läuten. Wenn es tatsächlich keine Frachter waren, dann hieß das ja …

Ich hatte es auf einmal eilig, an den Kartentisch zu kommen. »Bleiben Sie dran, Huber! Melden Sie auch die geringfügigsten Veränderungen!«

Kruse stand am Kartentisch und sah mir erwartungsvoll entgegen. »Hat er schon mehr herausgefunden?«

»Er meint, sie hörten sich nicht wie Frachter an.« Ich rechnete die Schiffspeilungen in Kompaßpeilungen um und trug sie mit dem Lineal an unseren Kurs an. »Sieht aus, als kämen sie aus dem Südatlantik und hätten einen ähnlichen Kurs wie wir, sind aber schneller.«

»Kunststück«, brummte Kruse. »Oben muß ja jeder Pott schneller sein als wir, und wenn's dann auch noch Zerstörer sind …«

»Malen Sie nicht den Teufel an die Wand, I WO!« unterbrach ich ihn ungehalten. »Doch nicht hier, wo es für die Brüder nichts zu holen gibt. Horchraum …«

Der BÜ unterbrach mich. »Obermaat Huber meldet: Die zwei nicht zu identifizierenden Schiffe fahren keine Turbinen, könnten Schnellboote sein. Entfernung schwer zu schätzen.«

»Schnellboote mitten auf dem Atlantik?« zweifelte Kruse. »Der spinnt! Dann müßten die ja mit 'nem Mutterschiff unterwegs sein, und das würden wir hören.«

»Oben haben wir jetzt Mondschein«, sagte ich nachdenklich, ohne darauf einzugehen. »Vielleicht sollten wir mal 'nen Blick riskieren. Auf Sehrohrtiefe anblasen!«

Das Boot schwebte nach oben. Ich fuhr das Periskop aus und drehte es in die Peilung, die Huber meldete. Nichts! Ich mochte die See noch so gewissenhaft absuchen, die lange silbrig schimmernde Dünung war alles, was sich meinem Auge bot.

Schon wollte ich aufgeben und den Spargel wieder einfahren, als mich ein Lichtblitz stoppen ließ. »Uff, da ist ja doch was!«

Aus dem einen Lichtblitz wurden mehrere, sie kamen verhältnismäßig flach über das Wasser. Verblüfft zählte ich mit: Kurz-lang! Kurz-lang! Kurz-lang! Das waren ja Morsezeichen!

»Ich werd' verrückt, eine Klappbuchs! Ein Anruf! Und jetzt ... verdammt, das kann ich nicht lesen! Englisch ist das nicht! Signalmaat ans Sehrohr und ein Mann zum Mitschreiben!«

Der war schnell wie der Blitz am Spargel. In rasender Geschwindigkeit diktierte er die Buchstaben, die er ablas. Inzwischen brachte ich Ordnung in meine Gedanken. Der Blinkspruch gab mir Rätsel auf. Er kam nicht von einer hohen Brückennock, sondern flach über das Wasser. Also doch ein Schnellboot?

»Der Huber liegt offenbar doch nicht so falsch«, sagte ich leise zum I WO. »Ein Frachter ist das jedenfalls nicht. Der Spruch kommt zu flach über das Wasser.«

»Da ist auch der andere, Herr Kaleu, und der antwortet!« Wieder rasselte der Signalmaat die Buchstabenfolge herunter, bis die unbekannte Klappbuchs schwieg. »Ende, Herr Kaleu!«

Er gab das Periskop frei und versuchte, Sinn in die Buchstabenkette zu bringen, die der BÜ aufgeschrieben hatte. Sein Gesicht wurde immer länger. Kopfschüttelnd gab er auf und reichte mir den Zettel.

»Das ergibt keinen deutschen oder englischen Text, Herr Kaleu. Mit anderen Sprachen kenne ich mich nicht aus.«

»Aber ich!« sagte Kruse, der mir über die Schulter schaute. »Das ist eine romanische Sprache, wenn mich meine Lateinkenntnisse nicht in Stich lassen.«

Er begann, die Buchstabenkette zu zergliedern, gab aber auch schnell auf. »Kann italienischer, spanischer oder portugiesischer Text sein. Tut mir leid, dazu fehlt mir leider der Draht.«

»Die beiden Schiffe wechseln Kurs!« kam die Meldung vom GHG. »Fallen nach Steuerbord ab!«

»Immer noch nicht rausgefunden, was das für Vögel sind?« fragte ich zurück und fuhr das Sehrohr ein.

Huber ließ sich Zeit, dann kam es zögerlich. »Ich hab' so ein komisches Gefühl, Herr Kaleu. Es könnten auch U-Boote sein.«

Kruse lachte laut auf. »U-Boote? Nun rastet er völlig aus!«

U-Boote? Warum eigentlich nicht? Das konnte durchaus sein. Jedenfalls sprach die geringe Höhe der blinkenden Klappbuchs dafür. Plötzlich machte auch der Text Sinn, wenn wir ihn auch nicht verstanden.

»Rastet er nicht, Herr Kruse. Haben Sie nicht selbst gesagt, es sei eine romanische Sprache? Das können italienische U-Boote sein, die operieren nicht nur im Mittelmeer, sondern auch im südlichen und mittleren Atlantik.« Ich hatte das Herumrätseln plötzlich satt. »Wer immer es auch ist, wenn die weit genug weg sind, tauchen wir auf!«

Der II WO erschien vor meinem Kabuff und warf einen kurzen Blick herein.

»Kommen Sie rein, Herr Werda, und leisten Sie mir Gesellschaft! Haben Sie schon gefrühstückt?«

»Ja, nach Wachwechsel, Herr Kaleu. Aber 'ne Muck Kaffee nehme ich trotzdem gern.« Er hockte sich auf die Backskiste und bediente sich. »War doch 'ne verdammt kurze Nacht.«

Ich bestrich mir mein Brot mit Büchsenkäse, anderen gab es ja nicht mehr. »Wie geht's denn unserem Patienten? Immer noch Fieber?«

»Und wie! Jetzt sind's nicht mehr die Nerven, sondern Fieberphantasien.« Er trank einen Schluck. »Das ist aber noch nicht alles. Wir haben noch einen Patienten. Der LI hat heute morgen die reinste Galle gereihert, klagt über Leibschmerzen.«

Ich lachte. »Kein Wunder! Haben Sie die Portion gesehen, die der gestern abend verdrückt hat? Der hat sich schlichtweg überfressen. Sie kennen doch seinen Spruch: ›Entweder habe ich Hunger oder mir ist schlecht, dazwischen gibt's bei mir nichts anderes.‹ Jetzt ist ihm eben schlecht!«

»Na, ich weiß nicht, Herr Kaleu. Der sieht echt angeschlagen aus. Wie das Leiden Christi, blaß bis unter die Vorhaut.«

»Mann, II WO, so sehen wir doch alle aus, wenn der Magen Mätzchen macht! Da helfen nur trockenes Brot und schwarzer Tee, dann kommt der wieder auf Vordermann.«

Werda wiegte skeptisch den Kopf hin und her. »Kann sein, daß das bei ihm hilft. Bei Brodersen ist das anders. Was dort beim Verbandswechsel aus den Wunden kommt, riecht komisch. Die Schulter ist auch stark gerötet. Wir haben Sorge, er schafft es nicht bis zum Treffen mit dem Tanker.«

Ich horchte auf. »Sie sagen wir. Wer ist wir?«

»Nun, das sind Franchon und ich.« Er wirkte auf einmal irgendwie verlegen, als sei er von mir bei einer Unregelmäßigkeit ertappt worden. »Sie geht mir echt zur Hand, denn sie versteht was von Krankenpflege.«

»Ach Gott, II WO, ich würde mich wundern, wenn dem nicht so wäre. Das ist doch nichts Besonderes. Das haben die meisten Frauen doch irgendwie im Blut«, antwortete ich leichthin und biß in mein Brot.

»Mag ja sein, Herr Kaleu. Hätte nie gedacht, daß eine Agentin so feinfühlig sein könnte.« Über sein Gesicht flog ein Lächeln. »Komisch, seit ich weiß, daß sie eine Frau in Männerkleidern ist, verhalte ich mich ihr gegenüber plötzlich ganz anders. Offen gesagt, sie ist mir viel sympathischer geworden.«

Jetzt war es an mir zu lächeln. »Mir auch. Ich frage mich, was eine junge Frau veranlaßt haben mag, sich für so eine gefährliche Tätigkeit anwerben zu lassen. Hätten die Yankees sie erwischt, wäre sie auf dem elektrischen Stuhl gelandet. Keine erstrebenswerte Aussicht, was?«

»Ich habe sie direkt gefragt. Abenteuerlust und eine persönliche Enttäuschung, über die sie sich ausgeschwiegen hat. Vermutlich ein Mann.«

Der Obersteuermann erschien vor meinem Kabuff. »Das Logbuch, Herr Kaleu!«

»Ah ja, richtig! Das Kriegstagebuch wartet. Na, dann sehen Sie man zu, daß der Brodersen die drei Tage noch durchhält, Herr Werda.«

Brodersen hielt nicht durch. Zwei Tage später brachte ihn das Fieber um. Als mich der II WO zur Leichenschau an Brodersens Koje holte, drehte mir der süßliche Geruch, der von seinen eitrigen Wunden ausging, schier den Magen um.

»Du lieber Himmel, Herr Werda, das stinkt ja barbarisch! Kein Wunder, daß die Deckoffiziere gestern in das Logis der Maate geflüchtet sind! Was ist Ihrer Meinung nach die Todesursache?«

»Ich bin kein Arzt, ich kann nur vermuten.«

»Mann, ich bin auch kein Arzt, aber ich brauche eine Diagnose für das Logbuch!« schnauzte ich. »Deshalb vermuten Sie endlich! Ich will hier raus!«

»Blutvergiftung durch Wundbrand, dem Gestank nach zu urteilen!« versetzte er beleidigt und warf einen Blick zur Franchon hinüber, die ebenfalls mit der Übelkeit kämpfte. »Das vermutet auch Herr Franchon. Die genaue Todesursache kann ja morgen der Arzt feststellen.«

Morgen? Ich starrte ihn ungläubig an. War der denn noch zu retten? Wer sollte denn den Leichengestank aushalten, der ohnehin schon schwer genug aus dem Boot zu bekommen sein würde!

»Sagten Sie morgen?« Ich wandte mich zur Flucht. »Nee, mein Lieber, nix da! Der geht heute noch, eingenäht in eine Hängematte, von Bord! Wie wollen Sie denn sonst den Gestank hier rauskriegen?«

Die beiden folgten mir auf den Gang und knallten das Schott dicht. Werda sah mich betreten an. Er war selbst ganz grün im Gesicht und schluckte verzweifelt.

»Entschuldigen Sie, Herr Kaleu. Daran habe ich nicht gedacht.«

»Schon vergessen, II WO«, winkte ich versöhnlich ab. »Der Oberbootsmann wird sich um die notwendigen Vorbereitungen kümmern und auch ein paar von seinen speziellen Freunden dafür abstellen, daß das Logis gründlich mit P3 und Lysoform geschrubbt wird.« Ich ging vor den beiden her zu meiner Kammer. »Welche Uhrzeit geben wir für seinen Tod an? In etwa, meine ich.«

»Sieben Uhr, Herr Kaleu,« antwortete Franchon mit leichenblassem Gesicht. »Ich war bei ihm. Aber jetzt entschuldigen Sie mich, ich muß an die frische Luft!«

Sie jumpte durch das Mannloch in die Zentrale. Der II WO sah ihr nach und quälte sich ein entschuldigendes Lächeln ab. »Ihr ist das schon vorhin auf den Magen geschlagen. Ehrlich gesagt, mir ist auch kotzübel.«

»Na, dann schwirren Sie ab auf die Brücke! Sie haben ja jetzt Freiwache. Meine Logbucheintragung können Sie auch noch später als Zeuge abzeichnen. Das mit dem Smadding regele ich.«

Diesmal waren der Turm und der Wintergarten voll besetzt, als wir Brodersen nach meiner Trauerrede und einem gemeinsamen Gebet bei strahlendem Sonnenschein von der Planke in die aufspritzende See gleiten ließen. Er hatte sich sicherlich keine Freunde an Bord geschaffen, dazu war er viel zu verschlossen und auf Abstand bedacht gewesen. Dennoch ging diese Zeremonie allen Anwesenden, die ihm die letzte Ehre erwiesen, unter die Haut. Nicht einmal einen ganzen Tag länger hätte er nur noch durchzuhalten brauchen und wäre vielleicht gerettet worden. Am bewegtesten aber von uns allen wirkte Franchon. Nur mühsam schien sie die Tränen zurückzuhalten.

»Tut uns allen herzlich leid, Herr Franchon, daß Sie Ihren Kameraden auf diese Art verlieren mußten«, sagte ich und drückte ihr mitfühlend die Hand.

»Danke, Herr Kaleu. Es hätte auch mir passieren können, hätte er mich nicht gedeckt!« Sie überwand ihre Ergriffenheit. »Hoffen wir, daß der LI noch bis morgen durchhält. Es sieht ja um ihn auch nicht gerade rosig aus.«

Das konnte man wohl sagen. Was ich in meiner Einfalt für einen überfressenen Magen gehalten hatte, hatte sich in den beiden vergangenen Tagen mit heftigem Fieber immer mehr als akute Blinddarmentzündung, wenn nicht gar -vereiterung entpuppt.

Der II WO und seine Helferin Franchon, die auch hier wieder ihre Qualitäten als Krankenpflegerin bewies, versuchten alles, um sein Fieber mit unseren beschränkten Mitteln und mit kalten Kompressen im Zaum zu halten. Trotzdem war es eine Art russisches Roulette. Brach der Blinddarm durch, bevor wir den Tanker erreichten, waren die Stunden des LI gezählt.

Wir hatten deshalb für die Seebestattung die Fahrt nur kurz vermindert und gingen nun trotz unseres schwindenden Treibölbestandes sofort wieder mit der Fahrt auf 18,2 Knoten herauf. Brodersen hatte es nichts mehr genutzt. Jetzt wurde es für den allseits beliebten LI zu einem Wettlauf mit dem Tode.

Der sonnige Tag verlief ohne besondere Vorkommnisse. Keine Rauchwolke kam an der Kimm in Sicht, kein Flugzeug zwang uns zum Tauchen. *U 112* fraß die Seemeilen wie ein hungriger Wolf. Trotzdem wuchs die Spannung, je näher der Abend rückte. Schafften wir es oder schafften wir es nicht?

Kaum sank die Dunkelheit herab, nahmen die beiden Obersteuerleute die ersten Sterne in ihre Sextanten, um unabhängig voneinander unseren Standort zu bestimmen. Jetzt wollten wir es ganz genau bis auf die letzte Bogensekunde wissen.

Ich konnte später nicht mehr sagen, wie oft ich im Laufe des Tages zwischen dem Kartentisch in der Zentrale und der sonnenüberfluteten Brücke nervös hin- und hergependelt war. Der eine Augenblick prägte sich jedoch unauslöschlich in mein Gedächtnis ein, als mir die beiden Steuerleute die Seekarte mit dem Ergebnis ihres astronomischen Bestecks vorlegten.

»Wir liegen nicht nur gut in der Zeit, Herr Kaleu«, machte sich Weiß zum Sprecher der beiden, es war schließlich seine Wache. »Wir haben alle Zeitverluste aufgeholt und können jetzt sogar mit der Fahrt auf zehn Knoten heruntergehen.«

»Bei zehn Knoten behalten wir noch eine gewisse Treibölreserve, um beweglich zu bleiben, falls ...«, mischte sich der Leitende Maschinist ein, der die Funktionen des LI übernommen hatte.

Er sprach nicht aus, was wir alle heimlich befürchteten, daß sich nämlich der Versorger mit dem Arzt aus irgendwelchen Gründen verspäten oder gar ganz ausbleiben könnte.

»Hmmm«, brummte ich. »Um vier Uhr früh also. Wie sieht's mit dem Mond aus?«

»Zunehmender Mond zwei Tage vor Vollmond. Aufgang zwoundzwanzig Uhr fünfzig Ortszeit, Herr

Kaleu«, kam es wie mit der Pistole geschossen aus dem Mund von Obersteuermann Schneider, der sich angesprochen fühlte. »Günstiger für das Treffen könnte es gar nicht sein.«

»Fehlt mir bloß noch Ihre Aussage über den Tidenstand. Wie steht's damit, Obersteuermann?«

Eine Frage, so blöd wie die Suche nach den Gewichten für eine Wasserwaage. Prompt löste sich die aufgestaute innere Spannung in einem brüllenden Gelächter.

Schneider war um eine Antwort nicht verlegen. Er setzte sogar noch eins drauf. »Flutstand zwo Dezimeter höher als Normalnull, Nipptide zehn Minuten später, Herr Kaleu!«

»Sie wissen, was Ihnen passiert, wenn das 'ne Fehlmeldung ist, Schneider?« gab ich mich streng.

Er knallte die Hacken seiner Bordschuhe zusammen. »Jawohl, Herr Kaleu! Ausschluß von ›Besanschot an!‹ am dreißigsten und einunddreißigsten Februar.«

Ich konnte zufrieden sein. Für einen Augenblick schwemmte das fröhliche Gelächter über diese gegenseitige Fopperei jeden Gedanken an die Unwägbarkeiten des Krieges hinweg.

»Drei Uhr, I WO«, stellte ich fest, als ich auf die Brükke kam. »Wie sieht's aus? Wir sollten eigentlich schon längst die Positionslichter sehen, wenn er sie gesetzt hat.«

Er ließ sein Glas sinken. »Ja, wenn! Der Ausguck glaubte zwar in drei-null-zehn einen Schatten ausgemacht zu haben, aber dann nahm uns dieser leichte Wolkenschleier das Licht.«

Ich blickte nach oben. Der Wolkenschleier war nur

ein Fetzen, der mit der Höhenströmung über den Mond segelte, ansonsten war der Himmel klar.

»Ein Schatten, das wäre ja schon etwas, wenn es stimmte. Es muß nur der richtige sein.« Ich suchte mit dem Glas in der angegebenen Richtung, doch ausgerechnet dort gab der Wolkenschatten nur langsam die silbern schimmernde See frei. »Nichts!«

»Hauptsache, der Schatten gehört wirklich zu dem Spanier und nicht zu einem abgeblendet fahrenden Tommy«, unkte Kruse leise, damit es die Männer auf der Brücke nicht hörten. »Sollten wir nicht lieber tau…?«

»Nein, sollten wir nicht!« fuhr ich ihm über den Mund. »Es ist übrigens kein Spanier. San Sebastian ist das Losungswort, mit dem er sich zu erkennen gibt. Ich bin darauf gekommen, als ich mir die anderen Funksprüche noch einmal angesehen habe. Dort waren es nur Buchstaben, San Sebastian ist unverfänglicher, wenn er an …«

»Positionslichter in drei-null-fünf!« unterbrach mich der Ausguck. »Ein Anruf mit der Klappbuchs, Herr Kaleu!«

Aus dem Mondschatten löste sich tatsächlich der Schatten eines großen Schiffes mit seinen Positionslichtern. Von seiner Brücke blinkte das internationale Anrufzeichen zu uns herüber, forderte unsere Bereitschaft für die Aufnahme eines Blinkspruchs.

»Teufel, wie hat der Kerl uns entdeckt?« fragte Kruse völlig verblüfft. »Sollen wir antworten?«

»BÜ, geben Sie stillen Alarm! Alle Mann auf Gefechtsstation, klar zum Alarmtauchen! Noch ist der ja weit genug ab.« Wohl war mir trotzdem nicht in meiner Haut. »Signalisieren Sie Bereitschaft, Signalmaat!«

Das Zeichen war kaum heraus, da blitzte es drüben auf. Ein Stein fiel mir vom Herzen, als ich mitlas.

»San Sebastian. Nur San Sebastian, Herr Kaleu!« meldete der Signalmaat.

»Antworten Sie ebenfalls mit San Sebastian! Egal, wie der uns entdeckt hat, Herr Kruse. Er ist es, das genügt! Nehmen Sie Kurs auf den Pott. Die See ist so ruhig, daß wir längseits gehen können. Alarm aufgehoben! Leinenkommando an Deck!«

Ich kletterte die ausgebrachte Jakobsleiter des Frachters empor, während unter mir auf dem längseitsliegenden *U 112* der LI in einer Transporthängematte auf die Brücke gebracht wurde und die Vorbereitungen für die Ölübernahme anliefen.

Ein Seemann griff mir unter die Arme und half mir durch die Relingspforte an Deck. Vor mir entdeckte ich im schwachen Licht einer abgeblendeten Deckleuchte einen Leutnant zur See mit den Abzeichen des Offiziers vom Dienst.

Ich salutierte. »Kapitänleutnant Thomsen, Kommandant von *U 112,* bittet an Bord kommen zu dürfen!«

»Herzlich willkommen an Bord, Herr Kaleu! Korvettenkapitän Feddersen erwartet Sie in seiner Brükkenkammer. Wenn Sie mir bitte folgen wollen?«

»Moment, Leutnant, wir haben einen Mann an Bord, für den besteht höchste Lebensgefahr. Der muß umgehend ärztlich versorgt werden. Bitte, veranlassen Sie das vorher.«

Aus dem Schatten trat ein Mann in den Lichtschein, ein Marinestabsarzt. »Doktor Meininger, Herr Thomsen. Das wollte auch ich vorschlagen.« Er wandte sich an ein paar Männer, die im Hintergrund bereitstanden. »Schwenkt den Kran aus und holt ihn hoch! Was hat Ihr Mann? Wundbrand?«

»Nein, Herr Meininger, dieser Mann ist tot. Es geht um meinen LI. Ein vereiterter Blinddarm, der jeden Augenblick durchbrechen kann.«

»Noch ein LI? Bringt ihn in den Schlunz, aber mit größter Vorsicht, Männer! Ich bereite schon alles vor. Sie entschuldigen mich bitte!«

Während ich hinter dem Leutnant die Brücke enterte, dachte ich über seine seltsamen Worte nach. »Zwei Fragen, Leutnant. ›Noch ein LI‹, hat er gesagt. Was meint er damit? Und wie haben Sie uns entdeckt?«

Der Leutnant blieb vor einer Tür auf der unteren Brücke stehen und klopfte. »Wir haben einen LI an Bord, der einen anderen ablösen oder ersetzen soll, der ausgefallen ist. Das Boot ist allerdings schon lange überfällig. Und entdeckt haben wir Sie mit unserem FuMO.«

Ich kam nicht mehr dazu, mich zu bedanken, denn er öffnete die Tür und trat höflich zur Seite, um mich einzulassen. »Herr Kapitänleutnant Thomsen von *U 112*, Herr Kapitän.«

»Danke, Herr Lemmert!« Korvettenkapitän Feddersen entließ ihn mit einem Wink und kam mir entgegen. »Herzlich willkommen an Bord, Herr Thomsen! Kommen Sie, nehmen Sie Platz!«

Feddersen war ein schlanker, sympathischer Mann unbestimmbaren Alters mit einem schmalen wettergegerbten Gesicht, aus dem mich ein Paar blaugraue Augen prüfend musterten. Neben dem EK I und II entdeckte ich auf seiner Uniformjacke das seltene Blockadebrecherabzeichen und einen mir unbekannten Orden.

»Ich hoffe, wir haben Sie rechtzeitig getroffen. Was möchten Sie trinken? Einen alten schottischen Whisky oder lieber 'nen dänischen Aquavit?«

»Einen Whisky, Herr Kapitän, bitte ohne Wasser oder Eis.«

Während er den Whisky einschenkte, sah ich mich um. Es war die typische gemütlich eingerichtete Kapitänskajüte, wie ich sie aus meiner Segelschiffszeit kannte. Er kam an den Tisch zurück und reichte mir das halbvolle Glas.

»Vielen Dank, Herr Kapitän, aber Sie überschätzen meine Nehmerqualitäten! Hoffentlich falle ich nachher beim Von-Bord-Gehen nicht in den Bach.«

»Das hat noch Zeit. *Cheers*!« Er trank mir zu. »Und nun erzählen Sie mir, warum es die Flottille so dringend gemacht hat.«

Ich faßte mich so kurz wie möglich. Er hörte nur zu und unterbrach mich kein einziges Mal. Das war mir recht, denn ich wollte möglichst schnell zu meinem eigentlichen Anliegen kommen.

»Da haben Sie ja einiges um die Ohren gehabt, und nun möchten Sie so schnell wie möglich nach Hause.« Er nickte. »Verständlich. Haben Sie auf dem Weg hierher gefunkt? Nein? Das ist gut. Die Tommies haben ein neues Ortungsverfahren entwickelt, das Sie in Sekundenschnelle einpeilt. Wahren Sie deshalb unbedingt Funkstille, wenn Sie heil nach Brest kommen wollen.«

»Wie sieht es mit dem Treiböl aus, Herr Kapitän? Irgendeine Mengenbegrenzung? Ich möchte nicht nach Hause schleichen.«

Er lächelte. »Wenn wir Sie am Morgen entlassen, haben Sie so viel gebunkert, daß Sie damit notfalls bis nach Spitzbergen kommen. Reicht Ihnen das?«

»Mir schon, aber eigentlich müßte ich dazu meinen LI fragen. Doch der liegt vermutlich gerade unter dem Messer und ist erst ansprechbar, wenn ich eigentlich schon wieder auf Heimatkurs sein möchte.« Ich nippte an meinem Whisky und sah ihn über den Rand des Glases an. »Und das ist mein anderes Problem. Ich brauche einen gesunden LI. Der Leitende Maschinist ist ein guter Mann, aber kein guter Vorgesetzter. Der duzt sich mit seinen Maaten und Stokern, und das tut nicht gut.«

Er lachte auf. »Nicht ungeschickt vorgebracht, Herr Thomsen! Wie haben Sie so schnell herausgefunden, daß wir einen LI auf Abruf an Bord haben, dessen Boot leider längst überfällig ist? Ich fürchte, wir müssen es abschreiben.«

Ich schluckte, denn das war deutlich. Das Boot war aufgebracht oder versenkt worden. Eine Gefahr, mit der alle U-Boot-Fahrer lebten, an die wir jedoch nicht gern erinnert werden wollten.

Ich verdrängte auch jetzt den Gedanken daran und zwang mir ein Lächeln ab. »Man hört so dies und das, wenn man die Ohren weit genug aufsperrt. Läßt sich das machen?«

»Wir werden ihn nachher fragen. Ich habe auch ein Anliegen, Herr Thomsen. Ich möchte hier nicht Wurzeln schlagen, sondern so schnell wie möglich zu meiner eigentlichen Aufgabe zurück.«

»Und die wäre?«

Er blickte mich erstaunt an. »Wie denn, Sie wissen nicht, daß die *SAN SEBASTIAN* ein Hilfskreuzer ist?

Wir spielen das harmlose Handelsschiff und schlagen dann zu. Das ist doch für Sie nichts Neues, Sie sind ja selbst mal auf so einen Gauner im Frack hereingefallen, nicht wahr?«

Ich horchte auf. Woher wußte er von der *Flying Lady*? Publik gemacht worden war mein Name damals nämlich nicht. »Darf ich fragen, wie Sie davon gehört haben?«

»Wie das so ist, Herr Thomsen. Man hört eben dies und das, wenn man sich umhört«, ließ er mich zappeln. »So habe ich es beispielsweise erst unlängst von einem Kapitänleutnant Peters gehört. Otto Peters, den kennen Sie doch – oder?«

Unlängst? Er amüsierte sich köstlich über mein überraschtes Gesicht. Mir jedoch war in diesem Augenblick so, als griffe plötzlich eine eiskalte Hand nach mir. Ein dicker Schauer lief mir über den Rücken.

»Von meinem Freund Ole? Ist er es, den der LI auf Abruf ersetzen sollte? Dann brauchen Sie auf das Boot nicht mehr zu warten, denn Ole ist damit auf See geblieben.«

»Mensch, Thomsen, wie kommen Sie denn auf die Idee, er sollte ersetzt werden? Er sollte ersetzen!«

Irgend etwas hakte in mir aus. Ich war auf einmal nicht mehr in der Lage, einen klaren Gedanken zu fassen und brauchte eine ganze Weile, um mühsam meine Sprache wiederzufinden. »Heißt das … heißt das, er ist … er ist hier an Bord, Herr Kapitän?« stotterte ich ungläubig.

»Na sicher! Wollen Sie ihn sprechen?« Er drückte auf den Knopf der Bordsprechanlage. »Herr Kaleu Peters, bitte auf die Brücke.«

Mit allem hätte ich gerechnet, bloß damit nicht. Ich griff nach meinem Glas und schüttete den ganzen Inhalt auf einmal in mich hinein. Das brannte höllisch in der Kehle, holte mich jedoch auf die Erde zurück.

»Verdammt, wenn das keine abgekartete Geschichte ist, Herr Kapitän! Das sieht Ole ähnlich! Jetzt brauche ich doch noch einen dieser Güte!«

Damit hatte er offensichtlich gerechnet. Schmunzelnd schenkte er mir und sich nach. Es klopfte, und zugleich wurde die Tür aufgerissen. Ohne sich bei Feddersen zur Stelle zu melden, wie es das militärische Reglement vorschrieb, stürzte er auf mich zu. Wir fielen uns in die Arme und schlugen uns gegenseitig auf die Schultern.

»Mensch, Ole, du alte Filzlaus! Was bin ich froh, dich lebend wiederzusehen! Und ich dachte, du seist auf See geblieben!«

»Vermißt, Arne, nicht tot!« Er hielt mich ein Stück von sich ab. »Ganz schön blaß, mein Lieber! Urlaubsreif, was?«

Feddersen machte durch ein Räuspern auf sich aufmerksam. »Ich glaube, Sie sollten sich jetzt um Ihr Boot kümmern, Herr Thomsen. Übrigens, Sie können ihn haben, wenn er will.«

»Und ob ich will, Herr Kapitän!« strahlte Ole.

Ole stieg gleich voll bei uns ein, kaum daß er sich Zeit ließ, Kruse, Werda, dem Smadding und mir zu schildern, wie er auf die Verlustliste geraten war.

»Da gibt's nicht viel zu erzählen. Sie erwischten uns vor der marokkanischen Küste und bombten uns das Boot unter dem Hintern weg. Fischer sammelten uns auf und brachten uns an Land. Na und dann gerieten wir in die Mühlen der orientalischen Bürokratie, und die arbeiten noch langsamer als die bei uns. Über Spanien ging es dann zurück nach Frankreich.« Er zog das graue U-Boot-Päckchen an. »Das war's dann, Freunde. Und jetzt will ich sehen, daß ich euern Seelenverkäufer in den Griff bekomme.«

Das war auch nötig. Kaum war die Sonne aufgegangen, drängte Feddersen darauf, die Ölübernahme abzubrechen und die Leinen loszuwerfen. Verständlich, denn im ersten Morgenlicht kräuselte sich an der Kimm eine dünne Rauchfahne.

Noch waren zwar keine Mastspitzen oder gar Aufbauten auszumachen, aber das war nur eine Frage der Zeit. Deshalb kletterte ich schnell noch einmal auf die *SAN SEBASTIAN* zurück, um noch einen kurzen Besuch im Lazarett zu machen und mich zu verabschieden.

Der LI lag jedoch im Tiefschlaf. Der Ätherdunst, den er ausatmete, reichte fast aus, um auch mich noch zu chloroformieren. Ich floh. Im Vorraum verleibte sich der Stabsarzt gerade einen großen Aquavit ein.

»Pfui Deibel, war das 'ne eklige Angelegenheit! Aufgequollen wie ein Bermbrot und kurz vor dem Platzen.« Er schüttelte sich. »Er ist raus, aber es ist nicht daran zu denken, daß Sie Ihren LI in diesem Zustand mit nach Brest nehmen können. Der bleibt hier, klar?«

Ich klappte die Hacken zusammen und salutierte. »Klar, Doktor! Herzlichen Dank und viele Grüße an Ihren Patienten! Er soll sich Mühe geben!«

Ich machte, daß ich an Deck kam. Feddersen stand mit dem Offizier vom Dienst an der Relingspforte. Sie und die Männer an Deck trugen schon Räuberzivil. Die Versorgungsschläuche waren abgeschlagen, *U 112* hing nur noch mit der vorderen und achteren Spring an seiner Milchkuh.

Ich salutierte. »Vielen Dank, Herr Kapitän! Ich wünsche Ihnen allzeit gute Fahrt und fette Beute!«

»Ich Ihnen auch, Herr Thomsen! Eine Bitte habe ich noch. Bleiben Sie in meiner Nähe, als Rückversicherung sozusagen, falls der Knabe da an der Kimm mir über sein sollte. Torpedos haben Sie ja noch, habe ich gehört.«

»Soll mir ein Vergnügen sein!« Wir schüttelten uns die Hände, und hinab ging es die Jakobsleiter, denn über die Kimm stiegen Masten und Aufbauten eines schnellen Schiffes.

»Achtere Spring los! Ruder Backbord zwanzig! Beide Maschinen kleine Fahrt voraus! Klar zum Alarmtauchen!« Während wir in die vordere Spring eindampften, verschwand die Brückenwache blitzschnell unter Deck. Das Heck kam frei. »Beide Maschinen stop! Ruder mittschiffs! Vordere Spring los! Beide Maschinen kleine Fahrt zurück!«

Wir schoren von unserer Milchkuh ab, die ebenfalls Fahrt aufnahm.

Kruse erholte sich nur langsam von der Überraschung, die Oles Ankunft ausgelöst hatte. »Das ist ja wirklich 'n Ding wie aus 'nem Film, Herr Kaleu?«

»Stimmt, I WO.« Der Abstand zwischen den beiden Schiffen wurde größer und größer. »Beide Maschinen stop! Halbe Kraft voraus! Ruder Steuerbord zehn! Wir bleiben getaucht in der Nähe, um eingreifen zu können, falls es Schwierigkeiten geben sollte. Auf Tauchstation!«

Der Frachter, er mochte gut und gerne seine 12 000 BRT haben, fuhr in Ballast und trug auf der Back und auf dem Achterdeck Geschütze, gegen die wir mit unserer 10,5-Kanone ziemlich blaß ausgesehen hätten. Aber nicht allein das entlarvte ihn als Briten. Geradezu provozierend zierte seine Bordwand die überdimensionale Aufschrift *LIVERPOOL CARGO LTD*.

Selbst mich juckte es in den Fingern, als ich ihn durch das Sehrohr so herausfordernd selbstbewußt mit ungefähr 16 Knoten durch die See furchen sah. Wie mochte es da erst Feddersen ergehen?

Während ich das Boot in den richtigen Schußwinkel brachte, ich konnte schließlich nicht wissen, ob der auf Feddersens Gauner im Frack hereinfiel, wechselten die beiden offensichtlich völlig harmlose Blinksprüche.

Ich schloß das daraus, daß die arglosen Briten nicht einmal die Geschütze abwehrbereit besetzten. Doch kaum war der Tommy zwei Strich achterlicher als dwars aufgekommen, änderte sich in unserem Sehrohr das Bild. Die *SAN SEBASTIAN* verwandelte sich in ein waffenstarrendes Schiff und eröffnete das Feuer.

»Jetzt läßt der Feddersen die Hosen runter!«

Ein überflüssiger Kommentar, denn das Wasser übertrug die Abschüsse, mit denen er dem Tommy die Funkanlage zerschmetterte und die Geschütze auf Back und Achterdeck außer Gefecht setzte.

»Ist das ein geriebener Hund, mein lieber Mann!«

»Was dachtest du denn, wofür der das Ritterkreuz bekommen hat, Arne?« sagte Ole aus dem Hintergrund. »Du liest keine Zeitung, was?«

Kruse gluckste und stieß den II WO an. »Schon geht's wieder los wie in alten Zeiten, was?«

»Das Ritterkreuz? Warum trägt er's dann nicht?« Ich hatte heute offenbar meinen langsamen Tag.

»Was denn, zum Pullover? Du trägst es doch auch nicht.«

»Zum Pullover?« knurrte ich und wandte mich wieder dem Geschehen an der Wasseroberfläche zu.

Auf dem britischen Frachter fierten sie die Boote. Auch hier waren es wieder mehr Männer, als sonst üblich war. Die Boote hielten auf die *SAN SEBASTIAN* zu und kamen für mich außer Sicht.

Kurz darauf eröffnete Feddersen mit allen seinen Waffen das Feuer auf den steuerlos treibenden Briten. Dessen Ende kam schnell. Die Schrift *LIVERPOOL CARGO LTD.* verschwand hinter zwei gewaltigen Fontänen. Donnernd übertrug das Wasser die Detonationen.

»Mensch, hat der sogar Torpedos an Bord?« sagte ich zu Ole.

»Na sicher! Ich hab' das anfangs auch nicht glauben wollen, Arne. Der Feddersen kann es mit jedem Zerstörer oder Kreuzer aufnehmen, wenn die ihm arglos auf die Pelle rücken.«

»Dann möchte ich mal wissen, warum wir ihm Rükkendeckung geben sollten.« Ich fuhr das Sehrohr ein. »Kein Grund, hier noch länger rumzugammeln. Klar zum Auftauchen! Anblasen!«

U 112 schwebte nach oben. Ich enterte mit der Brükkenwache auf, als der Turm frei kam. Der Brite war bereits über den Achtersteven auf dem Weg zu den Fischen.

»Das wär's dann ja wohl! Signalmaat, Kriegsflagge setzen und dann K an K: Gratuliere, Herr Kapitän! Wünsche weiterhin viel Erfolg!«

»Danke!« kam es zurück. »Wünsche gute Heimreise!«

Drüben heulte das Nebelhorn grüßend auf und wurde die Flagge gedippt. Wir antworteten auf die gleiche Weise.

»Auf denn, übernehmen Sie, Herr Werda! Voll voraus, Kurs Heimat!«

Feddersen hatte übertrieben, als er uns einen Treibölvorrat bis nach Spitzbergen versprach. Doch nach Oles Berechnungen reichte er voll aus, um damit noch weit über Brest hinauszukommen, auch wenn wir uns keinerlei Einschränkungen auferlegten. Das war ein ungemein beruhigender Gedanke.

Wir liefen Tag und Nacht weitab aller Schiffahrtsrouten aufgetaucht auf die Nordwestspitze der Iberischen Halbinsel zu, ohne auch nur einem Schiff zu begegnen. Das wurde erst anders, als wir 43 Grad Nord, 10 Grad West erreichten und direkten Kurs auf Brest nahmen. Von diesem Augenblick an hatten wir immer wieder Schraubengeräusche in unserem GHG, vermutlich Spanier, vielleicht auch Portugiesen. Das machte uns vorsichtiger, obwohl das Wetter auf unserer Seite war.

Je weiter wir in die Biskaya vorstießen, desto unfreundlicher wurde es nämlich. Der strahlende Sonnenschein war schnell Vergangenheit, ebenso die Wärme, die wir Tage zuvor noch genossen hatten. Ein unangenehm kalter Wind pfiff der Brückenwache um die Ohren und trieb eine tief herabhängende Wolkendecke vor sich her.

Dem Azorenhoch war die Luft ausgegangen, wie wir

aus dem spanischen Seewetterbericht erfuhren. Über der Biskaya braute sich ein Wirbel zusammen, der für den Rest unserer Reise nichts Gutes verhieß.

»Nun fangt bloß nicht gleich wieder zu unken an!« würgte ich die Diskussion ab, die sich daraufhin ergab. »Noch zweihundertvierzig Seemeilen, rein rechnerisch noch fünfzehn Stunden. Geben wir uns einen Tag, weil man ja mit allem rechnen muß, dann haben wir es morgen nacht hinter uns. Das werden wir doch wohl durchstehen, auch wenn es kleine Männer regnet!«

Das war reiner Zweckoptimismus. Ich wußte nur zu gut, daß das dicke Ende erst noch kam. Es war kein gutes Flugwetter für die Tommies, Gott sei Dank. Aber auch wenn der Wind jetzt beständig zunahm und die Sicht immer schlechter wurde, würde das ihre U-Jagd-Gruppen nicht davon abhalten, uns den Weg nach Brest zu verlegen. Und die waren uns gegenüber im Vorteil. Sie hatten RADAR, wir nicht.

»Wir werden so lange wie möglich aufgetaucht fahren, um die Batterien zu schonen, und immer wieder Horchpausen einlegen, damit wir rechtzeitig wegtauchen können. Damit sollten wir bei diesem Wetter durchkommen.«

Unbehelligt erreichten wir 48 Grad Nord, 6 Grad West. Zwar hatten uns immer wieder Schraubengeräusche von der Wasseroberfläche verjagt, aber meine Rechnung schien aufzugehen. Wir nahmen Kurs auf die Bucht von Brest und blieben unter Wasser.

Zum einen näherten wir uns jetzt dem kritischen Punkt vor dem Nadelöhr nach Brest, wo mit Sicherheit britische Kriegsschiffe lauerten. Zum anderen war der

Aufenthalt auf der Brücke bei Windstärke acht, Seegang sieben und eisigem Regen alles andere als ein Vergnügen.

»Wir bleiben so lange unten, bis wir in den Schutz der deutschen Batterien kommen.« Ich deutete auf den Punkt in der Karte, wo ich aufzutauchen gedachte. »Ich hoffe, Sie setzen uns nicht auf die Klippen, Obersteuermann.«

Weiß zuckte als Antwort mit den Schultern, er nahm meine Stichelei nicht ernst; vor dem letzten Abtauchen hatten wir noch eine Funkpeilung vorgenommen, und die stand.

Unendlich langsam verstrich die Zeit. Wir Offiziere standen um den Kartentisch herum und verfolgten, wie Weiß die zurückgelegten Entfernungen auf unserem Kurs in der Karte absetzte. Die Schleichfahrt zerrte an den Nerven. Ich sah auf die Uhr. Oben war die Dämmerung längst in tiefe Nacht übergegangen.

»Noch dreißig Minuten, Herr Kaleu!« verkündete er nach dem letzten Eintrag.

Das war das Signal. »Horchgerät, was erzählen die Fische?«

»Keine Schraubengeräusche, Herr Kaleu!« meldete Huber.

»Keine Schraubengeräusche? Das ist ungewöhnlich.« sagte ich zu meinen Offizieren. »Langsam wird mir die Sache unheimlich.«

»Entweder feiern die Tommies oder …« Werda stockte.

»Oder?« hakte Ole nach, der ebenfalls beunruhigt war. »Was meinen Sie damit?«

»Oder sie haben sich einen neuen Trick ausgedacht.«

»Und der wäre, II WO?« Ich zog mir das Ölzeug über.

»Ja, wenn ich das wüßte, Herr Kaleu!« Er griff ebenfalls nach dem Ölzeug.

»Na, dann lassen wir uns überraschen. Klar zum Auftauchen! Brückenwache in den Turm! Boot bleibt klar zum Alarmtauchen!« Ich wandte mich an Ole. »Ich hab' ein ganz komisches Gefühl, Ole. Kann sein, daß ich Gespenster sehe, aber sobald wir aufgetaucht sind, gehst du mit dreimal AK auf die Diesel.«

Die Brückenwache sammelte sich im Turm. Der Zentralemaat drehte das Licht herunter, damit sich die Augen oben schneller an die Dunkelheit anpaßten. »Dann man los, Männer! Anblasen!«

Die Zeit erschien mir endlos. Endlich der Schrei: »Turm kommt frei! Boot ist aufgetaucht!«

Das Luk sprang auf. Wir stürmten nach oben. Mein Blick ging in die Runde. Es war nicht der Seegang, der mich taumeln ließ. Auf den war ich vorbereitet, nicht aber auf den Schwung, mit dem das Boot in Fahrt kam, als Ole die Maschinen hochjagte. Brecher fegten über die Brücke, hüllten uns in Gischt ein. Aber was machte das schon!

»Gott sei Dank, ich hab' doch Gespenster ge…« Das Wort blieb mir im Halse stecken. Hinter uns flammte Mündungsfeuer auf.

Leuchtgranaten zerplatzten über uns und tauchten die See und das vorwärtsstürmende Boot in ihr gleißendes Licht. Granaten heulten heran, detonierten in unserem schäumenden Kielwasser, übertönten die Abschüsse des Schnellfeuers, mit dem uns die Tommies belegten.

Um uns brach die Hölle los. Die See schien zu kochen. Hohe Wassersäulen stiegen um uns auf, überschütteten uns mit Sturzbächen. Granatsplitter pfiffen durch die Luft, stanzten Löcher in die Turmverkleidung.

»Diese raffinierten Hunde! Wir müssen durchhalten! Zum Tauchen ist es zu spät!« schrie ich Werda ins Ohr.

»Verflucht, warum greifen unsere Batterien nicht ...«

Eine Granate heulte über unsere Köpfe hinweg und detonierte vor unserem Bug. Wir stürmten mitten in ihren Splitterregen hinein. Der II WO schrie plötzlich laut auf. Neue Leuchtgranaten! In ihrem Licht sah ich, daß er sich den blutenden Arm hielt.

»Unter Deck, II WO!« schrie ich ihm zu und drängte ihn zum Turmluk.

Der schwere Schlag, der das Boot traf, ließ uns beide torkeln. Die Gräting unter unseren Füßen erbebte von einem irrsinnigen Vibrieren, das den ganzen Bootskörper erfaßte. Was war das? Ein Treffer?

Ein neuer Ton kam in diesen Hexensabbat, lenkte mich ab. Hoch über uns orgelten Granaten hinweg, krepierten weit achteraus. Die ganze Küste geriet in Aufruhr. Leuchtgranaten explodierten über unseren unentwegt feuernden Verfolgern und entrissen sie mit ihrem grellen Schein der Dunkelheit.

»Vier Zerstörer in eins-acht-null!« schrie ein Ausguck. »Sie flüchten!«

Überall auf der Steilküste flammten Abschüsse der schweren Artillerie auf, deckten die Tommies mit ihren zentnerschweren Granaten ein. Die ganze Luft über uns war von ihrem Orgeln erfüllt. Riesige Wassersäulen stiegen um die flüchtenden Tommies auf, entzogen sie unseren Blicken. Damit hörte auch der Beschuß auf uns auf.

Erst jetzt ging mir auf, daß wir Fahrt verloren. Kruse kam aus dem Turmluk gekrochen.

»Die Backbordschraube ist weggeflogen, Herr Kaleu! Ein Treffer oder Materialschaden. Ich hab' Werdas Wache übernommen, der ist verletzt.«

»Und sonst?«

»Wir haben Schwein gehabt, kein Treffer, nichts.«

Ich atmete auf. »Möchte bloß mal wissen, warum die Marineartillerie so spät eingegriffen hat. Was ist mit Werda? Schwer verletzt?«

»Granatsplitter im Arm. Franchon verarztet ihn. Scheint nicht so schlimm zu sein. Und hier oben?«

Es gab auch hier einige Kratzer, aber die waren harmlos. Leder- und Ölzeug hatten die Splitter abgefangen.

»Übernehmen Sie, Herr Kruse. Da kommt die erste Boje, wir liegen also richtig. Dann bringen Sie uns man rein. Ich kümmere mich um die Ablösung des Ausgucks.«

Es war wie ein Wunder, wir waren noch einmal mit halbwegs heiler Haut davongekommen. Die Verletzungen des II WO durch mehrere Granatsplitter waren zwar schmerzhafte Fleischwunden, sie würden ihn jedoch nicht zu einem Lazarettaufenthalt zwingen. Alle anderen Splitterverletzungen waren Kratzer, die mit Jod und Pflastern schnell versorgt werden konnten.

Über uns flatterten am Luftzielsehrohr die vier Siegeswimpel, während wir Kurs auf den Kriegshafen nahmen. Im fahlen Morgenlicht sahen wir, daß auch das Boot bei dem Feuerüberfall einiges abbekommen hatte. Das Angriffsehrohr war hin, der Turm mit Granatsplittern gespickt, die auch in den Stahl der Außenhaut Furchen gezogen hatten, und dann hatte natürlich die Backbordschraube ihren Geist aufgegeben.

»Das ist doch für die Werft alles ein Klacks«, behauptete Ole und rieb sich das windgerötete Gesicht. »Überholt werden muß der Eimer ohnehin. Ich hab' da 'ne ganze Menge aufgelistet.«

Durch die Regenflagen, die der eiskalte steife Wind über Brest blies, blinkte uns die Signalstation an.

»Signalmaat, sehen Sie nicht, daß die Signalstation was von uns will?« fuhr ich Menzel an, weil der nicht sofort Empfangsbereitschaft signalisierte. »Melden Sie uns an, damit sich das Empfangskomitee rechtzeitig am Kai einfindet.«

Kruse lachte auf. »Die werden schön fluchen! Aber das Sauwetter gönne ich denen.«

»Ich hätte es jetzt auch ganz gerne 'n bißchen wärmer und trockner«, sagte ich. »Müssen wir jetzt eigentlich immer noch so schleichen, Ole?«

»Müssen wir nicht, aber es macht mehr Eindruck!« feixte er. »Die sollen ruhig denken, wir schlichen auf dem Zahnfleisch.«

Ein Schlepper kam aus dem Kriegshafen und hielt auf uns zu. Von seiner Brücke blitzte eine Klappbuchs auf. »Brauchen Sie Schlepperhilfe?«

»Siehste, Arne, es wirkt!« triumphierte Ole. »Was meinen Sie, I WO, brauchen wir Schlepperhilfe?«

»Mir ist alles recht. Hauptsache, wir kommen schneller ran!«

Und das kamen wir tatsächlich. Der Schlepper nahm

uns auf den Haken und bugsierte uns an die Werftpier, auf der ein frierender Haufen Uniformierter wartend im Schutz einer Holzhütte stand.

Leinen flogen hinüber, wurden von hilfreichen Händen um die Poller geschlungen. Die Diesel verstummten. Nach fünfzig Tagen Seetörn lag *U 112* wieder sicher an Land fest.

»Soll man's glauben, sogar der Flottillenchef hat sich zum Empfang aufgerafft!« lästerte der I WO. »Was für ein großer Bahnhof! Da ist ja auch dieser Arsch, der Oberst Clausen!«

»Fehlt bloß noch die Blaskapelle und 'n Schwung Marinehelferinnen, dann wäre unser Glück vollkommen!« setzte Ole hinzu.

An Deck trat die Besatzung an, während das Leinenkommando eine Stelling ausbrachte.

»Na, dann los, meine Herren, bringen wir den Affenzeck möglichst schnell hinter uns!« sagte ich und rückte meine weiße Kommandantenmütze für die Meldung an den Flottillenchef zurecht. »Was ich dann brauche, ist 'ne schöne heiße Dusche und endlich wieder frische Wäsche!«

Ehe ich jedoch zu meiner Dusche kam, wurde es Mittag. Wir hatten zwar schon auf See alles vorbereitet, was jeder Werftliegezeit vorangehen mußte, trotzdem fraßen der unerläßliche Papierkrieg und die Vorbesprechungen mit den Werftgrandies den Rest der Zeit. Erst als wir dann Torpedos und Munition an den Arsenalprahm abgegeben hatten, atmeten wir auf.

In einer Pause zwischen diesem Rattenschwanz hatte ich vergeblich versucht, Anke, meine Frau, telefonisch zu erreichen, die ja sieben Wochen in der Ungewißheit über unser Schicksal hatte leben müssen. Es dauerte eine endlose Zeit, bis die Vermittlung bis nach Blankenese durchkam. Ich ließ es endlos klingeln, doch es nahm niemand ab.

Ole hatte mehr Glück, seine Fritzi war zu Hause, und die versprach, Anke über unsere glückliche Rückkehr zu unterrichten. Mir fiel ein Stein vom Herzen.

Dazwischen lag auch der Abschied von Roberta Franchon. Sie hieß vermutlich ganz anders, aber wir nannten sie unter uns so, wenn keines der Besatzungsmitglieder zugegen war. Sie war sofort von jenem Oberst Clausen mit Beschlag belegt worden, der nervös eine Zigarette nach der anderen rauchte und mit mierigem Gesicht zusah, wie sie sich von uns verabschiedete.

»Sie bleiben die nächsten Tage noch in Brest?« Ich hatte das Gefühl, ihre Frage sei weniger an mich als an den II WO gerichtet. »Ich auch. Ich hoffe, wir sehen uns dann noch. Bis dahin erst einmal vielen herzlichen Dank für die Gastfreundschaft, die ich bei Ihnen an Bord genießen durfte.«

»Es war uns ein Vergnügen!« kam mir der II WO zuvor und strahlte sie an. »Sie waren uns ein angenehmer Gast.«

Das hätte er lieber lassen sollen, denn kaum hatte Roberta den Rücken gedreht, hatte er einen harten Stand.

»Mein lieber Mann, da hat aber Amor verdammt gut gezielt!« eröffnete Kruse die Lästerrunde. »Dann waren das also gar keine Granatsplitter, sondern ein Pfeil von zarter Frauenhand. Kriegt man dafür eigentlich auch das Verwundetenabzeichen, Herr Kaleu?«

Obwohl wir den ganzen Tag mehr als genug um die Ohren hatten, ging es so bis in den Abend hinein, und der bescherte uns eine Überraschung. Eine Ordonnanz erschien in der Offiziersmesse des Stützpunktes und überbrachte mir einen Brief des Flottillenchefs. Das war ungewöhnlich und rief bei mir sofort unangenehme Erinnerungen wach. Hatte der etwa schon wieder ein Attentat auf mich vor?

»Nicht schon wieder!« sagte ich grimmig und riß das Kuvert auf. »Nicht mit mir! Diesmal beißt er auf Granit!«

Kruse und Werda wußten, was ich damit meinte, Ole nicht.

»Was ist los, Arne? Was Unangenehmes?«

»Wie man's nimmt!« Ich reichte ihm den Brief über den Tisch. »Der Herr Korvettenkapitän Bernhardi gibt sich die Ehre, meine Herren Offiziere und mich zu einem Herrenabend einzuladen.«

»Bestimmt 'ne stinklangweilige Angelegenheit! Kann man das nicht ausschlagen?« Ole gab mir das Blatt zurück. Ich schüttelte den Kopf. »Scheiße! Und ich hatte gedacht, wir vier machen heute abend mal richtig einen drauf und begießen uns ordentlich die Nase.«

»Das kannste auch bei Bernhardi haben. Da kostet's wenigstens nichts. Vermutlich bekommst du da auch ordentlich was zwischen die Zähne, damit du nicht gleich aus den Latschen kippst.«

»Auch wieder richtig.« Er sah den II WO an und feixte. »Herrenabend, kein Zutritt für Damen. Was wird Robertachen bloß dazu sagen?«

»Na was wohl?« schlug Kruse sofort in die gleiche

Kerbe. »Sie wird in Tränen aufgelöst sein und sich in Liebe und Sehnsucht nach unserem II WO verzehren!«

Es begann wie vor sieben Wochen, allerdings mit einer kleinen Änderung. Wieder klang Musik durch das Haus, aber diesmal nahm uns der Adjutant, Kapitänleutnant Kreklow, im Foyer in Empfang und führte uns in die inneren Räumlichkeiten, nachdem wir abgelegt hatten.

Dort wartete die nächste Überraschung auf uns. Neben Oberst Clausen stand Roberta und plauderte mit Korvettenkapitän Roloff und dem Flottillenchef. Ihr Anblick verschlug nicht nur dem II WO die Sprache. Das war eine ganz andere Roberta, als wir sie an Bord gehabt hatten.

Sie trug ein phantastisches Abendkleid mit einem gewagten Dekolleté, vermutlich ein Pariser Modell, das mehr freigab als verhüllte und ihre ohnehin hübsche Figur vorteilhaft betonte. Dezent geschminkt, den Herrenschnitt ihrer Haare mit einem Federgesteck geschickt kaschiert, dazu wenig, aber gediegenen Schmuck – kurz, eine Frau, an der man nicht achtlos vorüberging.

Und so erging es auch unserem II WO. Von diesem Augenblick an war er für die übrige Welt verloren, kaum daß er die übliche Höflichkeit wahrte und die anderen mit uns begrüßte.

Ich hatte Ole nicht zuviel versprochen. Bernhardi war ein guter Gastgeber, der für ein herrliches Menü und erlesene Getränke gesorgt hatte. So wurde es doch ein sehr schöner Abend.

Irgendwann nahm mich Oberst Clausen zur Seite.

»Wie Sie sich erinnern werden, habe ich mit Ihnen noch ein Hühnchen zu rupfen, Herr Thomsen.«

»Ich mit Ihnen auch, Herr Oberst.« Ich hatte von dem ungewohnten Champagner schon einen ganz hübschen Zacken in der Krone, sonst hätte ich mich anders ausgedrückt. »Und das ist kein Hühnchen mehr, sondern schon ein ausgewachsener Vogel Strauß!«

Verblüffenderweise grinste er darüber. »Sieh an, der Herr Kapitänleutnant kuscht nicht vor mir, er zeigt die Zähne. Nachdem, was mir Fräulein Franchon erzählt hat, habe ich auch nichts anderes erwartet. Imponiert mir!« Er hob sein Glas. »Ich habe Sie ganz schön an der Nase herumgeführt, was? Nun, dafür haben Sie mich recht rüde von Bord gejagt, und Ihr Bootsmann hat mich von der Planke gestoßen. Begraben wir das Kriegsbeil, wir sind damit wohl quitt. – Prost!«

Schade, all die Wut, die sich in mir aufgestaut hatte, verrauchte. Ich trank ebenfalls. Aber da war noch dieser Roloff, der sollte mir nicht so ungeschoren davonkommen.

Er schien darauf gewartet zu haben. »Ich sehe, Sie haben sich nicht geprügelt. Da darf ich wohl auf Nachsicht hoffen. Ich hab' erst im nachhinein erfahren, was da in Wirklichkeit lief. Wir sollten darüber mal in aller Ruhe sprechen, nicht hier. Wann fahren Sie nach Hause?«

Das nahm mir den Wind aus den Segeln. »Am liebsten übermorgen früh, Herr Kapitän. Ich möchte am achten Januar zum Geburtstag meiner Frau in Blankenese sein.«

»Verständlich!« Er nickte. »Übermorgen früh, das paßt gut. Ich habe in dem Kurswagen nach Berlin ein ganzes Abteil für mich allein. Darf ich Sie einladen? Da haben wir dann genügend Zeit zum Plaudern.«

»Gern, Herr Kapitän.« So eine Einladung schlug man nun mal nicht aus. »In Aachen kann ich dann nach Hamburg umsteigen.«

»Da müssen Sie dann aber übernachten, denn von dort kommen Sie erst am nächsten Morgen weiter. Hotel Deutscher Kaiser, sehr zu empfehlen. Soll ich meine Verbindungen mal spielen lassen?«

So überrollte er mich. Er tat an diesem Abend noch mehr für mich. Er ließ sich unsere Telefonnummer geben und vermittelte mir über die Dienstleitung Bernhardis ein Blitzgespräch mit Anke. Sie war vor Freude gar nicht zu bremsen, bis sich die Vermittlung einschaltete und um Beendigung des Gespräches bat.

Als mich Roloff aus seinen Fängen ließ, nahm mich Ole in Empfang. »So, Bruderherz, das war der dienstliche Teil, nun kommt der fröhliche. Jetzt nimmst du mal mit Kruse und mir ordentlich einen zur Brust. Den II WO können wir vergessen.«

Ole brachte mich zum Bahnhof und half mir mit meinem Gepäck in das für Korvettenkapitän Roloff reservierte Abteil. Wenig später kam der selbst angedackelt. Ein Obermaat schleppte seinen Koffer und einen mit einem Tuch abgedeckten Henkelkorb hinterher.

»Du bist zu beneiden, Arne. Ich wette, der hat da für euch ein paar ganz leckere Sachen und was zu saufen in seinem Korb«, flüsterte Ole mir zu. »Ich glaub', ich mach' jetzt lieber 'ne Fliege. Grüß alle herzlich von mir. Ich komme übermorgen …«

Er stockte und stieß mich an. Als ich seinem Blick

folgte, traute ich meinen Augen nicht. Über den Bahnsteig kam eine junge Frau in einer schicken Pelzjacke und einem hautengen Rock gestöckelt, begleitet von einem Marineoffizier.

»Mein lieber Mann, das ist ja 'n Ei! Roberta und unser II WO! Und ich Trottel habe gedacht, der habe es nur deshalb so eilig, weil er möglichst schnell nach Hause wollte, als er sich gestern von mir verabschiedete.«

Ole kicherte. »Wollt ihr die beiden nicht zu euch ins Abteil holen? Was meinst du, wie die sich freuen würden.«

Über die Bahnhofslautsprecher kam die Aufforderung zum Einsteigen. Zwei Wagen weiter half der II WO seiner Roberta in den Zug, der der enge Rock offensichtlich Schwierigkeiten bereitete. Dann stieg auch er mit den Koffern ein.

»Das glaubst du!« Ich klopfte Ole auf die Schulter. »Gönn ihnen man den Spaß! Mach's gut, und sauf nicht soviel! Bis bald bei uns.«

Ich stieg ein und knallte die Tür zu. Der Zug ruckte an. Roloff saß in der einen Fensterecke und sah mir lächelnd zu, wie ich es mir in der anderen bequem machte.

»Sie sind miteinander befreundet, ja?«

»Seit Urzeiten, Herr Kapitän, unsere Frauen sind es auch. Wir haben sie gemeinsam auf Helgoland kennengelernt. Da hoffte noch jeder von uns, es gebe keinen Krieg.«

Er nickte wie ein weiser alter Uhu mit dem Kopf. »Das hoffte ich damals auch. Ich habe übrigens gestern Ihren Bericht gelesen. Sie haben da böse Worte für die Küstenbatterien gefunden.«

»Diese lahmen Säcke haben schlichtweg gepennt,

Herr Kapitän. Vier britische Zerstörer kann man doch mit dem FuMO nicht übersehen. Hätte nicht viel gefehlt, dann wären wir bei den Fischen gelandet.«

Er schüttelte den Kopf. »Irrtum, die haben nicht gepennt. Die französische Widerstandsbewegung hatte die Stromversorgung gekappt. Die werden immer frecher. – Aber nun zu uns beiden. Sie hatten auch einen Mordsrochus auf uns, stimmt's? Das klingt jedenfalls in Ihrem Bericht durch.«

»Ist das ein Wunder? Wir kamen uns richtig verscheißert vor.«

»Harte Worte, aber es erging uns nicht anders. Erst als Sie auf See waren, hat dieser Clausen die Katze aus dem Sack gelassen.« Roloff griff in den Korb und holte zwei Gläser und eine Flasche Wein heraus. »Ich glaube, das läßt sich besser bei einem Schluck Wein durchsprechen. Machen Sie die mal bitte auf?«

Es war alles da, selbst ein Korkenzieher steckte in dem Korb. Ich zog den Korken und goß ein.

»Na denn!« Er trank einen Schluck und stellte das Glas ab. »Jeder Geheimdienst hat seine eigenen Gesetze, daher das Versteckspiel. Die beiden Kanadier waren schon Todeskandidaten, als sie bei Ihnen einstiegen. Clausen wollte nur noch herausfinden, wer in Kanada mit ihnen unter einer Ecke steckte und wie weit ihr Verrat ging. Das wußten Brodersen und Franchon.«

»Dann lagen wir mit unseren Vermutungen gar nicht so falsch. Der John hat dann den Versuch, sich die angebliche Agentenkartei aus dem Gepäck Franchons anzueignen, mit dem Leben bezahlt.«

»Anders herum, Herr Thomsen! Die Kirkners hatten die Todesspritzen im Gepäck. Sie waren der Franchon

– sie heißt übrigens ganz anders – und dem Brodersen zugedacht, um an diese angebliche Kartei zu kommen. Doch die waren durch den mißglückten Versuch vorgewarnt. Brodersen brachte die Spritzen an sich und drehte den Spieß um. Von da an hatte der zweite Kirkner keine ruhige Minute mehr. Erwischt hat's ihn allerdings erst, als er ausgestiegen war und sich in Sicherheit wähnte.«

»Du lieber Himmel, da hatten wir ja reizende Badegäste an Bord!« Jetzt trank auch ich einen Schluck. »Mmmmm, ein vorzüglicher Wein, Herr Kapitän. Aber warum dann das Versteckspiel mit Boston und Charleston?«

»Man baute vor. Es waren zu viele Unbekannte in der Rechnung. Die hätten ja Kanada auch unangefochten erreichen und die beiden anderen ans Messer liefern können, weil sie deren Anlaufhäfen aufgeschnappt hatten. Dafür war deren Mission zu wichtig.«

»Und die ist geglückt, obwohl wir sie schon kurze Zeit später wieder abholen mußten? Was war das überhaupt für eine Mission?«

Er sah mich eine Weile schweigend an. »Spionage, mein Lieber, Spionage in den höchsten Abteilungen des Pentagon. Es ging um die Pläne der Amerikaner für eine neue Waffe. An diese Pläne sollten die beiden kommen, und das haben sie geschafft. Das heißt, vorausgesetzt, sie sind echt. Seltsamerweise lief danach irgend etwas schief, ihr Kontaktmann wurde geschnappt. Deshalb mußten Sie Feuerwehr spielen.«

Er ließ mir Zeit zum Nachdenken. Irgendwo war da noch ein Haar in der Suppe, aber ich wußte nicht, wo und was für eins. Letztlich war das auch egal. Ich hatte es glücklich hinter mir und vier Wochen Urlaub vor mir, das war wichtiger.

Er lächelte. »Jetzt rattert Ihre Denkmaschine, was? Mehr kann ich Ihnen jedoch nicht sagen. Es ist außerdem besser für Sie, Sie vergessen das alles ganz schnell wieder. Geheimste Kommandosache, klar?«

Er schenkte uns die Gläser wieder voll. »Reden wir von was anderem, Herr Thomsen. Wie sind jetzt Ihre Pläne?«

Ole hatte Roloff genau richtig eingeschätzt. Mittags holte der aus seinem Henkelkorb belegte Baguettes und Rotwein.

»Ich habe Sie eingeladen, greifen Sie zu! Und dann machen wir ein kleines Nickerchen.«

Es kam, wie es nach dem Weißwein am Vormittag kommen mußte: Der Rotwein brach mir das Genick. Hinzu kam, daß das Abteil total überheizt war. Die durchwachten Nächte, der wenige Schlaf forderten ihre Rechte. Ich streckte mich auf der gepolsterten Bank aus und war im gleichen Augenblick eingeschlafen.

Es war kein Nickerchen, sondern ein ausgedehnter Tiefschlaf. Aus dem schreckte ich hoch, als jemand die Tür mit solchem Schwung aufriß, daß sie laut gegen die Halterung donnerte.

»Zugkontrolle! Die Ausweise und Marschbefehle!«

Vor mir stand breitbeinig ein Oberfeldwebel der Feldgendarmerie, ein Kettenhund, wie diese unbeliebten Gendarmen wegen des blitzenden Brustschildes genannt wurden. Zugegeben, mir paßte der rauhe, unhöfliche Ton nicht. Aber woher sollte der Kerl auch wissen, wen er vor sich hatte? Wir hatten ja die Uniformjacken wegen der Wärme ausgezogen. Aber ein Rüffel konnte nicht schaden.

»Das habe ich auch schon mal höflicher gehört, Feldwebel! Oder ist das jetzt der neue Ton gegenüber Offizieren?«

Ich zog meine Jacke mit den Kolbenringen über, den Rest besorgte das Ritterkreuz an meinem Hals. Er knallte die Hacken zusammen und salutierte.

»Bitte um Entschuldigung, Herr Kapitänleutnant. Zugkontrolle! Darf ich bitte Ihre Papiere und Marschbefehle sehen?«

»Das dürfen Sie.«

Ich reichte ihm meine Papiere, knöpfte die Jacke zu und griff nach meinem Mantel. Ich kannte diese Prozedur. Die Kettenhunde stiegen immer vor der deutschen Grenze zu. In wenigen Minuten mußte der Zug in Aachen einfahren.

Er gab mir die Papiere zurück und warf nur einen kurzen Blick auf die Roloffs. »Danke sehr! Wünsche weiterhin gute Reise!«

Er salutierte und zog die Tür wieder hinter sich zu.

Roloff lachte. »Sie waren ja unerwartet milde im Umgang mit diesem Knaben.«

»Urlaub, Herr Kapitän. Den soll man nicht mit Ärger beginnen. Außerdem bin ich ausgeschlafen.«

Der Zug wurde langsamer, ich holte meinen Koffer aus dem Gepäcknetz. Am Fenster glitt die Bahnhofshalle langsam vorbei.

»Das hat man gehört! Entlang der Bahnstrecke haben Sie sämtliche Wälder umgesägt. Jetzt müssen Sie sich sputen. Der Zug hält hier nur ein paar Minuten.« Er schüttelte mir die Hand. »Schönen Urlaub und einen besonders schönen heutigen Abend! Grüßen Sie bitte auch Ihre Frau Gemahlin recht herzlich von mir! Und wie gesagt, einen schönen Abend!«

Mir entging nicht, daß er bei diesen Worten schmunzelte, ich wußte jedoch nichts daraus zu machen. Mit einem Ruck kam der Zug zum Stehen.

»Danke, Herr Kapitän! Werde ich ausrichten! Auf Wiedersehen in vier Wochen!«

Raus war ich.

Der Empfangschef des Hotels brauchte meinen Namen in seiner Vormerkliste nicht lange zu suchen. Er schob mir das Anmeldebuch hin. »Wenn Sie sich bitte freundlicherweise eintragen wollen, Herr Kapitänleutnant.«

Während ich die notwendigen Eintragungen machte, rief er einen Pagen herbei. »Zimmer zweihundertzwei. Möchten Sie auf dem Zimmer speisen, oder soll ich einen Tisch reservieren lassen?«

»Letzteres, bitte, für neunzehn Uhr.« Ich folgte dem Pagen zum Aufzug und fuhr mit ihm nach oben.

Ich bewegte mich wie in einem Traum. Vor zwei Tagen noch am Rande des Todes in dieser schmucklosen Eisenkiste, und jetzt umgab mich die angenehme Atmosphäre eines erstklassigen Hotels. So mußte Urlaub anfangen. Schnell ein schönes Bad und dann runter an die Bar.

Ich drückte dem Pagen ein Trinkgeld in die Hand und schloß hinter ihm die Tür. Als ich meinen Mantel auszog und an die Garderobe in der Diele hängen wollte, stutzte ich. Da war kein Platz mehr!

Dort hing Damenkleidung! Ein zarter, sehr weiblicher Duft hing in der Luft. War ich im falschen Zimmer? Roloffs Abschiedsworte und sein Schmunzeln fielen mir schlagartig ein.

Du meine Fresse, war das am Ende gar kein erstklassiges Hotel, sondern ein Luxuspuff für Offiziere? Mit ein paar Schritten war ich an der Tür zu meinem Zimmer und riß sie auf. Da hatte ich es! Ein Zimmer mit einem französichen Lotterbett, in dem eine Frau lag! Entgeistert starrte ich auf ihren Haarschopf, der im Schummerlicht der Nachttischlampen aus den üppigen Kissen lugte.

Dieser Lumpenhund Roloff! Schickt mich in einen Luxuspuff und lacht sich jetzt vermutlich bei dem Gedanken an mein dummes Gesicht ins Fäustchen! Na, warte, Mädchen!

Ich trat an das Bett und riß das Zudeck weg. »Raus, Puppe, ganz schnell raus! Nimm deine Klamotten und verschwinde. Kein Beda...«

Mir blieb das Wort im Halse stecken. Ich blickte in das lachende Gesicht meiner Frau!

»Soll ich wirklich verschwinden, Arne?«

»Was ... wie ... Wie kommst du denn plötzlich hierher, Anke?«

»Na, das ist ja vielleicht 'ne Begrüßung!«

Bad und Bar konnten warten.

Glossar

Aal	Torpedo
AK	Äußerste (Maschinen-)Kraft
ASDIC	Ortungsgerät (Sonar); deutsche Version: USG, S-Gerät
aussingen	Lautes Ablesen von Werten (Log, Lot, Uhr, Kompaß etc.)
Bach	Meer
Back	1. vorderer Teil des Oberdecks 2. Tisch an Bord; davon abgeleitet: Backskiste = Sitztruhe am Tisch; Backen und Banken = Aufruf zum Essen; Backschafter = Essenholer; aufbacken = auftischen.
Badegast	auch: Kielschwein = ziviler Gast an Bord
BdU	Befehlshaber der U-Boote
BdW	Bootsmaat der Wache
belegen	1. Leine festmachen 2. Befehl oder Meldung widerrufen
Besanschot an!	Schnaps oder Bierausgabe
Besteck	Schiffsortbestimmung
Bilge	Unterster Teil des Schiffsinneren
Brücke	hier: Turmplattform des U-Bootes

BÜ	Befehlsübermittlung(-sgerät), auch Befehlsübermittler (Posten)
Bucht	Schlaufe im Tau, Seilschlinge
Charly	Spottname für brit. Aufklärer
Chief	Leitender Maschinist (LM)
Crew	1. Mannschaft (engl.) 2. Offiziersjahrgang
Deckoffiziere	Feldwebel, Oberfeldwebel, Fähnriche
Dickschiff	Kreuzer, Schlachtschiff
dwars	querab
ES	Erkennungssignal
Etmal	In 24 Std. zurückgelegte Strecke, von Mittag zu Mittag gemessen.
FdU	Führer der U-Boote
Feuerlee	Dem Beschuß abgekehrte Seite
Feuerluv	Dem Beschuß ausgesetzte Seite
FuMB	Funkmeßbeobachtungsgerät, erkennt RADAR-Ortung.
FuMO	Funkmeßortungsgerät = deutsches RADAR
Geisterecho	Entsteht u.a. durch unterschiedlich dichte Salzwasserschichten, die den Ortungsstrahl (ASDIC) vom Objekt ablenken.
GHG	**G**ruppen-**H**orch-**G**erät
HJ	**H**itler-**J**ugend
Hundewache	Wache von 0.00 Uhr bis 4.00 Uhr
Huppdohlen	Tänzerinnen
in den Wind schießen	Auch: Aufschießer = beidrehen (Segelboot)
I WO (II WO/III WO)	1. (2./3.) Wachoffizier
K an K!	Kommandant an Kommandant, Anruf
KdF	**K**raft **d**urch **F**reude = Reiseorgani-

	sation der Arbeitsfront (NS-Einheitsgewerkschaft)
KdF-Dampfer	Schiff dieser Organisation
Feger	Geleitsicherung vor oder im Geleit = Kolonnenfeger
Kimm	auch: Kimmung, Kimming = Horizont
Kinken	Seilschlinge, auch: gefährliche Lage
Klappbuchs	Signal-/Morselampe
Knoten	hier: Schiffsgeschwindigkeit in Seemeilen
Kolbenringe	Goldene Ärmelstreifen = Offiziersrangabzeichen
krängen	Schiff legt sich auf die Seite.
Kriegswache	Bereitschaftswache auf den Gefechtsstationen
krimpen	Wind springt um, Wind dreht.
Läufer	Bote
laufendes Gut	Tauwerk zum Bedienen der Segel
lenzen	1. auspumpen (Lenzpumpe) 2. vor dem Wind lenzen = kreuzen 3. einen Lenz schieben = faulenzen
LI	**L**eitender **I**ngenieur, techn. Offizier
LM	**L**eitender **M**aschinist, Feldwebelrang
Männchen bauen	Militärische Haltung annehmen
Maling	Anstrich
Marlspieker	Pfriem, Werkzeug zum Spleißen von Tauwerk
Marketenderware	Sonderzuteilung von Genuß-/Lebensmitteln bei oder nach Fronteinsatz
M-Bock/M-Boot	Minensucher

Meridian	Mittagslinie = Längenkreis vom Nord- zum Südpol, über dem die Sonne um 12 Uhr MOZ ihren höchsten Punkt erreicht (kulminiert); wichtig für die astronomische Standortbestimmung am Tage (= Mittags- oder Meridianbreite), die sich aus dem Höhenwinkel der Sonne (Kulminationspunkt) über dem Horizont und der Uhrzeit (12 Uhr MOZ) errechnen läßt.
MGZ (GMT)	**M**ittlere **G**reenwich **Z**eit = auf den 0°-Meridian bezogene Zeit (**G**reenwich **M**ean **T**ime), für alle astronomischen Standortbestimmungen maßgebend, da sich die nautischen Tafeln etc. darauf beziehen.
MOZ	**M**ittlere **O**rts **Z**eit = auf den jeweiligen Meridian (= Ort) bezogene Zeit
Menage	Bordverpflegung allgemein
Miefrolle	Auch: Furzmolle = Hängematte
Milchkuh	Versorgungsschiff (Tanker) für U-Boote auf See
Mittelwächter	Imbiß/Getränk für die Wache ab 0.00 Uhr
Muck	Hohe Kaffeetasse aus Keramik, »Kaffeepott«
Nummer Eins	*Kriegsmarine*: Oberbootsmann, Smadding *Royal Navy*: Erster Offizier (First Lieutenant – Number One)
Mixer	Mechaniker, z. B. Torpedomixer
Nock	Äußerster Teil der Brücke, einer Rah etc.

O-Messe	Offiziersmesse
OF-Raum	(Ober-)Feldwebelraum
Päckchen	1. Bordkleidung, z. B. Lederpäckchen 2. Boote liegen Bord an Bord.
Papenberg	Anzeige für Sehrohrtiefensteuerung
peilen	sichten, messen
Peilung	Kompaßpeilung: Winkel zwischen 0° und dem Objekt, z. B. Boje, Landmarke etc. Schiffspeilung: Winkel zwischen Schiffslängsachse (Bug = 0°) und Objekt
Pfeifen und Lunten aus!	»Zapfenstreich« bei der Marine, oft Zusatz: Geister auf Station!
pönen	anstreichen, bemalen
purren	wecken
Rapport	Zur Bestrafung vorführen
Rapeiken	Krempel, Klamotten, Sachen
Runde	Auch: Ronde = Rundgang des Offiziers der Wache im Schiff
Schapp	kleiner Raum, auch Fach, Schrank
Schlunz	Marinebegriff für Lazarett, Krankenstation, Krankenhaus
schralen	schwach, flaut ab (Segeln: ungünstig)
Seemännische Nr.1	Oberbootsmann, Smadding; hat den seemännischen Bereich unter sich
Spargel	Periskop, Sehrohr
Spring	vordere/achtere leichte Trosse zum Kai
Stelling	Auch: Gangway; Steg vom Schiff zum Kai

Stoker	Heizer, allgemein: Maschinenpersonal
Sterne schießen	Astronomische Ortsbestimmung nach Sternen
Tampen	Leine, Seil
Tanks peilen	Verbrauch feststellen
torfen	schlafen
trimmen	Hier: die Gewichtsverteilung im getauchten U-Boot entsprechend ausgleichen, damit es auf ebenen Kiel kommt.
ULD	**U**-Boot-**L**ehr**d**ivision (= U-Boot-Schule)
V-Boot	Verkehrsboot (Motorboot, Barkasse)
verholen	1. Schiff an einen anderen Platz verlegen 2. sich verdrücken
VP-Boot	**V**or**p**ostenboot
Verschlußzustand	Schließen der wasserdichten Türen (= Schotten) im Schiff bei Gefahr
Wabos	Wasserbomben
Wache	Besatzung ist in Steuer- und Backbordwache eingeteilt, Wechsel alle vier Stunden. Ausnahme: von 12 bis 16 Uhr Wechsel im Zwei-Stunden-Rhythmus.
wahrer Standort	Astronomisch oder durch Peilung bestimmter tatsächlicher Standort.
gegißter Standort	Gekoppelter, nicht genauer Standort.
Wackes	Herabsetzender Spottname für deutschstämmige Elsässer
Wahrschau	Warnruf, bedeutet: Achtung, aufgepasst!

Wintergarten	Hinterer (offener) Teil des U-Boot-Turms; dient als Geschützplattform für die Flak.
Wuhling auch: Wooling	Durcheinander, insbes. von Tauwerk
Zentrale	Kommandoraum des U-Bootes, geschützt durch Kugelschott; letzte Zuflucht bei Havarien etc.
Zwo (zwozehn)	Zwei (zwölf), um Verwechselungen mit drei (oder elf) auszuschließen.

In Hochspannung eintauchen. Die erfolgreichen U-Boot-Romane von C. H. Guenter

Herr der Ozeane: U 500
ISBN-13: 978-3-548-25909-3
ISBN-10: 3-548-25909-X

Das Santa-Lucia-Rätsel
ISBN-13: 978-3-548-25334-3
ISBN-10: 3-548-25334-2

U-Boot-Einsatz in der Todeszone
ISBN-13: 978-3-548-26136-2
ISBN-10: 3-548-26136-1

U-Boot Laurin antwortet nicht
ISBN-13: 978-3-548-26278-9
ISBN-10: 3-548-26278-3

U-Boot unter schwarzer Flagge
ISBN-13: 978-3-548-25647-4
ISBN-10: 3-548-25647-3

U 136: Einsatz im Atlantik
ISBN-13: 978-3-548-26464-6
ISBN-10: 3-548-26464-6
(September 2006)

U 136 in geheimer Mission
ISBN-13: 978-3-548-24635-2
ISBN-10: 3-548-24635-4

U 136: Flucht ins Abendrot
ISBN-13: 978-3-548-25207-0
ISBN-10: 3-548-25207-9

U 77: Gegen den Rest der Welt
ISBN-13: 978-3-548-25727-3
ISBN-10: 3-548-25727-5

U-Kreuzer Nowgorod
ISBN-13: 978-3-548-26128-7
ISBN-10: 3-548-26128-0

U-XXI: Die erste Feindfahrt war die letzte
ISBN-13: 978-3-548-25769-3
ISBN-10: 3-548-25769-0

U-Z jagt Cruisenstern
ISBN-13: 978-3-548-25440-1
ISBN-10: 3-548-25440-3

ULLSTEIN